Melissa Foster

Von der Liebe verführt

DIE AUTORIN

Melissa Foster ist eine preisgekrönte *New-York-Times-* und *USA-Today*-Bestsellerautorin. Ihre Bücher werden vom *USA-Today-Bücherblog*, vom *Hagerstown Magazin*, von *The Patriot* und vielen anderen Printmedien empfohlen. Melissa hat mehrere Wandgemälde für das *Hospital for Sick Children*, eine Kinderklinik in Washington, D. C., gemalt.

Besuchen Sie Melissa auf ihrer Website oder chatten Sie mit ihr in den sozialen Netzwerken. Sie diskutiert gern mit Lesezirkeln und Bücherclubs über ihre Romane und freut sich über Einladungen. Melissas Bücher sind bei den meisten Online-Buchhändlern als Taschenbuch und E-Book erhältlich.

www.MelissaFoster.com

Melissa Foster

Von der Liebe verführt

Die Ryders

LOVE IN BLOOM – HERZEN IM AUFBRUCH

Aus dem Amerikanischen von Anne Sommerfeld

Die Originalausgabe erschien erstmals 2016 unter dem Titel
»Chased by Love« bei World Literary Press, MD, USA.

Deutsche Erstveröffentlichung
2023 bei World Literary Press, MD, USA
© 2016 der Originalausgabe: Melissa Foster
© 2023 der deutschsprachigen Ausgabe: Melissa Foster
Lektorat: Judith Zimmer, Hamburg
Umschlaggestaltung: Elizabeth Mackey Designs

Ich habe mich bereits darauf gefreut, Trish Ryders Geschichte zu erzählen, seit ich Cash und Sienas Roman (*Herzen in Flammen*, Die Remingtons) geschrieben habe. Trish ist genauso temperamentvoll, wie ich sie mir vorgestellt habe. Da sie mit fünf Brüdern aufgewachsen ist, ist sie stark und unabhängig und damit die perfekte Frau für machohaften Rockstar Boone Stryker. Ich hoffe, dass Sie sie ebenso lieben werden wie ich! Die Bücher aus meiner Reihe »Love in Bloom – Herzen im Aufbruch« können alle auch unabhängig voneinander gelesen werden, also tauchen Sie einfach ein in diese humorvolle, sexy Liebesgeschichte.

Um immer über Neuerscheinungen und Bonusmaterial auf dem Laufenden zu bleiben, abonnieren Sie am besten meinen Newsletter.
www.MelissaFoster.com/Newsletter_German

Die Reihe »Love in Bloom – Herzen im Aufbruch«

Die Serie *Die Ryders* ist nur eine der vielen Serien aus der weitverzweigten Reihe »Love in Bloom – Herzen im Aufbruch«. Sie werden den Figuren aus jeder Geschichte immer wieder begegnen, sodass Sie keine Verlobung, Hochzeit oder Geburt verpassen. Eine vollständige Liste aller Serientitel sowie eine Vorschau auf den nächsten Band finden Sie am Ende dieses

Buches und auf meiner Website:
MelissaFoster.com/Herzen-im-Aufbruch

Besuchen Sie auch meine Seite mit »Reader Goodies«! Dort finden Sie Serienübersichten, Checklisten, Stammbäume und einiges mehr:
www.MelissaFoster.com/Checklisten_und_Stammbaume

Eins

»Ich gehe rüber. Soll ich rübergehen? Red es mir aus. Oder doch nicht?« Trish Ryder hielt das Handy fest in der Hand und ging im Trailer am Set ihres neuen Films »No Strings« auf und ab. Die ganze Nacht versuchte sie schon, ihren Text zu lernen, aber ihr Co-Star, der berühmte Rocker Boone Stryker, feierte eine ausgelassene Party in seinem Trailer, und sie konnte bei dem Lärm kaum denken.

»Es ist Mitternacht und du musst in sieben Stunden am Set sein«, erinnerte ihre beste Freundin Fiona sie. »*Du* bist der Star, also ja. Schwing deinen Hintern rüber und lass die Diva raushängen.«

Trish blieb wie angewurzelt stehen. »Aber ich *bin* keine Diva!«

»Natürlich nicht, aber du weißt, dass seine Groupies das anders sehen werden, was dich *nicht* interessieren wird. Richtig?«

»Richtig.« Sie nickte knapp, doch es war ihr nicht egal. Es bedeutete ihr eine Menge und Fiona wusste das. Sie hatte hart daran gearbeitet, ihren Ruf nicht mit den Allüren einer Diva oder einem ähnlichen Eindruck zu beflecken, und wollte das jetzt nicht für einen egozentrischen Rockstar aufs Spiel setzen, der sein Film-Debüt hatte.

Fiona stöhnte, und Trish hörte, wie Jake Braden, der Verlobte ihrer Freundin, sagte: »Gib mir das Telefon.«

»Gib ihm *nicht* das Telefon.« Trish tigerte wieder los. Sie vergötterte Jake. Er war nicht nur ein großartiger Stuntman, sondern behandelte ihre beste Freundin auch noch wie eine Prinzessin. Aber Jake war genau wie Trishs fünf Brüder durch und durch ein überfürsorglicher Alpha-Typ, was bedeutete, dass er sich *für sie* um die Sache kümmern wollte.

»Als hätte ich eine Wahl.« Fiona kicherte, und Trish hörte, wie sie sich um das Telefon zankten.

»Trish?« Jakes Tonfall ließ ihren Namen wie einen Befehl klingen, vor dem sie salutieren sollte.

Trish Ryder salutierte vor keinem Mann. »Nein, hier ist Mary Poppins.«

»Okay. Tja, dann hör zu, Mary«, erwiderte Jake, ohne zu zögern. »Schwing deinen hübschen kleinen Hintern da rüber und sag dem Kerl, dass er sich zusammenreißen soll. Wenn er dir Schwierigkeiten macht, rufst du mich noch mal an, und ich komme ans Set und bringe ihn wieder zur Vernunft.«

Natürlich tust du das. »Danke, Jake, aber ich schaffe das. Ich war einfach nicht sicher, ob ich für Unruhe sorgen will. Er hat es sowieso schon ein paarmal ordentlich vermasselt, und die ganze Crew weiß, dass sich der Film auf dünnem Eis bewegt.«

»Umso wichtiger, dass du ihn wieder auf Kurs bringst«, sagte Jake. »Du musst ja nicht zickig sein. Sei einfach normal und selbstbewusst wie immer. Er müsste schon ein ziemlicher Mistkerl sein, sollte er die Situation nicht geradebiegen.«

Sie seufzte und hörte, wie Jake das Handy wieder Fiona reichte. Vielleicht hatten sie recht. Sie war eine renommierte Schauspielerin und Boone drehte zum ersten Mal einen Film.

Vielleicht wusste er einfach noch nicht, wie man sich am Set verhielt. Offensichtlich, denn innerhalb weniger Wochen hatte er ein Treffen für die Vorproduktion verpasst, war zu spät am Set aufgetaucht und hatte so viele Szenen vergeigt, dass man sie nicht mehr zählen konnte.

»Bin wieder dran. Geht's dir gut?«, fragte Fiona.

»Ja. Nein. Ich weiß nicht, aber ich gehe rüber. Ihr habt recht. Wenn ich die ganze Nacht wach bin, setze ich morgen alles in den Sand, und ich kann es nicht gebrauchen, dass der Regisseur sauer auf mich wird.«

Nachdem Trish den Anruf beendet hatte, legte sie ihr Handy neben die Ausgabe des *Rolling Stone*-Magazins. Boone war mit freiem Oberkörper auf dem Cover abgedruckt. Sie hatte den Artikel gelesen. Sie hatte jeden Artikel gelesen, in dem es darum ging, dass Boone die Rolle in »No Strings« angenommen hatte, und überall stand das Gleiche. *Boone Stryker ist eine wahr gewordene Fantasie: warme, braune Augen, die »Hilf mir«, »Nimm mich« und »Du wirst mich nie vergessen« sagen, Tattoos, die von einer aufgewühlten Seele sprechen, und unendliche Hingabe an seine Kunst.*

Sie hatten *selbstbezogener Mistkerl, der für niemanden außer sich selbst Respekt hat* weggelassen. Und seinem Verhalten nach zu urteilen, war nicht mal klar, ob er den überhaupt hatte.

Tja, weißt du was? Es wird Zeit, erwachsen zu werden.

Ihr Handy vibrierte, als ihr ältester Bruder Duke anrief. Sie stöhnte. *Oh Mann, Jake. Du kannst wirklich nichts für dich behalten.* Manchmal war es nicht schön, die kleine Schwester zu sein – selbst, wenn man fast dreißig war. Sie ließ den Anruf auf die Mailbox gehen. Sie war nicht in der Stimmung, sich mit ihrem überfürsorglichen Bruder herumzuschlagen, der zehn Jahre älter war als sie. Wann würde er begreifen, dass sie nicht automatisch behütet werden musste, nur weil sie eine Frau war?

Sie stürmte aus ihrem Trailer. Von der anderen Seite des Platzes her dröhnte lauter Rock 'n' Roll. Spärlich bekleidete Frauen und Männer mit nackten Oberkörpern standen rauchend und trinkend in kleinen Grüppchen zusammen und bildeten einen Puffer zwischen Boones Trailer und dem Rest der Welt. Trish blieb stehen, beobachtete das Ganze einen Augenblick und versuchte, Boone in der Menge aus sich wiegenden Körpern zu entdecken. Sie konnte sich nicht vorstellen, ständig mit Groupies zu leben. Kein Wunder, dass er zu spät auftauchte und nie vorbereitet war. Wie sollte man das ertragen und sich dann auf irgendetwas konzentrieren?

Sie warf sich die Haare über die Schulter, hob das Kinn und straffte sich, als wäre sie ganz und gar nicht nervös. Sie war Schauspielerin. Sie würde das schon hinkriegen und Jake hatte recht. Es gab keinen Grund, zickig zu werden. Sie würde sich ruhig und gelassen geben und Boone würde hoffentlich vernünftig reagieren. *Gelassen, ja klar.* Normalerweise hatte sie kein Problem mit Konfrontationen, aber der knallharte Rocker berührte eine Saite in ihr, die noch nie berührt worden war, und er schaffte das mit kaum mehr als einem Blick, was schrecklich peinlich war. Sie konnte die Hitze nicht leugnen, die sich schlagartig in ihr ausbreitete, wann immer sich ihre Blicke trafen. Zwar war die Chemie zwischen ihnen abseits des Sets mehr als heiß, doch wenn sie arbeiteten, wurde Boone kühl, als würde er diese Hitze nicht spüren wollen. Um die Situation nicht noch unangenehmer zu machen, hatte sie sich außerhalb des Sets von ihm ferngehalten. Dass das hier ihre erste *richtige* Interaktion sein würde, passte ihr überhaupt nicht. Aber sie kam zu dem Schluss, dass das seine Schuld war, und marschierte über den Platz, um es hoffentlich so schnell wie möglich hinter sich zu bringen.

Der Geruch von Zigaretten, Gras, Schweiß und Sex hing schwer in der Luft. Sie zog die Arme fest an sich und drehte sich seitwärts, um sich an den wenig entgegenkommenden Leuten vorbeizudrängen und sich durch die betrunkene Menge zu seinem Trailer zu schieben. Dabei hielt sie Ausschau nach Boone und versuchte zu ignorieren, wie sie von den Männern und Frauen gemustert wurde. Sie war es gewohnt, angestarrt zu werden, und war eigentlich nicht voreingenommen, aber die Atmosphäre mit den Groupies und der fiese Geruch lösten in ihr das Gefühl aus, eine Dusche zu brauchen. Und zwar sofort.

»Hey, Babe«, sagte ein langhaariger Typ, als sie sich zwischen ihm und einer vollbusigen Brünetten hindurchdrückte.

Gezwungen lächelnd schob sie sich an ihnen vorbei und ging ohne Umschweife zur Tür des Trailers. Klopfen wirkte albern, wenn man bedachte, was sich um den Trailer abspielte, aber sie tat es trotzdem. Niemand antwortete. Sie klopfte noch einmal lauter, und als wieder niemand reagierte, drehte sie den Knauf. Abgeschlossen. *Perfekt.* Der Mistkerl lag wahrscheinlich nackt und ohnmächtig zwischen einem Haufen Frauen. Ein kalter Schauer lief ihr über den Rücken. *Igitt.* Sie schob sich wieder durch die Menge, entschlossen, ihm morgen die Hölle heißzumachen, egal, wie es sich auf den Film auswirkte. Es war absurd. Wie sollte sie bei diesem Lärm schlafen?

»Trish?«

Sie zuckte zusammen, als sie Boones Stimme aus Richtung des Parkplatzes hörte, und wirbelte herum. Er hatte die sinnlichste Stimme, die sie je gehört hatte. Egal, ob er sang oder schauspielerte, es ließ sie nie kalt. Seine Stimme war tief und voll und irgendwie rau, sodass sie sowohl Aufmerksamkeit verlangte, als auch Intimität herstellte. Sie versuchte, ihren rasenden Herzschlag durch ein paar tiefe Atemzüge zu beruhigen, während sie seinen Anblick in sich aufsog. Er hatte seinen Gitarrenkoffer in der Hand und lächelte schief. Seine Lippen waren wunderschön und voll, und trotz allem ließ der Anblick ihr das Wasser im Mund zusammenlaufen. Das ausgebleichte T-Shirt schmiegte sich an seine muskulöse Brust. Unerfüllte Lust ließ ihren Körper vor Frust erbeben. Sie hatte seine Selbstsucht bereits persönlich mitbekommen und wollte ihn *trotzdem* zu Boden werfen und über seinen perfekten Körper herfallen.

Sie schluckte, straffte erneut die Schultern und stemmte eine Hand in die Hüfte, um ihre Anziehung hoffentlich zu verbergen. Sein Lächeln wurde selbstgefällig und seine Augen blitzten wissend auf, sodass sich ihr Magen verkrampfte. *Blödmann.*

»Hab ich dich geweckt?« Sie konnte vielleicht ihre Anziehung nicht verstecken, aber ihre Worte trieften vor Sarkasmus.

Er fuhr sich mit einer Hand durch die Haare und seufzte, als wäre er von der Unterhaltung gelangweilt. Oder vielleicht vom Leben.

»Mich geweckt?«, fragte er und hob eine Braue. »Ich bin gerade erst gekommen.«

Sie warf einen Blick auf die Menge, zeigte auf ihre Ohren, um ihn auf die dröhnende Musik hinzuweisen, die er unmöglich überhören konnte, und sah ihn finster an. »Du lässt deinen Groupies einfach so freien Lauf, wenn du gar nicht hier bist?«

Er schritt auf sie zu und seine stechenden, dunklen Augen zogen sie direkt in seinen Bann. Unmittelbar vor ihr blieb er stehen, sodass die Luft von seiner selbstbewussten Arroganz erfüllt war und sie kaum atmen, geschweige denn sich konzentrieren konnte.

»Ich hatte keine Ahnung, dass sie feiern. Ich beende es. Und nur fürs Protokoll, nein. Ich lasse meinen *Groupies* keinen freien Lauf.« Er musterte ihren Körper, was sie beinahe explodieren ließ. Ein sündhaftes Lächeln umspielte seine Lippen, als sein Blick gemächlich nach oben über ihre Hüften wanderte, an ihren Brüsten verweilte und dafür sorgte, dass ihre verräterischen Nippel hart wurden, als wäre er ein lange verschollener Liebhaber.

»Hübsche Frauen wie du sollten nicht so oft ein finsteres Gesicht ziehen.« Seine volle Stimme glitt wie eine Berührung über sie und verursachte ihr eine Gänsehaut.

Gott, sie hasste sich gerade.

Da sie ihm nicht die Oberhand lassen wollte, grinste sie überheblich und erwiderte seine Musterung ebenfalls mit einem anzüglichen Blick. Sie taxierte genussvoll jeden Zentimeter seiner athletischen Statur, angefangen bei seinen kräftigen Oberarmen, über seine straffen Bauchmuskeln, die durch das enge Shirt sichtbar waren, bis hin zu der eindrucksvollen Ausstattung zwischen seinen muskulösen Schenkeln. Dort blieb sie hängen und leckte sich frech über die Lippen.

Er beugte sich vor – so weit, dass sie glaubte, er würde sie küssen. Und, Grundgütiger, sie wollte es. Lust und Provokation pulsierten zwischen ihnen, stark und lebendig wie ein drittes Herz. Trish wandte den Blick ab und bemerkte eine umwerfende Blondine im Schatten hinter ihm. Verlegenheit und etwas, das sich viel zu sehr nach den Klauen der Eifersucht anfühlte, brannten in ihr.

Sie sah wieder zu Boone, doch bevor sie den Mund aufmachen konnte, sagte er: »Ich kümmere mich um den Lärm«, und verschwand mit der Blondine im Arm.

»Himmel, Boone«, sagte Honor leise und aufgeregt, als sie sich der Menge um seinen Trailer näherten. »Es sah aus, als würdet ihr zwei explodieren. Und zwar auf eine sehr heiße Art.«

Honor griff nach seiner Gitarre und er reichte sie ihr, ohne auf ihre Bemerkung zu antworten. Ja, er wusste von den Funken zwischen ihm und seinem umwerfenden Co-Star, aber er wusste auch, dass er ihr den Film vermasselte, weshalb Honor West, eine seiner ältesten und engsten Freundinnen heute Abend zu ihm gekommen war.

Sobald sie sich der Menge näherten, taumelte eine Gruppe Frauen auf sie zu. Boone hob die Hände. »Die Party ist vorbei. Verschwindet.« Die Frauen blieben ruckartig stehen, ließen die Schultern hängen und auch ihr begeistertes Lächeln verschwand. Das folgende Gebettel und die Versprechen stießen auf taube Ohren. Boone hatte es satt, sich mit Groupies herumzuschlagen, die sich für nichts anderes als ihre zehn Minuten im Rampenlicht interessierten. Sie würden ihre Seelen für die Chance verkaufen, damit angeben zu können, dass sie mit der Band gefeiert oder mit einem Rockstar geschlafen hatten. Schon ein paar Wochen, nachdem er angefangen hatte, mit Groupies zu schlafen, hatte er wieder damit aufgehört. Kurze Zeit später waren auch die Partys mit ihnen nichts mehr für ihn gewesen. Das war etwa zu der Zeit gewesen, als er die Nase endgültig davon voll gehabt hatte, wie eine Ware behandelt zu werden.

»Tut mir leid«, log er. Er hatte den Fehler gemacht, Benny, dem Bassisten ihrer Band Strykeforce, zu erlauben, ein paar Tage bei ihm zu wohnen. Als Benny verschwunden war, hatte er seine Groupies zurückgelassen. Boone hatte sich nach dem Dreh mit Honor getroffen und fälschlicherweise angenommen, sie würden auch gehen. Er würde im Kopf behalten, seinen Manager anzurufen, damit sie die Sicherheitsvorkehrungen erhöhten.

Als schließlich alle weg waren, ließ er sich neben Honor im Trailer auf die Couch fallen. »Erinner mich daran, Benny die Hölle heißzumachen.«

»Das machst du immer. Er wird sich nicht ändern. Er würde seinen Kopf vergessen, wenn der nicht angewachsen wäre. Zum Glück ist er ein kreatives Genie. So wie du.« Sie legte den Kopf auf seine Schulter. »Außerdem ist Benny gerade nicht wichtig. Du aber schon. Kommst du mit der Rolle klar? Soll ich meinen Terminplan ändern und bei dir bleiben?«

»Nein, aber danke, dass du hergekommen bist und mich beruhigt hast.« Er rieb sich übers Gesicht und kämpfte mit den Schuldgefühlen und der Wut, die der Film unerwartet an die Oberfläche gezerrt hatte. Oder genauer gesagt, den Emotionen, die Trish jedes Mal heraufbeschwor, wenn sie Delia spielte, die zugedröhnte Freundin seines Charakters Rick Champion.

»Wir alle haben es seit dem Ghetto weit gebracht«, sagte Honor leise und sah ihn mit ihren blassgrünen Augen sanft und unterstützend an. »Darf ich das sagen? Das Ghetto? Ich hasse es, politisch inkorrekt zu sein. Benny hat mir gesagt, dass ich es nicht mehr so nennen darf und stattdessen ›Sozialbausiedlung‹ sagen soll, aber wir sind nicht im Sozialbau aufgewachsen.«

Er seufzte. »Die politische Korrektheit kann sich zum Teufel scheren. Dieser Ort war ein Ghetto. Lass dir von niemand anderem sagen, wo du aufgewachsen bist. So was macht mich echt sauer. Als würden die Leute in L. A. nicht glauben wollen, dass solche Orte existieren, oder als würden sie glauben, dass es sie besser macht, wenn man ihnen akzeptablere Namen wie ›Sozialbauten‹ gibt. Als wäre es ansteckend, arm zu sein.«

»Sagt der Mann, der seine Heimatstadt bei jeder sich bietenden Gelegenheit verschweigt.« Honor schob sich die weißblonden Haare hinters Ohr und lächelte, um die Wahrheit etwas abzumildern.

Er sah sie todernst an. »Um meine Mutter zu beschützen.« Zumindest mussten seine Mutter und sein jüngster Bruder Lucky dank seines Erfolgs nicht mehr in Armut leben, auch wenn sie sich entschieden hatten, in der Gegend zu bleiben, in der er aufgewachsen war.

»Ich weiß. Ich zieh dich nur auf. Wie auch immer, ich bin stolz auf uns alle, und ich weiß, dass Destiny es auch wäre. Sie würde wollen, dass du dich in diesem Film gut machst. Sie würde wollen, dass wir alle glücklich sind. Das weißt du.«

Wir alle. Jetzt gab es eine weniger von ihnen. Er schloss die Augen, lehnte den Kopf ans Polster und erinnerte sich an all die Jahre, in denen sie zu kämpfen gehabt hatten. Boones Eltern hatten mit siebzehn geheiratet, als seine Mutter erfahren hatte, dass sie mit ihm schwanger war. In seiner Kindheit waren sie ärmer als Kirchenmäuse gewesen und hatten so tief im Armeleuteviertel gelebt, dass er nicht sicher gewesen war, ob es etwas anderes überhaupt gab. Aber was seiner Familie an Geld gefehlt hatte, hatte sie mit Liebe wieder wettgemacht. Honor und Destiny hatten nicht so viel Glück gehabt. Destiny hatte sich in den Drogenkonsum geflüchtet, um der Gewalt ihrer süchtigen Eltern zu entgehen, während sich Honor auf Boone und ihren engen Freundeskreis gestützt hatte.

»Ich weiß, dass du dir nicht die Schuld an Destinys Tod gibst«, fuhr Honor sanft fort. »Aber du musst einen Weg finden, sie loszulassen. Deshalb siehst du sie immer wieder, wenn du die Szenen mit Trish drehst.«

»Sie war deine Schwester. Sie war *unsere* Schwester«, erwiderte er entschieden. Obwohl Trish die Rolle einer festen Freundin spielte und er diese Verbindung zu Destiny nie gehabt hatte, wühlte es die gleichen Emotionen auf. Er hatte sich so hilflos gefühlt, als er zusehen musste, wie sich Destiny in den Drogen verloren hatte. »Ich werde sie nie loslassen.«

»Du weißt, was ich meine, Boone. Wir alle haben sie geliebt und wir alle vermissen sie. Niemand von uns wird sie jemals wirklich loslassen und du weißt, ich will nicht, dass du sie vergisst. Das würde ich nie wollen. Aber dieser Film versetzt dich zurück in die Dunkelheit, die wir vor Jahren *überlebt* haben. Ich mache mir einfach Sorgen um dich.«

Er öffnete die Augen und sie sah ihn mitfühlend an.

»Du hast mit Lucky und dem letzten Schreck, was die Gesundheit deiner Mom angeht, genug um die Ohren, und jetzt ist Jude auch noch rückfällig geworden. Ich weiß, dass du eine Herausforderung gesucht hast, aber vielleicht ist jetzt nicht der richtige Zeitpunkt. Wenn dieser Film zu viel für dich ist, solltest du dich vielleicht zurückziehen.«

Seinen übermütigen jüngsten Bruder aus Schwierigkeiten zu retten, ihren Drummer Jude Birch davon zu überzeugen, sein Leben in Ordnung zu bringen, und die nie endenden Sorgen um die Gesundheit seiner Mutter überwältigten ihn förmlich. Aber er war ein Mann, der zu seinem Wort stand, und hatte nicht vor, jemanden zu enttäuschen.

»Das kann ich nicht machen. Selbst wenn ich es könnte, würde ich es niemals tun. Du hast gesehen, wie aufgebracht Trish war. Du hast die Zeitungen gelesen. Das ist ihre Chance auf einen Oscar und sie haben mich seit Monaten als männliche Hauptrolle verkauft. Wenn ich einen Rückzieher mache, geht der Film den Bach runter und Trish muss es ausbaden. Ich finde eine Lösung.« Er stand auf und griff nach Honors Hand, um sie auf die Füße zu ziehen.

»Du hast ein viel zu großes Herz. Das hattest du schon immer.« Honor umarmte ihn. »Wenn du dich schon nicht an erste Stelle setzen willst, solltest du meinen Rat beherzigen und Trish erklären, was los ist. Sie könnte vielleicht helfen.«

Boone lachte und ging nach hinten zu den Schlafzimmern. »Ich glaube, sie bemüht sich täglich angestrengt, mich nicht einfach umzubringen.«

»Seit wann kannst du denn Frauen so schlecht einschätzen?«

»Ich bin nicht schlecht darin. Es sind zwei unterschiedliche Dinge, ob man von einer Frau attraktiv gefunden oder von ihr gemocht wird. Ich muss einfach nur darüber hinwegkommen, jedes Mal Destiny zu sehen, wenn Trish ihre Rolle spielt. Unser Gespräch heute Abend hat geholfen. Ich weiß das zu schätzen.« Er küsste Honor auf die Wange, öffnete ihr die Schlafzimmertür und ging dann in sein eigenes Zimmer.

»Du kannst sie dir auch als fetten, hässlichen Typen statt als heiße Braut vorstellen, die du gern nackt sehen würdest.«

Boone schüttelte den Kopf und schloss die Tür hinter sich. Morgen früh musste er Honor die Meinung geigen, bevor sie ging, denn jetzt konnte er nicht aufhören, sich Trish nackt vorzustellen.

<h1 style="text-align:center">Zwei</h1>

Trish lag staub- und schmutzverschmiert auf dem Betonboden eines verlassenen Lagerhauses. Das zerrissene Kleid entblößte ihre verletzten und angeschlagenen Beine, ihre Haare waren fettig und zerzaust, und rote Spuren zierten ihre Arme. Sie atmete nur schwach, starrte mit leerem Blick an die Decke und wartete darauf, dass Boone seinen Text sagte. Ihre Darstellung der heroinsüchtigen Freundin Delia Ellis von Rockstar Rick Champion in dem ungeschminkten Indie-Film über einen zurückgezogen lebenden Musiker, der groß herauskam, war perfekt. Sie hatte sich auf ein gefährliches Gewicht von achtundvierzig Kilo heruntergehungert, was für ihre eins fünfundsiebzig weit unter einem gesunden Wert war, aber es hatte sich gelohnt. Trish gehörte zur obersten Riege der Schauspielerinnen und durch diese Rolle würde sie endlich im Rennen um einen Oscar sein. Aber sie drehten schon seit Wochen, und Boone hatte es noch nicht durch eine einzige Szene geschafft, ohne sie zu vermasseln, was für Verzögerungen sorgte, die sich die Produzenten nicht leisten konnten.

Boone tigerte ein paar Meter entfernt auf und ab und seine schnellen Atemzüge und schweren Schritte waren die einzigen Geräusche am Set.

Komm schon. Drei Sätze. Du schaffst das.

Sie wusste, dass er die Fähigkeit hatte, die intensiven Emotionen wachzurufen, die in dieser Szene nötig waren. Als sie erfahren hatte, dass Boone die Rolle übernehmen sollte, hatte sie sich auf die Chance gestürzt, mit ihm zu arbeiten. Er war nicht nur sündhaft heiß, sondern schrieb auch seine Musik und die Texte selbst. Seine Songs waren voller Gefühl und Qual und Trish hatte gewaltigen Respekt vor seinem musikalischen Talent. Aber die Fähigkeit, dieses Talent auf seine Schauspielerei zu übertragen, schien ihm zu fehlen.

Ihre Atmung zu regulieren, obwohl sie ihren Co-Star liebend gern schütteln wollte, stellte ihr Schauspieltalent definitiv auf eine harte Probe. Sie konnte nicht mal zur Seite sehen, um festzustellen, was Boone tat, ohne aus der Rolle zu fallen. Dadurch steckte sie fest und konnte den fast eins neunzig großen Rock-Gott nur stumm anflehen, es nicht für sie beide zu vermasseln.

Boone hockte sich neben ihren schlaffen Körper. Anspannung und Angst sammelten sich um ihn wie eine Gewitterwolke kurz vor dem Ausbruch. Das war perfekt für diese Szene, in der er seine drogensüchtige Geliebte am Rand des Todes fand.

Hoffnung erfasste sie. *Du schaffst das. Bitte, tu es.*

»Was soll ich deiner Meinung nach tun?« Der Text stimmte, aber sein Tonfall stimmte nicht. *Schon wieder.*

Ernüchtert und wütend musste sich Trish zusammenreißen, um reglos liegen zu bleiben, und als Chuck Russell, der Regisseur, zum tausendsten Mal »Schnitt!« rief, verriet ihr seine Stimme, dass auch er kurz vor dem Nervenzusammenbruch stand.

Chuck stapfte auf sie zu und Trish setzte sich neben dem grüblerischen Musiker auf. Er trug kein Hemd, und die

Muskeln in seinem Nacken und den breiten Schultern traten hervor, so angespannt, dass es wehtun musste. Tattoos schlängelten sich unterhalb seines Schlüsselbeins über die perfekten Brustmuskeln und seine beeindruckend definierten Arme. Die verschränkte er jetzt und beobachtete, wie der Regisseur auf sie zukam. Chuck war ein stämmiger Kerl Ende fünfzig, mit breiter Brust und dichten Haaren, die immer vom Wind zerzaust wirkten. Seine Schultern waren hochgezogen, sodass er wie ein Grizzly kurz vor dem Sprung wirkte, und er richtete seinen düsteren Blick auf Boone. Der zuckte nicht einmal. Er drückte die linke Hand gegen seinen Brustkorb, die rechte drehte er nach oben und krümmte leicht fragend die Finger, was zu seinen zusammengezogenen dichten, dunklen Brauen passte. Die Geste und sein flehender Blick drückten »Es tut mir leid, aber ...« aus, doch er hatte keine Entschuldigung parat.

Du hast nie Ausreden gebraucht, oder?

Trish wollte, dass der Film erfolgreich wurde, nicht nur um ihre Karriere endlich auf die nächste Ebene zu katapultieren, sondern auch, weil die Geschichte intensiv und authentisch war. Sie war es wert, erzählt zu werden, es war eine Geschichte, mit der sich viele Künstler identifizieren konnten, was ein weiterer Grund war, weshalb sie gedacht hatte, Boone würde in der Rolle glänzen.

»Wo liegt das Problem, Stryker?« Chucks Stimme hallte von den Dachsparren wider. »Das ist eine Kernszene. Du solltest an der Schwelle des wichtigsten Moments deines Lebens stehen. Du bist kurz davor, ein Star zu werden. Du hast ein Hoch, das größte Hoch, das du dir vorstellen kannst, und dann bricht deine Welt zusammen.« Er deutete auf Trish. »Sie versaut dir *alles* und du *liebst* sie. Du bist gequält, gefangen in einer unvorstellbaren Situation, die an dir nagt. Das müssen wir *sehen. Hören. Fühlen.«*

Trish wusste, dass sich Chuck auf ihren Charakter Delia bezog, aber sie fragte sich, ob Boone das auch tat. Er konnte doch nicht denken, dass *Trish* seiner Schauspielkarriere im Weg stand, oder? Boone biss die Zähne zusammen und betonte damit seine perfekt geschwungenen Lippen. Letzte Nacht hatte es einen Moment gegeben, in dem sich Trish vorgestellt hatte, ihm lustvoll in die perfekten Lippen zu beißen. *Ein kurzes Versagen meines Urteilsvermögens.*

»Richtig«, erwiderte Boone tonlos. »Ich arbeite daran. Aber dieser Text fühlt sich nicht richtig an.«

Oh Gott. Falsche Antwort.

»Du hättest seit Monaten *daran arbeiten* sollen«, fuhr Chuck ihn an. »Jedes Mal, wenn wir eine Szene neu drehen müssen, kostet uns das Geld, das wir nicht haben. Und das hier ist ein *Chuck-Russell*-Film. Wir improvisieren nicht, also schlag dir das aus dem Kopf. Es ist mir egal, ob du den Text liebst oder hasst. Du hältst dich ans Drehbuch.« Nun richtete er seinen genervten Blick auf sie und Trish rutschte der Magen in die Kniekehlen.

»Wir bekommen das hin«, versicherte sie ihm. Sie hätte ihm ihr Erstgeborenes versprochen, wenn das nötig gewesen wäre, um sicherzugehen, dass der Film nicht eingestellt wurde. Sie sah Boone finster an und hoffte, dass er den Wink verstand. *Halt den Mund und lass mich das regeln.* »Lass mich ein paar Tage mit ihm arbeiten. Ich weiß, dass wir das mit der Chemie zwischen uns hinbekommen. Ich weiß, dass er das kann.«

Boone sah sie fragend an.

Sie würde sich später mit ihm befassen. Im Moment musste sie Chuck davon überzeugen, dass sie Boone dazu bringen konnte, den Film ernst zu nehmen, und sie war nicht ganz sicher, ob sie das selbst glaubte. »Du weißt, dass ich das kann, und ich weiß, dass er es schafft.«

Chuck sah zwischen ihnen hin und her. Boone erdolchte sie geradezu mit seinen Blicken, aber das war ihr egal. Sie hatte Rollen so satt, die ihre Schauspielfähigkeiten nicht auf die Probe stellten oder herausforderten. Bevor sie das Skript für diesen Film gelesen hatte, war sie kurz davor gewesen, eine Pause einzulegen, aber die düsteren Szenen hatten sie von der ersten Seite an angesprochen. Sie würde nicht zulassen, dass ihr das ein arroganter Musiker vermasselte.

Chuck zeigte auf sie. »Du hast zehn Tage, um die Sache geradezubiegen. Von jetzt an seid ihr beide unzertrennlich. Wo er hingeht, bist du auch.« Er deutete mit dem Finger auf Boone. »Wo sie hingeht, bist du auch.«

»Wir bekommen das hin«, versicherte Trish ihm im selben Augenblick, in dem Boone fragte: »Was?«

»Und ob ihr das tut«, sagte Chuck zu Trish. Boones Beschwerde ignorierte er ganz klar. »Sonst fliegt ihr beide raus.«

»Warte. Was? Wir beide?« Sie sah Boone finster an, der mit den Zähnen knirschte und den Blick fest auf Chuck richtete.

»Du kannst sie nicht aus dem Film werfen, nur weil ich es nicht auf die Reihe bekomme«, beschwerte sich Boone.

Chuck verschränkte die Arme und betrachtete sie beide mehr als nur ein wenig überheblich. »Ich bin der Regisseur. Ich kann tun, was ich will. Unzertrennlich. Ich will, dass ihr beide schon morgen Abend im Farmhaus in Hurricane in West Virginia seid. Wenn ihr ganze zehn Tage Zeit habt, in eure Rollen zu schlüpfen, sollten wir den perfekten Film bekommen.«

»Du willst, dass wir zehn Tage am nächsten Drehort *wohnen*? Was ist mit dieser Szene?«

»Wir drehen sie später noch mal. Das Farmhaus«, wiederholte Chuck bekräftigend. »Zehn Tage. Keine Crew, keine Mätzchen. Fahrt dorthin und bringt es in Ordnung.« Er betrachtete Boone. »Du kennst dich zweifellos mit Musik aus. Sie hat Ahnung von der Schauspielerei. Wenn du auch nur ein Fünkchen Verstand hast, hörst du auf das, was sie zu sagen hat.«

Trish sah Boone finster an, als Chuck ging. Dann rannte sie Chuck hinterher. »Wir müssen nicht zehn Tage zusammen woh…«

Chuck blieb so abrupt stehen, dass sie beinahe in ihn hineinlief.

»Trish, wir alle wissen, dass du deine Rolle überzeugend rüberbringen kannst.« Sein Blick wanderte zu Boone, der zu seinem Trailer schlenderte, als wäre er vollkommen unbekümmert. »Aber er ist es, den die Fans als Rick Champion sehen wollen, und wir brauchen ein Wunder, damit er das hinbekommt. Ich will, dass du ihm die Figur praktisch einhämmerst.«

»Und wenn ich kein Wunder vollbringe, verliere ich meine Chance in diesem unglaublichen Film, weil er nicht in der Lage ist, die Sache ernst zu nehmen?«

Chucks Gesichtsausdruck wurde sanfter. »Du weißt, wie es läuft. Die Fans entscheiden, ob diese Art von Film ein Erfolg oder ein Flop wird. Er wird seit Monaten als Hauptfigur in allen möglichen Medien angepriesen. Wenn er nicht abliefert, wird dieser Film nicht gedreht.«

Boone hatte die angeborene Fähigkeit, die verschiedenen Teile seines Lebens einfach voneinander abzutrennen, und schob Chucks Anordnung gedanklich in die Schublade mit der

Aufschrift »Nicht in diesem Leben«, um sich auf drängendere Angelegenheiten zu konzentrieren. Zum Beispiel die Nachricht von Jude. *Lass mich in Ruhe. Ich kläre das allein.* Als ob. Seine Kokain-Sucht war außer Kontrolle. Es war nicht sein erster Rückfall, und doch hatte Boone schon beim letzten Mal gedacht, dass es genau das wäre: das letzte Mal. Er hatte Jude schon als rauflustigen Teenager gekannt, der in Häuser einbrach, um seine Brüder zu ernähren. Honor hatte recht; sie hatten es weit gebracht, und das hatten sie einem Mann zu verdanken. Dem Mann, den Boone jetzt anrief, während er sich eine Limo aus dem Kühlschrank nahm. Dem einzigen anderen Menschen auf diesem Planeten, der vielleicht zu Jude durchdringen konnte.

Lächelnd las er die Nachricht, die Honor auf einem Zettel an den Limodosen hinterlassen hatte. *Viel Glück! Ruf mich an, wenn du dich ausheulen willst, und denk dran, reden hilft. Rede mit der heißen Lady, die du gar nicht so heiß finden willst.*

Harvey Bauer nahm nach dem ersten Klingeln ab. »Hab gehört, dass du dir zehn Tage im Himmel mit Trish Ryder ergattert hast.«

Boone stellte sich vor, wie er sich auf seinem Ledersessel zurücklehnte, die Füße auf den Tisch legte und weise lächelte.

»Wie kannst du schon davon gehört haben? Sie haben das Urteil erst vor zehn Minuten verhängt.« Boone trank einen Schluck, ließ sich auf einen Stuhl fallen und dachte an seine umwerfende Filmpartnerin und wie sie ihn gestern Nacht angesehen hatte – als wäre sie nicht sicher, ob sie mit ihm schlafen, ihn umbringen oder ihn verstehen wollte.

Ganz sicher stand *umbringen* jetzt auf der Liste an erster Stelle.

Harvey schwieg einen Augenblick zu lang, was Boones

Aufmerksamkeit zurück auf ihr Gespräch lenkte. Er wusste, dass er Mist gebaut hatte, und er verbockte nicht nur Trish den Film – und die nächsten zehn Tage –, sondern es würde auch ein schlechtes Licht auf Harvey werfen, wenn er in seiner Rolle nicht glänzte. Im Grunde schuldete er Harvey sein Leben, denn er hatte nicht nur dafür bezahlt, dass Boone die Epson School of Arts besuchen konnte, wo Boones Mutter als Hausmeisterin gearbeitet hatte, sondern hatte auch ihn, seinen Bruder Cage und einige ihrer Freunde betreut und ihre Karrieren mit aufgebaut.

»Ich habe viel um die Ohren.« Boone legte den Kopf zurück und schloss angesichts dieser lahmen Ausrede die Augen. Es war egal, dass sie der Wahrheit entsprach. Es könnte um einiges schlimmer sein und wenn jemand wusste, wie es war, viel um die Ohren zu haben, dann Harvey.

»Mhm.« Harvey würde nie auf eine Ausrede zurückgreifen, was nur einer der Gründe war, aus denen Boone ihn ebenso respektierte wie seinen eigenen Vater und sich jetzt an ihn wandte.

»Ich biege das wieder hin«, versicherte Boone ihm.

»Hey«, sagte Harvey lässig. »Du tust mir keinen Gefallen damit, aber Chuck macht keine Witze. Sein Assistent hat mich direkt angerufen, nachdem Chuck euch die Anweisung gegeben hat.«

»Ich hab doch gesagt, dass ich es wieder hinbiege.« Chuck hatte Boone schon lange damit in den Ohren gelegen, diesen Film zu machen, und er hatte darin mitspielen wollen, seit er das Drehbuch zum ersten Mal gelesen hatte. Er war auf der Suche nach einer neuen Herausforderung gewesen. In letzter Zeit hatte er in einem schöpferischen Tief gesteckt. Zum ersten Mal seit Jahren fiel es ihm schwer, Songs zu schreiben. Er hatte die Groupies und die Rockstar-Fassade, der er gerecht werden musste, satt und war bereit für eine Veränderung, aber so etwas barg immer ein Risiko. Er war kein Schauspieler und hatte gewusst, dass es »Friss oder stirb« heißen würde, sobald er die Rolle annahm. Wenn er unterging, würde das auch seinem Ruf und allen anderen, die mit diesem Film zu tun hatten, schaden. Mit der Unterstützung seiner engsten Freunde und Familie hatte er die Herausforderung schließlich angenommen, in dem Glauben, es zustande bringen zu können. Aber er hatte nicht damit gerechnet, dass sein Leben gleichzeitig implodieren würde. Und nun wurden seine schlimmsten Ängste wahr.

Er würde niemandem damit helfen, wenn er gefeuert wurde.

»Das tust du immer«, sagte Harvey. »Also, was gibt's? Soll ich dir eine Kiste Kondome an diesen gottverlassenen Ort schicken?«

Boone lachte und erinnerte sich an die vernichtenden Blicke, die ihm eine gewisse Schauspielerin mit kastanienbraunen Haaren zugeworfen hatte. »Ich bin sicher, dass ich sie nicht brauchen werde. Wir können von Glück reden, wenn wir uns da draußen nicht gegenseitig umbringen.« Er war von Trishs Angebot, ihm zu helfen, geschockt gewesen und so sehr er es auch zu schätzen wusste, missfiel es ihm, dass sie nun seinetwegen ihre Zeit opfern musste.

»Du fährst also hin? Chucks Assistent hat nämlich gesagt, dass du von der Schule fliegst, wenn du dich im Sandkasten nicht benimmst.«

»Ich werde keine zehn Tage dortbleiben, aber ich fahre hin und werde mich benehmen. Mehr als ein paar Tage werden nicht nötig sein. Ich muss mich einfach nur konzentrieren.« Er trank einen weiteren Schluck Limo und hoffte, dass Konzentration wirklich das Einzige war, was nötig war. »Deshalb musst du

Jude für mich einen Besuch abstatten. Er ist rückfällig geworden.«

»Ach, verdammt, schon wieder? Hast du mit ihm gesprochen?«

»Stundenlang. Ich war letztens so nah dran, ihn zu einem
Entzug zu überreden, aber dann hat er mich sitzen lassen. Das
ist auch ein Grund, aus dem der Regisseur so sauer auf mich ist.
Ich war eine Stunde zu spät am Set.«

Sie unterhielten sich noch ein paar Minuten und Harvey
versprach, Jude aufzuspüren und Boone darüber zu informieren,
wie ihr Gespräch lief. Nach dem Anruf warf Boone das Handy
aufs Sofa, zog sich die Hose aus und ging zur Dusche. Jemand
hämmerte an die Tür des Trailers. Er fluchte leise und schnappte sich ein Handtuch, als die Tür auch schon aufflog und Trish
hereinstürmte.

»Hast du eine Vorstellung davon, wie nah er dran ist, diesen …« Ihr Blick huschte über seinen nackten Körper. »Du bist
nackt!« Sie wirbelte herum und legte sich die Hände vors
Gesicht. »Warum bist du nackt?«

»Normalerweise ziehe ich mich aus, bevor ich duschen gehe.
Warum bist du in meinem Trailer?« Boone musste unwillkürlich über ihre Reaktion lachen. Sie trug noch immer das
dreckige Kleid ihres Charakters, ihre Haare sahen aus wie ein
Rattennest und ihr Körper war mit einer Schmutzschicht
bedeckt. Sie war groß und ausgemergelt und viel zu dürr für
Boones eigentlichen Geschmack, aber er hatte ihre Überzeugung und Entschlossenheit schon bei ihrem ersten Treffen
bemerkt, und ihre Unerschrockenheit war definitiv heiß.

Sie drehte sich um und blickte sofort nach unten. »Du bist
immer noch nackt!« Sie wirbelte wieder herum.

»Und du bist immer noch in meinem Trailer.« Lässig

schlang er sich das Handtuch um die Hüfte. »Du kannst dich jetzt umdrehen und mir den Kopf abreißen.«

»Bist du *angezogen*?«

»Du wirst es riskieren müssen.«

Langsam drehte sie sich um. Er verspürte den Drang, sich das Handtuch vom Körper zu reißen, nur um zu sehen, wie sie erneut aufbrauste, hielt sich aber zurück. Er hatte eine Schwester und kannte den Zorn wütender Frauen, also ließ er ihre Wut schweigend über sich ergehen. Sie stemmte eine Hand in die Hüfte und presste die Lippen aufeinander. Ihre perfekt gezupften Brauen zogen sich zusammen, als versuchte sie, sich daran zu erinnern, warum sie hergekommen war.

»Ich weiß nicht, was du da draußen versuchst«, sagte sie schließlich und schnaubte verärgert. »Aber ich lasse nicht zu, dass du es mir oder den anderen Menschen versaust, die unzählige Stunden in diesen Film gesteckt haben.«

»Glaubst du wirklich, dass ich das vorhabe? Es in den Sand zu setzen?« Er hob seine Limodose an. »Willst du was trinken?«

Sie verdrehte die Augen. »Das funktioniert vielleicht bei deinen Groupies, aber ich bin keine von denen.«

Er musterte die Limo. »Ich komme nicht mehr mit. Was funktioniert?«

Sie deutete mit einer Hand in seine Richtung. »Du. Nackt. Bietest mir *was zu trinken* an, was sicher ein Codewort für … Vergiss es! Für den Fall, dass es dir nicht aufgefallen ist, du hast schon genug von meiner Zeit verschwendet.«

»Ist das so?« Sie hatte ihn angeschnauzt, finster angesehen, begafft und den Kopf über ihn geschüttelt, aber abgesehen von gestern Abend, als sie von den Groupies genervt gewesen war – ebenso wie er –, hatte sie sich nicht einmal wirklich die Zeit genommen, mit ihm zu sprechen, wenn sie nicht gerade drehten. Nicht, dass das hier ein Gespräch war, aber immerhin kommunizierte sie mit ihm, anstatt sich in ihrem Trailer zu verstecken. »Und wie kommt das?«

»Wie?« Ihre Augen weiteten sich. »Erst erscheinst du nicht zum Treffen für die Vorproduktion und hast nicht mal den Anstand, jemandem Bescheid zu sagen, damit wir einen anderen Termin finden können. Dann tauchst du nicht nur am ersten Drehtag, sondern immer wieder zu spät auf. Und offensichtlich hast du deinen Text nicht gelernt. Das ist total unprofessionell. Mir ist schon klar, dass *No Strings* kein Blockbuster ist, aber es ist allen anderen gegenüber respektlos, wenn du so tust, als wäre alles egal.«

Er trat näher und bemerkte ihre beschleunigte Atmung und die aufflammende Hitze in ihren Augen, die nichts mit Wut zu tun hatte. Es war diese Flamme, die seinen Verstand in gefährliche Gefilde sandte, die er schon viel zu lange nicht mehr betreten hatte – und die Hitze, die sich in ihm sammelte, ließ ihn eilig in die Realität zurückkehren. In seinem Leben gab es keinen Platz für eine weitere Komplikation, und obwohl er den alles andere als herausragenden Ruf gewohnt war, den man als Rockstar nun mal hatte – selbstbezogen, angetrieben von Alkohol und Sex und nicht gerade der Hellste –, nahm er ihre Unterstellungen nicht auf die leichte Schulter.

»Ist es das, was du denkst? Dass mir dieser Film egal ist? Nur weil ich nicht der Schauspieler bin, auf den du gehofft hast?« All die Anspannung der letzten Wochen brodelte an die Oberfläche und seine Worte klangen barscher, als er beabsichtigt hatte.

Ein nachdenklicher Ausdruck breitete sich auf ihrem Gesicht aus.

»Diese Rolle anzunehmen, muss für eine Top-Schauspielerin wie dich ein Schritt zurück gewesen sein«, fuhr er ernst fort. »Hat dich jemand gezwungen, ein mieses Angebot anzunehmen? Und mit einem unprofessionellen Mistkerl wie mir zu arbeiten?«

»Natürlich nicht. Ich wollte diese Rolle. Ich wollte mit dir arbeiten.« Suchend sah sie ihm in die Augen, während sich Entschlossenheit und Verärgerung in ihrem Blick spiegelten. Eine Sekunde später wurden diese Emotionen beiseitegeschoben und von einem so unverschleierten Verlangen ersetzt, dass Boone unwillkürlich einen Schritt auf sie zu machte. Ihre Oberkörper berührten sich und sie beide schluckten schwer.

»Gut zu wissen.« Er kannte Leidenschaft und Lust, aber das Inferno, das zwischen ihnen tobte, war gefährlich verlockend und fast unwiderstehlich.

Als hätte sie seine Gedanken gelesen oder sich dabei ertappt, dass sie wie eine *Frau* statt wie eine wütende Schauspielerin auf ihn reagierte, verengte sie die Augen und hob trotzig das Kinn. »Deinetwegen sitzen wir zehn Tage zusammen in der Walachei von West Virginia fest. Du *darfst* es nicht vermasseln.«

»Was du nicht sagst, Trish. Ich hatte nie vor, es zu vermasseln«, erwiderte er aufrichtig. »Ich weiß dein Angebot zu schätzen, dass du mir helfen willst. Wir beide wissen, dass ich es nötig habe. Aber du kannst versichert sein, dass ich nicht vorhabe, dich zehn Tage von deinem Leben fernzuhalten. Nach ein paar Tagen wirst du von meinesgleichen befreit sein.«

Sie verschränkte die Arme und schüttelte den Kopf. Offensichtlich hatte er das Falsche gesagt.

»Ich weiß nicht, wie das bei dir läuft, wenn du auf Tour bist«, sagte sie wütend, »oder wer über deinen Zeitplan bestimmt, aber wenn man einen Film dreht, hat der Regisseur alle Fäden in der Hand. Er *besitzt* dich, und Chuck hat sehr deutlich gemacht, dass wir zehn Tage miteinander verbringen müssen. Wenn du diese Zeit also verkürzt, legst du dich bewusst mit ihm an.«

Gott, was wollte sie von ihm? *Wollte* sie zehn Tage in Hurricane, West Virginia, verbringen? Er dachte an Jude, dessen Leben jeden Tag, an dem er sich weigerte, einen Entzug zu machen, am seidenen Faden hing. Wenn Harvey ihn nicht überzeugen konnte, würde Boone es unmöglich einem anderen überlassen. Und wenn Lucky in Schwierigkeiten geriet oder seine Mutter erneut erkrankte, musste er West Virginia verlassen, um ihnen zu helfen. Und dann war da Trish, die sich für ihn in die Schusslinie warf, auch wenn sie gerade aussah, als würde sie ihn lieber erwürgen wollen. Auf keinen Fall würde er ihr etwas versprechen, was er wahrscheinlich nicht halten konnte.

Er war nicht gern ein Mistkerl, aber die Realität sah nun einmal so aus, wie sie aussah, und er würde nicht lügen, nur damit sie sich besser fühlte. Und er musste die Flammen zwischen ihnen ersticken, sonst würden ein paar Tage allein seiner mangelnden Konzentration überhaupt nicht helfen.

»Ich will das nicht für dich vermasseln, aber leider dreht sich die Welt nicht um dich *hübsche kleine Top-Schauspielerin* oder diesen Film. Zwei Tage, drei, wenn es nötig ist.«

Sie warf die Hände in die Luft und ging zur Tür. »Vor Drehstart hatte ich viel Respekt für dich. Jetzt habe ich keine Ahnung, was ich von dir halten soll.«

»Wie auch? Du siehst nur einen Typen, der deine Chance zerstört, groß rauszukommen.« Er hielt inne, um seine Worte sacken zu lassen. »Immerhin sind wir jetzt quitt, ich weiß nämlich auch nicht, was ich von dir halten soll.«

Drei

Am nächsten Abend saß Trish im Mietwagen vor dem West Virginia Airport, blätterte das *Rolling Stone*-Magazin durch und wartete darauf, dass Boone sein Telefonat beendete, damit sie losfahren konnten. Er lief unablässig neben dem Auto auf und ab. Sie betrachtete sein Foto auf dem Titelblatt und wünschte, sie hätte sich etwas anderes zum Lesen mitgenommen, war aber der Meinung gewesen, dass ihr Kindle die Reisezeit überstehen würde. Das verfluchte Ding hatte vor zehn Minuten den Geist aufgegeben, also hatte sie drei Möglichkeiten gehabt: etwas Interessantes auf dem Handy zu finden, Boone zu beobachten oder die blöde Zeitschrift zu lesen. Da sie zum Lesen zu frustriert war, klappte sie das Magazin zu und beobachtete Boone. Sein Gesicht war vor Sorge verzerrt. Er war schon seit Los Angeles abgelenkt und hatte mit seiner Mutter und seinem Bruder telefoniert, jeden anderen Anruf jedoch auf die Mailbox gehen lassen. Ob es die Blondine war, mit der sie ihn gesehen hatte, die nun seine ganze Aufmerksamkeit hatte?

Sie betrachtete das Foto von Boones nacktem Oberkörper auf dem Cover des Magazins und ihr Magen flatterte. Flatterte! *Oh nein!* Das war nicht mehr passiert, seit sie ein Teenager gewesen war. Diese Art von Ablenkung konnte sie sich nicht leisten. Das hier war ihre einzige Chance, ihm über das hinwegzuhelfen, was auch immer ihn bei der Darstellung seiner Rolle blockierte.

Trish nahm einen Stift aus ihrer Tasche und malte lächelnd eine dicke dunkle Brille über seine Augen. Als ihn das nur attraktiver machte – *dieser Mistkerl* –, malte sie ihm Narben ins Gesicht. Lange und schwarze Nähte wie bei Frankensteins Monster. *Nein. Immer noch viel zu heiß.* Sie kritzelte auf seinen Schultern und seinem Hals herum und malte jeden Zentimeter Haut aus, sodass ein krakeliger Frack seine Perfektion versteckte.

Sie zuckte erschrocken zusammen, als er die Autotür öffnete, und schob die Zeitschrift und den Stift in ihre Tasche.

»Entschuldige, dass es so lange gedauert hat.« Er musterte sie neugierig und setzte sich dann grinsend. »Die meisten Leute wollen, dass ich meine Klamotten *aus-* und nicht anziehe.«

Trish folgte seinem Blick zur Zeitschrift, die aus ihrer Tasche lugte. *Mist.*

»Wird auch Zeit«, fauchte sie.

Er senkte den Kopf und sprach etwas leiser und irgendwie rauer. »Machen wir es oder nicht?«

Sie blinzelte ein paar Mal und kämpfte gegen die lächerliche Antwort *Ja, bitte* an. »Wir haben keine Wahl. Unzertrennliche Zwillinge, schon vergessen?«

»Warum machst du dir denn so ins Höschen?«

Sie verdrehte die Augen, als wäre es ihr nicht durch Mark und Bein gegangen, dass er von ihrem Höschen sprach. »Was denkst du denn?«

Mit angespannten Kiefermuskeln fuhr er vom Parkplatz. »Ich hab mich doch entschuldigt, dass es so lange gedauert hat.«

»Schon in Ordnung. Lass uns einfach fahren.«

Sie hörten Radio. Sein Handy vibrierte einige Male. Jedes Mal warf er einen Blick darauf und legte es dann wieder zurück.

Es vibrierte erneut und schließlich konnte sie nicht mehr an sich halten. »Willst du nicht rangehen?«

»Nein.«

»Was, wenn es wichtig ist?«

»Wenn du nicht noch mal eine halbe Stunde am Straßenrand warten willst, kümmere ich mich darum, sobald wir da sind.«

»Du gehst also nicht ran, weil du nicht willst, dass ich dein Gespräch mit anhöre?« Das weckte ihre Neugier.

»Bingo.«

Jetzt klingelte ihr Handy und sie nahm es grinsend aus der Tasche. »So sehr interessiert es mich, dass du meine Gespräche hörst.« Sie sah den Namen ihres Bruders Duke auf dem Display und fluchte innerlich. Warum konnte es nicht Fiona sein? Bei ihr konnte sie kryptische Antworten geben und Fiona würde trotzdem jedes Wort verstehen. Bei Duke war das nicht annähernd so leicht.

»Hey, Duke.«

Boone sah sie neugierig an. Sie schenkte ihm ein Siehst-du-wie-einfach-das-ist-Grinsen.

»Hey, Schwesterherz«, sagte Duke. »Du hast mich nicht zurückgerufen. Alles in Ordnung?«

»Entschuldige. Es war viel los. Alles gut. Ich bin auf dem Weg nach Hurricane in West Virginia. Zehn Tage, wie Chuck Russell angeordnet hat.« Sie ließ bewusst aus, dass nur Boone und sie dort sein würden, denn ihr Bruder neigte dazu, sich unnötig Sorgen zu machen.

»Sie haben den Drehplan geändert? Ich dachte, du wärst noch einen Monat in L. A.«

»So was in der Art«, erwiderte sie. »Ich hab letzte Woche mit Gabby gesprochen. Sie meinte, dass die Hochzeitsplanung abgeschlossen ist. Du bist sicher erleichtert.«

»Sehr. Ich würde sie gleich morgen heiraten, wenn sie zustimmen würde. Warte mal kurz.« Sie hörte, wie er mit jemandem sprach, und als er sich wieder an sie wandte, klang er gehetzt. »Trish, ich muss los, aber ich wollte sichergehen, dass es dir gut geht. Jake Braden hat mich angerufen und erzählt, dass du Probleme mit Boone Stryker hast. Sag mir Bescheid, wenn du mich brauchst. Der Typ hat einen schlechten Ruf. Ich möchte nicht, dass du dich ihm allein stellst, okay? Versprich es mir.«

Sie musterte Boone, der vorgab, nicht zu lauschen, aber sie war ziemlich sicher, dass er jedes Wort mitanhörte. »Duke, du weißt, dass es nichts gibt, womit ich nicht klarkomme.« Ihr Bruder wusste, dass es stimmte, auch wenn er sich weigerte, sie so zu behandeln, als würde er daran glauben. Sie gab Duke kein Versprechen, weil sie es unmöglich halten konnte. Aber sie versicherte ihm, dass sie anrufen würde, sollte sie Hilfe brauchen.

Sie fuhren die Main Street entlang, in der ein gewaltiges Bankgebäude mit breiten Steinsäulen, das in den tiefsten Süden zu gehören schien, neben einem altmodischen, kleinen Diner stand. Direkt dahinter befanden sich frei stehende Läden mit unterschiedlich hohen Stockwerken und in verschiedenen Baustilen. Einige wirkten eher wie Wohnhäuser, während andere den Backsteinbürogebäuden ähnelten, die in Großstädte gehörten. Der breite Gehweg wurde von Straßenlaternen erhellt und an jeder Ecke standen Bäume in Kübeln, was der schrulligen Stadt einen einladenden Charme verlieh.

Sie hielten an, um zu tanken und einzukaufen. Die junge

Kassiererin musterte sie eindringlich. »Ihr kommt mir bekannt vor.«

»Wir sind nur auf der Durchreise«, sagte Boone.

»Hm.« Sie sah zu, wie er seine Kreditkarte durch das Gerät zog und reichte ihm dann den Beleg. »Jetzt weiß ich, an wen du mich erinnerst. Diesen kubanischen Schauspieler. Wie heißt er noch? Oh, richtig! William Levy. Meine Freundin steht total auf ihn. Aber er hat nicht so viele Tattoos wie du.«

Boone lächelte. »William Levy. Ich werde ihn googeln müssen.«

Trish unterdrückte ein Lachen. William Levy war ziemlich heiß, aber er war nicht gerade jedem ein Begriff. Es sollte sie nicht überraschen, dass Boone keine Ahnung hatte, wer er war.

»Was unternimmt man hier, wenn man sich amüsieren will?«, fragte sie die Kassiererin.

»Was unternehmen? In Hurricane?« Sie lachte. »Wenn ihr gerne Billard spielt oder Karaoke singt, solltet ihr ins Rum Hummer gehen, aber meistens hängen die Leute nur rum.«

Sie bedankten sich und während Boone die Einkäufe im Auto verstaute, ging Trish auf die Toilette. Als sie wiederkam, war das Auto nicht verschlossen, aber Boone war nirgends zu sehen. Sie hatte keine Ahnung, wie sie ihn einschätzen sollte, aber je mehr Zeit sie miteinander verbrachten, desto neugieriger wurde sie.

Ein paar Minuten später kam er mit einem kleinen grauen Kätzchen, das sich an seine Brust schmiegte, und einem Katzenklo unterm Arm aus dem Laden. An seiner Seite baumelte eine volle Einkaufstüte. Bei dem Anblick schmolz ihr Herz dahin. Sie nahm ihm die Tüte ab und warf einen Blick hinein. Katzenstreu, Katzenfutter und Spielzeug. *Spielzeug?* Sie schmolz noch ein wenig mehr.

Er stieg ins Auto und setzte sich das Kätzchen auf den Schoß.

»Warst du einsam?«, fragte sie.

»Hab ihn auf dem Parkplatz gefunden. Er trägt kein Halsband, also hab ich im Laden rumgefragt. Niemand scheint zu wissen, woher er kommt.« Er hob das Kätzchen an und sah in seine winzig kleinen Äuglein. »Ich konnte ihn doch nicht da draußen verhungern lassen.«

»Also behältst du ihn?«

Er setzte das Kätzchen wieder auf seinen Schoß und legte schützend eine große Hand über seinen weichen kleinen Körper. »Wäre es dir lieber, wenn ich ihn in ein Tierheim bringe? Dort werden die Tiere getötet, wenn sie nicht vermittelt werden.«

»Nein, natürlich nicht, aber du scheinst kein Katzen-Typ zu sein.« Sie streichelte das Kätzchen und ihre Hände berührten sich. Ein elektrischer Schauer schoss ihren Arm hinauf. Er musste es auch gespürt haben, denn als sich ihre Blicke trafen, loderte Hitze zwischen ihnen auf.

Ein wenig durcheinander zog sie ihre Hand zurück. »Wie wirst du ihn nennen?«

Er zuckte mit den Schultern und fuhr zurück auf die Straße. »Wenn ich das wüsste.«

»Das ist kein sehr schöner Name«, neckte sie, was ihr das erste echte, aufrichtige Boone-Stryker-Lächeln einbrachte, und sie mochte es sehr. Wirklich sehr. Sie wollte sich Luft zufächeln. Stattdessen fuhr sie das Fenster hinunter und ließ die kühle Luft über ihre erhitzte Haut strömen.

»Das sieht aus, als würdet ihr beide bald auch unzertrennlich sein«, neckte sie ihn weiter.

Er lachte.

Oh nein. Sie hätte wissen müssen, dass ihr auch das gefallen würde.

Trish hatte recht, dass er kein Katzen-Typ war, aber er gehörte auch nicht zu denen, die einfach an einem hilflosen Menschen – oder Wesen – vorbeigehen konnten. Aber er würde der Katze keinen Namen geben. Sobald er das tat, würde sie für immer ihm gehören und einen Platz auf der Liste der Dinge erhalten, um die er sich Sorgen machen musste. *Nein. Kein Name für dich, kleiner Kumpel.* Er würde ihm ein gutes Zuhause bei jemandem besorgen, der weniger Schwierigkeiten im Leben hatte. Vielleicht würde er ihn zu seiner Mutter oder Schwester geben.

Nun waren sie auf der Suche nach dem Farmhaus. Das Navi führte sie zu einer schmalen, gewundenen Straße, die sie fünfzehn Minuten von jeder Form der Zivilisation wegbrachte und sich an einem breiten Fluss gabelte. Boone hielt am Ende der Straße, da er absolut keine Ahnung hatte, welchen Weg sie einschlagen sollten, oder ob sie überhaupt richtig waren.

Trish schrieb eifrig Nachrichten und hatte sich mit untergeschlagenen Beinen auf den Beifahrersitz gepflanzt, als würde sie sich absolut wohlfühlen. Angesichts dessen, wie angespannt sie gewirkt hatte, hatte er nicht damit gerechnet. Andererseits hatte er auch damit gerechnet, dass sie sich wie eine hochnäsige Schauspielerin kleiden würde, und war angenehm überrascht gewesen, als sie eine ausgefranste, figurbetonte kurze Jeans, ein schwarzes Shirt mit lockerem Ausschnitt und Sandalen trug. Auch das große, bunte Schmetterlingstattoo auf dem linken

Arm direkt über ihrem Ellbogen hatte ihn überrascht, ebenso wie die Andeutung eines weiteren Tattoos, das unter dem Kragen ihres Oberteils hervorlugte. Beim Dreh musste beides mit Make-up verdeckt gewesen sein. Und sie hatte auf ihn definitiv nicht wie die Art Frau gewirkt, die ein breites, sexy, schwarz-braunes Lederarmband trug. Das brachte ihn auf Ideen, ihr etwas ganz anderes ums Handgelenk zu legen.

»Such dir was aus«, sagte er. »Links oder rechts?«

»Wir leben in einer Gesellschaft aus Rechtshändern, also da lang.« Sie musterte das schlafende Kätzchen auf seinem Schoß.

»Okay, aber du solltest wirklich aufhören, mir in den Schritt zu gucken.«

»Hättest du wohl gern.« Sie deutete mit dem Finger auf das Kätzchen. »Ich hab gesehen, was du da unten hast, schon vergessen?«

»Ja, und ich erinnere mich auch an den ziemlich beeindruckten Ausdruck in deinen Augen, als du es gesehen hast.«

»Du bist unverbesserlich.«

»Feuer mich nur an, Baby.«

Sie lächelte aufrichtig und ihre unglaublichen grünbraunen Augen strahlten. Sie brachten all ihre Emotionen lebhaft zur Geltung, weshalb sie jede Szene als Schauspielerin so perfekt vermittelte. Er wusste bereits, dass es ihr dadurch auch schwerfiel, ihre Gefühle zu verbergen. Er riskierte einen weiteren Blick auf sie, betrachtete ihre hohen Wangenknochen und das leicht spitze Kinn. Sie hatte sich Kopfhörer in die Ohren gesteckt. Das hatte sie auch schon im Flugzeug getan. Jetzt wollte er unbedingt wissen, was sie hörte. Sie hatte sich die Haare hinters Ohr geschoben und entblößte mehrere Stecker und kleine Ringe, die sich über ihr Ohrläppchen und die ganze Ohrmuschel hochzogen. Offensichtlich war sie nicht so konservativ, wie sie wirkte.

Sie hatte eine Stupsnase und ihm war aufgefallen, dass sie sie leicht kräuselte, wenn sie wütend war, wodurch sie noch niedlicher wirkte.

Er spürte, wie ein Lächeln an seinen Mundwinkeln zupfte. Es war lange her, seit ihm nach Lächeln zumute gewesen war. Er sah erneut zu ihr hinüber. Sie schrieb immer noch Nachrichten und ihre Daumen flogen geradezu über das Display. Sie war so stur, wie der Tag lang war. Als er ihr Gepäck hatte tragen wollen, hatte sie darauf bestanden, es selbst zu nehmen, und als er ihr die Autotür aufhalten wollte, hatte sie sich an ihm vorbeigedrängt und sie selbst geöffnet. Andererseits war sie im Flugzeug ausgelassen gewesen, hatte seine Snacks geklaut und ihn auf Frauen hingewiesen, die ihn beobachteten. Sie weckte in ihm den Wunsch, dem Chaos in seinem eigenen Leben zu entfliehen. Und das lag nicht nur daran, dass sie wunderschön war. Wunderschöne Frauen gab es in Los Angeles wie Sand am Meer. Vielleicht lag es daran, dass sie einige Tage ihrer Zeit opferte, und obwohl sie gestern aufgebracht gewirkt hatte, hatte sie heute keine bissigen Kommentare dazu gemacht. Oder vielleicht lag es daran, dass ihr nicht ständig so wie ihm ein Shitstorm folgte. Wie auch immer, sie ging ihm unter die Haut.

Nach zehn Minuten auf der gewundenen Straße wäre Boone am liebsten zum Flughafen zurückgefahren. »Bist du sicher, dass Chuck uns nicht einfach nur ins Blaue fahren lässt?«

Trish wippte zum Rhythmus der Musik. Er nahm ihr einen der Kopfhörer ab, ignorierte ihre Empörung und steckte ihn sich ins Ohr.

»REO Speedwagon?« Er lachte.

Sie riss ihm den Kopfhörer aus der Hand. »Zufällig mag ich sie. Und Journey und so gut wie alle anderen Musiker aus den Achtzigern. Queen. Madonna. Phil Collins.« Sie deutete auf den

Schotterweg. »Sieh mal. Da auf dem Hügel steht ein Haus. Ich wette, das ist es.«

»Ich hätte dich nicht für eine Musikliebhaberin gehalten.« Boone bog auf den Zufahrtsweg und folgte den zerfurchten Reifenspuren im dichten Gras den Hügel hinauf.

»Ich liebe Musik. Ich liebe jede Art von Musik, aber nichts kommt gegen ›Can't Fight This Feeling‹ oder ›Faithfully‹ an. Oh, Moment, vielleicht ›Keep on Loving You‹. Das mag ich sehr. Ich liebe auch Michael Jackson.«

Er parkte vor dem alten, mit Schindeln verkleideten Farmhaus und sah dabei zu, wie sie ihr Handy in die Handtasche steckte.

»Hör auf, mich anzusehen. Es ist mir egal, ob du diese Bands hasst.«

Er machte sich nicht die Mühe, ihren Eindruck zu korrigieren, und richtete seine Aufmerksamkeit auf das Haus. Was sie wohl noch gemeinsam hatten?

Die schäbige, verblassende weiße Verkleidung des Hauses war alt und verwittert und einige der Schindeln fehlten. Wucherndes Gestrüpp bedeckte die Fenster links neben der Haustür. Unkraut und Efeu schlängelten sich wie eindringende Tentakel über den Türrahmen zu dem leicht geneigten Dach.

»Das soll wohl ein Witz sein.« Boone sah zu Trish und wartete darauf, dass sie sich beschwerte, doch sie war bereits ausgestiegen und ging zum Haus. Er drückte dem Kätzchen einen Kuss auf den Kopf und setzte es auf den Sitz. »Warte hier, kleiner Kumpel.«

»Es ist perfekt«, sagte Trish, als er ausstieg. »Genau so habe ich es mir vorgestellt.« Das Gras reichte ihr fast bis zu den Knien und es überraschte ihn erneut, dass es sie nicht zu stören schien.

»Ach ja?«

Sie stemmte die Hand in die Hüfte und sah ihn finster an. »Jetzt weiß ich mit Sicherheit, dass du das Drehbuch nicht komplett gelesen hast, denn genau so habe ich mir Ricks und Delias Haus vorgestellt.«

Ihm lag bereits eine Ausrede auf der Zunge, aber als er den Mund öffnete, um sie auszusprechen, blieb sie ihm förmlich im Halse stecken. Er war noch nie ein guter Lügner gewesen und wünschte sich manchmal, es zu sein, wie jetzt, denn es würde die Dinge um einiges einfacher machen.

»Ich wusste es.« Sie marschierte zur Veranda. »Warum hast du überhaupt zugestimmt, in diesem Film mitzuspielen?«

Er hielt sie am Arm fest. »Dann hatte ich eben keine Zeit, das ganze Drehbuch zu lesen. Ist das ein Verbrechen?«

»Nein, aber es ist unprofessionell und respektlos uns anderen gegenüber, denen es wirklich etwas bedeutet.« Sie sah ihn finster an, doch unter der Wut erkannte er einen tieftraurigen Ausdruck, der wirkte, als hätte er sie persönlich enttäuscht.

Das störte ihn ungemein und machte ihn für einen Moment sprachlos.

»Unglaublich«, schimpfte sie. »Wenn ich in einem deiner Musikvideos wäre, würde ich nicht so nachlässig sein.«

»Trish …«

Sie zog ihren Arm aus seinem Griff. »Spar dir das, denn was auch immer du zu sagen hast, entschuldigt deine Gleichgültigkeit für dieses Projekt nicht. Du hättest jemandem die Rolle überlassen können, der sich wirklich dafür interessiert.«

»Grundgütiger. Du bist ganz schön von dir überzeugt, nicht wahr?«

Geschockt drehte sie sich um.

»Du hast recht«, gestand er. »Ich hätte jemand anderem die

Rolle überlassen können. Aber nur weil sie an einen besseren Schauspieler hätte gehen können – was definitiv möglich wäre, wenn man bedenkt, dass ich kein Profi bin –, heißt das nicht, dass diesem jemand die Geschichte wichtiger gewesen wäre als mir.«

Sie verschränkte die Arme und sah ihn an, als überlegte sie, ob sie ihm glauben wollte oder nicht. Seit einem Jahrzehnt wurde er von der Presse und der Öffentlichkeit auseinandergenommen. Würde das jemals aufhören?

»Ich bin hier, mitten im Nirgendwo«, sagte er schließlich, so ruhig er konnte, was etwa der Ruhe eines Wintersturms gleichkam. »Wenn mich der Film wirklich kaltlassen würde, denkst du dann ernsthaft, ich wäre hier?«

Sie verengte die Augen und schien sich nicht entscheiden zu können, ob sie verletzt oder wütend sein sollte. Er drehte sich um und ging zum Auto, sah jedoch noch, dass die Wut gewonnen hatte. Konnte er ihr einen Vorwurf machen? Der Stachel in seiner Bemerkung war ja deutlich genug. Verdammt. So hatte er es nicht gemeint und Trish verdiente das auch nicht. Vor allem, da sie die Einzige war, die nicht hier sein musste. Er kämpfte gegen seine über Jahre perfektionierte Fähigkeit an, jeden bis auf seine Familie und engsten Freunde auszuschließen, und drehte sich um, damit er sich entschuldigen konnte, doch sie war bereits im Haus verschwunden.

Vier

»Ernsthaft, Fi, er ist so arrogant und selbstbezogen, wie er sexy ist, und …« Trish stöhnte. Boone und sie waren in peinlichem Schweigen durchs Haus gegangen und hatten ihr Gepäck und die Einkäufe verstaut. Die Luft war vor Anspannung zum Schneiden dick und jeder Schritt war ihr schwergefallen. Sie hatte genug Erfahrung, um die Worte oder das Verhalten eines anderen Schauspielers – oder Möchtegern-Schauspielers – nicht persönlich zu nehmen, aber aus irgendeinem Grund taten seine Worte weh, auch wenn sie es nicht sollten. Für ihn war sie nur jemand, der ihm half, in seine Rolle zu schlüpfen, und er bedeutete ihr nichts. Ihre alberne Reaktion hatte sie hinaus auf die Wiese getrieben, damit sie bei Fiona Dampf ablassen konnte. Auf dem College hatten sie zusammengewohnt, und wenn sich jemand ihr Geschimpfe anhören würde, dann Fiona.

»Na und?«, sagte Fiona. »So sind die meisten Schauspieler, mit denen du zu tun hast.«

»Er ist kein Schauspieler.«

»Richtig, und genau deswegen bist du überhaupt da. Euch beide zu isolieren war die richtige Entscheidung. Du sagst doch immer, dass man nur in einen Charakter eintauchen kann, wenn man sich darin vertieft. Du weißt, wie dieses Spiel läuft.«

»Ja«, räumte Trish ein. »Ich sitze zehn Tage mit ihm hier fest, wenn er so lange bleibt.«

»Mehrere Wochen«, korrigierte Fiona. »Diese zehn Tage sollen ihn nur in Form bringen. Ihr müsst immer noch den Film drehen. Und darf ich dich daran erinnern, dass du jahrelang sein Bild als Hintergrund auf deinem Laptop hattest und dich total darauf gefreut hast, ihn kennenzulernen, und erst recht darauf, mit ihm zu arbeiten, bevor er dieses erste Treffen verpasst hat?«

Es stimmte. Trish hatte sich wie ein verknallter Teenager benommen, was albern war, da sie von Boones Ruf wusste. Die schiere Anzahl der spärlich bekleideten Frauen und Männer an seinem Trailer hatten diese Gerüchte nur bestärkt.

»Das war, bevor er meine Fantasievorstellung ruiniert hat.«

Fiona lachte. »Jetzt kommen wir zum Kern des Problems.«

Trish seufzte und blickte zum Farmhaus. Boone hatte die ganze Zeit das Kätzchen mit sich herumgetragen. »Weißt du«, meinte sie etwas weniger wütend. »Er hätte lügen und behaupten können, dass er das Drehbuch gelesen hat.«

»Ja, darauf hast du hingewiesen, als du es mir erzählt hast.«

»Ich weiß. Ich musste nur wieder daran denken.« Während der ersten fünf Minuten ihres Telefonats war sie zu aufgebracht gewesen, um irgendetwas zu verarbeiten, aber nun, da sie ruhiger war, dachte sie an Boones süßere Seite. »Er hat auch die Party sofort aufgelöst, als ich ihn darum gebeten habe, und hat sich für mein Angebot bedankt, ihn bei seiner Schauspielerei zu unterstützen. Aber er hat auch etwas Schroffes an sich. Und wie kann jemand in einem so großen Film mitmachen und *nicht* Tag und Nacht den Text lernen?«

»Trish, du kennst die Antwort darauf.«

Fiona hielt so lange inne, bis Trish ihr zustimmte. Es gab

genügend tolle Schauspieler, die in den ersten Drehwochen nicht immer auf den ganzen Film vorbereitet waren.

»Erinnerst du dich daran, wie sehr ich mich darauf gefreut habe, hier zu drehen?« Sie ging zurück zum Haus. »Ich habe wochenlang von diesem Haus geträumt und sobald wir hier waren, habe ich es gespürt, Fi. Es passt einfach zu Rick und Delia.«

»Wie könnte ich das vergessen? Du hast mir ununterbrochen davon geschrieben und jetzt bist du dort, wo Delias und Ricks Welt zum Leben erwachen wird. Du solltest die Probleme mit Boone einfach abschütteln und dich in deine Rolle stürzen, wie du es immer tust.«

Sie dachte einen Augenblick darüber nach. Das Haus war absolut perfekt, angefangen von den knarrenden Dielen und den Spinnweben, bis hin zu den angeschlagenen und verbeulten alten Küchengeräten und der gesplitterten Fensterscheibe im Wohnzimmer.

»Normalerweise würde ich das, aber ich muss meinen Text mit einem Mann durchgehen, der eiskalt wird, wenn er schauspielert.«

»Hm. Na ja, du kannst nicht zulassen, dass er dir diese Chance ruiniert, wie wäre es also, wenn ihr die ganze Zeit in euren Rollen verbringt? Er wird nicht anders können, als aus sich herauszugehen und sich auf dich einzustellen.«

Sie hörte das Lächeln und die Herausforderung in Fionas Stimme. »Weißt du was? Du hast recht. Das ist *meine* Chance. Ich darf mich von ihm nicht runterziehen lassen.«

»Ganz genau und stell dir nur mal vor, wie viel stärker deine Darstellung dadurch sein wird. Du hattest bisher noch nie so eine Gelegenheit mit einem Filmpartner. Jetzt hast du ganze zehn Tage, um eure Fähigkeiten zu verbessern und jede

Einzelheit der Chemie zwischen euch zu perfektionieren.«

»Also … *Das* ist Teil des Problems. Es fällt mir sehr schwer, ein Gleichgewicht zwischen meiner Vorstellung von Boone und der Realität zu finden.«

Fiona lachte. »Ach was.«

»Was soll das denn heißen?«

»Wir beide wissen, dass du eine herausragende Schauspielerin bist, aber du vergisst, dass ich dich besser kenne als irgendjemand sonst auf dieser Welt. Du kannst mir erzählen, dass er der größte Mistkerl ist, dem du je begegnet bist, aber ich kann trotzdem zwischen den Zeilen lesen. Obwohl er so unausstehlich ist, findest du ihn extrem heiß.«

»Tue ich nicht.« Oh doch, aber sie wehrte sich dagegen und würde es weiter tun, bis die Dreharbeiten abgeschlossen waren und sie genug Abstand zwischen sie bringen konnte, um ihre Schwärmerei zu überwinden.

»Okay, tun wir so, als wäre es so. Aber seit wann nimmst du dir irgendwas zu Herzen, was ein anderer Schauspieler sagt – vor allem ein Neuling?«, fragte Fiona. »Normalerweise verdrehst du nur die Augen und machst weiter.«

»Na schön! Ich gebe zu, dass die sexuelle Spannung zwischen uns total heiß ist, wenn wir nicht schauspielern, doch wenn wir es tun, scheint er sie geradezu auszuknipsen. Das tut meinem Ego nicht gerade gut und meinen Schauspielfähigkeiten auch nicht.«

»Aber du stehst überhaupt nicht auf ihn«, stichelte Fiona. »Nur für den Fall, dass du deine Meinung änderst, du könntest ihm jederzeit den Mund zukleben, damit er nichts Schroffes sagt und deine Fantasie zerstört.«

Trish lachte. »Er würde das Klebeband abreißen.«

»Dann fessle seine Hände«, schlug Fiona vor. »Ans Bett.«

Die Vorstellung von Boone, nackt und mit verbundenen Augen ans Bett gefesselt, verursachte ihr eine Gänsehaut. *Auf jeden Fall mit verbundenen Augen*, denn diese intensiven Augen ließen sie ihren eigenen Namen vergessen.

»Das ist nicht hilfreich, Fi.«

»Oh, ich denke, da liegst du falsch. Ich kann hören, wie sich die Rädchen in deinem Kopf drehen.«

»Ich lege jetzt auf. Hab dich lieb.«

Sie beendete den Anruf und dachte über Fionas Vorschlag nach, in ihren Rollen zu bleiben. Gleichzeitig bemühte sie sich, *nicht* darüber nachzudenken, wie Boone an ihr Bett gefesselt war. In ihren Rollen zu bleiben war eine perfekte Idee. Es wäre für Boone unmöglich, ihrem Beispiel nicht zu folgen.

Arme drogensüchtige Freundin, ich komme.

Als sie sich dem Haus näherte, erfüllte eine vertraute Melodie die Luft. Boone spielte »Beyond the Dust«, einen seiner Songs, der zu ihren Lieblingsliedern gehörte. Er sang nicht, sondern spielte einfach nur die stürmische Melodie, aber in ihrem Kopf hörte sie seine raue Stimme.

Strangers pass
Eyes full of stars
Full of themselves, full of pain
Full of dreams, full of shit
Over the bridge, on the road
They see the sky, passersby
But they don't see
They don't see
They don't see beyond the dust

Boone war auf der Veranda und sein Anblick brachte seine

Stimme in Trishs Kopf zum Schweigen. Er hatte auf der obersten Stufe Platz genommen, ein Bein ausgestreckt und das andere angewinkelt, während er auf seiner Gitarre spielte und das brache Land betrachtete, das sich schier endlos erstreckte. Woran er wohl gerade dachte? Ob er überhaupt nachdachte? Wenn sie schauspielerte, geriet sie in einen Zustand, in dem nur der Moment existierte, den sie gerade schuf. Fühlte es sich für ihn auch so an, wenn er Gitarre spielte? Sah er die nahenden Wolken, deren Schatten sich mit dem Wind bewegten? Oder verlor er sich in jeder gezupften Saite und jedem Wort, das er sang oder nicht sang?

Ihr Handy klingelte und er drehte sich um. Ihre Blicke trafen sich. Trishs Puls beschleunigte sich und sie wurde von einer allumfassenden Hitze erfüllt. Erneut klingelte ihr Handy und sie brach den Blickkontakt ab, ehe sie ins Haus flüchtete, um den Anruf von Joel, Chucks Assistenten, anzunehmen. Mit wild klopfendem Herzen ging sie hinauf in ihr Zimmer, um das Drehbuch herauszusuchen, während sie Joels Fragen beantwortete. Sie versicherte ihm, dass sie alles hatten, was sie brauchten, und bereits den Text durchgingen. Das war geschwindelt, aber sie würden es bald tun, vorausgesetzt, sie brachte ihre verrückten Hormone unter Kontrolle.

Boone hörte, wie die Fliegentür geöffnet wurde und Trishs Schritte sich näherten. Er hatte sich vorhin bei ihr entschuldigen wollen, aber sie hatte dichtgemacht. Und gleich darauf war sie in dieser wunderbar kurzen Hose aus dem Haus gestürzt und war mit ihren langen Beinen schnell und aufgebracht über die

Wiese gestürmt, bis sie so weit weg war, dass sie mit den Bäumen verschmolzen war. Er hatte sich daran erinnert, dass sie nicht sein Problem war, so wie er es bei fast jeder anderen Frau tat, die er kannte, und hatte es sich und dem Kätzchen bequem gemacht. Nachdem er das Kleine gefüttert hatte, war er nach draußen gekommen, um sich von Trish abzulenken und auf Nachricht von Harvey zu warten. Harvey hatte ihm vorhin erzählt, dass er zu Jude gefahren war, der aber nicht zu Hause gewesen war. Er telefonierte jetzt herum und versuchte, ihn aufzuspüren. Boone hatte Jude seit ihrer Ankunft ein paar Mal angerufen, war aber jedes Mal auf der Mailbox gelandet. Der Vorfall mit Trish hatte seiner Laune nicht geholfen und er wusste, dass die Sache mit Jude für sein Verhalten Trish gegenüber verantwortlich war.

Trish setzte sich neben ihn und streichelte das schlafende Kätzchen in seinem Gitarrenkoffer. Er hatte ein paar seiner T-Shirts hineingelegt, damit es darauf schlafen konnte. Er wollte es nicht allein im Haus lassen. Dort gab es viel zu viele Möglichkeiten, um in Schwierigkeiten zu geraten.

»Du hast ihm ein Bett gemacht.«

Ihr süßer Tonfall erregte seine Aufmerksamkeit. Sie lächelte. Entweder war diese Frau vollkommen durchgeknallt oder sie hatte da draußen guten Stoff geraucht, denn es gab kein Anzeichen der wütenden, aufgebrachten Frau mehr, die eben aus dem Haus gestürmt war. In seinem Leben gab es so viele durchgeknallte Dinge, dass er beinahe daran erstickte, und wenn sie Kifferin oder ein Junkie war, wollte er kein Teil dieser zehn Tage oder des Films an sich sein.

Er musterte ihr Gesicht. Ihre Augen waren klar und hell, aber sie verhielt sich definitiv anders und strahlte etwas Lustloses aus.

»Ich hab im Laden kein Körbchen gefunden und wollte ihn im Auge behalten.«

»Das war lieb von dir. Wie willste ihn nennen?«

Der Dialekt überraschte ihn. Trish war sprachgewandt und er hatte sich während der Reise genug mit ihr unterhalten, um zu wissen, dass sie nicht so etwas wie *willste* sagen würde. Er legte die Gitarre auf sein Bein und versuchte, ihr Spiel zu durchschauen. »Ich hab noch nicht darüber nachgedacht.«

»Na ja, ich bin sicher, dass dir was einfällt.«

Sie sah ihm so vertrauensvoll in die Augen, dass sich sein Magen verkrampfte.

»All die Jahre, in denen ich dir beim Spielen zugehört hab«, sagte sie. »Ich will nicht an den Tag denken, wenn du nicht mehr hier sein wirst.«

Ein eiskalter Schauer lief ihm beim Klang ihrer weichen Stimme und dem langsamen Rhythmus ihrer Worte über den Rücken.

Sie strich mit einem Finger über seinen Arm. »Komm schon, Ricky. Verstell dich nicht mehr. Wir wissen beide, dass du nächsten Monat weg bist, um ein Star zu werden.«

Ricky. Grundgütiger, sie schauspielerte und war so verdammt gut darin, dass sie ihn schon aus dem Gleichgewicht gebracht hatte. Einen Moment lang schloss er die Augen, um sich zu sammeln. Am Set war er schon nicht darauf vorbereitet, dass die Szenen unvermeidlich die Vergangenheit ans Licht zerrten, aber hier, mitten im Nirgendwo, wo er sich eigentlich hatte entschuldigen wollen und überhaupt nicht an das Drehbuch dachte, fühlte er sich geradezu überfallen.

»Trish.«

»*Delia*, Liebling.« Sie lächelte und legte unschuldig den Kopf schief, woraufhin sich seine Kehle zuschnürte.

Sie war gut. Zu gut. Sie war der Grund, warum er am Set seine Mauern hochzog. Er hatte geglaubt, dass er bestimmte Teile seines Lebens hinter sich gelassen hatte, und hätte nie damit gerechnet, dass dieser Film sie wieder ans Licht zerren würde. Wie sollte er in einem Film mitspielen, wenn ihn alles, was Trish tat, an die schwersten Momente seines Lebens erinnerte?

»Trish«, warnte er sie. »Was auch immer du tust. Hör auf.«

Sie griff hinter sich und legte ihm grinsend das Drehbuch von *No Strings* in den Schoß. »Deswegen sind wir hier. Schon vergessen?«

Er stand auf. Sie hatte recht, aber das änderte nichts an der Tatsache, dass er jedes Mal Destiny sah, wenn sie in ihre Rolle als Delia schlüpfte. Und jedes Mal, wenn sie zu den Szenen kamen, in denen sie unter Drogen stand, wurde er von einem Sturm aus Wut und Traurigkeit erfasst, bis er das Gefühl hatte zu explodieren.

»Natürlich weiß ich das, aber ...«

»Nichts aber.« Sie trat näher. Ihr Gesichtsausdruck strahlte Entschlossenheit aus und bildete einen scharfen Kontrast zu der leise sprechenden Frau, die sie vor wenigen Sekunden gespielt hatte. »Wir haben zehn Tage, um es auf die Reihe zu bekommen, und wenn ich dich festbinden muss, damit du deinen Text lernst, wir werden diesen Film drehen.«

Und schon wurde sie zu der trotzigen, klugen, talentierten Schauspielerin, die ganz anders war als die bedürftigen Frauen, die er kannte. Sie brachte alle seine Gefühle in Aufruhr. Das war schon sehr lange nicht mehr passiert und anstatt dagegen anzukämpfen, ließ er sich mitreißen. Die perfekte Ablenkung von einer Realität, der er sich nicht stellen wollte.

»Süße, ich stehe nicht auf Fesselspielchen, aber für dich

könnte ich eine Ausnahme machen.«

Ihr Lächeln wurde sinnlich. »Du hast ein sehr schlechtes Erinnerungsvermögen.« Ihr Blick wanderte von seinem Gesicht über seine Brust und jagte sengende Hitze Richtung Süden. Als sie ihn wieder ansah, verpuffte all diese Hitze und wurde von einem kalten, harten Blick ersetzt.

»Ich bin *kein* Groupie. Ich bin eine seriöse Schauspielerin, und mit dir zu schlafen steht ganz unten auf der langen Liste der Dinge, die ich erreichen will.« Die Hitze zwischen ihnen strafte ihre Worte Lügen.

»Aber ich stehe auf deiner Liste«, sagte er und hoffte, zu der Drohung mit den Fesseln zurückkommen zu können. Diese Vorstellung gefiel ihm um einiges mehr als die anderen Emotionen, die ihre Szenen an die Oberfläche brachten.

Sie öffnete den Mund und klappte ihn wieder zu. Ihre Augen verdunkelten sich, was die goldenen Flecken darin deutlich betonte. Er schwieg, machte einen Schritt auf sie zu und genoss die Röte, die sich daraufhin auf ihrer Haut ausbreitete.

»Du hast wunderschöne Augen.« Der Schock über dieses Kompliment zeigte sich genau in dem Moment in ihren sich weitenden Augen, als auch ihm klar wurde, was er gesagt hatte, doch sie machte keine Anstalten, sich von ihm zu entfernen.

»Das ist kein Spiel für mich, Boone.«

»Für mich auch nicht. Der Film ist mir wirklich wichtig. Sonst hätte ich die Rolle nicht angenommen. So ein Mensch bin ich nicht. Ich nehme meine Verpflichtungen sehr ernst.«

Erneut verengte sie die Augen, als würde sie abwägen, ob sie seinen Worten trauen konnte. »Aber du lenkst lieber ab oder läufst weg, anstatt herauszufinden, wie du die Rolle des Rick Champion spielen kannst.«

»Ich laufe nicht weg«, versicherte er ihr. »Es tut mir leid, dass ich versucht habe, dich von den Proben abzulenken. Das war mies, aber es fällt mir nicht leicht, in die Rolle zu schlüpfen. Ich kann nicht gut etwas vortäuschen.« *Und offensichtlich habe ich in deiner Nähe keine Kontrolle über das, was ich sage, denn warum zum Teufel erzähle ich dir das alles?*

»Offensichtlich«, erwiderte sie etwas zittrig.

Sein Blick fiel auf ihren Mund und sie leckte sich nervös über die Lippen. Sein gesamter Körper wurde von dem Bedürfnis erfasst, sie in seinen Armen zu spüren. Als sich ihre Blicke trafen, sah sie ihn sehnsüchtig an und Verlangen schimmerte in ihren Augen. Trotz der Alarmglocken, die in seinem Kopf schrillten und ihn auf die Komplikationen hinwiesen, die das mit sich bringen würde, beugte er sich in dem Augenblick nach unten, als sie ihm ihr Gesicht entgegenhob.

»Boone«, hauchte sie an seinen Lippen.

Sein Leben hatte sich zu einer Fülle aus Verpflichtungen und Erwartungen entwickelt. Es gab wenige Dinge, die ihm echte Freude schenkten, und es war zu lange her, dass er aufrichtig jemanden hatte küssen *wollen*. Er genoss die Hitze, die zwischen ihnen pulsierte. Ohne Eile legte er einen Arm um ihre Taille, zog sie an sich und schwelgte in ihrem lauten Keuchen und wie sie die Arme um seinen Nacken legte. Hauchzart strich er mit seinen Lippen über ihre und sie schloss die Augen, als Honors Klingelton aus seiner Tasche erklang.

Trish riss die Augen auf und er hielt sie instinktiv fester, obwohl er den Anruf annehmen musste, für den Fall, dass Honor etwas von Jude gehört hatte. Trish musste die Dringlichkeit in seinem Gesichtsausdruck erkannt haben, denn sobald der Klingelton erneut zu hören war, löste sie sich aus seinen Armen.

»Es tut mir leid«, sagte er und zog das Handy aus der Tasche.

Sie winkte ab und mied seinen Blick.

»Verflucht«, grummelte er leise und hob das Kätzchen auf. Als Trish ins Haus ging, nahm er den Anruf an. »Hey, Babe, was gibt's?«

Fünf

Nachdem Boone aufgelegt hatte, begann er direkt ein weiteres Telefonat und lief dabei auf der Wiese hin und her. Trish hingegen führte eine lange, einseitige Diskussion mit dem Kätzchen darüber, wie dumm es gewesen war, Boone beinahe zu küssen. Ihre Hoffnung, in der Rolle zu bleiben, war in dem Moment ins Wanken geraten, als sich ihre Lippen beinahe berührt hatten, und war vollständig verpufft, als er die Anruferin mit *Babe* begrüßt hatte. Was hatte sie sich gedacht? Sie würde nicht eines seiner Groupies werden, und was für eine Frau war sie, wenn sie einen Mann küsste, der ganz klar mindestens eine umwerfende, blonde Freundin hatte? Sie hasste sich dafür, so närrisch gewesen zu sein.

Nun saß sie am Küchentisch und beobachtete das Kätzchen dabei, wie es eine kleine Stoffmaus über den Boden jagte. In diesem Moment kam Boone durch die Hintertür. Er musterte die Holzschränke, den altmodischen Herd und das Ofenrohr, das in der Decke verschwand. Trishs Brust schnürte sich zu. Offensichtlich vermied er es, sie anzusehen, aber er hätte auch direkt ins Wohnzimmer gehen können, was er nicht getan hatte. Er stand ein paar Meter vom Tisch entfernt und lächelte, als sein Blick auf das Kätzchen fiel.

»Ihm scheint das Spielzeug zu gefallen, das du für ihn gekauft hast.«

Er zog sich den Stuhl neben Trish heran, drehte ihn um und setzte sich rittlings darauf, sodass er die Arme über der orangefarbenen Vinyllehne verschränken konnte, und sah sie endlich an. »Es tut mir leid …«

Sie hob eine Hand. »Nicht. Tu das nicht.«

Ein entschuldigender Ausdruck lag in seinen Augen und er zog die Brauen zusammen. »Aber …«

»Das hier ist schon kompliziert genug. Wir haben zehn Tage, um die Sache hinzubekommen. Was auch immer ich getan habe, um dir einen falschen Eindruck zu vermitteln, tut mir leid, aber ich habe nicht vor, eines deiner Groupies zu werden.« Sie stand auf und er folgte ihrem Beispiel.

»Meine *Groupies*?«, schnaubte er und sah sie ungläubig an.

»Hör zu, Boone. Ich habe schon alle Ausreden und Sprüche gehört. Wir können diesen Beinahe-Kuss auf vorübergehend mangelndes Urteilsvermögen schieben.«

Die Muskeln an seinem Kiefer zuckten und er trat näher. Warum begriff er das Prinzip von Abstand nicht? Seine Präsenz war schon aus ein paar Metern Entfernung beeindruckend, aber jedes Mal, wenn er ihr näher kam, brachte er eine Hitzewelle mit sich. Trish war sich sicher, dass diese Hitzewelle Hände hatte, die sie an Ort und Stelle hielten.

»Mangelndes Urteilsvermögen?«, fragte er herausfordernd. »Mit anderen Worten, du würdest nie einen Typen wie mich küssen.«

Er atmete schwer und machte es ihr nicht leicht, den Blick nicht auf seine Brust zu richten, die sich nur wenige Zentimeter vor ihrem Gesicht hob und senkte. Trotz ihres hämmernden Herzens blieb sie standhaft.

»Wenn du damit einen Typen meinst, der nicht auf seine Rolle vorbereitet ist, weil er zu sehr damit beschäftigt ist, eine Frau nach der anderen zu verschleißen, dann ja. Das meine ich.«

Er verengte die Augen noch weiter. Die Art, wie er sie ansah, hatte etwas absolut Fesselndes und sie war dagegen vollkommen machtlos.

»Du weißt gar nichts über mich.«

»Ich muss nur wissen, dass du alles tust, was nötig ist, damit dieser Film gemacht wird.«

»Ist das so?« Er schloss die Lücke zwischen ihnen. Sein erdiger, maskuliner Geruch verwirrte ihre Sinne.

»Mhm«, brachte sie hervor.

Er legte eine Hand an ihre Wange und ihre dämlichen Beine zitterten.

»Na schön. Tun wir's«, sagte er scharf, hob das Kätzchen vom Boden und ging durch die Tür.

Das war Stunden her und die sexuelle Spannung zwischen ihnen war immer noch so dick, dass man sie hätte schneiden können. Die Sonne war schon lange untergegangen, aber jedes Mal, wenn sie eine Pause vorschlug, lehnte Boone ab. *Wir haben noch nicht genug geprobt. Warum Zeit verschwenden? Nicht, bis wir es richtig machen.* Seine Leidenschaft hatte sie überrascht, doch sie ließ sich darauf ein. Was sollten sie sonst machen? Rumsitzen, sich anstarren und über diesen Beinahe-Kuss nachdenken?

Sie hatte versucht, in ihre Rolle zu schlüpfen, aber die Anspannung nahm ihr den Schwung und schließlich hatte sie aufgegeben. Sie konnten auch morgen weiter an der emotionalen Überzeugungskraft ihrer Darbietung arbeiten. Fürs Erste wollte sie nur, dass er lernte, was er zu sagen hatte.

»Das ist keine Schauspielerei.« Boone warf das Drehbuch

auf die Veranda. »Wir lesen nur den Text vor und der fühlt sich falsch an.«

»Du musst den Text erst kennen, bevor du ihn rüberbringen kannst, und es ist egal, ob er sich falsch oder richtig anfühlt. Du darfst *niemals* improvisieren, sonst wirft dich Chuck wortwörtlich vom Set. Er sieht das als persönliche Beleidigung, weil er den Film so drehen will, wie er geschrieben wurde.«

»Ich werde nicht improvisieren. Himmel, Trish, ich kriege die Worte kaum raus. Aber wenn du nur den Text vorlesen willst, warum warst du dann vorhin in deiner Rolle?« Er drückte sich das Kätzchen an die Brust, das sich schon seit einigen Szenen an ihn kuschelte. Als das Kleine aufgewacht und aus dem Gitarrenkoffer geklettert war, hatte Trish vorgeschlagen, ins Haus zu gehen, aber Boone hatte es nur an sich gedrückt und behauptet, drinnen wäre es zu eng, zu erdrückend und zu dunkel. Zu viele *zus*, um sich an alle zu erinnern.

Der Anblick des winzigen Kätzchens auf seinem muskelbepackten, tätowierten Arm machte ihn einfach unwiderstehlich. Und machte sie wahnsinnig.

»Weil ich dachte, dass es einen Versuch wert ist. Du weißt schon, um dir ein Gefühl für den Charakter zu geben. Aber du bist nicht gerade von Natur aus ein Schauspieler.«

»Ach ja?« Er hob das Kätzchen hoch und sah ihm in die Augen. »Was meinst du denn? Bin ich mies?«

»Ich hab nicht gesagt, dass du mies bist.« Trish hatte sich im Sitzen an die Hauswand gelehnt, stand nun aber auf und klopfte sich den Staub von der Hose. »Ich hab gesagt, dass du nicht von Natur aus Schauspieler bist. Im Grunde hast du das selbst gesagt. Ich verstehe es nur einfach nicht. Du solltest dich gut in Ricks Charakter hineinversetzen können.«

Ohne zu antworten, ging er zur Tür und sie folgte ihm in

die Küche. Dort setzte er das Kätzchen an seinem Napf ab und füllte sich selbst ein Wasserglas, das er mit dem Rücken zu Trish austrank.

»Vielleicht sollten wir darüber reden, was dich aus der Bahn wirft oder warum es dir so schwerfällt, die Rolle zu spielen, da du den knallharten Rockstar eigentlich perfekt drauf hast …«

»Du hast recht«, sagte er, ohne sich umzudrehen. »Ich bin kein Naturtalent, aber für jemanden, der nichts über mich weiß, bist du ziemlich verurteilend.«

»Na ja, das wird sich nicht ändern, wenn du nicht mit mir darüber redest, warum du keine Verbindung zu deinem Charakter aufbauen kannst. Du darfst nicht dichtmachen.« Sie trat neben ihn und reckte den Hals, sodass sie ihm direkt ins Gesicht sah. Sie hoffte, ihm damit zumindest ein Lächeln zu entlocken, aber der finstere Ausdruck verschwand nicht von seinen gemeißelten Zügen.

»Jetzt willst du mich kennenlernen?« Er hob eine Braue und seine vollen Lippen verzogen sich zu einem Lächeln.

Flatter, flatter.

»Nicht *so*.«

Boone verschränkte die Arme vor der Brust und drehte sich zu ihr um. »Du denkst, du hättest mich durchschaut, nicht wahr? Du bist einfach davon ausgegangen, ich würde wollen, dass du mit mir schläfst. Ich bin nur ein knallharter Rockstar, der eine schnelle Nummer will. Vergiss Moral und Anstand; die haben sich schon vor einer Ewigkeit in Luft aufgelöst.«

»Das habe ich nicht gesagt.« Aber sie wusste, dass sie es impliziert hatte, und da sie selbst während ihrer gesamten Karriere beurteilt worden war, tat es ihr leid, ihn in diese Lage gebracht zu haben. »Entschuldige. Es sollte nicht so klingen, als würde ich dich verurteilen.«

»Ich weise dich wirklich nur ungern darauf hin, meine Schöne, aber du wolltest mich auch küssen. Was verrät mir das über dich?«

Ihre Lippen bewegten sich, doch es kamen keine Worte heraus. *Schöne?* Sie klappte den Mund zu, drehte sich um und lehnte sich mit dem Hintern an die Anrichte. Sie wollte nicht wirklich hören, was er zu sagen hatte, weil es wahrscheinlich harsch sein würde. *Und wahr.*

»Ich sage dir, was es mir verraten hat.« Er stellte sich vor sie, legte einen Finger unter ihr Kinn und hob es an, sodass sie keine andere Wahl hatte, als ihm in die Augen zu sehen.

Sein Blick war warm und ruhig, nicht wütend oder verurteilend, wodurch sie sich wie ein Miststück fühlte. Sie öffnete den Mund, um sich erneut zu entschuldigen, doch er drückte ihr einen Finger auf die Lippen. Die sanfte Berührung, seine Nähe und die Intensität seines Blickes ließen ihren Körper vor Verlangen pulsieren.

»Lass mich ausreden«, bat er mit tiefer, ruhiger Stimme, und ihr wurde sehr deutlich bewusst, dass sie alles andere als ruhig war. »Du hast gern die Kontrolle, aber wenn wir uns so nahe sind, wird dir ganz heiß und dein Herz rast. Ich kann es am Puls an deinem Hals erkennen.«

Trish legte eine Hand auf ihren Hals.

»Du kannst es nicht verstecken. Es zeigt sich auch in deinen Augen, in deiner Stimme, in der Art, wie du dich bewegst. Es macht dir Angst, aber das willst du dir nicht eingestehen, also zwingst du dich, dich etwas gerader hinzustellen und so zu tun, als hättest du die Kontrolle.« Ein aufrichtiges Lächeln breitete sich auf seinen Lippen aus. »Und gerade fragst du dich, wie zum Teufel ein arroganter Mistkerl wie ich dich durchschauen kann.«

Sie verdrehte die Augen, um zu verbergen, dass er sie perfekt eingeschätzt hatte.

»Wie war ich?«

»Mittelmäßig«, log sie.

Er zog die Brauen zusammen. »Wirklich? Hm.«

»Okay, na schön. Besser als mittelmäßig.«

»Das liegt daran, dass ich absolut nichts vortäusche, du dein ganzes Leben aber irgendwo zwischen Täuschung und Realität verbringst.«

»Das stimmt nicht.« Hin und wieder fühlte es sich so an, aber das würde sie nicht zugeben.

»Red dir das nur weiter ein.« Er hob erneut das Kätzchen hoch. »Bringen wir ihn ins Badezimmer, wo er sich nicht verletzen kann, und fahren dann ins Rum Hummer zum Karaoke. Ich will sehen, wie du dich auf der Bühne machst, wenn die Szene nicht wiederholt nachgedreht werden kann.«

»Was?« Karaoke? Sollte das ein Witz sein?

»Bevor du mich beurteilen kannst, musst du erfahren, wie es sich anfühlt, *ich* zu sein.«

»Was soll das denn heißen?«

»Ich schreibe jedes Wort, das ich singe. Ich gehe auf die Bühne und habe eine einzige Gelegenheit, vor Tausenden Fans entweder zu glänzen oder unterzugehen. Du bekommst fünfzig Versuche ohne Publikum und sprichst nicht mal deine eigenen Worte. Du sagst etwas auf, was sich jemand anderes ausgedacht hat. Das ist ein vollkommen anderes Spiel.« Er deutete mit dem Kopf auf die Näpfe des Kätzchens. »Nimmst du die bitte mit?«

Sie folgte ihm mit den Näpfen ins Badezimmer. »Nur weil ich Szenen nachdrehen kann, heißt das nicht, dass es nicht schwer ist oder kein Talent erfordert.«

»Ganz klar«, stimmte er zu. »Ich dachte, es wäre einfach,

und zugegeben, ich kann nur schlecht so tun als ob. Aber ich gebe auch dann gern mein Bestes, wenn es nichts wird oder mir schwerfällt, herauszufinden, was *mein Bestes* ist.«

Sie brachten das Kätzchen und die Näpfe ins Badezimmer, in dem Boone bereits das Katzenklo aufgestellt hatte. »Jetzt musst du dich mal in meine Lage versetzen. Du hast eine einzige Chance, es richtig zu machen.«

Sie konnte singen und war schon ein Dutzend Mal beim Karaoke gewesen, aber heute Abend war es nicht nur das. Es war eine Herausforderung und weil er sie gestellt hatte, war sie nervös. »Wie kann das fair sein?«

»Wer hat denn was von fair gesagt? Du wolltest mich kennenlernen. Ich öffne dir eine Tür.« Er grinste sie frech an. »Hast du Angst?«

»Wohl kaum.« Sie trat in den Flur. »Ich bin mit fünf Brüdern aufgewachsen. Mir macht nichts Angst.«

Er schloss die Tür hinter ihnen und musterte sie unverhohlen.

Außer vielleicht die Art, wie du mich gerade ansiehst.

Ohne den Blickkontakt zu lösen, strich er mit den Fingerknöcheln über ihre Wange und ein Beben erfasste sie.

Er zwinkerte ihr zu. Der selbstgefällige, sexy Blödmann. »Dann solltest du keine Probleme haben.«

Das Rum Hummer war dunkel, laut und voller biertrinkender Hinterwäldler, die sich amüsierten. Die Tische bestanden aus Fässern mit rustikalen Holzbohlen, umgeben von Hockern aus Holz. Einige ungeschliffen wirkende Männer und Frauen hatten sich um die beiden Billardtische in der Mitte der Bar versammelt. Die Geräusche der aneinanderschlagenden Kugeln vermischten sich mit den schiefen Tönen der Karaoke-Sänger und dem Klacken der Stiefel auf der Tanzfläche. Boone war aufgefallen, dass einige Männer Trish musterten, seit sie die Bar betreten hatten, aber ein bestimmter Typ, der mit Leichtigkeit als Scott Eastwood durchgehen konnte und aussah, als würde er sein Geld damit verdienen, Bäume mit bloßen Händen zu fällen, starrte sie schon den ganzen Abend lang an. Irgendwie hatte er erwartet, dass Trish auf dem Absatz kehrtmachen und verschwinden würde, aber sie hatte weder bei den anzüglichen Blicken noch dem Geruch von körperlicher Arbeit, frittiertem Essen und Alkohol in der Luft mit der Wimper gezuckt. Sein Beschützerinstinkt hatte sich gemeldet und er hatte einen Arm um ihre Taille gelegt. Sie hatte ihn angesehen, als hätte er den Verstand verloren, doch sein Kommentar, dass er in seine Rolle zu finden versuchte, schien sie zu besänftigen.

Er war froh, dass sie nicht erkannt wurden. Allerdings bezweifelte er, dass Kleinkleckersdorf hier überhaupt ein Kino hatte, und der Auswahl der Karaoke-Songs nach zu urteilen – Country, Country und noch mehr Country –, war er ziemlich sicher, dass diese Leute seine Musik nicht hörten.

»Du solltest erst etwas essen, wenn du was trinken willst.« Boone schob den Teller mit den Hähnchenflügeln über den Tisch zu Trish. Sie waren schon seit über einer Stunde hier und Trish hatte immer noch nichts zu sich genommen.

»Ich hab dir gesagt, dass ich die nicht essen kann.« Trish nippte an ihrem Bier und schob den Teller weg. »Ich habe sechs Wochen lang gehungert, um für die Rolle so auszusehen. Das werde ich nicht für fettige Hähnchenflügel ruinieren. Ich sollte auch kein Bier trinken, aber heute Abend brauche ich eins.«

»Ja, was diese Sache mit dem Essen angeht. Es kann nicht gesund sein, nur von ein paar Karotten zu leben.« Trish war schon bei ihrem zweiten Bier. »Wie wäre es, wenn ich sie bitte, dir ein Stück Hühnchen zu backen oder einen Salat zu machen?«

»Ich esse mehr als Karotten.« Sie nahm einen weiteren Schluck. »Außerdem fürchte ich, dass die Auswahl hier auf frittiert oder gegrillt beschränkt ist, worauf ich mich normalerweise stürzen würde.«

»Wirklich? Ich dachte, ihr Schauspielerinnen ernährt euch nur von Gras und Seetang«, sagte er, um die Stimmung aufzulockern.

»Ha-ha. Die meisten tun das vielleicht, aber ich liebe Essen. Ich kann mich glücklich schätzen, weil ich einen tollen Stoffwechsel habe, aber ich treibe auch Sport, damit ich mehr essen kann. Ich kann nur gerade nicht sündigen.«

Ich würde gern sündigen, aber nicht beim Essen.

So viel dazu, dass dieser Abend eine gute Ablenkung von der Hitze, die zwischen ihnen knisterte, sein könnte. Je mehr Zeit er mit Trish verbrachte, desto mehr wollte er über sie wissen. Hoffentlich würde ihn das Rum Hummer wenigstens für ein paar Stunden von Jude ablenken. Honor hatte ihm vorhin erzählt, dass einer ihrer Freunde Jude in ihrer Heimatstadt gesehen, ihn dann jedoch wieder aus den Augen verloren hatte. Boone überlegte, ob er versuchen sollte, ihn zu finden, aber er konnte Trish nicht so im Stich lassen.

Es war jedoch ein ganz anderes Problem, sich mit diesem Gedanken abzufinden. Er hatte das Gefühl, Jude im Stich zu lassen, indem er Trish vorzog.

»Wir können im Haus etwas Gesundes kochen«, schlug er vor.

»Mir geht's gut, wirklich.«

»Das Hungern macht dir nichts aus?«

Sie zuckte mit den Schultern. »Anfangs war es schwer, aber ich mache es jetzt schon so lange, dass ich es gewohnt bin, nichts zu essen. Aber wenn ich etwas esse, wird mir nur klar, dass ich Hunger habe und schon bricht die Hölle los.«

»Die Hölle, ja?« Er lachte. »Na ja, das wollen wir ja nicht, oder?«

Lächelnd schüttelte sie den Kopf. Oh Mann, ihr Lächeln berührte ihn jedes Mal.

»Bist du bereit zu singen?« Er deutete mit dem Kopf auf die Bühne.

»Nicht wirklich.« Sie trank ihr Bier aus und winkte der Kellnerin mit der leeren Flasche zu. Diese hob einen Finger, um ihr zu zeigen, dass sie gleich eine neue Flasche bringen würde.

»Hey, vielleicht solltest du einen Gang runterschalten.«

»Ich glaube, ich kenne meine Grenzen.«

Die Kellnerin stellte Trishs Bier auf den Tisch, stemmte dann eine Hand in die Hüfte und musterte Boone anerkennend. »Was kann ich dir bringen, Großer?«

Er hatte kein Interesse an der stämmigen Blondine, die zu viel Ausschnitt und zu wenig Klasse zeigte.

Trish beugte sich über den Tisch und tätschelte seine Hand. »Ja, *Großer*. Was kann sie dir bringen?«

Er zahlte für Trishs Getränk. »Ich bin versorgt, danke.«

Sollte Trish sich nicht selbst anbieten, war er nicht interessiert.

»Alles klar«, sagte die Kellnerin. »Sag Bescheid, wenn du irgendetwas brauchst oder *willst*.«

»Du hast gerade ihren Abend ruiniert«, sagte Trish, als die Kellnerin verschwand.

»Stimmt.« Er folgte der Kellnerin und bat sie, Trishs Namen für das Karaoke aufzuschreiben. Leider hatte sie ihn erkannt und bat ihn um ein Autogramm. Sie streckte die Brust heraus und deutete auf ihr Shirt direkt an der linken Brust. So schnell wie möglich setzte er seine Unterschrift darauf und hoffte, dass es niemandem sonst aufgefallen war. Heute Abend wollte er sich nicht mit dieser Art von Aufmerksamkeit herumschlagen.

Als er zum Tisch zurückkam, verdrehte Trish die Augen.

»Ernsthaft? Sie? Hast du gerade wirklich auf ihrer Brust unterschrieben? Was kommt jetzt? Trefft ihr euch für einen Quickie auf der Toilette?«

Er ließ ihre Bemerkung von sich abprallen. Sie griff nach ihrem Getränk, doch Boone nahm ihre Hand.

Sie sah ihn finster an. »Ich habe dir gesagt, dass ich meine Grenze kenne.«

»Das bezweifle ich auch nicht. Aber kennst du sie auch, wenn du nur von Luft anstatt von Essen lebst?« Sie versuchte, ihm ihre Hand zu entziehen, doch er hielt sie fest. Er zog sie näher und senkte die Stimme. »Ich dachte, du hättest keine Angst vor dem Singen.«

»Hab ich auch nicht.« Sie wandte den Blick nicht ab.

»Wenn du keine Angst hast, warum versuchst du dann, dich zu betrinken?«

»Tja, das geht dich überhaupt nichts an.« Sie schnappte sich die Flasche und trank sie zur Hälfte aus. Anschließend hüpfte sie mit einem überheblichen Blick von ihrem Hocker, marschierte zu einer Gruppe Männer an einem der Billardtische und schnappte sich den Scott Eastwood-Doppelgänger. »Komm, *Großer*. Mal sehen, ob du tanzen kannst.«

Sollte das ein Witz sein? Boones Brust zog sich zusammen, als die beiden zur Tanzfläche gingen. Trish drehte sich strahlend in den Armen des Typen. Es konnte unmöglich einen Mann auf dieser Welt geben, der beim Anblick ihres unglaublichen Lächelns nicht ebenfalls lächeln musste, aber der Hornochse, mit dem sie tanzte, drehte sich tatsächlich weg und warf seinen Kumpels einen lüsternen Blick zu. Die Männer hoben ihre Flaschen, als würden sie ihn anspornen wollen.

Nur über meine Leiche.

Boone ballte die Hände zu Fäusten. Trish gehörte ihm nicht und raubte ihm den letzten Nerv – und sie ging ihm auf eine sehr sexy Art unter die Haut –, aber das besitzergreifende Verlangen in ihm sorgte dafür, dass sich jeder Muskel seines Körpers anspannte.

Die Frau auf der Bühne sang Miranda Lamberts »Mama's Broken Heart«. Trish löste sich tanzend aus den Armen des Mannes und zeigte mit einer Leichtigkeit, als würde ihr die Tanzfläche gehören, eine Art Stepptanz im Country-Stil. Die anderen Pärchen verteilten sich um sie herum und klatschten und stampften mit ihren Stiefeln auf. Trish sang jedes Wort mit, deutete mit ihren Handbewegungen an, dass sie eine starke Frau war, der man nichts vormachen konnte, und warf mit kokettem Lächeln und Zwinkern wie Konfetti um sich. Sie lebte den Text förmlich aus, während sie ihren hübschen schlanken Körper mit der Anmut und Geschmeidigkeit einer professionellen Tänzerin bewegte. Einer unglaublich attraktiven professionellen Tänzerin.

Die Typen am Billardtisch gingen Richtung Tanzfläche und Boone erhob sich wie ein Löwe, der sein Rudel beschützen wollte. Trish machte ihm nichts vor. Diese Frau war furchtlos, sang für die faszinierte Menge, als wäre sie auf der Bühne, warf die Haare wie in einem Musikvideo hin und her und machte jeden heißblütigen Mann in dieser Bar an.

Boone stellte sich neben den Mann, den sie auf die Tanzfläche gezerrt hatte. Im Grunde rieb der schon die Hände aneinander und sabberte förmlich, während sie die Hüften und Schultern im Takt der Musik kreisen ließ.

»Sie gehört heute Abend mir«, sagte er zu einem seiner Kumpels. »Noch ein Tanz, dann nehme ich das Püppchen mit nach draußen und ...« Er stieß ein paar Mal mit den Hüften nach vorn.

Auf gar keinen Fall. Es war ihm egal, ob Trish etwas mit diesem Kerl haben wollte oder nicht. Sie würde diese Bar nur mit ihm verlassen, und wenn sie glaubte, dass er einem anderen Mann erlaubte, sie anzufassen, lag sie vollkommen falsch.

Als das Lied zu Ende war, applaudierten alle und Trish verbeugte sich übertrieben.

»Danke.« Sie schenkte dem Publikum ein überwältigendes Lächeln, ehe sie Boone mit einer überheblichen Befriedigung ansah. Hinter ihr betrat ein Mann mit struppigem Bart die Bühne und begann zu singen.

Eastwood griff nach Trish, doch Boone trat zwischen die beiden, legte einen Arm um ihre Taille und bedachte den Kerl mit einem finsteren Blick. Er hatte sich von seiner Jugend an mit Drogenabhängigen, Alkoholikern und Typen rumschlagen müssen, die zu dumm waren, um zu erkennen, wann sie eine Bestie entfesselten, die sie lieber nicht hätten reizen sollen. Er hatte noch nie einen Kampf verloren, und es gab keinen Mann auf dieser Welt, vor dem er sich fürchtete.

»Tut mir leid, Mann. Sie ist mit mir hier«, sagte Boone und ignorierte Trishs wütenden Blick.

Der Typ sah zu Trish und es war beeindruckend, wie sie die Wut in einen süßen, entschuldigenden Ausdruck verwandeln und ihn mit einem koketten Augenaufschlag sogar glaubwürdig rüberbringen konnte.

»Entschuldige. Er hat recht.«

»Miststück«, murmelte der Mann und wandte sich ab.

Boone packte ihn am Arm und drehte ihn herum. »Wenn du nicht willst, dass deine Kumpels dein hübsches Gesicht vom Boden abkratzen müssen, schlage ich vor, dass du dich bei meinem Mädchen entschuldigst.«

»Boone!«, flüsterte Trish scharf.

Der Typ antwortete nicht, also schloss Boone die Lücke zwischen ihnen und starrte in seine glasigen Augen. »Was soll es sein?«

»Tut mir leid«, knurrte der Mann, ehe er sich abwandte und ging.

Boone schlang beide Arme um Trishs Taille und ignorierte ihre Befreiungsversuche.

»Du hattest kein Recht«, schimpfte sie vor Wut kochend.

»Stimmt. Aber so wie ich das sehe, hätte es auf zwei Arten enden können. Entweder wärst du mit diesem Abschaum verschwunden und hättest mir den Rest der Woche vorgejammert, dass du wirklich nicht so leicht abzuschleppen bist, oder ich schließe diese Tür, bevor du die Möglichkeit hast, rauszugehen.«

Ungläubig weitete sie die Augen. »Du dachtest, ich würde mit ihm schlafen?«

»Es ist egal, was ich dachte. Wichtig ist nur, was er dachte.«

»Du kannst unmöglich wissen, was er gedacht hat. Ich bin eine attraktive Frau. Wie kommst du darauf, dass er nicht tanzen und mich kennenlernen wollte oder mich wie ein normaler Mensch um ein Date gebeten hätte?«

»Weil du nun mal eine wahnsinnig heiße Frau bist, und

während du deinen hübschen Hintern geschwungen hast, hat er seinen Kumpeln erzählt, dass er dich mit nach draußen nehmen und seinen Spaß mit dir haben will.«

Ihr stand der Mund offen. Boone legte sich ihre Arme um den Hals. »Wir sind auf der Tanzfläche, also tu wenigstens so, als würdest du tanzen. Du kannst dich später bei mir bedanken.«

Sie stand stocksteif da.

»Komm schon, Schöne. Sieh es als Kompliment.«

Er spürte, wie sich die Anspannung in ihrem Körper löste. In ihrer Miene zeichnete sich Enttäuschung ab, die erneut seinen Beschützerinstinkt weckte. *Meine starke Schauspielerin ist also doch empfindlich.* Das Wörtchen »meine« brachte ihn etwas ins Stocken, aber ein Blick in ihre Augen reichte aus, um zu wissen, dass es heute Abend seine Aufgabe war, sie zu beschützen, selbst wenn es nur daran lag, dass sie Filmpartner waren.

»Hat er das wirklich gesagt?«

»Was hast du denn erwartet? Eins muss ich dir allerdings lassen. Du hast wirklich vor nichts Angst.«

Ihre Lippen verzogen sich zu einem befriedigten Lächeln. »Oh, ich habe Ängste. Wie schon gesagt gehört Singen nicht dazu, aber ich habe nicht erwartet, dass der Typ *das* denken würde.«

»Er ist ein Mann. Er hat nicht *gedacht*. Eine clevere Frau mit fünf Brüdern sollte das wissen.« Über diese Stichelei mussten sie beide lachen.

»Ich wäre auch allein klargekommen.«

»Ja, dessen bin ich mir sicher.«

Sie strich mit ihren Fingerspitzen über seinen Nacken und Schalk funkelte in ihren Augen. »Es gibt eine Regel in der Filmbranche, die du vielleicht nicht kennst. Verlieb dich nie, niemals in deinen Filmpartner.«

»Wenn man bedenkt, dass ich mich noch nie in meinem Leben in eine Frau *verliebt* habe, besteht wohl keine Gefahr.« Als das Lied vorbei war, breitete er die Finger auf ihrem Rücken aus und hielt sie fester.

»Bleib«, flüsterte er.

Ein neugieriger Ausdruck huschte über ihr Gesicht.

Ein anderer Sänger betrat die Bühne und sang Blake Sheltons »Sangria«.

Trish sah ihm in die Augen und sang den Text, als wäre jedes Wort für ihn bestimmt. Sie war eine unglaubliche Schauspielerin, und obwohl er nicht einschätzen konnte, ob sie das gerade nur spielte, nahm er jede Zeile aus ihrem sinnlichen Mund gierig in sich auf. Die bissige Fassade und das toughe Gehabe waren verschwunden, ersetzt von einer sanften, sexy Frau, die sich bewegte, als würde die Musik tief aus ihrem Inneren kommen. Von dem Ort, an dem er sein wollte.

Sechs

Vielleicht waren drei Bier auf leeren Magen doch keine so gute Idee gewesen. Irgendwann im Laufe der letzten vier Tänze mit Boone war sie auf einmal angenehm beschwipst gewesen. Es fühlte sich wunderbar an, nicht mehr von ihren Gedanken erdrückt zu werden, aber sie war es nicht gewohnt, sich so ungehemmt zu fühlen. Es hatte sie über alle Maßen gestört, dass Boone ihre fürchterliche Kellnerin weggeführt und sich unter vier Augen mit ihr unterhalten hatte. Und dann hatte er versucht, ihr vorzuschreiben, wie viel sie trinken durfte, als bräuchte sie einen Aufpasser. Sie war sauer gewesen, als er sich zwischen sie und den Typen gestellt hatte, den sie zum Tanzen aufgefordert hatte, aber irgendetwas in Boones Augen verriet ihr, dass er die Wahrheit über das sagte, was er mitangehört hatte. Trish war nicht stolz auf ihr Verhalten oder darauf, dass es sie unglaublich angemacht hatte, als er von dem anderen Typen eine Entschuldigung verlangt hatte. Zu wissen, dass sie ihm wichtig war, egal, wie sie sich aufführte, weckte Zuneigung in ihr, ebenso wie jede Minute, in der sie miteinander tanzten.

Er wirkte wie ein sturer Hund, wie jemand, dessen Mauern so dick waren, dass niemand sie durchdringen konnte. Wahrscheinlich schlug das die meisten Menschen — abgesehen von den Groupies – in die Flucht, doch in ihr weckte es den Wunsch, hinter diese Mauern zu blicken und herauszufinden, wie er tickte.

Selbst während der schnellen Lieder hielt er sie fest. Jeder Zentimeter seines wunderbaren Körpers schmiegte sich von den Schenkeln bis zu den Schultern an ihren. Seine Arme umfassten sie ebenso besitzergreifend wie innig, was sie gleichzeitig verwirrte und erregte. Sie fühlte sich bei ihm sicher und das war ein seltsames Gefühl, wenn man bedachte, dass er ungefähr so herzlich und offen war wie ein Stein. Aber es ließ sich nicht leugnen, dass sie sich in diesem Moment, in dem sie in seinen Armen lag und die Wange an seine Brust mit seinem gleichmäßig schlagenden Herzen drückte, sicher fühlte. Sie fühlte sich wie etwas Besonderes. Und sie stellte ein wenig schockiert fest, dass sie Boone mochte. Er faszinierte sie. Und er war bereit, Zeit in die Proben zu investieren, und sogar mehr, als sie selbst vorgehabt hatte. Und wenn er sich mit dem Kätzchen beschäftigte – Himmel, dieser Anblick trieb sie in die höchsten Höhen.

Boone schob eine Hand unter ihre Haare und jagte damit einen heißen Schauer über ihren Rücken. Mit dem Daumen strich er im Takt der Musik über ihren Nacken.

Du tanzt genauso, wie du redest, ein wenig schroff und kontrollierend, mit der verlockenden Möglichkeit, verführt zu werden. Okay, der letzte Teil könnte vom Alkohol kommen.

Das Lied endete und jemand rief über das Mikrofon ihren Namen aus.

»Na komm, meine Schöne. Wir sind dran.« Er ließ seinen Arm an ihrer Taille liegen und führte sie zur Bühne.

»Schöne?« Durch den Nebel in ihrem Kopf dauerte es einen Moment, bis sie sich an ihr Versprechen erinnerte, Karaoke zu singen.

Boone ignorierte ihre Frage und reichte ihr ein Mikro. »Konzentrier dich. Du hast noch ungefähr zehn Sekunden, bevor du die Menge umhauen musst.«

Sie betrachtete das erwartungsvolle Publikum und sah dann zurück zu Boone, der ebenfalls ein Mikrofon in der Hand hatte. Ihr drehte sich der Magen um. »Du singst mit mir?«

»Denkst du, ich lasse dich hängen, nachdem du mich schon zehn Tage am Hals hast?« *Du schaffst das*, fügte er stumm hinzu.

Das hoffe ich.

Die ersten Takte von Glorianas »(Kissed You) Good Night« erklangen und ihr Herz vollführte einen kleinen Freudentanz. Das war eines ihrer Lieblingslieder. Boone schlenderte über die Bühne und sah ihr in die Augen, als wäre sie der einzige Mensch in der Bar, während er davon sang, dass er sie hätte küssen sollen. Die tiefen Empfindungen in seinen Augen und seine raue Stimme vereinnahmten sie so sehr, dass sie beinahe ihren Einsatz verpasste. Aber schließlich setzte ihre jahrelange Ausbildung ein und sie traf jeden Ton. In diesem kurzen Moment, in dem er davon sang, dass er sie hätte küssen sollen, kamen ihre Emotionen an die Oberfläche und alles andere verblasste. Es gab nur sie und Boone, und sie wurde gedanklich zurück auf die Veranda befördert, spürte seine Lippen hauchzart auf ihren – sie war bereit gewesen, sich in diesen Kuss fallen zu lassen.

Sein Gesicht tauchte vor ihr auf und riss sie zurück in die Gegenwart. Er stand nur wenige Zentimeter vor ihr. Hitze loderte zwischen ihnen und zog sie näher zueinander, bis sie einander so nahe waren, dass sie kaum atmen konnte – aber sie konnte singen, als wäre sie dafür geboren worden. Sie ließ sich tiefer in diese Verbindung zu ihm hineinziehen, bis der letzte Ton wie ein Gebet von ihren Lippen perlte. Das Publikum war außer sich und sie packte, ohne nachzudenken, sein Shirt und stellte sich auf die Zehenspitzen, während er sich nach unten beugte. Hungrig trafen ihre Lippen aufeinander. Der Kuss war innig und intensiv, und sie nahm sich gierig immer mehr und mehr, drückte sich an seinen harten, heißen Körper und krallte sich in sein Shirt. Ihre Beine fühlten sich wie Gummi an, aber es war ihr egal, denn *dieser Kuss* … Von dieser Art Kuss träumten Frauen ihr ganzes Leben lang. Der Kuss aller Küsse, tief und einnehmend. Er küsste sie nicht nur; er nahm sie in Besitz, und zwar ihren Körper und ihre Seele. Sie wurden zu einem einzigen Wesen. Er erkundete ihren Mund, ihre Zunge, ihre Zähne – und, Grundgütiger, sie wollte es. Jetzt ließ er eine Hand über ihren Rücken gleiten und umfasste ihren Hintern, und sie verlor sich so sehr in ihm, dass sie stöhnte.

Oh Gott! Sie stöhnte! Auf der Bühne!

Sie löste sich aus seinen Armen, aber ihr Mund brannte auf mehr. Der gefühlvolle, gequälte Ausdruck in seinen Augen brachte sie vollkommen aus dem Gleichgewicht. Wortwörtlich. Sie taumelte zur Seite – und das hatte nichts mit ihrem Schwips zu tun. Alle applaudierten und jubelten und das hatte sie während ihres Kusses nicht mal gehört! Sie war so ein Dummkopf! Er tat nur das, was er immer tat. Er führte eine Show auf und sie führte sich wie ein närrisches Groupie auf. Sie war seinem Zauber erlegen.

Sie lag falsch – all das musste am Alkohol liegen.

Der Kuss. Das Gefühl, als würde sie auf Wolken gehen. Ihre Unfähigkeit, etwas zu hören!

Sie versuchte, lächelnd und gelassen von der Bühne zu gehen, aber sie hatte keine Ahnung, wie ihre Beine überhaupt funktionierten, weil sie vor Scham wie betäubt war und sie nicht spürte. Boones Arm legte sich um ihre Taille. Sein Körper war wie ein Inferno, das durch ihre Kleidung brannte, als er sie zur Tür hinaus und zum Auto führte. Die Nachtluft kühlte ihre Wangen und half ihr, ihre Gedanken zu ordnen.

»Was war *das denn*?« Sie warf die Hände nach oben und lief neben dem Auto auf und ab. Auf dem unbefestigten Parkplatz war es dunkel und nur das Schild über der Bar spendete Licht. Der Parkplatz war voller Pick-ups und Motorräder. Ihr glänzender, silberner Lexus funkelte wie ein Kristall zwischen den Steinen eines Flussbettes.

»Ein unglaublicher Kuss«, erwiderte er gelassen und öffnete die Beifahrertür. »Du hast den Song übrigens gerockt.«

»Ich hab den Song gerockt?« Sie stapfte auf ihn zu. »Das ist alles, was du zu sagen hast? Ich hab den Song gerockt? Was ist mit dem Kuss? Ich kann dich nicht küssen. Du hast eine Freundin und Groupies und …« Stöhnend ballte sie die Hände zu Fäusten.

»Trish, es war nur ein Kuss.«

»Ja! Und ich bin kein Groupie. Du hast mich mit deiner unglaublichen Bühnenpräsenz und deinen Blicken förmlich eingewickelt.« Sie verschränkte die Arme und lehnte sich mit dem Rücken ans Auto. »Ich kann nicht glauben, dass ich dich geküsst habe.«

Er schob den Schlüssel in seine Tasche und kam zu ihr. Er verengte die Augen und seine vollen, *sehr* zum Küssen einladenden Lippen – die Lippen, von denen sie nun wusste, dass sie himmlisch und nach süßem, sinnlichem Vergnügen schmeckten – verzogen sich zu einem verschmitzten Grinsen. Er zog sie vom Auto weg und legte sich ihre Arme um den Hals, wie er es schon auf der Tanzfläche getan hatte. Ihr Herz schlug wie verrückt. Sein Verhalten war anmaßend und arrogant, doch sie wollte sich nicht von ihm lösen. Sie sollte es, und sie kämpfte gegen den Teil von ihr an, der sich wie ein albernes Mädchen benahm.

»Was soll das werden?«

»Du hast gesagt, dass du es nicht fassen kannst, mich geküsst zu haben, aber dieser Kuss hat sich nicht nach einem Kuss von jemandem angefühlt, der mich nicht küssen will.« Er legte seine Hand flach auf ihren unteren Rücken, sodass sich ihre Körper nahtlos aneinanderschmiegten.

Sie spürte jeden Zentimeter seines muskulösen Körpers und er war hart. *Überall.* Sicher konnte er fühlen, welche Wirkung er auf sie hatte, denn ihre Nippel drückten gegen seinen Oberkörper und ihre Beine zitterten. Ihre Sinne schienen förmlich mit ihr durchzugehen und sie bemühte sich verzweifelt sie anzuhalten, aber das war, als würde man versuchen, wilde Pferde zu bändigen.

»Versuch gar nicht erst, mich zu küssen.«

»Keine Sorge, meine Schöne. Ich bin nicht der, für den du mich hältst.«

»Hör auf, mich so zu nennen. Für jemanden, der behauptet, nicht zu wissen, wie man etwas vortäuscht, machst du das verdammt gut.« Sie presste die Lippen zusammen, doch er roch so gut und sein Körper – *Gott, sein Körper.* Sie wollte ihn ins Auto zerren und sein Gewicht auf sich spüren, während sie wie Teenager rummachten.

»Du glaubst immer noch, du hättest mich durchschaut.« Er schüttelte den Kopf, und sie wollte den selbstgefälligen Ausdruck am liebsten mit einer Ohrfeige aus seinem Gesicht vertreiben, aber seine Augen verwirrten sie mit dieser Mischung aus Hundeblick und Du-weißt-dass-du-mich-willst-Arroganz.

»Wenn du nicht versuchst, mich zu küssen, was tust du dann?« *Und warum willst du mich nicht küssen?*

»Ich gebe dir nur die Chance zu entscheiden, ob du mich wirklich küssen oder nicht küssen wolltest.«

»Oh, ich weiß, dass ich es nicht wollte.« Nur für den Fall, dass ihre Nase bei dieser Lüge etwas länger wurde, wandte sie den Blick ab.

Er hielt sie fester. »Okay. Sechzig Sekunden.«

»Hm?«

»Wir bleiben einfach sechzig Sekunden hier stehen. Wenn du mich danach immer noch nicht küssen willst, schieben wir es einfach auf die Hitze des Augenblicks.«

»Schön!«

Langsam und fest strich er mit einer Hand über ihren Körper und hinterließ dabei eine brennend heiße Spur auf ihrem Rücken. Sanft drückte er ihre Schulter und hielt sie so fest, dass er ihren wilden Herzschlag einfach spüren musste. Den anderen Arm legte er um ihre Taille und umfasste ihre Hüfte. Seine warmen, braunen Augen schimmerten so dunkel und mysteriös wie der Nachthimmel.

Unwillkürlich strömte jegliche Luft aus ihrer Lunge, und sie wölbte sich ihm entgegen, denn sie sehnte sich nach seiner Berührung. Ihre Lippen prickelten vor Vorfreude, aber irgendwo in ihrem Hinterkopf blitzte das Bild von ihm Arm in Arm mit der blonden Frau und von den Groupies an seinem Trailer auf. »Du hast eine Freundin«, brachte sie hervor.

»Falsch.«

»Die Blondine?« Männer logen. Das wusste sie. Sie hatte ihn eng umschlungen mit dieser Frau gesehen und sie hatten sehr vertraut gewirkt.

»Honor West. Sie ist eine meiner besten Freundinnen. Wie eine Schwester.«

Eine Schwester? »Normalerweise schlafen die Leute nicht mit ihren Schwestern.«

»Oh, jetzt habe ich also mit Honor geschlafen?« Ein amüsiertes Lächeln umspielte seine Lippen. »Das ist sehr voreingenommen von dir.«

»Ich bin sicher, dass hundert andere Frauen durch die Drehtür deines Schlafzimmers gehen, und ich habe nicht vor, eine davon zu sein.«

Das vertrieb die Belustigung aus seinem Gesicht und ersetzte sie mit einem Ausdruck, vor dem sie weglaufen wollte. Sein ungläubiger Blick bohrte sich in ihren. Die stumme Botschaft darin war klar: Er war ihr gegenüber aufrichtig. Und sie hatte Angst, darauf zu vertrauen. Denn Männer logen.

Wieder verstärkte er seinen Griff.

Ein verlangendes Wimmern brach aus ihr heraus und sie presste die Lippen zusammen. Trotz ihrer Zurückhaltung wollte sie ihn so sehr küssen, dass sie ihn schmecken konnte, dass sie fühlte, wie seine Zunge ihre umspielte, und dass sie den Druck seiner vollen, weichen Lippen spürte. Es war verrückt, ihm so nah zu sein, aber sie wollte nirgendwo sonst sein. Sie konnte sich nicht daran erinnern, jemals so intensiv jede Stelle ihres Körpers gespürt zu haben, wo dieser eine Mann sie berührte, oder sich jemals jedes Atemzugs einer anderen Person so bewusst gewesen zu sein. Er lief nicht weg. Er wich nicht aus. Er war vollständig bei ihr und das war so verlockend, dass es ihr Angst machte.

Er hob eine Hand und berührte ihre Wange, während er sie weiter mit einem Arm festhielt.

»Wovor fürchtest du dich?«, fragte er so sanft und liebevoll, dass sie nicht geglaubt hätte, die Worte kämen von ihm, wenn sie nicht gesehen hätte, wie sich seine Lippen bewegten.

Sie antwortete, ohne darüber nachzudenken.

»Vor dir.«

Boone wusste nicht, was er erwartet hatte, aber *das* war es nicht. Er hatte keine Ahnung, was Trish meinte oder wie er es verstehen sollte, aber die Wahrheit war, dass sie ihm auch Angst machte. Er war es gewohnt, dass sich die Menschen seinem Willen beugten, ihn deckten und jedes seiner Worte für heilig hielten. Sie dagegen forderte ihn immer wieder heraus und faszinierte ihn ebenso, wie sie ihn in Wut versetzte.

Er zwang seine Füße zur Mitarbeit und trat einen Schritt zurück. »Okay, meine Schöne. Gehen wir.« *Schöne.* Woher kam das? Diesen Kosenamen hatte er bisher noch bei keiner Frau benutzt. Aber sie war wirklich wunderschön.

Sie schüttelte den Kopf, als wäre sie verwirrt. »Was? Einfach so?«

»Du hast gesagt, dass du Angst vor mir hast. Was erwartest du denn?« Er ging um das Auto herum zur Fahrerseite, um etwas Abstand zwischen sie zu bringen, denn wenn sie einander nahe waren, wollte er die Hand ausstrecken und sie berühren. Und es störte ihn ungemein, dass sie sich vor ihm fürchtete.

»Ich weiß es nicht!« Sie sah ihn über das Auto hinweg finster an. »Vielleicht so was wie ›Hab keine Angst. Ich werde dir nicht wehtun.‹«

»Ernsthaft? Ich glaube, du weißt nicht mal, wovor du Angst hast.« Er stieg ins Auto, beugte sich über die Mittelkonsole und fragte sie durch die offene Tür. »Kommst du jetzt oder was?«

Sie setzte sich ins Auto, verschränkte die Arme und starrte geradeaus auf die heruntergekommene Bar.

Boone schaltete das Radio ein, um die Stille zu füllen, und fuhr vom Parkplatz.

»Warte«, sagte sie schnell. »Kannst du fahren?«

»Ich bin ziemlich sicher, dass man von Sodawasser nicht betrunken werden kann.« Er betrachtete sie aus dem Augenwinkel. »Du musst nicht so schockiert aussehen.«

Er spürte, wie sie ihn musterte. Wolken verdeckten den Mond am Nachthimmel, sodass die schmalen, von Bäumen gesäumten Straßen tiefschwarz wirkten und nur die Scheinwerfer die neblige Luft erhellten. Der drückende Himmel passte zur Spannung im Auto. Warum interessierte es ihn, dass er ihr Angst machte? Oder dass sie ihn verurteilte? Er wurde schon sein ganzes Leben verurteilt und hatte es immer von sich abperlen lassen wie Wasser auf einer Oberfläche aus Wachs, aber wenn es um Trish ging, fiel es ihm schwer, einfach alles abzustellen.

Darüber brütete er, als er auf die Straße bog, die parallel zum Fluss verlief.

»Es tut mir leid«, sagte sie leise. »Ich dachte, du hättest getrunken.«

»Du dachtest auch, ich hätte eine Freundin und eine Drehtür im Schlafzimmer. Du bist dir bei all diesen Dingen, die du *nicht weißt*, ganz schön sicher.«

»Oh, bitte. Dein Ruf spricht für sich.«

Bei dieser Bemerkung stellten sich seine Nackenhaare auf. »Stimmt.«

Sein Ruf sprach wirklich für sich. Er war eine weitere Schutzschicht zwischen seinem echten Leben und der Öffentlichkeit und das war immer in Ordnung gewesen. Bis jetzt. Er fuhr die lange Zufahrt entlang und versuchte, einen Weg zu finden, mit dem Wirbel von Emotionen fertig zu werden, der in ihm tobte. Als er das Farmhaus das erste Mal gesehen hatte, hatte ihn der baufällige Zustand überrascht, aber nachdem sie am Nachmittag das Drehbuch durchgegangen waren, konnte er sehen, warum das alte Haus die perfekte Kulisse für die schwierigen Anfänge des fiktionalen Rockstars war.

Er stellte den Motor ab und drehte sich zu Trish um. Selbst in der Dunkelheit des Autos konnte er die verschiedenen Gefühle sehen, die in ihren Augen aufblitzten. »Trish, ich weiß nicht, was du hören willst, aber ich hab dir gesagt, dass ich nicht gut darin bin, etwas vorzutäuschen, und auch kein Lügner bin, deshalb kann ich es nur so sagen, wie es ist.«

Er wägte seinen nächsten Gedanken ab, denn sich selbst zu erklären war noch etwas, was er nur bei den Menschen tat, die für ihn zur Familie gehörten. Aber ein Blick in Trishs wunderschöne Augen reichte aus, damit er es aussprach.

»Ich werfe das jetzt einfach in den Raum, weil du es hören musst. Es tut mir nicht leid, dass wir uns geküsst haben. Es war ein wundervoller Kuss, und wir beide wissen, dass da etwas zwischen uns ist. Aber es gibt so schon genug Menschen, die mein Leben auseinandernehmen, und ich habe kein Interesse, das mit dir durchzumachen. Also, alles gut zwischen uns? Können wir das hinter uns lassen?«

Eine gefühlte Ewigkeit sah sie ihn schweigend an. Dann öffnete sie die Tür und sein Magen verkrampfte sich.

Sie war bereits mit einem Fuß ausgestiegen, als sie sagte: »Na schön. Versuchen wir, es hinter uns zu lassen.«

Er befürchtete, dass es unmöglich sein würde, diesen Kuss hinter sich zu lassen, egal, wie sehr er sich bemühte.

Sieben

Trish hatte Schwierigkeiten, das alte Holzfenster in ihrem Schlafzimmer zu öffnen. Die Farbe des Rahmens blätterte unter ihren Fingern ab und fiel wie Feenstaub aufs Fensterbrett. Wenn es doch nur magische Feen gäbe, die ihr halfen, ihre durcheinanderwirbelnden Gedanken zu ordnen. Die kühle Nachtbrise brachte den Geruch ausgedörrter Erde mit sich, die sich nach Regen sehnte. Eine schmachtende Melodie segelte auf dem Wind hinein. Boone musste sich direkt wieder auf die Veranda gesetzt haben, um Gitarre zu spielen. Der Duft von gegrilltem Fleisch stieg ihr in die Nase und ihr Magen knurrte. Ihr fiel ein, dass er die Hähnchenflügel, die sie im Rum Hummer bestellt hatten, gar nicht gegessen hatte, und das war ihre Schuld. Ihre Unterhaltung rollte wie dunkle Sturmwolken durch ihren Kopf. Sie hatte ihm versichert, dass sie es *hinter sich lassen* konnten, was bedeutete, dass er nicht mehr über den Kuss reden wollte, aber dieser Kuss war das Einzige, woran sie denken konnte.

Sie betrachtete ihr Spiegelbild in dem dicken Glas und der Anblick gefiel ihr gar nicht. Sie hatte den Kuss genauso sehr gewollt, wie er es anscheinend getan hatte, aber sie hatte ihm das Gefühl gegeben, er hätte etwas falsch gemacht. So war sie nicht. Tatsächlich war der Großteil ihres Verhaltens heute Abend nicht typisch für sie. Sie holte eine Kapuzenjacke aus dem Schrank und schlüpfte hinein, während sie die Treppe hinunter in Richtung Veranda ging.

Boone saß mit dem Rücken zu ihr auf der Treppe. Graue Rauchfäden stiegen ein paar Meter von der Veranda entfernt vom Grill in den Himmel auf. Er sang leise und sie schloss die Augen, lehnte sich an den Türrahmen und genoss den rauen, rauchigen Klang seiner Worte. Seit sie das erste Mal seinen Song »Under Me« im Radio gehört hatte, fühlte sie sich zu seiner gefühlvollen Stimme hingezogen. Die Nachtluft, die durch die Fliegengittertür über ihre Haut strich, und seine Stimme, die den Knoten in ihrem Bauch löste, weckten in ihr den Wunsch, sich unbemerkt wie ein nächtlicher Dieb auf den Boden zu setzen und heimlich den Moment zu genießen. Aber sie war schon selbstsüchtig genug gewesen.

Boone geriet nicht ins Stocken, als sie sich neben ihn auf die Treppe setzte. Er drehte sich um und lächelte, während er weitersang. Nun flatterte es in ihrer Brust und ihrem Bauch. Sie glaubte nicht, dass sie dieses Lächeln verdiente, aber es gefiel ihr sehr. Der Gitarrenkoffer stand offen neben ihm und schirmte das schlafende Kätzchen, das sich in einem seiner T-Shirts eingekuschelt hatte, vor dem Wind ab.

»Darin glänzt du«, sagte sie leise. Er hörte auf zu singen. »Du hast eine unglaubliche Stimme, und wenn du singst, wirst du wirklich eins mit der Musik. Es ist faszinierend und beeindruckend und hat es mir leicht gemacht, mich in dir zu verlieren, als wir in der Bar gesungen haben. Du bist *so* gut.«

Er öffnete den Mund, doch sie legte ihm einen Finger auf die Lippen, wie er es bei ihr getan hatte. »Ich wollte dich küssen, ganz unabhängig davon, ob ich mich von dem Moment habe mitreißen lassen oder nicht.«

Er seufzte und nickte.

»Es tut mir leid, dass ich so unausstehlich bin. Eigentlich bin ich kein zickiger Mensch, obwohl ich seit unserer ersten Begegnung nichts anderes getan habe, als dir das Gegenteil zu beweisen.«

»Ich habe nie behauptet oder das Gefühl gehabt, dass du zickig wärst.« Er legte die Gitarre neben sich.

»Das musstest du nicht.« Sie atmete tief ein und zog die Jacke gegen die kühle Luft fester zusammen – eine Barriere gegen die ungeschminkte Realität, die sie preisgab. »Es stimmt, dass du mir Angst machst, aber nicht so, wie du wahrscheinlich denkst. Ich weiß nicht, wie ich dich einschätzen soll, und ja, da ist etwas zwischen uns, das so stark ist, dass es mir auch Angst einjagt.«

Er stützte die Unterarme auf die Beine, verschränkte die Hände ineinander und sah hinaus in die Dunkelheit.

»Ich bin sicher keine Heilige«, gestand sie. »Und ich behaupte nicht, besser oder wichtiger als irgendjemand anderes zu sein, aber ich bin vorsichtig, wenn es um mein Herz geht.«

Er legte den Kopf schräg und sah sie ernst an.

»Nicht, dass ich denke, wir … oder du …« *Oh Gott, worauf will ich hinaus?* »Ich bin nicht prüde. Ich hatte genug One-Night-Stands oder wie auch immer man es nennen will, aber ich befinde mich gerade in einer seltsamen Situation. Ich bin fast dreißig und bin in dich verknallt, wodurch ich mich wieder wie zwanzig fühle. Es ist albern und kindisch und ehrlich gesagt schwer zu ignorieren.«

Er lachte leise und stand auf. »Verknallt.«

»Verurteil mich nicht, okay? Es fällt mir nicht leicht, das zuzugeben.« Sie beobachtete, wie er etwas auf dem Grill wendete. Anschließend setzte er sich abermals neben sie und hob die Hände.

»Hey, keine Sorge. Aber du weißt schon, dass du nicht wie eine Frau rüberkommst, die sich verknallt. Du bist störrisch und grob und …«

»Das habe ich wohl verdient.« Ihr wurde der Magen schwer.

»Du hast mich nicht ausreden lassen. Das sind die Dinge, die dich stark und erfolgreich machen. Wir beide wissen, dass es einen verändert, wenn man berühmt wird.«

»Vielleicht, aber die Wahrheit ist, dass ich schon vor der Schauspielerei störrisch und grob war.« Sie zuckte mit den Schultern und freute sich, dass er endlich wieder lächelte. »Wenn man in einem Haus aufwächst, in dem das Testosteron praktisch aus den Wasserhähnen tropft, lernt man mitzuhalten, damit man nicht abgehängt wird. Nicht, dass meine Brüder auch nur im Traum daran denken würden, mich irgendwo zurückzulassen. Im Grunde haben sie mich ständig an der Leine.«

»So sind Familien. Ich habe jüngere Geschwister und bin sicher, dass sie genauso von mir denken. Ich bin eine überfürsorgliche Nervensäge. Ich denke, dass du dich glücklich schätzen kannst. Es klingt, als wärst du deinen Brüdern sehr wichtig.«

Sein Tonfall wurde sanfter, als er über seine Familie sprach, und sein Verständnis überraschte sie. »Ja, das kann ich. Ich liebe sie, aber als Wildfang aufzuwachsen, hat mir in Hinblick auf Beziehungen nicht geholfen. Ich bin penetrant und dickköpfig. Und lasse mir keinen Unsinn gefallen. Ganz zu schweigen davon, dass ich nicht gerade eine empfindsame Frau bin, was auch nicht hilft.«

»Vielleicht bist du mit den falschen Typen ausgegangen.« Er

drehte sich auf der Stufe um und schenkte ihr seine volle Aufmerksamkeit. »Möglicherweise bist du all das, aber du bist auch süß und sexy und wunderschön, und ich glaube nicht, dass du nicht empfindsam bist. Nicht eine Sekunde.«

Sie verdrehte die Augen. »Wenn du lügst, kommst du nicht zum Zug.«

»Ich bin mit diesem Kuss schon zum Zug gekommen.«

Er sagte das so ernst, dass ihre Gedanken ins Stocken gerieten.

»So wie ich das sehe«, fuhr er fort, »bemühst du dich angestrengt, diese toughe Fassade aufrechtzuerhalten. Du behauptest, dass du nicht empfindsam wärst, aber was bedeutet das? Vielleicht denkst du, es würde schwach bedeuten? Für mich bedeutet es viele Dinge, und in deinem Fall finde ich, dass es für einfühlsam und feminin steht. In der Bar habe ich offensichtlich etwas gesagt oder getan, was dich veranlasst hat, mit diesem Typen auf die Tanzfläche zu verschwinden. Und als ich gesagt habe, dass sich die Welt nicht um dich oder den Film dreht, habe ich in deinen Augen gesehen, wie verletzt du warst. Ich möchte mich für beides entschuldigen, aber diese Momente waren Beweis dafür, dass du einfühlsam und zerbrechlich bist, wie die meisten Menschen auch.«

»Oder vielleicht ist eifersüchtig das passendere Wort.«

Daraufhin leuchteten seine Augen auf. »Eifersüchtig? Hm. Das hätte ich nicht gedacht.«

Kopfschüttelnd vergrub sie das Gesicht in den Händen. Sie fühlte sich wie eine Idiotin. Als sie die Hände herunternahm, stöhnte sie, denn er grinste. »Das liegt wieder an dieser Sache mit dem Verknalltsein. Ich dachte, du würdest etwas mit der Kellnerin verabreden und …« Sie zuckte mit den Schultern.

Er nahm ihre Hand und strich kreisend mit dem Daumen

über ihr Handgelenk. »Siehst du? Empfindsam.«

»Sag lieber dämlich und kindisch«, widersprach sie und obwohl sie das Gefühl seiner Hand genoss, entzog sie sich seinem Griff. »Was auch immer es war, ich habe ernsthaft kein Interesse daran, eine der Frauen zu werden, die durch deine Schlafzimmertür gehen. Vor ein paar Jahren vielleicht, aber ich suche nach mehr. Also werde ich meine alberne Verknalltheit nehmen und sie loswerden.« Sie machte eine Geste, als würde sie sie in den Wind werfen.

»Einfach so, ja?«

Sie nickte. »Ich muss. Ich meine es ernst mit meiner Karriere und auch damit, mein Herz zu beschützen. Bevor ich das Drehbuch zu *No Strings* gelesen habe, war ich bereit für eine Pause und wollte versuchen, ein normales Leben zu haben. Vielleicht einen Mann kennenlernen, der nichts mit der Branche zu tun hat. Einfach sehen, was passiert. Aber diese Rolle hat mich angesprochen. Sie ist meine Chance, mich wirklich zu beweisen, und ich weiß, dass du das verstehst.«

»Und wenn du etwas mit einem Typen wie mir anfängst, könnte das dem in die Quere kommen.« Seine Stimme war kalt und er verengte anklagend die Augen.

Trish hielt einen Moment lang den Atem an, denn sie wusste, dass das, was sie sagen musste, sie beide möglicherweise in diese unangenehme Lage zurückversetzte, in der sie schon einmal gewesen waren, aber sie hatte es schon so weit geschafft. Jetzt musste sie auch kein Blatt mehr vor den Mund nehmen.

»Als ich gehört habe, dass du die Rolle angenommen hast, habe ich mich auf die Chance gestürzt, mit dir zu arbeiten. Und ich weiß, dass du einen fantastischen Job machen kannst, aber du bist nicht mal zum Treffen für die Vorproduktion erschienen. Und du bist zu spät zum Dreh gekommen, ohne dich um die Zeit der anderen zu scheren. Ich glaube, wir sind einfach zwei sehr unterschiedliche Menschen.«

Boone stand auf und biss die Zähne zusammen, um den Impuls zu unterdrücken, ihr die Wahrheit zu sagen, doch Wut und etwas noch Intensiveres brannten wie Säure in seinem Magen. Er nahm das Hühnchen vom Grill, legte es auf einen Teller und stellte ihn neben Trish.

»Das ist nur Protein.« Er zog Messer und Gabel aus seiner hinteren Hosentasche und legte beides auf den Teller.

»Du hast das für mich gemacht?«

Er zuckte mit den Schultern. Er sorgte sich um sie, aber das bedeutete nichts. Oder? Sie war seine Filmpartnerin. Wenn sie krank wurde, verzögerten sich die Dreharbeiten und das würde den Regisseur noch wütender machen. Zumindest redete er sich das ein.

»Danke. Das ist wirklich nett.« Sie nahm das Besteck. »Isst du nichts?«

Er schüttelte den Kopf und sie legte das Besteck wieder ab.

»Himmel, Trish. Ernsthaft?«

Sie verschränkte die Arme. »Ich hasse es, allein zu essen.«

»Na schön, ich esse was. Du bist wirklich ein stures Ding.«

Sie grinste ihn triumphierend an. Boone zeigte auf den Teller und sie schnitt das Huhn in zwei Hälften und schob eine davon auf seine Seite des Tellers.

Während seiner gesamten Karriere hatte er sein Privatleben vor neugierigen Blicken verborgen, doch es machte ihn wütend, dass sie ihn mit den Menschen in einen Topf warf, die sich um niemand anderen scherten. Aber der Drang, ihr die Wahrheit zu sagen, wurde von etwas anderem als Wut angetrieben. Er war ein lausiger Lügner, sogar sich selbst gegenüber. Der Öffentlichkeit nur Schall und Rauch zu präsentieren, war eine Sache. Er sprach nicht wirklich mit der Presse. Das übernahmen seine *Leute* für ihn. Aber hier mit Trish zu sitzen, in ihre Augen zu blicken und zu wissen, dass sie ihm gerade etwas offenbart hatte, was für sie nicht leicht gewesen war? Das war etwas anderes.

»Vielleicht liegt es eher an den Annahmen, die du machst, dass du nicht den richtigen Mann findest, als an etwas anderem.«

»Es tut mir leid, dass ich dich wütend gemacht habe, aber das ist keine Annahme. Ich war bei diesem Treffen. Ich weiß, dass du nicht da warst.« Sie schob sich ein Stück Hühnchen in den Mund und sah ihn beim Kauen an.

Warum musste sie so süß aussehen, wenn sie aufgebracht war?

»Du weißt, dass ich das Treffen verpasst habe, aber weißt du auch, warum? Hast du dir die Mühe gemacht, mich zu fragen?« Er blieb stehen, verschränkte die Arme und begegnete ihrem festen Blick.

»Das muss ich nicht. Es stand überall in der Zeitung. Du warst mit einem Haufen Models auf einer Party in Beverly Hills.«

Erneut zeigte er auf den Teller und sie verdrehte die Augen, schob sich dann jedoch ein Stück Hühnchen in den Mund.

»Und Klatschmagazine sind verlässliche Quellen.«

Sie verengte die Augen. »Worauf willst du hinaus?«

Seine Haut fühlte sich zu eng an und er ging wieder auf und ab. »Es sollte mir egal sein, was du denkst. Mein ganzes Leben hat es mich nicht interessiert, was die Leute über mich denken –

abgesehen von denen, die mir am nächsten stehen –, und wenn ihnen etwas nicht gefällt, können sie mich die meiste Zeit gelinde gesagt mal. Aber aus irgendeinem Grund bist du mir mit deiner Penetranz und deiner überheblichen Einstellung unter die Haut gegangen.«

»Ich bin ziemlich sicher, dass wir gerade herausgefunden haben, warum du keine Freundin hast.« Grinsend schob sie sich ein weiteres Stück Fleisch in den Mund und darüber freute er sich.

»Das Letzte, was ich brauche, ist eine Frau, die mir sagt, dass ich alles im Leben falsch mache.«

Sie wedelte mit der Gabel, als würde sie ein Orchester dirigieren. »Du schweifst ab und ab und ab.«

Unwillkürlich musste er lachen.

Sie klopfte neben sich auf die Treppe. »Du machst mich nervös, wenn du so rumläufst, als würdest du entweder explodieren oder abheben.«

Er setzte sich neben sie. »Penetrant.«

»Arrogant«, schoss sie zurück und musterte sein Gesicht. »Du siehst aus, als würdest du gleich aus der Haut fahren.«

»Eine gewisse spindeldürre Schauspielerin hat diese Wirkung auf mich.«

Sie beugte sich näher zu ihm und flüsterte: »Vorhin hatte ich eine ganz andere Wirkung auf dich.«

Sofort erinnerte er sich an ihren Tanz und den Kuss, der das Feuer weiter geschürt hatte, das schon die ganze Zeit zwischen ihnen gebrannt hatte. Trish straffte sich und Hitze schoss ihr in die Wangen.

Du spürst es also auch.

Ihr Blick glitt über seine Schulter und sie atmete schwer. »Warum hast du das Treffen verpasst?«

»Sieh mich an und vielleicht erzähle ich es dir.«

Ihre Blicke trafen sich und eine elektrische Spannung schien zwischen ihnen zu knistern.

»Meine Mutter wurde eine Stunde vor dem Treffen ins Krankenhaus eingewiesen. Ich dachte, ich hätte noch Zeit, um anzurufen, wurde aber aufgehalten, weil ich sichergehen musste, dass es ihr gut geht und meine Schwester und Brüder nicht zusammenbrechen.« Er zuckte mit den Schultern.

Sie öffnete den Mund und Mitgefühl schimmerte in ihren Augen. »Das tut mir leid. Geht es ihr gut?«

Er nickte und musste angesichts der Erinnerung schwer schlucken. »Sie dachten, es wäre ein Herzinfarkt, aber es lag nur am Stress.«

»Sie ist also außer Gefahr?«

»Sie macht sich Sorgen um meinen jüngsten Bruder und das stresst sie. Ich rede mit ihm. Sie hat es nicht leicht, seit wir ...« Er wandte sich ab und der Schock darüber, was er beinahe gestanden hätte, schnürte ihm die Brust zu. »Schon lange.«

»Oh, Boone. Das tut mir so leid. Nicht, dass ich dir nicht glaube, aber warum hatte die Presse Bilder von dir auf dieser Party?«

»Sie haben alte Fotos benutzt. Wenn du genau hinsiehst, wirst du feststellen, dass das hier fehlt.« Er streckte den linken Arm aus und deutete auf das Tattoo an seinem Handgelenk. »Mein Agent hat Verbindungen, die ihm noch über Jahre Gefallen schulden, und er lässt Tripp, meinen PR-Typen, den Medien Geschichten verkaufen, um sie von meiner Spur abzulenken. Du bist Schauspielerin. Du solltest wissen, dass es nichts gibt, was man mit Geld nicht kaufen kann.«

»Ich fühle mich wie eine Idiotin.« Sie senkte den Blick.

Er hob ihr Kinn an und lächelte. »Das bist du nicht. Alle

glauben der Presse. Darum geht es doch.«

»Ja, aber ich sollte wissen, dass nicht alles stimmt, was in der Presse steht. Meine Schwägerin Siena ist Model und war gezwungen, mit einem Footballspieler auszugehen, als sie meinen Bruder kennengelernt hat. Sie musste ihren Ruf etwas trüben und er seinen aufpolieren. Ich hätte also zumindest fragen können. Aber warum hast du es mir nicht gesagt, als ich dich das erste Mal gefragt habe?«

Er zuckte mit den Schultern. »Weil ich nicht über meine Familie spreche.«

»Aber ich hab dich so sauer gemacht, dass du es mir erzählt hast.« Sie wandte sich ab. »Siehst du? Nicht gerade einfühlsam.«

»Oder du könntest es so sehen, dass mir deine Meinung wichtig ist, und es als Kompliment verstehen. Und ich lag eben falsch. Es gibt eine Sache, die man mit Geld nicht kaufen kann.«

Sie sah ihn neugierig an.

»Dich.«

Lachend schüttelte sie den Kopf, als würde er nur Witze machen, obwohl das nicht stimmte. Sie spießte ein Stück Huhn auf und hielt es ihm vor die Nase. Als er die Augen verengte, hob sie eine Braue und stupste ihm mit der Gabel gegen die Lippen.

»Penetrant«, stichelte er.

Sie schob ihm den Happen in den Mund und er packte ihre Hand. Er wollte sie an sich ziehen und mit Haut und Haaren verschlingen. Stattdessen schluckte er den Bissen herunter und legte die Gabel mit der anderen Hand auf den Teller.

»Was hast du nur an dir, Trish Ryder?« Ihre Gesichter waren sich so nah, dass er sie atmen hören konnte. »Du hast gesagt, dass ich dir Angst mache, aber ich glaube, dass du vor dem Angst hast, wofür du mich *hältst*. Und ganz ehrlich, du machst mir auch eine Heidenangst, weil du mich Dinge fühlen lässt, die ich nie zuvor gefühlt habe.«

Sie biss sich auf die Unterlippe und er konnte den Blick nicht abwenden. In ihm brannte das Verlangen, sie mit einem Kuss zu befreien, doch sie war seinetwegen gefangen, also zwang er sich, Trish in die Augen zu sehen und sie stattdessen mit der Wahrheit zu befreien.

»Ich habe seit fast zehn Jahren mit keinem Groupie mehr geschlafen.«

Ihre Augen weiteten sich, dann kniff sie sie zusammen. Ihr sexy Mund hielt noch immer ihre volle Lippe gefangen.

»Ich kann dir nicht verübeln, dass du mir nicht glaubst.« Er musterte sie, doch dieses Mal waren es nicht ihre Augen, die ihr Verlangen preisgaben. Es war die Art, wie sie sich nach vorn lehnte und eine Hand auf seinen Unterarm legte. Ihr ganzer Körper schien auf seine nächsten Worte zu warten.

Schließlich löste sich ihre Lippe und Trish leckte darüber. »Es ist nicht so, dass ich dir nicht glaube. Es ist nur ganz anders als das, was ich über dich gelesen habe.«

Erneut zuckte er mit den Schultern. »Das lässt sich nicht vermeiden. Du hast meine Musik gehört. Sie ist nicht gerade rein und erbaulich. Das Bild muss zur Marke passen.«

»Schon, aber was willst du damit sagen? Dass alles nur eine Farce ist?«

»Das kommt auf deine Definition von Farce an. Ich feiere mit meinen Freunden. Ich tauche auf den After-Partys auf, wenn ich auf Tour bin, aber das ist nicht mein Leben. Ich habe zu viele andere Dinge um die Ohren, um mich mit Groupies und ihren Spielchen zu beschäftigen oder meine Hirnzellen daran zu verschwenden, mich vollzudröhnen oder zu betrinken.«

»Also trinkst du nicht? Gar nicht?«

»Doch. Ich trinke ab und zu was, wenn ich zu Hause bei meinen Kumpels bin. Aber etwas zu trinken ist nicht dasselbe wie *zu trinken*.«

Sie fuhr seine Tattoos mit dem Finger nach. »Gibt es einen Grund dafür? Ich meine, hast du, hattest du ein Problem?«

Ihre Worte waren zurückhaltend formuliert und er wusste, dass ihr das schwerfallen musste, da sie eher dazu neigte, aufdringlich zu sein, und das machte sie noch anziehender. Er nahm ihre Hand. Das Rascheln der Bäume im Wind füllte die Stille zwischen ihnen, während er um eine Antwort rang.

»Manche Leute würden es vielleicht ein Problem nennen. Aber ich glaube, es ist einfach gesunder Menschenverstand.«

Verwirrt zog sie die Brauen zusammen. Er wollte sich nicht in seiner schmerzhaften Vergangenheit verlieren, wollte aber auch, dass sie die Wahrheit kannte.

»Wir haben meinen Vater durch einen betrunkenen Autofahrer verloren, als ich zwölf war.« Er war überrascht, wie leicht ihm die Worte über die Lippen kamen. »Ich habe nicht dieselbe Leidenschaft fürs Trinken wie andere Menschen.«

Sie drückte seine Hand. »Oh Boone, das tut mir so leid. Und ich trinke heute Abend das Bier wie Wasser.«

»Hey, jeder hat seine Laster.«

»Aber ich bin nicht so.« Sie senkte den Blick, ehe sie ihn wieder ansah. »Das sage ich heute ziemlich häufig, hm? Heute Abend habe ich aus schlechten Gründen getrunken, weil ich in deiner Nähe so viel empfinde, dass ich kaum damit klarkomme. Aber normalerweise trinke ich nicht so und mir war nicht klar, dass es mich so stark beeinflussen würde.«

»Ich verurteile dich nicht und falls es je eine gute Ausrede fürs Trinken gegeben hat, glaube ich, dass du sie gerade gefunden hast.«

»Du verurteilst mich nicht, hast aber versucht, mich zu warnen. Du hast mich darauf hingewiesen, dass ich meine Grenzen möglicherweise nicht kenne, wenn ich nur von Luft lebe.«

»Entschuldige. Ich hatte nicht das Recht, dich aufhalten zu wollen.«

»Würdest du versuchen, eines deiner Groupies aufzuhalten, die letztens bei deinem Trailer waren?«

»Ich bin wirklich nicht in der Stimmung, dieses Spiel zu spielen.« Er stand auf und sie folgte ihm und berührte seinen Arm.

»Ich spiele kein Spiel. Ich will es wirklich wissen.«

»Nein, okay? Und sie sind nicht *meine* Groupies. Mein Kumpel hat bei mir gewohnt und er hat sie zurückgelassen.« Er hatte die Stimme nicht erheben wollen, aber das Eingeständnis war ihm schwergefallen, und nun war er gereizt und angespannt. All das wurde noch dadurch verstärkt, dass sie wie Öl und Wasser waren. Adrenalin und Hitze schossen durch seine Adern und als sie näher an ihn herantrat, ballte er die Hände zu Fäusten, um sie nicht in seine Arme zu ziehen.

Schweigend sah sie zu ihm auf und ihre grünbraunen Augen verdunkelten sich verführerisch, während sie ihn musterte. Er wollte hineintauchen und nie wieder zum Luftholen an die Oberfläche kommen.

»Hättest du Honor gewarnt?«

»Natürlich. Oder meine Brüder, meine Schwester oder …«

Sie legte eine Hand auf seine Brust und flüsterte seinen Namen. Er hob die Brauen, rührte sich aber nicht weiter, denn er fürchtete, wenn er mehr tat als das, würde er nicht widerstehen können und sich den Kuss nehmen, nach dem er sich sehnte, seit sie die Bar verlassen hatten.

»Warum hast du dieses Lied zum Karaoke ausgesucht?« Die Herausforderung in ihren Augen verriet ihm, dass sie die Antwort bereits kannte.

»Was denkst du denn?«

Sie legte seine Arme um ihre Taille, wie er es vorhin mit ihren getan hatte, und er hielt sie fest. Vergessen war die Zurückhaltung. Vergessen war die Tatsache, dass sie ständig aneinandergerieten und die Funken nur so sprühten. Alles, was in diesem Moment existierte, waren die Röte auf ihrer Haut, die Leidenschaft in ihrer Stimme und ihre hinreißenden, glänzenden Lippen. Und als sie ihren weichen Körper an ihn drückte, konnte er nur mit Mühe ein gieriges Stöhnen unterdrücken.

»Aus demselben Grund, aus dem du mich gewarnt hast, nicht zu viel zu trinken, und aus dem du mir etwas zu essen gemacht hast. Ich bin vielleicht dickköpfig und stur und übervorsichtig, aber ich bin nicht dumm.«

Er legte eine Hand in ihren Nacken. »Vergiss nicht penetrant.«

Sie leckte sich über die Lippen. »Boone?«

Er schob die Hand in ihre Haare und sie atmete scharf ein. Die andere ließ er zu ihrem Hintern gleiten und zog sie an seine harte Länge. »Ja, meine Schöne?«

Sie lächelte. »Ich weiß, dass es länger war als sechzig Sekunden, aber ich will dich definitiv küssen.«

Er legte seine Lippen auf ihren Mundwinkel und kostete ihre Süße. »Das willst du, nicht wahr?« Mit der Zunge zeichnete er ihre Unterlippe nach. »Ich wollte das schon machen, seit du dir auf die Lippe gebissen hast.« Er sog sie in seinen Mund und Trish erbebte am ganzen Körper.

»Oh Gott«, flüsterte sie.

Er küsste ihre Oberlippe und reizte sie ebenso wie sich selbst. Sie versuchte, seine Lippen einzufangen, aber er packte ihre Haare fester und hielt sie fest, woraufhin sie stöhnte. Es war ein flehender, berauschender Laut, und er wollte mehr davon hören.

Er verteilte eine Reihe von langsamen, betäubenden Küssen auf ihrem Mund. Sie schmeckte nach Angst und Risiko und einem verführerischen, wilden Verlangen, das unbedingt entfesselt werden wollte. Sie stöhnte erneut und das Geräusch vibrierte in ihm. Sie wölbte sich ihm entgegen, um ihm näher zu kommen, und kratzte über seine Haut, aber er hatte es nicht eilig, diese Schwelgerei zu beenden.

»Boone«, flehte sie, als er Küsse auf ihrem Kiefer verteilte und an ihrer Haut knabberte.

»Schh. Jetzt bin ich dran.«

Acht

Kalte Luft strich über Trishs Beine und ihr Gesicht, kam aber nicht gegen die Hitze an, die sie vereinnahmte. Boones Küsse waren göttlich. Sanft und zärtlich, dann grob und hungrig. Lust pulsierte in ihr, zwischen ihren Beinen und flammte bei jeder Berührung seiner Lippen in ihrer Brust auf. Er reizte und neckte sie, bis sie beinahe explodierte. Seine Hand strich über ihren nackten Oberschenkel und hinterließ eine heiße Spur, ehe sie in ihre Shorts schlüpfte. Sie presste sich an ihn und spornte ihn stillschweigend an. Mit den Fingerspitzen streichelte er hauchzart über ihr Höschen und Vorfreude pulsierte zwischen ihren Beinen. Unzählige Gedanken schossen ihr durch den Kopf, doch der einzige, der wirklich hängen blieb, war: mehr, *mehr*!

Sein Mund – Gott, dieser unglaubliche Mund – war ein Inferno, heiß und feucht und stark. Jeder Kuss war überwältigender als der letzte. Er küsste sie nicht nur. Er vereinnahmte sie und betäubte mit jeder Berührung seiner talentierten Zunge mehr von ihren Hirnzellen. Der Kuss wurde inniger, härter, gröber. Sie schob die Hände in seine Haare, hielt ihn fest und öffnete den Mund – und ihre Beine – weiter. Er stöhnte, und es war der erregendste Laut, den sie je gehört hatte. Ihre Körper bewegten sich aneinander, sodass seine Härte gegen ihren Bauch drückte. Boone zog seine Hand zwischen ihren Beinen hervor, legte sie auf ihren Hintern und schob sie dann wieder in ihre Hose. Seine Finger schienen sich förmlich durch ihr Höschen zu brennen. Ihr gieriges Flehen verlor sich in ihren Küssen. Er zog ihren Kopf nach hinten und legte seine Lippen auf ihren Hals, an dem er saugte und leckte, sodass er sie beinahe um den Verstand brachte. Die freie Hand schob er unter ihr Shirt und sie verlor sich in dem Gefühl seiner rauen Hand auf ihrer erhitzten Haut. Sein Daumen glitt unter ihrer Brust entlang.

Ja. Bitte, mehr.

Ihre Nippel standen förmlich in Flammen, und als er ihre Brust umfasste, stöhnte sie erneut. Ihr Flehen wurde vom Wind davongetragen. Sie wollte, dass er sich die Kleidung vom Leib riss und sie gleich hier im Gras nahm, unter den Wolken und dem sternenlosen Nachthimmel. Sie wollte seine ganze Kraft und seinen Schmerz fühlen und *endlich* spüren, wie er sie an sich heranließ.

Boone löste sich von ihr. Seine Augen brannten und seine Lippen waren von den atemberaubenden Küssen gerötet und so verlockend, dass sie sie erneut spüren musste. Sie packte seinen Kopf und zog ihn zu einem weiteren, heißen Kuss an sich. Ihre Hände wanderten über seinen Rücken und an den Seiten hinab zu seinem festen Hintern, wobei sie sich das Gefühl einprägte, um sich später daran zu erinnern, denn obwohl sie unbedingt spüren wollte, wie er sich in ihr versenkte und im Rausch der Leidenschaft ihren Namen stöhnte, musste sie ihr rasantes Tempo drosseln. Sie wollte – musste – mehr über ihn erfahren, was er durchgemacht hatte und in welcher Verfassung er war, bevor sie auch nur einen Schritt weitergingen.

Boone küsste ihre Wange, ihren Hals und – *oh Gott, ja* –

fuhr mit der Zunge den Umriss ihres Ohrs nach und sie zitterte am ganzen Körper.

»Trish«, hauchte er mit rauer Stimme. Er zog sich zurück und umfasste ihr Gesicht mit beiden Händen. Sie rangen beide um Atem. Jetzt küsste er sie zärtlich und köstlich und als er sich von ihr löste, wurde der Hunger in seinen Augen weicher und damit irgendwie eindringlicher.

Keiner von ihnen bewegte sich, während sie stumme Botschaften austauschten. *Grundgütiger, das war der Wahnsinn. Was jetzt? Ich will dich. Du machst mir Angst.* Die stärkste Botschaft – *Das ist nur die Spitze des Eisbergs* – hing laut und deutlich in der Luft.

Die Brise frischte auf und kurbelte ihr Hirn wieder an. Verlegen strich sie ihr Shirt glatt und zupfte am Saum ihrer Shorts. Boones Hand lag weiter auf ihrer Wange, während er mit der anderen ihre Hand nahm. Er runzelte die Stirn und plötzlich verhärtete sich sein Gesichtsausdruck.

»Nicht.«

Der Befehl ließ sie innehalten.

Er kam wieder näher und ihre Körper glühten wie geschmolzene Lava. Trish bebte, aber nicht wegen der kalten Luft, die über ihre Haut strich, sondern wegen der puren, unverfälschten Lust, die in ihr summte. Gerade erst hatte sie ihm erzählt, dass sie kein Interesse an einer einmaligen Sache hatte, und anschließend stürzte sie sich praktisch auf ihn. War sie wahnsinnig geworden?

Er verschränkte ihre Finger ineinander und gab ihr einen weiteren überraschend zärtlichen Kuss. Der einzige Gedanke, der ihr dabei durch den Kopf schoss, war: Wenn das der Wahnsinn war, würde sie ihn willkommen heißen.

»Lass nicht zu, dass uns Peinlichkeit einen Teil von dem

nimmt, was wir gerade gefühlt haben. Was wir noch fühlen.«

War das wirklich der Mann, mit dem sie sich die ganze letzte Woche herumgestritten hatte? Seine Lippen formten ein verwirrtes und hoffnungsvolles Lächeln, das seine harten Gesichtszüge weicher werden ließ. Ihre Lippen brannten und waren ganz rau von den groben Küssen und ihr Herz sehnte sich nach mehr. Wärme und Zuneigung huschten über sein Gesicht, gefolgt von einer Welle aus Kälte, bevor seine Züge eine Sekunde später einen Ausdruck irgendwo dazwischen einnahmen, ebenso erhitzt und verwirrt wie ihre Gedanken. Mehr als nicken konnte sie nicht.

Sie drehte sich zur Veranda. Sie hatte absolut keine Ahnung, wie lange sie herumgemacht hatten. Hatten sie sich stundenlang geküsst oder waren es nur wenige, verzehrende Minuten gewesen? Plötzlich war sie zu erschöpft, um es zu ergründen. Alles, was sie wollte, war mehr von ihm. Sie wollte sich in seine Arme schmiegen, sich mit ihm unterhalten, ihn küssen, berühren und spüren, was keinen logischen Sinn ergab. Boone war kein gefühlsbetonter Mensch, und ausgerechnet er sagte, dass sie sich von der Peinlichkeit der Situation nichts von dem rauben lassen sollten, was sie gespürt hatten? Sie hatte angenommen, dass er derjenige sein würde, der schnaubte und es abtat, als hätte es nichts bedeutet. Aber er hielt sie noch immer fest, als sie die Stufen zur Veranda hinaufgingen.

»Trish?«

Sie wandte sich zu ihm und im gedämpften Licht, das durch die Fliegengittertür fiel, erinnerte sie sich an den gequälten Ausdruck auf seinem Gesicht, als er ihr von dem Gesundheitszustand seiner Mutter und dem Verlust seines Vaters erzählt hatte. Es waren nur wenige Sätze gewesen, aber das Geständnis fühlte sich gewaltig an. Sie wusste nicht, was sie von dieser Seite an ihm oder ihren überwältigenden Gefühlen halten sollte, spürte aber, dass sie erneut ganz und gar von ihm eingenommen wurde. Meinten die Leute das, wenn sie sagten, dass das Herz wollte, was es nun einmal wollte? Es musste so sein, denn sie wollte, dass er sie in den Arm nahm und erneut küsste, sie nach oben trug …

Boone zog sie an sich, sah ihr tief in die Augen und riss sie aus ihrer Fantasie heraus.

»Sechs Monate«, sagte er mit ernster Stimme. Hatte sie irgendetwas verpasst?

»Entschuldige. Was?«

»Es ist sechs Monate her, seit ich eine Frau geküsst habe.«

Ach du grüne Neune. Sechs Monate? »Ich … ich habe nicht danach gefragt.«

»Nein, aber du unterstellst mir eine Menge und du solltest es wissen, damit du nicht die ganze Nacht wach liegst und denkst, du wärst nur ein weiterer Name auf der imaginären Liste, die ich deiner Meinung nach führe.«

Sie wollte alle Geheimnisse, die er ihr offenbarte, um ihnen wie einer Spur aus Brotkrumen zu ihm zu folgen. »Du musst mir nichts beweisen. Ich wollte dich küssen.«

»Ich weiß. Und das, was ich tun will, geht weit übers Küssen hinaus, deshalb solltest du die Wahrheit kennen.« Er ging in die Hocke, um den Teller und das Besteck aufzuheben, die sich nach wie vor auf der Veranda befanden.

Das Geständnis brachte ihre Gedanken ins Trudeln.

Mit einem unerwarteten Lächeln sah er zu ihr auf. »Ich kümmere mich darum.«

Sie betrachtete das schlafende Kätzchen.

»Um ihn auch. Du solltest ein wenig schlafen. Wir müssen morgen eine Menge Text durchgehen.«

Text? Sie war noch immer mit seiner Aussage beschäftigt, dass er übers Küssen hinausgehen wollte. *Sie* wollte es ebenfalls, obwohl in ihrem Kopf alle Alarmglocken schrillten. Sie war nicht bereit, ins Haus zu gehen. Also ging sie zu dem Kätzchen, das tief und fest im Gitarrenkoffer schlief, und Boone berührte ihren Arm.

»Wirklich, hol dir eine Mütze Schlaf. Meine Selbstbeherrschung hängt am seidenen Faden. Wenn ich dich noch mal berühre, werde ich nicht aufhören.«

Darüber dachte sie einen Augenblick nach. Sie wollte einen Schritt nach vorn machen und sich von ihm verzehren lassen.

Als habe er ihre Gedanken gelesen, fügte er hinzu: »Du bist dir unsicher, was mich angeht, und in meinem Leben läuft gerade kaum was rund. Ich kann dir keine Versprechen geben.« Er hielt lange genug inne, um seine Worte sacken zu lassen. »Was auch immer das zwischen uns ist, ich habe das Gefühl, dass du mich in eine Million Stücke zerbrechen lassen könntest, und es gibt so viele Menschen, die sich auf mich verlassen, dass ich es einfach nicht riskieren kann.«

Nach zwei Stunden Schlaf wachte Boone auf, weil das Kätzchen mit seinen winzigen Pfoten in seinen Haaren spielte. Nun lag er da, dachte an die unglaublichen Küsse mit Trish und durchlebte jede Berührung noch einmal. Er hatte ihr Dinge erzählt, die er niemandem zuvor erzählt hatte, und das Seltsamste war, dass er sich noch lange, nachdem sie ins Bett gegangen war, wünschte, sie hätte es nicht getan. Und das nicht nur, damit sie miteinander schlafen konnten. Er wollte sie besser kennenlernen. Mit ihr über ihre Familie reden und herausfinden, was wirklich in ihrem hübschen Köpfchen vor sich ging. Als er schließlich ins Haus gegangen war, hatte er stundenlang wach im Bett gelegen und über Trish nachgedacht. Wie immer war er gedanklich seine Liste von Verpflichtungen durchgegangen: Jude, Lucky, seine Mutter und der Film, auf den er sich konzentrieren sollte. Er hatte noch einmal versucht, Jude zu erreichen, und eine Nachricht hinterlassen, als er auf der Mailbox gelandet war. Nun war er ruhelos, und es gab nur drei Mittel gegen diese Art der Unruhe – Musik, Sex und Kochen. Bedeutungslosem Sex hatte er abgeschworen – und er wusste, dass es bei Weitem nicht bedeutungslos sein würde, wenn er mit Trish im Bett landete. *Verbotene Früchte.* Blieben also nur Musik und Kochen.

Nachdem er geduscht und sich angezogen hatte, war Trishs Tür noch immer geschlossen und da von der anderen Seite kein Lebenszeichen zu hören war, war Musik keine Option. Mit dem namenlosen Kätzchen unter dem Arm ging er in die Küche hinunter, um den Frust mit Kochen loszuwerden.

Eine Weile später, nachdem er gefrühstückt und abgewaschen hatte, blickte er über die Spüle hinweg aus dem Fester, beobachtete die herannahenden Gewitterwolken und dachte an Trish. Er versuchte, sich einzureden, dass das, was er für sie empfand, nichts weiter als Lust war. Lust konnte er verstehen und er konnte damit umgehen. Er wusste, wie man Lust abschaltete. Himmel, er war zu einem Meister darin geworden, weil es einfacher war, sie einfach zu unterdrücken, anstatt sich mit dem Selbsthass herumzuschlagen, der einsetzte, wann immer er mit Frauen geschlafen hatte, die ihm absolut nichts bedeuteten.

»Du hast gekocht.«

Beim Klang von Trishs Stimme vollführte sein Herz einen

seltsamen kleinen Tanz. Er drehte sich in dem Moment um, als sie in einem T-Shirt hereinkam, das kaum ihren Hintern bedeckte. Jede Zelle in seinem Körper erwachte zum Leben. Sie beugte sich über den Tisch, um das Festmahl zu begutachten, und dabei rutschte der Saum ihres Shirts nach oben und entblößte ihren runden Hintern und die cremefarbene Haut ihrer Oberschenkel. Dass er sofort hart wurde, überraschte ihn wenig, doch die Gedanken, die sich in seinem Kopf entspannen, waren neu.

Er räusperte sich und versuchte, sich zusammenzureißen. »Ich hab dir ein Eiweiß-Omelett gemacht. Kein Fett. Bedien dich gern am Obst.«

»Du hast an mich gedacht?« Sie hakte den rechten Fuß hinter den linken, sodass ihr Knie leicht gebeugt war, und biss sich auf die Unterlippe, wodurch sie unglaublich sexy und süß aussah.

»Die ganze Nacht«, murmelte er und reichte ihr einen Teller aus dem Schrank. »Also, versuchen wir uns heute tatsächlich mal am Schauspiel, anstatt nur den Text zu lesen?« Das war ein gefährliches Terrain, fast so gefährlich wie neben ihr zu stehen und sich zu fragen, ob sie unter dem Shirt einen Tanga trug oder nackt war.

»Wenn du glaubst, dass du damit klarkommst«, erwiderte sie mit einer verführerischen Bewegung ihrer Schultern und lächelte ihn sinnlich an.

»Es gibt nicht viel, womit ich nicht klarkomme.«

»Hm?« Sie hob eine Braue, schloss die Augen und biss in eine Erdbeere. »Mmh. Die ist so köstlich.«

Vielleicht war er einfach ein Höhlenmensch, doch als sie sich die Finger abschleckte, sah er stattdessen vor seinem inneren Auge, wie diese sich um seine Härte legten, während sie ihn wie einen Lolli leckte.

Er ging nach oben, denn er brauchte eine kalte Dusche. Eine sehr kalte.

Vielleicht auch zwei.

Neun

Trish und Boone probten seit Stunden. Boone war schon auf Hochtouren gewesen, als sie angefangen hatten, und seitdem war es nur schlimmer geworden. Jedes Mal, wenn sie einander nahe waren, bekam er diesen Ausdruck in den Augen, als würde er gegen das Verlangen ankämpfen, sie zu küssen, und ihr ging es nicht besser. In ihrem Magen flatterte es, und ihre Nippel wurden jedes Mal hart, wenn sie ihn streifte. Deshalb und weil Boone sich bei intimen Szenen von seinem Charakter zu entfernen schien, hatte sie sorgfältig Szenen ausgesucht, in denen keine körperliche Nähe erforderlich war. Wenn sie sich selbst gegenüber ehrlich war, hätte sie zugeben müssen, dass sie die eher ungefährlichen und distanzierten Szenen in Wirklichkeit deshalb gewählt hatte, weil dieser wilde Tanz zwischen ihnen zu aufregend war, um ihn durch irgendetwas zu gefährden.

Da sie keine Szenen probten, die Boone aus der Rolle fallen ließen, bekam sie zusätzlich die Chance, ihn zu Rick Champion werden zu sehen. Er nahm nicht nur die Probe ernst, sondern bat sie bei einigen Schlüsselstellen um Rat und übte sie immer und immer wieder, bis er sie auf den Punkt brachte. Er machte sich die Rolle zu eigen, anstatt sie nur zu spielen.

Trish hielt die Luft an, während er die Szene abschloss, in der sich sein Charakter auf den ersten großen Auftritt nach seiner Ankunft in Hollywood vorbereitete. Seine Emotionen trafen es genau und die Angst und Freude waren so real und greifbar wie die feuchte Luft des nahenden Sommersturms.

»Zeigen wir dieser Stadt, wer der Boss ist.« Boone tat so, als würde er mit einem Bandkollegen einschlagen und stolzierte über die Veranda.

»Das war großartig!« Trish folgte ihm die Treppe hinunter auf die Wiese.

»So weit würde ich nicht gehen.«

Er drehte sich um und ihre Arme streiften sich. Es war ganz einfacher Hautkontakt, doch er löste ein Prickeln in ihrem gesamten Körper aus. *Grundgütiger. Wenn sich dieser Funke entzündet, brennen wir hier alles nieder.*

Sie war bereit, sich auf ihn zu stürzen, zwang sich aber, sich zu konzentrieren.

Während der Nachmittag in den frühen Abend überging, rollten die Wolken immer schneller heran und der Wind frischte auf.

Boone sah hinauf in den unheilvoll grauen Himmel. »Soll ich dir einen Pullover holen?«

Schon den ganzen Tag war er übertrieben aufmerksam gewesen, hatte gefragt, ob sie etwas trinken wollte, und praktisch verlangt, dass sie etwas aß, weil es *nicht gesund war, nur von Luft zu leben.* Und als Fiona angerufen und sie vor Freude über die Nachrichten zu Jakes neuem Film losgekreischt hatte, war er sofort an ihrer Seite gewesen, um sich zu vergewissern, dass es ihr gut ging. Auf einmal behandelte er sie wie das Kätzchen, so als wäre es seine Aufgabe, sich um sie zu kümmern. Und sie war überrascht, wie sehr es ihr gefiel.

»Nein danke, aber vielleicht sollten wir reingehen.«

Er schüttelte den Kopf. »Zu erdrückend. Ich glaube, wir haben noch etwas Zeit, bevor es anfängt zu regnen.«

»Du wolltest gestern auch nicht im Haus proben.« Sie verschränkte die Arme und durchbohrte ihn mit ihrem Blick. »Eigentlich bist du überhaupt nicht drinnen, wenn du nicht gerade kochst, schläfst oder duschst. Was ist los?«

»Ich fühle mich nicht gern eingeengt.«

»Okay. Das verstehe ich. Aber was wirst du tun, wenn wir zur Schlafzimmerszene kommen?«

Er wackelte mit den Brauen. Im Laufe des Nachmittags hatte er ein paar ausgelassene Gesten gezeigt und sie liebte es, diese Seite an ihm zu sehen, obwohl sie das Gefühl hatte, dass es eine Vermeidungsstrategie war.

»Ich meine es ernst, Boone. Irgendwann müssen wir sie proben und je mehr Zeit wir in die Szenen investieren, mit denen du dich unwohl fühlst, desto leichter fallen sie uns, wenn die Crew hier ist.«

»Wer behauptet, dass ich mich mit der Schlafzimmerszene unwohl fühle?« Er trat näher und brachte eine ganze Hitzewelle mit sich.

»Niemand«, brachte sie hervor. »Ich meinte, weil du es hasst, im Haus zu üben. Die Szene im Lagerhaus und andere Szenen, in denen du mit Delias Sucht konfrontiert wirst, scheinen dir am unangenehmsten zu sein. Ich hab mich nur gefragt, was aus der Schlafzimmerszene werden soll, wenn du wirklich nicht drinnen proben willst.«

Langsam und verführerisch sah er an ihrem Körper hinab. »Baby, wenn du mich im Bett haben willst, musst du nur fragen.«

»Ja, bitte.« Sie schlug sich eine Hand vor den Mund. »Das

habe ich nicht so gemeint.« Sie verlor ernsthaft den Verstand und er lenkte ernsthaft ab. Und jetzt war da dieses unwiderstehliche Grinsen auf seinen Lippen. Sie musste sich konzentrieren. Unbedingt.

»Ich werde dieses Angebot auf einen anderen Tag verschieben.« Das letzte Wort war nur noch ein Flüstern oder vielleicht ein Wimmern.

»Ein ganzer Tag im Bett?« Ein verbotenes Lächeln umspielte seine Lippen. »Klingt verlockend.«

Sie hob die Hand, damit er ihr nicht noch näher kommen konnte. »Und du bist ein Meister der Ablenkung.« Er wandte den Blick ab und sie wusste, dass sie ins Schwarze getroffen hatte. »Boone, wenn du ein Problem damit hast, die Szenen zu spielen, in denen es um Delias Sucht geht, musst du es mir sagen.«

Er deutete mit dem Daumen über die Schulter aufs Haus. »Schlafzimmerszene. Tun wir's.«

»Boone.«

Er schlang die Arme um sie und beugte sich nach unten, als würde er sie küssen wollen. So sehr sie das auch wollte, gewann schließlich ihre Sorge über seinen Widerwillen, über den Grund für seine Blockade zu sprechen, die Oberhand.

»Hört sich an, als hättest *du* Angst vor der Schlafzimmerszene. Ich verspreche, sanft zu sein. Zumindest am Anfang«, sagte er schmeichelnd.

Sie wand sich aus seinen Armen. »Erstens würde ich nicht wollen, dass du sanft bist.« Sie wedelte mit einer Hand in der Luft, um ihren rasenden Herzschlag zu beruhigen und das Bild von sich und Boone gemeinsam im Bett aus dem Kopf zu bekommen. »Ich werfe das einfach mal so in den Raum.«

Ein teuflisches Grinsen breitete sich auf seinen Lippen aus.

»Ich dachte, du würdest nicht auf bedeutungslosen Sex stehen.«

»Tue ich auch nicht, und hör auf, mich abzulenken. Was ist dein Problem mit den Junkie-Szenen?«

»Ich habe keins.«

»Unsinn.«

Er ging durch das kniehohe Gras und sie folgte ihm.

»Boone, du kannst mit mir reden.«

»Ich rede mit dir.«

»Dann lass uns die Szene im Lagerhaus durchgehen.« Der Wind nahm zu und sie verschränkte die Arme gegen die Kälte. »Wir können es auf der Veranda machen. Es sind nur ein paar Zeilen Text.«

Er biss die Zähne zusammen, machte jedoch keine Anstalten, ihr zur Veranda zu folgen.

»Ich dachte, es gäbe kein Problem.« Sie setzte ihr bestes Rück-lieber-mit-der-Sprache-raus-Gesicht auf.

Boone wandte den Blick ab. »Gibt es auch nicht.«

»In dem Fall komm mit, bevor das Gewitter einsetzt. Gott allein weiß, wie schwierig es sein wird, dich zum Proben zu bewegen, sobald wir erst mal im Haus festsitzen.« Sie zerrte ihn zur Veranda.

»Uns bleibt immer noch die Schlafzimmerszene.«

»Wie nett von dir, mich daran zu erinnern.« Sie legte sich auf die Veranda, als wäre es der Boden des Lagerhauses und lächelte zu ihm auf. »Lass mich dich daran erinnern, dass Delia im Schlafzimmer absolut zugedröhnt ist und du Schwierigkeiten zu haben scheinst, wenn sie so drauf ist.«

Er stand über ihr und betrachtete sie eindringlich. »Solltest du nicht weggetreten und *still* sein?«

Sie setzte sich auf und zeigte auf ihn. »Ich weiß, dass du diese Szene hinkriegst, was also auch immer in deinem verrückten Kopf vorgeht, schalte es ab. Du kannst das. Ich weiß es.«

Seine Gesichtszüge wurden weicher. »Warum hast du so viel Vertrauen in mich?«

Sie nahm seine Hand und zog ihn nach unten, sodass er sich auf ein Knie stützte. »Ich hab dich singen hören. Ich bin gestern Abend deinem Zauber erlegen und habe dich vor dem gesamten Ort geküsst. Ich habe dich den ganzen Tag proben sehen und du warst brillant. In dir steckt Leidenschaft, Boone. Selbst wenn du versuchst, sie zu verstecken, liegt sie auf der Lauer. Du musst sie nur entfesseln.«

Ohne bewusst darüber nachzudenken, beugte sie sich vor und küsste ihn, und schon im nächsten Atemzug übernahm er die Kontrolle und leckte über ihre Lippen. Sie öffnete sich für ihn und genoss jede wunderbare Sekunde des lang erwarteten ersten Kusses des Tages. Seine Lippen waren weich, obwohl der Kuss hart war. Boone ging ganz auf die Knie, zog sie in seine Arme und vertiefte den Kuss. In der Ferne grollte Donner und konkurrierte mit dem Hämmern ihres Herzens.

»Siehst du?«, sagte sie, sobald sie sich voneinander lösten. »Sie ist genau hier. Die Leidenschaft.«

Die Leidenschaft, die Boone in Trishs Nähe verspürte, war zweifellos stärker als alles, was er je zuvor gespürt hatte. Den ganzen Tag über hatte er versucht, diese Leidenschaft zu ignorieren, aber Trish war wie eine Naturgewalt, glaubte an ihn und forderte ihn auf eine Weise, wie es sich sonst niemand traute.

»Sie war sehr lange nicht mehr da«, räumte er ein. »Das liegt nur an dir, meine Schöne.«

Sie lächelte ihn an und sah dabei so reizend und glücklich aus, dass er diesen Moment bis in alle Ewigkeit ausdehnen wollte. Die Haare fielen ihr über die Schultern und ihre Augen schimmerten wie Gras und Honig, und nur für ihn loderten bernsteinfarbene Flammen in ihnen. Sie berührte seine Wange und er schloss die Augen, genoss die Sanftheit und die Intimität, nach denen er sich gesehnt hatte, ohne es zu merken.

»Dann sollten wir diese Szene doch gut hinbekommen«, sagte sie freundlich.

Die Szene. Er riss die Augen auf. *Delia, die eine Überdosis genommen hatte und bewusstlos auf dem Boden des Lagerhauses lag.* In seinem Kopf sah er die völlig zugedröhnte Destiny. Destiny, die versprach, clean zu werden. Destiny in ihrem Sarg. Seine Brust zog sich zusammen und er stand ruckartig auf, um gegen die Eiseskälte anzukämpfen, die sich in seinen Adern ausbreitete.

»Boone? Was ist denn auf einmal?«

Er lief auf der Veranda auf und ab, doch sie war ihm dicht auf den Fersen und bombardierte ihn mit Fragen.

»Was ist los? Warum siehst du mich nicht an?« Sie folgte jedem seiner Schritte. »Red mit mir, bitte. Lag es am Kuss?«

Jedes Wort hallte in seinem Kopf nach und vermischte sich mit den schmerzhaften Erinnerungen.

»Boone?« Trish berührte seine Schulter und er wirbelte herum. Ihre Blicke trafen sich und sie legte sich eine Hand auf die Brust, als hätte er sie verbrannt. »Grundgütiger, Boone. Was hast du denn?«

Er stürmte an ihr vorbei die Treppe hinunter, doch Trish war unerbittlich und lief ihm über die Wiese in das trüber werdende Licht und den kalten Wind nach.

»Trish, geh zurück ins Haus«, brüllte er gegen den nahenden Sturm an.

»Nein!« Sie packte seinen Arm, doch er ging weiter, in dem Versuch, seinen Erinnerungen davonzulaufen. »Rede mit mir.«

»Ich habe nichts zu sagen.« Donner grollte in der Ferne. Er blieb stehen und sah zu den Bäumen, die sich im Wind bogen. »Geh zurück, Trish. Bitte. Ich komme in ein paar Minuten nach. Ich brauche nur etwas Abstand.«

»Nein.« Sie hakte sich bei ihm unter und umfasste seinen Unterarm.

Die Sorge in ihren Augen erdrückte ihn. Er wollte sie an sich ziehen und so küssen wie letzte Nacht. Bis der Schmerz verblasste und nur noch das Feuer zwischen ihnen existierte, aber das wäre nicht fair. Sie musste sich nicht mit seinen Problemen herumschlagen. Letzte Nacht hatte er sich kaum von ihr lösen können. Und traute es sich auch jetzt nicht zu.

»Es fängt an zu regnen. Bitte geh zurück.«

Sie schüttelte den Kopf.

»Verdammt noch mal, Trish. Du bist viel zu stur. Das hat nichts mit dir zu tun.«

»Aber mit dir.« Sie sah ihm in die Augen und fügte mit sanfterer Stimme hinzu: »Lass mich an dich ran, Boone. Rede mit mir. *Bitte.*«

»Seit ich diese Rolle angenommen habe, liegt mein Leben in Trümmern.« Der Wind nahm zu und heulte zwischen den Bäumen. »Du kannst diesen Mist in deinem Leben nicht gebrauchen.«

»Woher willst du wissen, was ich brauche oder nicht brauche? Das sind alles nur Mutmaßungen.«

Ein Lächeln begleitete die kleine Stichelei und er schloss die Augen, um die in ihm aufsteigenden Gefühle zu unterdrücken.

Wie sollte er ihr von Destiny und diesen schrecklichen Jahren erzählen, wenn es das Letzte war, was er tun wollte?

»Boone, kannst du mir wirklich in die Augen sehen und behaupten, du willst, dass ich gehe?«

Er umfasste ihr Gesicht. Er wollte sie so sehr an sich heranlassen, sich von ihr trösten lassen, hatte jedoch panische Angst, sie zu verletzen – oder sich selbst. »Warum? Warum willst ausgerechnet du mir näherkommen? Siehst du nicht, dass in meinem Kopf Dinge vorgehen, die nicht normal sind?«

»Normal? Was zum Teufel ist schon normal? War es normal, dass ich die ganze Nacht wach gelegen und mir gewünscht habe, dass ich nicht damit aufgehört hätte, dich zu küssen, obwohl ich gerade erst behauptet hatte, kein Groupie sein zu wollen?« Sie lächelte und sein Herz zog sich zusammen.

»Ich hab dir gesagt, dass ich keine Groupies habe!«

»Ach was. Du bist so dickköpfig, dass du nur das gehört hast. Und ich bin so stur, dass es mir egal ist, ob es nicht um mich geht oder du dich nicht mit mir auseinandersetzen willst, weil du deine Gefühle lieber unterdrückst, bis du explodierst.«

Regentropfen fielen auf seine Wange, aber er lief auf und ab. »Geh zurück, Trish.«

»Was ist da eben passiert?«, hakte sie nach. »Warum hast du dich so distanziert?«

Er wehrte sich verzweifelt dagegen, die Wahrheit auszusprechen.

»Boone, ich werde dich nicht verurteilen. Wenn du diesen Film nicht drehen kannst, ist das in Ordnung, aber sag mir wenigstens warum. Was auch immer da eben passiert ist und was auch immer jetzt gerade passiert, ist nicht gut für dich.«

Er trat einen Schritt zurück, aber sie folgte ihm entschlossen.

»Sag es mir.« Sie kam noch einen Schritt auf ihn zu. »Sag mir, wovor du wegläufst.«

»Ich habe es durchlebt, okay?« Er wandte sich ab und tigerte auf und ab. Regen und Wind legten an Tempo zu. »Wir haben Honors Schwester durch eine Überdosis verloren und ich dachte, ich hätte mich damit abgefunden, aber offensichtlich ist das nicht so, denn diese Szenen, die ich dir zufolge vermeide? Die machen mich fertig. Sie versetzen mich in eine Zeit zurück, in der ich nicht sein will.«

Er schob die Hände in seine Haare, kniff die Augen zusammen und hielt das Gesicht in den Regen. Wenn der doch nur die Erinnerung wegwaschen könnte – und doch auch nicht. Denn er wollte Destiny nicht vergessen; er wollte nur den Schmerz ihres Verlustes nicht mehr spüren – einen Verlust an etwas so Bedeutungsloses wie Drogen.

Er spürte Trishs Hand auf seiner Schulter und schüttelte den Kopf. Sie legte die Arme um seinen Hals und er atmete stockend ein.

»Trish«, warnte er sie, während Wut und Schmerz wie Messer durch seine Haut, sein Herz und seine Eingeweide schnitten.

»Halt den Mund. Ryders laufen nicht vor schwierigen Situationen weg. Du kannst also genauso gut nachgeben, denn selbst wenn du willst, dass ich verschwinde, bist du mir unter die Haut gegangen. Im Grunde hast du mich am Hals.«

»Ich will es nicht fühlen«, presste er zwischen zusammengebissenen Zähnen hervor. »Siehst du das nicht?«

»Doch.«

»Dann geh bitte zurück ins Haus, bevor du triefnass bist.« Er löste sich aus ihrem Griff und wandte sich ab.

Trish marschierte um ihn herum, verschränkte die Arme und hob das Kinn. Ihre Haare waren nass und klebten ihr am

Gesicht. Das Shirt und die kurze Hose schmiegten sich wie eine zweite Haut an ihren Körper und sie zitterte vor Kälte, aber ihr Blick war der Inbegriff von Mitgefühl.

»Du denkst, dass Schauspiel nur eine Täuschung ist, und das verstehe ich, denn genauso sieht es aus, aber das ist es nicht. Weißt du, warum ich eine erstklassige Schauspielerin bin? Weil ich in die Köpfe meiner Charaktere eintauche und *fühle*, was sie fühlen. Die Geschichte ist vielleicht erfunden, aber die herzzerreißende Traurigkeit, der Schmerz, der Triumph und die Freude?« Sie zeigte auf ihn. »All das ist so echt wie diese Welt. Wenn du also sagst, dass du nicht den Schmerz spüren willst, der vom Verlust eines geliebten Menschen kommt, verstehe ich das. Wenn ich schauspielere, existieren die Lichter, die Crew und die Kameras nicht mehr. Wenn ich in Delias Kopf bin, *bin* ich Delia. Ich spüre die Qualen, von einer Droge kontrolliert zu werden, von der ich mich nicht lösen kann. Den Mann, den ich liebe, durch diese Droge jeden Tag ein Stückchen mehr zu verlieren. Zu wissen, dass ich allein die Macht habe, ihn aus diesem Albtraum zu befreien, den ich für ihn geschaffen habe, indem er sich um mich kümmern und sorgen muss.«

Er wollte es nicht hören und gleichzeitig war er von ihr gebannt. Sie verstand vollkommen, was er empfand – und machte ihm damit eine Heidenangst. »Hör auf! Es ist zu viel. Es ist einfach zu viel.« Er stürmte abermals davon und hob die Schultern gegen den Regen.

»Verstehst du das nicht?«, fragte sie, sobald sie ihn eingeholt hatte. »Den Schmerz zu spüren ist das Einzige, was dich davon befreien kann, jedes Mal zerrissen zu werden, wenn es wieder aufgewirbelt wird. Und wieder. Und wieder. Du hast gesagt, dass es dir schwerfällt, neue Songs zu schreiben und wer weiß. Vielleicht hat das auch etwas damit zu tun.« Sie packte seinen

Arm und brachte ihn ruckartig zum Stehen.

»Mensch, Boone! Wovor hast du Angst? Du legst bereits deine Seele und dein Herz in deine Musik. Spür den Schmerz und verdien dir einen Oscar. Oder auch nicht. Der Film ist mir egal. Aber all die Dinge, die du nicht fühlen willst, weil du Angst davor hast, fehlen – und möglicherweise nicht nur im Film. War sie deine erste Liebe? Fürchtest du, dass du schwach bist, wenn du leidest? Rede mit mir!«

»Wovor ich Angst habe? Vor dem Gefühl, innerlich zu sterben. Sie und Honor sind wegen ihrer verfluchten Eltern durch die Hölle gegangen und mein Bruder Cage, die anderen *Ghettokids* und ich haben sie beschützt. Wir haben sie heimlich zu uns nach Hause geholt, um sie vor ihren betrunkenen, drogensüchtigen Eltern zu schützen.« Angetrieben von einer Wut, die er nicht kontrollieren konnte, marschierte er auf Trish zu. »Ich habe sie wie eine Schwester geliebt und *keiner* von uns konnte sie retten. Wir waren Kinder, die versucht haben, eine drogensüchtige Fünfzehnjährige zu retten.«

Er stand im strömenden Regen und starrte die Frau an, die seine Dämonen ans Licht gezerrt hatte. Er konnte auch den Rest nicht mehr zurückzuhalten. »Und dann bist da du, die alles in diese Rolle steckt. Du übst die ganze Nacht und hungerst. Du bist täglich zehn, fünfzehn ermüdende Stunden am Set und brillierst nicht nur in deiner Rolle, sondern sagst allen, wenn sie die Nase voll von meinen Fehlern haben, dass du an mich glaubst, obwohl nicht mal ich selbst an mich glaube. Und jeden Tag beobachte ich dich, will dich und versuche, mich zurück-zuhalten, denn es ist egal, was ich rational weiß, wenn wir diese widerwärtigen Szenen drehen ...« Wütend tippte er sich an die Schläfe. »*Du* wirst zu *ihr*.«

Zehn

Trish schwirrte der Kopf bei dem Versuch, all das zu verarbeiten, was Boone gesagt hatte. Der egoistische Teil von ihr wollte seine Gefühle für sie ansprechen, aber Boone litt und war wütend und hatte etwas von sich preisgegeben. Das war wichtiger.

Sie griff nach seiner Hand, während der Donner über ihnen grollte und sich die Wolken öffneten. »Du hast gesagt, dass dir dieser Film wichtig ist, und jetzt kenne ich den Grund dafür. Aber ich verstehe nicht, warum du das freiwillig tust, wenn du die Auswirkungen nicht spüren willst.«

Er rieb sich mit einer Hand über sein angespanntes Gesicht. »Der Film spricht mich aus so vielen Gründen an. Es ist wichtig, dass die Welt etwas über die Menschen erfährt, die mit größeren Dämonen zu kämpfen haben, als sie sich vorstellen können, und wie sich das auf andere Menschen auswirkt. Aber ich hatte keine Ahnung, dass es so heftig oder deine Darstellung so authentisch sein würde.«

Er zog sie näher und sie gab bereitwillig nach. Boone legte die Hände an ihre Wangen. Regen strömte ihnen übers Gesicht und hing wie Tränen an den Wimpern, die seine stürmischen Augen umrahmten.

»Mir war nicht klar, dass ich etwas für dich empfinden oder dass mich deine Schauspielkunst so stark treffen würde.« Er lehnte seine Stirn an ihre und schloss die Augen.

Würde er ihr sagen, dass er sich aus dem Film zurückziehen und das, was auch immer zwischen ihnen war, beenden würde? Sie rechnete fest damit und wartete einen endlosen Augenblick, zitterte in der kalten Luft und dem Wind und versuchte, ihre wachsende Panik zu unterdrücken. Sie war nicht bereit, ihn gehen zu lassen. Zur Hölle mit dem Film. Noch nie, nicht ein einziges Mal, hatte sie sich so von einer Person angezogen gefühlt, und je mehr sie über ihn erfuhr, desto stärker fühlte sich die Verbindung zu ihm an. Ganz kurz fragte sie sich, ob sie einfach von Ricks und Delias Charakteren und Beziehung gefangen war, aber sie hatte immer eine klare Grenze zwischen Realität und Fantasie ziehen können und in all ihren Jahren als Schauspielerin noch nie so etwas empfunden. Sie hatte in ihrem ganzen Leben noch nie so etwas empfunden.

Als sie nicht länger gegen diese Gedanken ankämpfen konnte, legte sie ihre Hände auf seine. Boone öffnete die Augen und zeigte ihr so viele tiefgehende Emotionen, dass sie plötzlich wusste, dass es echt war – und dass sie mit dem, was sie fühlte, nicht allein war.

»Was willst du, Boone?«

»Was ich will, ist nicht fair.«

Die schmerzhafte Ehrlichkeit ließ ihr Herz aufgehen. Wenn sie sich schon so gequält fühlte, wie musste es dann ihm gehen? »Vielleicht bist du nicht derjenige, der diese Entscheidung treffen sollte.«

Fragend sah er sie an und der Druck seiner Hand auf ihrer Wange und die gegensätzlichen Emotionen, die seine Gesichtszüge überrannten, als wäre es ein Schlachtfeld, verrieten ihr, dass er gegen sich selbst kämpfte.

Ein heißer Schmerz breitete sich in ihrer Kehle aus, und sie krallte sich in sein Shirt, um ihn näher an sich zu ziehen. »Fühle es, Boone. Lass zu, dass du etwas fühlst.«

Leidenschaft flammte in seinen Augen auf und seine Antwort bestand daraus, eine Hand an ihren Hinterkopf zu legen, um sie festzuhalten und seine Lippen in einem gnadenlosen und wundervollen Kuss mit ihren zu verbinden. Sie stellte sich auf die Zehenspitzen und nahm alles, was er bereitwillig gab, denn sie wollte den Schmerz und die Wut seiner Vergangenheit spüren, damit er sie nicht allein durchmachen musste.

»Dich«, sagte er zwischen ihren Küssen. »Ich will dich.«

»Nimm mich, Boone.«

Ihre Küsse und Berührungen waren so heiß und wild und wie das tobende Gewitter. Sein Mund schien überall gleichzeitig zu sein, auf ihren Lippen, ihrer Wange, ihrem Hals. Gierig packte er ihren Hintern, umfasste ihre Brüste, ihre Hüften, ihr Gesicht. Ihre Körper trafen sich, rieben sich aneinander, und auf dieser Wiese, im heulenden Wind und dem heimtückischen Regen, zerrten sie einander die Kleidung vom Leib und fielen voller Lust und nackt ins nasse Gras.

Trish wölbte sich ihm entgegen. »Mehr. Ich brauche mehr.«

Sie packte seine Schultern, doch ihre Hände rutschten von seiner regennassen Haut ab. Boone glitt an ihrem Körper hinab, verteilte heiße Küsse auf ihrer kühlen Haut und umschloss ihre Brust mit dem Mund. Die funkensprühende Lust entlockte ihr einen Schrei, während er seinen Zauber wirkte. Er schob eine Hand zwischen ihre Beine und innerhalb weniger Sekunden wand sie sich und stöhnte. Die Welt um sie herum geriet ins Schlingern, als sie sich ihrer Leidenschaft hingab.

Boone legte sich auf sie, sodass sich seine harte Länge an sie presste, und ihre Blicke trafen sich.

»Kondom«, sagten sie gleichzeitig.

Er ließ den Kopf sinken.

»Hast du keins dabei? In deiner Brieftasche oder so?«

Er schüttelte den Kopf. »Im Gegensatz zu meinem Ruf turne ich nicht durch die Betten.«

Sie schloss die Augen und wimmerte. »Ich hätte nie gedacht, dass ich das jemals sagen würde, aber, warum denn nicht?«

Boone schob eine Hand unter ihren Kopf, hielt sie fest und lächelte sie an.

»Weil ich immer gehofft habe, eines Tages jemanden wie dich zu treffen, und mich nicht mit einer Reihe endloser Fehler belasten wollte.«

»Boone«, hauchte sie. Sie spürte, wie er in ihr Herz glitt, so wie die Regentropfen zwischen sie beide glitten. »Das ist das Schönste, was ich je gehört habe.«

»Komm mit, meine Schöne.« Er erhob sich in all seiner nackten Pracht und half ihr auf die Füße.

»Wohin?«, fragte sie, während sie ihre Kleidung einsammelten.

»Wir müssen einen Abstecher in den Laden machen.«

Hastig liefen sie Hand in Hand zum Haus.

»Ähm.« Trish schmiegte sich an seine Seite. Ob er gleich weniger von ihr halten würde? »Nein, müssen wir nicht.«

Mit einem zweifelnden Blick folgte er ihr die Treppe zur Veranda hinauf. Sie nagte an ihrer Unterlippe und er zog sie herzlich lachend an sich.

»Du kleines Biest!«

Sie lachte, als er sie küsste, und sie taumelten in die Küche. »Ich turne nicht durch die Betten«, betonte sie, als sie kurz Luft holte.

Küssend stolperten sie ins Wohnzimmer, ließen sich auf die Couch fallen und lachten, während sie sich unbekümmert übereinander hermachten.

»Nach oben«, brachte Boone hervor, hob sie auf seine Arme und trug sie zur Treppe. »Also du hast Kondome dabei, weil …«

Sie vergrub das Gesicht an seiner Brust. »Ich könnte lügen und behaupten, dass es etwas mit dem Mann zu tun hat, in den ich schon so lange verknallt bin, dass ich es nicht zugeben kann, ohne mich als albernes Mädchen zu outen, oder ich sage einfach die Wahrheit.«

»Das ist eine hervorragende Lüge«, stimmte er zu, als er sie ins Schlafzimmer trug. Das Kätzchen schlief tief und fest auf seinem Kissen.

»Mein Zimmer«, flüsterte sie.

Er neigte den Kopf zu einem weiteren Kuss und ging den Flur hinunter. »Hat die Wahrheit etwas mit einem anderen Kerl zu tun?«

»Hat sie nicht«, versicherte sie ihm und er setzte sie neben ihrem Bett ab. »Ich hab das schon so lange nicht mehr gemacht, dass ich nicht sicher bin, ob ich noch weiß, wie es geht. Die Wahrheit ist, dass mein Vater Bergungs- und Rettungsspezialist war. Mein Bruder Jake ist in seine Fußstapfen getreten und mein anderer Bruder Cash ist Feuerwehrmann.« Sie holte einen riesigen Erste-Hilfe-Kasten aus ihrem Schrank. »Meine Familie ist gern vorbereitet. Ich habe ungefähr sechs dieser Kästen zu Hause, obwohl ich zugeben muss, dass ich nie gedacht hätte, mal etwas anderes als einen Verband zu brauchen.«

Er hob eine Braue, während sie die Plastikbox durchwühlte und zwei Kondome auf den Nachttisch legte. Das Fenster war offen und eine kühle Brise löste eine Gänsehaut auf ihrem nassen Körper aus.

»Die waren dabei. Vier Stück.«

»Erinner mich daran, mich bei deinen überfürsorglichen Brüdern zu bedanken.«

Trish lachte, als sie aufs Bett taumelten. »Wenn dir dein Leben lieb ist, solltest du das lieber nicht erwähnen.«

»Ich glaube nicht, dass man beim Sex lachen sollte.« Boone knabberte an ihrem Kinn, was ihm ein weiteres Kichern dieser hinreißenden Frau einbrachte, die sein Herz schneller schlagen ließ.

Trish hob eine Hand und streichelte seine Wange. »Dann solltest du mich vielleicht lieber küssen, anstatt mich mit diesem Mund, von dem ich schon so lange träume, zu necken.«

»Oh, dir gefällt also mein Mund?« Er küsste sie innig und genoss ihre beschleunigte Atmung und wie sie sich unter ihm wand. Anschließend wanderte er weiter zu ihrer Wange und der empfindlichen Haut direkt unter ihrem Ohr.

»Ja«, flüsterte sie. »Mir gefällt dein Mund sehr.«

Leise lachte er an ihrem Hals und küsste und saugte eine Spur über die nasse Haut zu ihren Brüsten. Daraufhin fuhr er mit der Zunge erst über die eine und dann über die andere. Seine Hände wanderten an ihren Rippen hinauf und sie keuchte, als er ihre Brüste zusammendrückte, über die harten, dunklen Nippel leckte und anschließend dagegen pustete. Er rollte einen zwischen Daumen und Zeigefinger und saugte fest an dem anderen. Trish wölbte sich ihm entgegen und grub die Nägel in seine Haut.

»Oh Gott, das fühlt sich so gut an.«

Er saugte und leckte, bis sie bebte. Dann schenkte er der anderen Seite dieselbe Aufmerksamkeit. Trish packte seinen Kopf und drückte ihn an sich, aber Boone wollte ihr nicht einfach nur Vergnügen schenken. Er wollte sie um den Verstand bringen. Also nahm er ihre Hände, drückte sie nach oben und legte ihre Finger um die dekorativen Eisenstäbe am Kopfende des Bettes.

»Halt dich gut fest, meine Schöne.«

Sie blinzelte ihn an und er ließ seine Lippen über ihre gleiten. Sie griff nach ihm, doch er legte ihre Hand wieder an die Stangen.

»Festhalten. Ich verspreche, ich werde dich nicht enttäuschen.« Das Versprechen besiegelte er mit einem weiteren, leidenschaftlichen Kuss. »Okay?«

Sie nickte und biss sich auf die Unterlippe. Er leckte mit der Zunge darüber und sie öffnete den Mund.

»Wenn dir etwas nicht gefällt, sag es mir.« Er fuhr mit der Zunge um ihren Nippel und saugte ihn anschließend in seinen Mund, ohne den Blick von ihr zu nehmen. »Ich kann es nicht erwarten, tief in dir zu sein.« Seine Hände ruhten an ihren Rippen, während er ihre Seiten, ihren Bauch und die Vertiefung an ihren Hüften küsste. Er erfreute sich an ihrem stockenden Atem und wie sie sich unter ihm wand, je tiefer er glitt. Federleicht strich er mit den Fingern über ihre Schenkel, spreizte sie sanft und entblößte ihre glänzende Mitte.

Trish schloss die Augen und er wusste, dass sie verlegen war, aber er liebte ihre Augen und wollte sie sehen.

»Sieh mir zu«, forderte er.

Sie öffnete die Augen und Röte breitete sich auf ihrem Körper aus. Er hielt ihren Blick fest, während er die empfindliche, gänzlich haarlose Haut zwischen ihren Beinen küsste. Der Duft ihres Verlangens stieg ihm in die Nase. Er leckte über die Innenseite ihres Schenkels und ihre Lider schlossen sich flatternd.

»Du bist so wunderschön, Baby. Mach die Augen auf. Vertrau darauf, dass ich mich um dich kümmere.« Er wanderte zum anderen Bein und bewegte seine Zunge langsam kreisend, während er ihre Knie hob und ihre Schenkel weiter spreizte.

Mittlerweile beobachtete sie ihn offen und atmete schwerer, denn er glitt mit der Zunge in die Vertiefung zwischen ihrem Bein und ihrem Schritt. Der Anblick ihrer Hände über ihrem Kopf und der hungrige Blick in ihren Augen, der so voller Lust war, dass er sie praktisch spüren konnte, waren beinahe zu viel.

»Ich habe darauf gebrannt, dich zu kosten.« Er glitt mit der Zunge durch ihre Feuchte und sie stöhnte und schloss erneut die Augen. Nun tat er es noch einmal und sie hob ihm die Hüften entgegen.

Er legte die Hände auf ihre Schenkel und hielt sie fest, als er seinen Mund auf ihre feuchte Hitze drückte. Sie versuchte, sich gegen ihn zu stemmen, und wimmerte und stöhnte, während er sie mit dem Mund verwöhnte. Als er sie schließlich losließ und die Hände unter sie schob, kam sie ihm entgegen. Er neigte ihre Hüften, um sich mehr von ihr zu nehmen, und tat genau das – mit der Zunge, den Fingern und Zähnen. Ihre Beine wurden stocksteif, also drückte er ihre Hüften nach unten und hielt ihre Oberschenkel gespreizt. Trish hob den Kopf und ihre Augen brannten förmlich, während sie beobachtete, wie er ihre empfindlichste Stelle mit der Zunge bearbeitete und zwei Finger in sie schob, leicht krümmte und dann diesen Punkt in ihr streichelte, der sie verzweifelt und voller Lust seinen Namen schreien ließ.

Nachdem sie das letzte Mal erbebt war, sackte sie auf die

Matratze und rang nach Luft. Sie legte sich die Hände auf die Brust, und Boone widmete sich der empfindlichen Stelle in ihrer Kniekehle, auf der Suche nach weiteren Stellen, die ihr Lust bereiten würden. Schon die erste Berührung seiner Zunge reichte aus, um Trish beinahe vom Bett springen zu lassen.

»Grundgütiger.« Sie richtete sich auf den Ellbogen auf. »Was war das?«

Er glitt an ihr hinauf und küsste ihren Bauch, woraufhin sie sich ihm wieder entgegenwölbte. Gott, wie wunderschön sie sich bewegte. Als er ihren Mund erreichte, legte er besitzergreifend die Hände an ihre Wangen und ließ all die Emotionen, die er zurückgehalten hatte, in ihren Kuss fließen.

»Das«, antwortete er und küsste sie zärtlich, »war meine Art, dich zu entdecken.«

»Du bist wie ein Schatzsucher. Ein sehr talentierter Schatzsucher.«

»Und du bist so süß und sexy, dass du mich verrückt machst.« Er führte ihre zitternden Hände abermals an die Eisenstangen am Kopfende. »Vertraust du mir?«

Sie nickte und er küsste sie erneut.

»Wenn du mich so ansiehst, will ich das Vorspiel überspringen und gleich zum Hauptereignis kommen.«

»Wenn ich dich wie ansehe?«, fragte sie mit großen, unschuldigen Augen. »Denn ich liebe dieses Vorspiel und muss sichergehen, dass ich dich nicht so ansehe.«

Darüber mussten sie beide lachen und er leckte über ihre Armbeuge. »Egal wie«, flüsterte er an ihrer Haut.

»Oh-oh. Ich mache die Augen zu.« Sie tat es nicht.

Er schüttelte den Kopf und lachte, als sie die Augen verdrehte.

Während er die Stellen entdeckte, die sie erschauern und

betteln ließen – ihr Halsansatz, die weiche Haut neben ihrer Brust, die Vertiefung an ihrem Steiß und sein Lieblingspunkt, die Verbindung zwischen ihrem umwerfenden Hintern und ihrem Bein – erfüllte sie den Raum mit sinnlichen Bitten, die Boone jedes Mal mitten ins Herz trafen.

Sie lag unter ihm, ihre feuchten Haare bedeckten das Kissen und ihr Körper war gerötet und bebte. Die Eisenstangen hatte sie schon vor einer Weile losgelassen, und nachdem er sich das Kondom übergestreift hatte und sich begehrend gegen sie drückte, griff sie nach ihm.

Er wurde von seinen Emotionen mitgerissen. »Trish, das ist …«

»Ich weiß«, flüsterte sie. »Ich spüre es auch.«

»Jede Zelle in mir sehnt sich nach dir, angefangen bei meinem Herz, über meine Hände, bis zu …«

Sie lächelte ihn an und wieder schoss ihr Röte in die Wangen. »Ist das schlimm? Denn du hast mich gerade auf sehr intime Art und Weise kennengelernt. Wenn du also weglaufen willst, tu es bitte jetzt anstatt später.«

»Ich hab dir gesagt, dass ich nicht weglaufen werde.« Er küsste sie zärtlich, verblüfft von der Intensität ihrer Verbindung. »Mit dir zusammen zu sein ist wie ein Spiel mit dem Feuer. Du forderst mich auf eine Weise heraus, wie es bisher noch niemand getan hat. Ich sollte weglaufen, aber ich kann mir nicht vorstellen, auch nur einen Tag ohne dich zu verbringen.«

Sie berührte seine Wange so, wie sie es in den letzten Stunden so oft getan hatte, dass er schon damit rechnete und förmlich darin schwelgte. »Dann tu es nicht.«

»Mein Leben ist verrückt, Trish. Vielleicht solltest du dich lieber nicht mit mir einlassen.«

»Ich mag verrückt, und für den Fall, dass es dir nicht aufgefallen ist, ich lasse mich schon auf dich ein.«

»Baby«, flüsterte er. »Du gibst mir das Gefühl, dass ich alles überstehen kann.«

Erneut verschloss er ihre Lippen zu einem Kuss, und als sich ihre Körper miteinander verbanden, war das Gefühl rein und explosiv. Sie sahen sich nicht tief in die Augen. Es gab keinen langsamen Anfang. Diese Verbindung zwischen ihnen war eher ein wilder Ritt und Boones Welt drehte sich um ihre Achse. Trish bewegte sich mit ihm, hob sich ihm entgegen und neigte die Hüften so, dass sie ihn tiefer aufnehmen und auf eine Weise berühren konnte, wie er noch nie berührt worden war – ebenso zärtlich wie leidenschaftlich. Sie grub die Zähne in seine Haut, schrie seinen Namen und trieb ihn in eine Höhe, die er für unmöglich gehalten hätte. Stundenlang spielten sie miteinander und liebten sich, verbrauchten die beiden Kondome, die sie bereitgelegt hatte, und holten anschließend die restlichen beiden aus dem Erste-Hilfe-Kasten. Als sie darauf bestand, *seine* empfindlichen Stellen zu finden, glaubte er, im Himmel zu sein.

Lange nachdem Trish eingeschlafen war, sicher in seine Arme geschmiegt, lag Boone noch wach. So viele Jahre hatte er sich von seiner eigenen Zurückhaltung fesseln lassen und hatte nun Schwierigkeiten, die Ruhe in seinem Gemüt zu akzeptieren. Schuldgefühle versuchten, sich bemerkbar zu machen und ihn an all die Menschen zu erinnern, nach denen er sich erkundigen musste, und an die Sorgen, die ihm wie Schatten folgten.

Als das Gewitter weiterzog und sich in der Ferne verlor, küsste er Trishs Stirn und erlaubte sich, dieses friedliche Gefühl zu genießen. Das Kätzchen kletterte an der Bettdecke nach oben und kuschelte sich an seine andere Seite. Boone schloss die Augen und setzte Trish und das Kleine gedanklich auf seine Liste. Es war an der Zeit, dem kleinen Kerl einen Namen zu geben.

<h1 style="text-align:center">*Elf*</h1>

Die Sonne fiel durch das offene Fenster auf die leere Bettseite. Trish hatte nicht viele Erfahrungen mit dem Morgen danach, auf die sie zurückgreifen konnte, war aber ziemlich sicher, dass es kein gutes Zeichen war, nach der gemeinsamen Nacht mit Boone allein aufzuwachen. Sie lauschte und hörte unten Schritte. Sie glaubte, dass sie von Freunden zu etwas Bedeutungsvollerem geworden waren, fragte sich aber nun, ob dieses Gefühl nur einseitig war. Sie erinnerte sich an die Dinge, die sie gesagt hatte, und zuckte angesichts der Erinnerung, wie sehr sie ihn zum Reden gedrängt hatte, zusammen. War der unglaubliche Sex von letzter Nacht nur Leidenschaft nach ihrem heftigen Streit gewesen? Was, wenn ja? Sie hatte nie bedeutungslosen Sex.

Na ja, wenn es das für ihn war, hatte ich wohl welchen.

Sie schnappte sich ihr Handy vom Nachttisch und rief Fiona an.

Ihre Freundin ging nach dem ersten Klingeln ran. »Wie läuft die Sache mit dem heißen Rocker und der nicht interessierten Schauspielerin?«

»Ich glaube, ich habe einen Fehler gemacht«, erwiderte sie leise und hektisch. »Aber es fühlt sich nicht wie ein Fehler an.

Aber wahrscheinlich ist es einer. Und ich will nicht, dass es einer ist, aber ...«

»Warte mal kurz. Ich habe Folgendes gehört: ›Ich habe mit Boone geschlafen und drehe jetzt durch.‹«

»Hach, wie schön, dass du es mir so leicht machst.« Trish senkte die Stimme. »Wir waren in einer Bar, und vielleicht bin ich etwas eifersüchtig geworden und habe einen Typen auf die Tanzfläche gezerrt.« Sie erzählte Fiona von ihrem schwierigen und doch so großartigen Abend und allem, was darauf gefolgt war. »Also?«

»Ich bin immer noch damit beschäftigt, dass ihr stunden-lang miteinander im Bett wart.«

»Fi! Konzentrier dich. Ich muss ihm gegenübertreten, weiß aber nicht, wie ich mich verhalten soll. Ich bin nicht gut darin.«

»Und du denkst, ich wäre es? Ich habe weniger Erfahrung als du. Vielleicht sollten wir eine meiner Schwägerinnen oder Shea fragen. Ich wette, Shea weiß, was zu tun ist.«

»Nein! Du wirst niemandem davon erzählen.« Fionas Schwester Shea war Trishs PR-Agentin und wusste mit Sicherheit, wie man damit umging, weil sie sich ständig um die verzwickten Situationen ihrer Kunden kümmerte, ebenso wie Fionas Schwägerin, weil sie beide so abgeklärt waren. Aber Trish wollte nicht, dass in Weston, Colorado, und ganz New York City über ihren unglaublichen Sex geredet wurde.

»Na ja, wenn du mich fragst, ich würde nach unten gehen und so tun, als wäre nichts passiert«, schlug Fiona vor. »Und anschließend beobachtest du seine Reaktion. Wenn er kalt oder desinteressiert ist, kannst du es wohl als One-Night-Stand abschreiben.«

Obwohl sie sich schon davon überzeugt hatte, dass Boone nur deshalb aus dem Schlafzimmer geflüchtet sein konnte, weil er ihre Beziehung nicht weiter fortsetzen wollte, musste sie unaufhörlich an seine Worte denken: *Ich kann mir nicht vorstellen, auch nur einen Tag ohne dich zu sein.*

»Ich hoffe, dass er sich nicht so verhält, denn das würde bedeuten, dass ich ein schreckliches Urteilsvermögen habe. Er hat mir gestern Abend sehr persönliche Dinge über seine Vergangenheit erzählt.« Sie hielt inne, bevor sie Fiona einweihen konnte, weil Boone ihr vertraute und sie kein Recht hatte, diese Geschichten weiterzugeben.

»Dann musst du dir wahrscheinlich keine Gedanken machen. Geh einfach nach unten und sei ganz natürlich.«

Nach dem Anruf lag Trish im Bett und lauschte dem Geräusch des klappernden Geschirrs und Boones Stimme, die aus der Küche kam. Sie wusste nicht, ob er telefonierte oder mit sich selbst redete. Oder mit dem Kätzchen, denn das tat er oft. Sie zwang sich, aufzustehen, zog sich ein T-Shirt über den Kopf und sah sich im Raum um, als könnte sie dort die Antworten auf ihre Fragen finden. Der Erste-Hilfe-Kasten lag offen auf dem Boden.

Der Beweis für unsere hektische Suche nach dem dritten Kondom.

Das war nicht die Antwort, nach der sie suchte. Sie schlüpfte in ihre Unterwäsche und eine kurze Hose und überdachte ihre Wahl dann noch einmal. Wenn er auf sie stand, wäre es in dem Fall nicht aufreizender, ohne etwas unter dem Shirt nach unten zu gehen?

Ja, aber wenn nicht ...

Sie verdrehte die Augen. Sie dachte zu viel nach und das führte immer dazu, dass sie noch unsicherer wurde, was wiederum in keiner Hinsicht etwas Gutes verhieß. Also wusch sie sich das Gesicht, putzte sich die Zähne und ging schließlich die Treppe hinunter, um herauszufinden, wo sie stand.

Ein himmlisches Aroma führte sie in die Küche, in der Boone gerade sprach.

»Bist du sicher?« Er hielt inne, ebenso wie Trish am Eingang zur Küche. »Sag Lucky, dass er seinen Hintern diese Woche zur Arbeit bewegen soll. Alles klar. Hab dich lieb, Mom.«

Mom. Das Gespräch über seine Eltern fiel ihr wieder ein und ihre Brust zog sich zusammen. In dem Moment, in dem Boone sich umdrehte, betrat sie die Küche. Er sah ernst auf sein Handy hinab und hielt das Kätzchen in der anderen Hand. Der Tisch war für zwei gedeckt, mit French Toast, Eiern und Obst. Er schob das Handy in seine Tasche und lächelte, als sein Blick auf sie fiel.

»Hey, meine Schöne«, begrüßte er sie ein wenig zögernd.

Vorsichtig ging sie auf ihn zu, obwohl ihr Herz beim Anblick seines Lächelns einen Freudentanz aufführte.

»Geht's dir gut?« Er griff nach ihrer Hand.

»Mhm.« *Ich bin nicht sicher.* »Und dir?«

Er beugte sich zu einem Kuss nach vorn. »Jetzt geht es mir besser. Mein Handy hat gegen fünf geklingelt und ich wollte dich nicht wecken.« Er musterte sie und sein Gesichtsausdruck wurde ernst. »Bist du sicher, dass es dir gut geht?«

»Ich weiß es nicht«, gestand sie schließlich. »Ich habe nicht viel Erfahrung mit dem Morgen danach. Bei dir scheint alles in Ordnung zu sein, aber das könnte ja auch daran liegen, dass der Sex gut war und du mehr davon willst.« *Himmel. Fettnäpfchen, ich komme.*

Er setzte das Kätzchen auf dem Boden ab und zog sie in seine Arme. »Du fragst dich, ob letzte Nacht ein Fehler war?«

»Nein. Nicht für mich. Aber … ja.« Er musste nichts sagen. Die Art, wie er sie hielt, fest und doch sanft, und dieser fürsorgliche, verführerische Blick in seinen Augen passten definitiv nicht zu einem Mann, der nur auf Sex aus war.

»Ein Teil von mir würde es gern als einen meiner Lieblingsfehler abtun«, erwiderte er leise. »Aber sinnliche Begierde wird hier nicht gewinnen.«

»Wahrscheinlich sollte ich mich an den guten Teil von dem klammern, was du gerade gesagt hast, und den Rest beiseiteschieben, aber ...«

»Das kannst du nicht, weil die Ryders nicht vor Schwierigkeiten weglaufen.«

»Das hast du dir gemerkt, ja?« Sie war froh darüber, denn sie konnte gar nicht schnell genug damit aufhören, so zu tun, als würde sie das Ungesagte nicht interessieren. Und sie konnte auch nicht vorgeben, es würde sie nicht von innen heraus wärmen, in seinen Armen zu liegen.

»Du hast mir nicht wirklich eine Wahl gelassen.« Er küsste sie erneut, eine kurze, zärtliche Berührung seiner Lippen. »Möchtest du Kaffee?«

»Klar, danke.« Sie folgte ihm zum Tisch. »Es riecht köstlich.«

»Ich koche, wenn ich nervös bin.« Er reichte ihr eine Kaffeetasse und bedeutete ihr, sich zu setzen, dann nahm er neben ihr Platz.

Sie trank einen großzügigen Schluck. »Nun, Mr. Nervosität, spuck's aus. Warum würdest du es gern als Fehler abtun? Und du brauchst deine Antwort nicht zu beschönigen, weil ich sie ohnehin durchschauen werde.«

Er schob seinen Stuhl herum, damit er seine Beine zwischen ihre schieben konnte. »Okay, keine Beschönigung. All diese Dinge, die du gestern aus mir herausgepresst hast? Ich rede nicht darüber. Also, niemals.«

Das klang nicht, als würde es zu einem warmen und schönen Ende führen.

»Und als wir zusammen waren?« Boone schüttelte den Kopf. »Trish, es gibt keine Worte, um zu beschreiben, was ich empfinde, wenn ich bei dir bin. Ich dachte, dass mich die Auftritte auf der Bühne berauschen würden, aber mit dir zusammen zu sein?« Wieder schüttelte er den Kopf und sie hoffte, dass das ein gutes Zeichen war.

»Aber …?« Sie stellte ihre Tasse auf den Tisch.

»Mit dir zusammen zu sein ist mehr als nur unglaublich. Aber du musst wissen, dass es eine lange Liste mit Menschen gibt, die sich auf mich verlassen. Menschen, die mir wichtig sind, und ich kann es mir nicht leisten, einen von ihnen im Stich zu lassen.«

Und da war es. Sie hatte geglaubt, damit umgehen zu können, wenn letzte Nacht für ihn nur eine einmalige Sache war, aber sie wurde von einer Flut aus verwirrten Gedanken und verletzten Gefühlen überrollt. Wie hatte sie in nur einer Nacht so viel fühlen können? War es einfach so lange her, seit sie mit einem Mann geschlafen hatte, dass sie eine Verbindung aufbaute, wo es keine gab? Das konnte sie nicht glauben. Sie wollte es nicht glauben. Wie konnten die Nachwirkungen einer einzigen Nacht und weniger Tage so wehtun?

Er nahm ihre Hand, doch sie konnte ihm nicht in die Augen sehen. Sie sollte aufstehen und gehen, wenn auch nur, um ihr Gesicht zu wahren, aber sie brachte einfach nicht die Energie dafür auf.

»Du bist penetrant und fordernd und so verdammt sexy, dass ich mich in deiner Nähe nur schwer konzentrieren kann«, fuhr er mit einer Aufrichtigkeit fort, die ihr eine Gänsehaut verursachte. Nichtsdestotrotz schwebte das Wörtchen *aber* immer noch in der Luft. »Und es trifft dich so sehr, wenn ich sage, dass ich nichts fühlen will. Du sorgst dafür, dass ich es tue.«

Sie entzog ihm ihre Hand und zwang sich, aufzustehen. »Okay, du kannst jetzt aufhören. Ich hab's verstanden. Ich bin offensiv. Das hatten wir schon festgestellt. Ich muss es wirklich nicht noch mal hören.«

Boone erhob sich vor ihr und Sorge spiegelte sich auf seinem Gesicht. »Bist du wütend?«

Sie verschränkte die Arme. »Nicht direkt wütend.« Die Lüge schmeckte bitter. Sie war wütend, aber eher auf sich selbst als auf ihn. *Todunglücklich? Ein wenig. Verlegen, weil ich so viel für dich empfinde, obwohl du es nicht tust? Ja.* Er sah sie erwartungsvoll an und sie hatte das Gefühl, entweder weinen oder schreien zu müssen.

Trish warf die Hände in die Luft, wandte sich ab und hoffte, dass er nicht sehen konnte, wie sehr sie litt. »Ich dachte, wir hätten letzte Nacht eine Verbindung aufgebaut.«

»Haben wir«, bekräftigte er.

»Offensichtlich nicht so, wie ich dachte. Das ist in Ordnung.« Sie entfernte sich einen Schritt von ihm und er packte ihren Arm.

»Hey, ganz langsam, meine Schöne. Ryders laufen nicht weg, schon vergessen?« Er verengte die Augen. »Ganz offensichtlich mache ich mich hier gerade nicht gut, was mich nicht überrascht und dich auch nicht überraschen sollte.«

»Ich weiß nicht, was du meinst. Du hast mich sehr gut abgeschossen.«

»Nein, hab ich nicht. Und wenn doch, wollte ich es nicht.«

Seine Worte waren so sanft, dass sich der Knoten in ihrem Magen lockerte.

»Ich will es wirklich nicht. Das ist das Letzte, was ich will. Letzte Nacht hast du mich gezwungen, Dinge zu spüren, die mir eine Heidenangst machen, sowohl die guten als auch die schlechten. Ich versuche nicht, dich abzuschießen. Ich versuche, dir zu sagen, dass du mir wichtig bist. Dass ich dich will. Dass ich das hier will. Ich wünschte, ich könnte es als einen Fehler abtun, weil das der einfache Ausweg wäre. Jahrelang habe ich mich abgeschottet. Das ist mir vertraut und ich kann es am besten. Aber du …« Er zog sie in seine Arme und umfasste ihr Gesicht. »Du zwingst mich, ein besserer Mensch zu sein.«

Sie strich hauchzart über seine Brust, um sich eine Sekunde Zeit zu erkaufen, damit sie ihren rasenden Herzschlag beruhigen konnte. »Aber was ist mit deiner Liste? Ich möchte mich nicht zwischen dich und die Menschen stellen, die dir wichtig sind.«

Er lächelte und lachte schließlich leise. Diese Art Lachen, die besagte: »Nur du würdest auf weitere Einzelheiten drängen«, und damit hatte er wahrscheinlich recht.

»Du stehst jetzt ganz oben auf dieser Liste, meine Schöne. Letzte Nacht hatte ich zum allererreten Mal das Gefühl, genau da zu sein, wo ich sein sollte. Wo ich sein wollte.«

Sie schluckte die wachsende Erleichterung und die aufkeimenden Emotionen hinunter. »Boone, genauso ging es mir auch. So geht es mir immer noch.«

»Du musst dir sicher sein, dass du mit mir zusammen sein willst, Trish. Ich habe mich dir schon so sehr geöffnet, dass es sich anfühlt, als würde ich am Rand einer Klippe taumeln. Und wahrscheinlich lässt mich dieses Eingeständnis schwach wirken, aber ich glaube wirklich, dass du die Macht hast, mich in Tausende kleine Stücke zerspringen zu lassen. Du gibst mir das Gefühl, verletzlich zu sein, und wie du gesehen hast, ist es nicht leicht, mir nahezukommen.«

Sie küsste seine Brust und atmete seinen würzigen Duft ein. »Dann ist es ja gut, dass ich umgänglich bin, denn zwei schwierige Menschen sind eine Garantie für eine Katastrophe.«

Boone war erstaunt, wie grandios er die Sache in den Sand gesetzt hatte und mit welcher Leichtigkeit sie sich von seinem Fehler wieder erholt hatten. Trish war für ihn da und rettete ihn erneut vor sich selbst. Er hasste sich dafür, ihr Sorge bereitet zu haben, aber gleichzeitig erhielt sie einen ungeschönten Blick auf seine Schwächen. Und sie war immer noch da.

»Es ist mir ernst, meine Schöne.« Er strich mit dem Daumen über ihre Wange und spürte, wie sich die Anspannung unter seiner Berührung löste. »Ich glaube, dass wir letzte Nacht neues Terrain betreten haben. Ich zumindest. Ich weiß nicht, wie das funktioniert, und fürchte, dass dieses Missverständnis nur der Anfang ist.«

»Wie was funktioniert?« Sie lächelte zu ihm auf, konnte aber die anhaltende Sorge in ihren Augen nicht ganz verdecken.

»Wie man eine Beziehung führt, denn das wünsche ich mir mit dir. Aber ich werde es vermasseln.«

»Ich möchte es auch.« Sie runzelte die Stirn und presste einen Augenblick lang die Lippen zusammen, als würde sie ein Rätsel lösen. »Aber inwiefern vermasseln? Ich würde dir nicht verzeihen, wenn du fremdgehst. Falls du das meinst, hast du dir die falsche Frau geangelt.«

Er atmete frustriert aus. »Vor dir habe ich monatelang keine Frau auch nur geküsst. Ich werde nicht plötzlich durch die Betten turnen. Das meinte ich nicht und so bin ich auch nicht.«

»Dann erklär mir bitte, was du meinst, und beende diese Qual, denn es hat wirklich wehgetan, in einem leeren Bett aufzuwachen und das Gefühl zu haben, ich hätte alles falsch verstanden. Ich weiß, dass das meine Schuld ist, aber lassen wir das hinter uns.«

»Es tut mir leid. Ich wollte dich nicht mit dem Telefonat wecken.« Ihr Ungestüm brachte ihn zum Lächeln. »Mir gefällt dein Temperament.«

»Boone.« Sie lachte.

»Entschuldige, aber es ist so. Ich meinte nur, dass ich wahrscheinlich nicht immer das Richtige sagen werde. Und wenn der vorletzte Abend etwas zu sagen hatte, könnte ich mich in einen eifersüchtigen Blödmann verwandeln, falls dich ein Typ anmacht.«

»Das ist alles?« Sie legte die Hände auf seine Brust.

Er zuckte mit den Schultern. »Wahrscheinlich nicht, aber ich hatte noch nie eine richtige Freundin, wer weiß also, welche Dinge du noch aufdeckst.«

»Noch nie? Also überhaupt nicht?« Sie wirkte skeptisch.

Er schüttelte den Kopf.

»Was sollte dann dieser Spruch, dass du hoffst, eines Tages jemanden wie mich zu treffen, und dann nicht mit einem Haufen sinnloser Fehler belastet sein willst?«

»Dir entgeht nichts, hm?« Er setzte sich und zog sie auf seinen Schoß. »Das war die Wahrheit. Meine Eltern haben geheiratet, als sie siebzehn waren, und in unserer Kindheit hatten wir nichts. Wir haben in einem kleinen gemieteten Haus in einer schlechten Gegend gewohnt, in der man die Nachbarn ständig hat streiten hören und den ganzen Tag Polizeisirenen geschrillt haben. Wir hatten keine Fahrräder oder Videospiele oder *Dinge*, aber wir hatten Liebe. Meine Eltern waren für uns und füreinander da. Mein Vater hat meine Mutter so innig geliebt, dass man es in seinen Augen sehen konnte. Und meine Mutter? Sie weigert sich, aus diesem schäbigen kleinen Haus auszuziehen, weil ihre Erinnerungen und ihr Leben mit meinem Vater dort sind.«

»Oh, Boone. Du und deine Familie müsst ihn so sehr vermissen.«

»Das tun wir. Jeden einzelnen Tag. Meine Eltern haben uns gezeigt, was im Leben wichtig ist. Es waren nicht die materiellen Dinge, sondern das Familiengefühl. Sie haben uns beigebracht, wie man liebt, und uns gezeigt, wie es aussieht, wenn einem ein anderer Mensch etwas bedeutet.« Er strich ihr die Haare von der Schulter und legte die Hand in ihren Nacken. »Du solltest wissen, dass ich in meinem ersten Jahr in dieser Branche nichts habe anbrennen lassen. Ich war vorsichtig und hatte nie ungeschützten Sex und habe nie Drogen genommen, aber in diesem Jahr hatte ich eine ganze Menge One-Night-Stands.«

Trish fuhr eines der Tattoos auf seinem Arm nach. »Vielleicht müssen wir einander nicht *alle* Einzelheiten erzählen.«

»Ich möchte, dass du es weißt. Ich glaube, dass ich diese Phase durchmachen musste, um zu erkennen, dass es nicht das ist, was ich will. Ungefähr zur selben Zeit wurde mir klar, warum sich mir so viele Leute an den Hals geworfen haben. Ich hatte es geschafft und sie wollten ein Stück davon abhaben.«

»Oh, vertrau mir. Jede Frau, die mit dir zusammen war, wollte auch dich.«

»Vielleicht, vielleicht auch nicht. Ich weiß nur, dass ich für keine von ihnen etwas empfunden habe. Und als ich meine Mutter an einem Wochenende besucht habe, wusste ich, dass ich mit diesem Lebensstil fertig bin.« In ihren Augen schimmerten Tausende unbeantwortete Fragen. »Wie wäre es, wenn wir frühstücken, und dann kannst du mich alles fragen, was du wissen willst.«

»Du hast genug für eine ganze Armee gemacht.« Sie betrachtete den Tisch und daraufhin wieder ihn. »Aber ich muss wirklich aufpassen, was ich esse. Du kannst gern anfangen, wenn du noch nicht gefrühstückt hast.«

»Oh, ich habe vor, etwas zu essen, aber das, was ich will, ist nicht hier auf dem Tisch.« Er nahm eine Erdbeere und strich damit über ihre Lippen, ehe er die Spur mit seiner Zunge nachzog. »Ich mache mir Sorgen, weil du nichts isst. Nimm einen Bissen. Für mich.«

Sie öffnete den Mund und er ließ die Erdbeere über ihre Zungenspitze gleiten. Trish biss stöhnend in die saftige Frucht.

»Süß *und* sexy. Die perfekte Frau.«

Er legte seine Lippen auf ihre. Eine kühle Süße explodierte auf ihren Zungen und sie vertieften den Kuss. Trish glitt mit den Fingern über seine nackte Brust, und er hielt ihre Hände fest, um die Fingerspitzen zu küssen.

»Ich liebe deinen Mund«, flüsterte sie.

Sie tauschten langsame, fiebrige Küsse und Trish neigte den Kopf nach hinten. Er knabberte und saugte an ihrem Hals, bis er ihr Ohr erreichte und sanft ins Ohrläppchen biss. Sie wandte sich um, setzte sich schließlich rittlings auf seinen Schoß und vertiefte den Kuss. Boone sehnte sich danach, in ihr zu sein. Er packte ihre Hüften und rieb seine Härte an ihr.

»Ich dachte, wir wären fertig«, hauchte sie erhitzt.

»Niemals.« Er konnte nicht denken, sondern nur fühlen, als sie die Hände in seine Haare schob und ihre Lippen auf seinen Hals drückte. Ihr Mund war so heiß und feucht und jede Berührung ihrer Zunge nährte das Inferno in ihm. Und als sie leidenschaftlich an seiner Haut saugte, spürte er es zwischen seinen Beinen.

Er zog an ihrer Hose. »Die muss verschwinden.«

Er hob sie von seinem Schoß und riss den Knopf auf und sie befreite sich aus dem Kleidungsstück, wobei sie den Blick nicht von ihm abwandte.

»Du bist so schön, ich könnte den ganzen Tag lang zusehen, wie du dich ausziehst.«

Er zog sie an sich, sodass sie zwischen seinen Beinen stand, und schob das Shirt über ihre Brüste. »Umwerfend.« Er nahm einen Nippel in den Mund und kniff in den anderen.

»Oh mein Gott. Boone, das fühlt sich so gut an.«

Er saugte stärker und genoss ihr Wimmern und wie sie sich an seinen Kopf krallte, um seinen Mund fest an ihre Brust zu drücken. Sie schmeckte wie der Morgentau im Land der Versuchung und er wollte dort ein Zelt aufschlagen und für immer dableiben. Trish gab einen kehligen, zustimmenden Laut von sich, der durch ihren ganzen Körper vibrierte. Boone stand auf und verschloss ihre Lippen mit einem innigen Kuss.

»Ich brauche mehr von dir«, sagte er und öffnete seine Hose, während sie sich leidenschaftlich küssten. Er zog ihr das Shirt über den Kopf und warf es zu Boden, dann hob er sie hoch und sie schlang die Beine um seine Hüften. Wie ein Magnet fanden seine Finger die feuchte Hitze zwischen ihren Beinen.

Trish packte seinen Kopf und küsste ihn, als hätte sie ihr ganzes Leben darauf gewartet. Ihm schwirrte der Kopf und sein Herz ging auf. Als er ihr in die Augen sah, wusste er, dass er von etwas Größerem als Lust und etwas Mächtigerem als dem Versprechen auf Sex angetrieben wurde.

»Kondom«, hauchte sie atemlos.

Mit einem Arm hielt er sie fest und griff mit der anderen nach der Kondomschachtel neben dem Kühlschrank. Ihr

Lächeln wurde sinnlich.

Sie nahm ihm die Schachtel ab und riss sie auf. »Ist heute Nacht die Kondomfee da gewesen?«

Lachend verwickelte er sie in einen weiteren Kuss. »Noch ein Grund, warum ich um fünf Uhr wach war.«

Mit einem verschmitzten Ausdruck in den Augen wedelte sie mit einem Kondom und stellte die Schachtel zurück auf die Anrichte. »Ich finde, dass du diese Fester-Freund-Sache sehr gut hinbekommst.«

Boone räumte den Tisch mit einem Arm ab. Das Geschirr fiel klirrend zu Boden und scheuchte das arme Kätzchen ins Wohnzimmer. Als Boone Trish auf die Tischplatte legte, verschlang sie jeden Zentimeter von ihm mit ihrem Blick. Hitze schoss dabei durch seinen Körper. Er umfasste seine Länge und streichelte sie ein paar Mal fest.

»Oh«, flüsterte sie. »Ich sehe dir gern dabei zu.«

Er prägte sich diese geheime Freude ein, legte die Hände auf ihre Schenkel und spreizte sie. »Ich glaube, mich daran erinnern zu können, dass dir das hier auch gefällt.«

Seine Lippen fanden ihre Mitte und sie wand sich stöhnend. Sinnliche Laute erfüllten die Küche. Er schmeckte ihre Erregung auf seinem Mund, seiner Zunge und seinen Lippen. Schließlich schob er seine Finger in ihre enge Hitze und reizte die empfindlichen Nerven mit dem Mund, sodass sie seinen Namen schrie. Gott, wie er das liebte. Sobald die letzten Wellen des Höhepunkts abgeebbt waren, fuhr er noch einmal mit der Zunge über sie und richtete sich dann auf, um ihre Lippen in einem weiteren, verlangenden Kuss zu erobern.

»Ich muss dich haben.« Er schnappte sich das Kondom und riss die Verpackung mit den Zähnen auf.

Sie nahm es ihm aus der Hand und hielt es über ihren Kopf.

Hitze flammte in ihren Augen auf. »Warte. Lass mich erst noch mal sehen, wie du dich anfasst.«

Lieber Himmel. Diese Frau war ein wahrgewordener, sinnlich süßer Traum. »Wie ich sehe, beschränkt sich deine herrische Art nicht nur auf außerhalb des Schlafzimmers.« Sie errötete und er führte ihre Hand zwischen ihre Beine. »Fair ist fair.«

»Aber …«

Er hielt eine Hand vor ihren Mund und verlangte: »Ablecken.« Trish fuhr mit der Zunge über seine Handfläche und jagte heiße Funken durch seinen Körper. Anschließend umfasste er seine Härte und trat näher, sodass ihre Lippen nur einen Hauch voneinander entfernt waren. »Du willst spielen?«

Sie verengte die Augen zu einem herausfordernden Blick. Boone hob ihre Hand an seinen Mund und ließ seine Zunge um ihre Finger tanzen. Ihre Lider schlossen sich flatternd. Als er ihre Hand wieder zwischen ihre Beine führte, öffnete sie die Augen. Mit einer Hand streichelte er sich selbst und dirigierte ihre mit der anderen, ehe er seine Finger in ihre feuchte Hitze eindringen ließ.

»Spiel mit deiner Klit«, befahl er. »Genau so, Baby.«

Ihr Blick hing an seiner Hand, während er sich selbst Lust schenkte und die magische Stelle in ihr berührte, die sie die Augen schließen ließ.

»Augen auf«, verlangte er und kämpfte gegen den Drang an, sich in ihr zu versenken.

Sie gehorchte, und als sie von ihrem Höhepunkt erfasst wurde, wurde er einer Willensprobe unterzogen. Ihre Hitze pulsierte und ihr Flehen wurde zu einer wilden Symphonie. Ihren Orgasmus zu beobachten, fühlte sich an, als würde der leidenschaftlichste Song aller Zeiten zum Leben erwachen und ihn immer weiter nach oben tragen, an einen Ort, an dem nur sie beide existierten. Boone musste sich etwas fester drücken, um nicht selbst zu kommen. Dann rollte er das Kondom über seine pulsierende Erektion und zog Trish an die Tischkante. Sie zog die Hand zwischen ihren Beinen hervor, doch er führte sie zurück und hielt sie dort fest.

»Für mich.« Schließlich packte er ihre Hüften und drang in sie ein. Heiße Funken der Lust schossen durch ihn hindurch.

»*Omeingott.*« Sie klammerte sich mit einer Hand an seinen Arm, während sie sich mit der anderen streichelte. Immer fester stieß er in ihre enge Hitze und sie legte den Kopf zurück, während ihre Hand erstarrte und ihr ein nicht abreißender Strom von Bitten entkam. »Härter. So gut. Oh Gott, mehr.«

Sanft und zärtlich küsste er ihre Mundwinkel, während er sie grob und wild nahm.

»Härter. Küss mich härter«, verlangte sie.

Er zog sie an sich und fiel förmlich über ihren Mund her. Ihr gesamter Körper spannte sich an und er beschleunigte das Tempo, da er *mit* ihr kommen wollte. Hitze schoss an seiner Wirbelsäule entlang, und in dem Moment, in dem sie ihre Erlösung fand, grub sie die Zähne in seine Schulter und die Welt explodierte in einem glühenden Sturm aus heißer Lust.

Zwölf

Wie sich herausstellte, dauerte es länger als der eigentliche Sex, das Geschirr und Essen wieder vom Boden aufzuheben. Trish und Boone verbrachten zwei Stunden damit, Essensreste unter den Schränken herauszufischen und von den Wänden, Arbeitsplatten und sogar den Kanten der Schubladenverkleidungen zu entfernen. Allerdings machten sie reichlich Gebrauch von der Zeit, indem sie sich küssten, neckten und einander besser kennenlernten. Trish erzählte Boone von ihrer Liebe für Geologie und dass sie auf Wunsch ihrer Eltern aufs College gegangen war, damit sie eine Ausbildung hatte, auf die sie zurückgreifen konnte, sollte es mit der Schauspielerei nicht klappen. In seinen Augen war etwas aufgeblitzt und als er sie darauf hingewiesen hatte, dass sie aus vollkommen verschiedenen Welten kamen, versuchte sie nicht, es zu leugnen. Er schien es ihr hoch anzurechnen, dass sie nicht das Gegenteil behauptete, und sie rechnete es ihm an, dass er deswegen keine Komplexe hatte. Er erkundigte sich nach ihren Freunden, und sie erzählte ihm alles über Fiona und dass sie auf dem College Mitbewohnerinnen gewesen und seitdem wie Schwestern waren. Sie gestand sogar, dass sie Fiona angerufen und sich bei ihr über ihn beschwert hatte, woran er seine helle Freude hatte. Dann schwor er, es wiedergutzumachen, indem er sie *sehr, sehr glücklich* machte.

Nachdem sie das Kätzchen – eingekuschelt auf Boones Kissen – aufgespürt, geduscht und schließlich etwas Richtiges gegessen hatten, war es schon nach Mittag. Ein paar Wolken hingen noch am Himmel, aber es war ein schöner, leicht windiger Tag. Das Gras und die Bäume wirkten nach dem Gewitter lebendiger. Trish war überrascht, dass Boone ihre Klamotten von gestern zum Trocknen über das Geländer gehängt hatte.

Trish beobachtete, wie er beim Telefonieren durch den Garten lief. Sie hatten ein paar Stunden geprobt und die Veränderung in Boone war wie Tag und Nacht. Er war entspannter, auch wenn sie sich noch nicht an die wichtige Szene im Lagerhaus gewagt hatten. Da sie wusste, wie tief die schmerzhaften Gefühle gingen, die dadurch in ihm aufgewühlt wurden, wollte sie es nur ungern ansprechen, aber ihr war klar, dass sie es tun musste. Wenn sie nicht jede Szene auf den Punkt brachten, könnte der Film abgesagt werden und das wäre für keinen von ihnen gut.

Boone fuhr sich mit einer Hand durch die Haare und kam lächelnd auf die Veranda zu. Er trug eine tief sitzende Jeans und die Sonne strahlte hell hinter ihm und betonte seine breiten Schultern und die schmale Taille. Die bunten Tattoos schlängelten sich unter den Ärmeln seines Shirts hervor. Er hatte sich nicht rasiert und die ungleichmäßigen, rauen Stoppeln verstärkten sein knallhartes Image. Doch obwohl er ihr diese wunderbare Augenweide bot, sah Trish in ihm nicht länger nur den harten Rocker. Sie sah den Mann, der sie in den Armen gehalten und ihr sein Herz geöffnet hatte und der hinter dieser Fassade eine turbulente Welt versteckte. Sie mochte den Mann, den sie gerade kennenlernte, wirklich sehr, inklusive aller Makel. Er war echter und ehrlicher als jeder Mann, mit dem sie je ausgegangen war.

»Entschuldige.« Er setzte sich neben sie auf die Treppe und stützte die Ellbogen auf den Beinen ab. »Das war mein Bruder Cage. Er wollte sich nur mal melden und mir von seinem nächsten Kampf erzählen.«

»Cage? Ist das sein richtiger Name?«

Boone lächelte. »Nein. Er ist Boxer. Das ist eigentlich sein Kampfname, aber im Grunde nennen ihn alle nur noch Cage. Eigentlich heißt er Carl, und falls du dich fragst, ich hieß schon immer Boone. Wir nennen unseren jüngsten Bruder Lucas *Lucky*. Er ist achtzehn und ein absoluter Glückspilz. Wenn er als Kind seine Hausaufgaben verloren hat, hat jemand sie gefunden und abgegeben. So ein Glückskind ist er. Und er balanciert immer haarscharf am Rand des Gesetzes entlang. Ich versuche schon seit einer Ewigkeit, ihn in die Spur zu bringen. Er ist unglaublich klug, aber eben *achtzehn*.« Er zuckte mit den Schultern, als würde er seinen Bruder vollkommen verstehen, und die Liebe in seinem Gesichtsausdruck war greifbar.

»Wir haben auch eine Schwester. Maggie. Sie ist älter als Lucky und jünger als Cage. Sie hat einen Catering-Service und meine Mom arbeitet in Teilzeit bei ihr. Und da ich weiß, dass du immer noch mehr wissen willst, verrate ich dir meinen Nachnamen, damit du nicht fragen musst.« Er lächelte und sie musste lachen. »Wir heißen Rekyrts. Wenn man das umstellt, bekommt man Stryker.«

»Sehr clever.«

»Ja, da haben wir etwas von dem Glück meines Bruders abbekommen.«

»Darf ich fragen, wie du angefangen hast? In den Artikeln

über dich steht, dass du auf YouTube entdeckt wurdest, aber in den einzigen Videos, die ich von deinen Auftritten finden konnte, wurdest du schon von Harvey Bauer vertreten.«

Er drehte sich um und lehnte sich ans Geländer, als würde er es sich für eine lange Geschichte bequem machen. »Du kannst mich alles fragen.«

Er nahm ihre Hand und ihr fiel auf, wie ruhig er wirkte. Seit ihrer ersten Begegnung hatte er vor Anspannung vibriert, doch jetzt schien er viel zufriedener zu sein.

»Meine Mom hat als Reinigungskraft in der Epson School of Arts gearbeitet, und als wir klein waren, wollte sie uns nicht allein lassen, also hat sie uns mitgenommen. Wir haben viele Stunden in diesem alten Backsteingebäude verbracht. Ich kann mich noch erinnern, dass sie Lucky in einer dieser Babytragen vor der Brust hatte, während sie geputzt hat.«

»Wie hat sie mit vier herumtobenden Kindern überhaupt etwas geschafft?«

Seine Mundwinkel hoben sich. »Wenn wir es übertrieben haben, hat sie gesagt: ›Vielleicht sollte ich euch bei Mrs. Carther lassen.‹ Mrs. Carther war ungefähr achtzig, hatte Haare am Kinn und einen großen Buckel. Arme Frau. Sie war nicht wirklich so schlimm, hatte aber einen schlechten Ruf, weil sie auf ihrer Veranda stand, mit einem Besen rumgefuchtelt und die Kinder angebrüllt hat, die durch ihren Garten getrampelt sind. Die Drohung hat gereicht, um uns wieder in die Spur zu bringen.«

»Ich glaube, ich mag deine Mutter jetzt schon.«

»Man kann gar nicht anders. Sie ist großartig. Sie ist klug und witzig und Gott weiß, dass sie mit uns eine Menge durchgemacht und trotzdem nicht den Verstand verloren hat. Aber sie hat all unsere Bemühungen unterstützt und uns die

Hölle heißgemacht, wenn es sein musste. Sie hat keinen Highschoolabschluss gemacht, weil ich unterwegs war, hat mir das aber nie vorgehalten.«

»Sie ist deine Mutter. Sie sollte dir so etwas nicht vorhalten.«

Er hob ihre Hand an seine Lippen, küsste sie und nickte zustimmend. »Wenn du solche Dinge gesehen hast wie ich, wird dir klar, dass es nicht immer eine Rolle spielt, was sein oder nicht sein sollte.«

»Das mit deinem Dad tut mir leid. Und auch das mit deinen Freunden und wie schwer sie es hatten.«

»Wie auch immer«, sagte er in einem klaren Versuch, das Thema zu wechseln. »Cage, Mags und ich haben so viel Zeit in der Schule verbracht, dass wir nach und nach die Lehrer und Schüler kennengelernt haben, und über die Jahre haben sie uns ein paar Dinge gezeigt. Ich habe mich in den Klang von Gitarren verliebt: egal, ob Akustik, E-Gitarre, zwölf Saiten, sechs Saiten oder Bass. Ich habe sie alle geliebt. Und tue es immer noch. Ich hatte ein gutes Ohr für Musik und habe gelernt, mir Songs anzuhören und sie nachzuahmen, ohne Noten lesen zu können. Eines Tages hat vor dem Gebäude ein Typ Gitarre gespielt und wir sind ins Gespräch gekommen. Er hieß Charly Evers. Er managt mittlerweile Bailey Brays Band, aber damals war er nur ein cooler Typ, der einem Jungen geholfen hat, Musik für sich zu entdecken.«

»Ich kenne Bailey. Ihre Schwester Leanna wohnt am Cape Cod. Sie ist mit meinem Bruder Blue befreundet.«

»Wieso fragst du nach Cages Namen, wenn dein Bruder Blue heißt?«

»Hör auf, das Thema zu wechseln«, neckte sie ihn. »Erzähl mir mehr. Wir können später über meine Brüder reden.«

»Herrisch«, flüsterte er und beugte sich dann für einen schnellen Kuss nach vorn. »Innerhalb einiger Wochen hat er mir beigebracht, wie man Noten liest und Gitarre spielt. Er und seine Kumpels haben ein Video gedreht und es auf YouTube hochgeladen. Zu meinem Glück hatten sie keine Ahnung davon, wie man so etwas schneidet, deshalb ist in den ersten paar Minuten zu sehen, wie sie über ihren Song reden, während ich im Hintergrund stehe und etwas spiele, was ich mir gerade ausgedacht hatte. Ich hatte keine Ahnung, dass ich überhaupt in dem Video war, bis sich Harvey Bauer an mich gewandt hat.«

»Das ist verrückt. Dein Leben ist wirklich ein Spiegelbild von Rick Champions.«

Er schüttelte den Kopf. »Dieser Teil meines Lebens vielleicht, also dass ich auf YouTube entdeckt wurde, aber der Rest nicht. Destiny und ich waren nie zusammen, und Ricks süchtige Freundin wird am Ende des Films clean. Er arbeitet hart, um aus der Gegend rauszukommen, in der er aufgewachsen ist, und sieht nie zurück. Ich mache den Film, um den Kampf zu zeigen, aber ich wollte nie aus meiner Heimatgegend weg.«

»Weil deine Mom bis heute dort ist?«, fragte sie.

»Zum Teil. Aber es ist mehr als das. Die Erinnerungen sind nicht leicht, aber es sind *meine* Erinnerungen. Ich bin der Typ aus der Bronx, nicht der Rockstar. Das ist nur mein Job, so wie Cage Boxer ist und Mags Catering macht und du Schauspielerin bist. Es sind viele schlimme Dinge passiert, wie ich dir schon erzählt habe, aber all die Dinge, die der Ruhm mit sich bringt? Das Geld, die Partys, die Groupies? All das ist nicht einmal annähernd so wertvoll wie Freunde fürs Leben oder die Lektionen, die ich während meiner Kindheit unter diesen Bedingungen gelernt habe. Wenn ich morgen all meinen Ruhm verlieren würde, wäre das für mich in Ordnung. Ich hatte meine Chance.«

»Du würdest es nicht vermissen?«

»Klar. Ich würde den Rausch auf der Bühne vermissen, aber ich habe diese Rolle auch angenommen, weil ich eine neue Herausforderung gesucht habe. Und herausfinden wollte, was ich sonst noch kann. In letzter Zeit ist es mir ziemlich schwergefallen, Songs zu schreiben.« Er beugte sich vor und legte die Hand in ihren Nacken. »Ich bin so froh, dass ich mies darin war.«

»Mhm.« Sie spürte, wie ihre Verbindung durch jedes seiner Worte stärker wurde, und küsste ihn. »Weißt du, was ich denke?«

»Dass wir eher die Küsse als den Text proben sollten?«

»Das und …« Sie küsste ihn erneut. »Obwohl die physischen Welten, aus denen wir kommen, vielleicht unterschiedlich sind, sind die Dinge, die uns am wichtigsten sind – Moral und Werte, Familie, Freunde – am Ende gar nicht so verschieden.«

Später am Abend, nach einigen frustrierenden Versuchen, die gefürchtete Szene im Lagerhaus zu proben, gaben sie auf und aßen zu Abend – Salat für Trish, Steak für Boone.

»Sag mir, was ich tun kann, um dir dabei zu helfen.« Trish saß auf der Veranda und streichelte das Kätzchen, das sich auf ihrem Schoß zusammengerollt hatte. Unnachgiebig hatte sie ihn gedrängt, die Szene ein allerletztes Mal durchzugehen, und er hatte widerwillig nachgegeben.

»Wenn ich es wüsste, würde ich es dir sagen.« Er tigerte auf und ab, denn er spürte, wie sich seine Brust zusammenzog, obwohl sie noch gar nicht angefangen hatten.

»Gestern meintest du, dass ich für dich zu Destiny werde, wenn du mich da liegen siehst, und du dich in dem Moment von deiner Rolle distanzierst.«

Er blieb stehen und ging neben ihr in die Hocke. »Es tut mir leid. Ich weiß, dass das alles schwerer macht, und hoffe, dass meine Worte nicht gefühllos waren.«

Sie lächelte ihn an. »Gefühllos? Ganz und gar nicht. Sie waren echt, und echt ist gut. Genau das wollen wir.«

»Die Dinge, die du in mir auslöst, sind so echt, wie es nur geht.« Er kraulte das Kätzchen. »Ich glaube, mir ist ein Name für ihn eingefallen.«

»Wie ich sehe, ist der Meister der Ablenkung zurück.« Trish legte ihre Hand auf seine. »Aber er braucht wirklich einen Namen.«

»Sparky.«

»Sparky? Niedlich.« Sie lächelte. »Warum gerade der?«

»Weil jedes Mal die Funken fliegen, wenn du in meiner Nähe bist. Und wir haben ihn auf dem Weg zu dem Ort gefunden, an dem wir zusammengekommen sind.«

»Das finde ich toll.« Sie beugte sich vor und küsste ihn. »Ich glaube, dass du hinter all diesen Mauern ein romantisches Herz verbirgst.«

Dieses Kompliment ging ihm durch und durch. Sein Vater war ein wahrer Romantiker gewesen und für Boone war es das größte Kompliment, wie sein Vater zu sein. »Vielleicht, aber nur du kannst dir einen Weg hineinbahnen und es herausfinden.«

»Ich Glückliche!« Ihr Tonfall wurde sanfter. »Wenn du Lust hast, hätte ich eine Idee, die für diese Szene funktionieren könnte. Das hat mir einer meiner Schauspiellehrer gezeigt, aber es wäre sehr schwierig, und wenn du es lieber nicht ausprobieren möchtest, verstehe ich das.«

»Verrat es mir. Ich will darüber hinwegkommen.«

Sie setzte das Kätzchen in der Küche ab. »Ich glaube, es könnte helfen, wenn wir so tun, als wäre ich Destiny, damit du einige deiner Emotionen verarbeiten kannst.«

Ruckartig sprang er auf und lief wieder auf und ab. Sein erster Impuls war, rigoros abzulehnen. Auf keinen Fall. Allein der Gedanke, diese Szene bewusst durchzuarbeiten und sich dabei Destiny vorzustellen, ließ ihm übel werden.

»Ich weiß, es klingt verrückt«, sagte Trish einfühlsam. »Aber wenn du genauer darüber nachdenkst, macht es Sinn, deine wahren Gefühle zu verarbeiten, um den Weg für eine Darstellung frei zu machen.«

Sie standen an den gegenüberliegenden Enden der Veranda, als würden sie sich auf ein Duell vorbereiten, nur waren sie im selben Team. Trish strahlte so intensives Mitgefühl aus, dass es sich wie eine Umarmung um ihn legte, als er den Abstand zwischen ihnen überbrückte.

»Ich möchte es versuchen. Für dich«, gestand er. »Aber ich weiß ehrlich nicht, ob ich dazu fähig bin.«

Sie griff nach seiner Hand. »Wie wäre es, wenn du es nicht für mich oder den Film, sondern für dich tust? Denn dieser Film wird entweder gedreht oder eben nicht. Und ich habe dir gesagt, dass die Ryders vor den schwierigen Dingen im Leben nicht weglaufen, deshalb werde ich nirgendwohin gehen, auch wenn du dich jetzt nicht damit auseinandersetzen kannst. Aber ich bin hier, um dir zu helfen – wenn du diese Hilfe willst und bereit dazu bist.«

Er zog sie in seine Arme und lehnte die Stirn an ihre. »Womit habe ich mir bloß das Glück verdient, ein mieser

Schauspieler zu sein und mit dir in dieses Hinterwäldlerstädtchen geschickt zu werden?«

Sie stellte sich auf die Zehenspitzen und küsste ihn. Es war wunderbar, dass sie trotz seines distanzierten Verhaltens offen ihre Zuneigung zeigte. Jede Berührung, jeder Kuss, jeder sanfte Blick aus ihren wunderschönen Augen machte es ihm leichter, hinter seinen Mauern hervorzukommen – und sogar, sie bröckeln zu lassen, damit er sich ihr öffnen konnte.

»Ich glaube, das war alles Teil deines bösen Plans, um mir an die Wäsche zu gehen.«

»Leider bin ich nicht so manipulativ.« Ihm fiel auf, dass er so von den Proben und ihrer frischen Beziehung abgelenkt gewesen war, dass er ihr immer noch nichts von Jude erzählt hatte. Angesichts dieser Erkenntnis schaltete sich sein Beschützerinstinkt ein, nur richtete der sich dieses Mal auf Jude und nicht auf Trish. Aber als sie vorschlug, die Szene durchzugehen, ohne dass sie sich dabei auf den Boden legte, nagten die Schuldgefühle an ihm. Er war nie ein guter Lügner gewesen und, von welcher Seite man es auch betrachtete, in Gesprächen mit einem Menschen, der ihm wichtig war, war eine Halbwahrheit immer noch eine Lüge.

»Trish«, unterbrach er sie. »Ich muss dir noch etwas erzählen, was möglicherweise eine Rolle bei meiner Zurückhaltung spielt, auch wenn ich es nicht glauben will.«

Ernst und entschlossen drehte sie seine Hände um und inspizierte seine Armbeuge.

»Ich bin kein Junkie.«

Sie grinste ihn an und ihm wurde klar, dass sie ihn nur aufzog. »Ich komme mit allem klar, also spuck es aus. Leg alle Karten offen.«

Sie setzten sich wieder auf die Treppe.

»Ich hab das Gefühl, dass sich unsere gesamte Beziehung auf diesen klapprigen alten Stufen entfaltet.«

Sie lehnte sich an seine Schulter. »Komisch. Für mich fühlen sie sich nicht klapprig und alt an. Sondern romantisch und intim.«

Er legte einen Arm um ihre Schulter. »Das liegt daran, dass du eine einzigartige Sicht auf die Dinge hast.« *So wie du alles an mir siehst und nicht nur das, was ich allen anderen zeige.*

»Ich wurde dazu erzogen, nichts nach dem Äußeren zu beurteilen. Häuser, Bücher, *Menschen*.« Sie zog eines der Tattoos auf seinem Unterarm nach und sah ihn dann mit ihren verlockenden Augen an. »Manchmal müssen wir hinter die Tarnung sehen, um zum Kern der Dinge vorzudringen.«

Mann, wie recht sie hat. Also erzählte er ihr von Jude, dass er schon zwei Entzüge durchgemacht hatte und sie nun versuchten, ihn zu finden, um ihn von einem weiteren Entzug zu überzeugen.

»Er wurde in unserer alten Gegend gesehen. Aber seitdem konnte ihn niemand wieder aufspüren.«

»Ich nehme an, dass er auf der langen Liste der Leute steht, die sich auf dich verlassen? Auf der ich angeblich ganz oben stehe?«

Er nickte. »Zusammen mit meiner Familie, meinen Bandkollegen, Harvey und seiner Frau und einer Handvoll Freunden, mit denen ich aufgewachsen bin. Erinnerst du dich noch an den Tag, an dem du sauer auf mich warst, weil ich zu spät am Set war?«

»Ja.«

»Ich hatte mit Jude telefoniert und ihn beinahe von einem Entzug überzeugt, aber kurz bevor wir aufgelegt haben, hat er einen Rückzieher gemacht.«

Sie verschränkte ihre Finger ineinander. »Ich bin nicht sicher, ob ich dich anschreien oder umarmen soll.«

»Warum? Ich meine, die Umarmung nehme ich gerne, aber …«

»Boone, das ist jetzt das zweite Mal, dass du den Kopf hingehalten hast, um jemand anderen zu schützen, und alle in dem Glauben gelassen hast, du wärst unzuverlässig. Zuerst, als du das Treffen für die Vorproduktion verpasst hast und deine Mom im Krankenhaus war, und dann, als du zu spät am Set warst.«

»Und?«

Ihr Gesichtsausdruck wurde sanft. »Und du nimmst das alles so hin.«

»Sie sind meine Familie«, erwiderte er heftig.

»Ich weiß. Das verstehe ich. Ich meinte das bewundernd und nicht genervt.«

Er stieß den Atem aus, den er unbewusst angehalten hatte.

»Es gibt eine Menge Leute, die auf dich zählen«, fuhr sie liebevoll fort. »Deshalb möchte ich, dass du mich fürs Erste auf dieser Liste ein Stück nach unten setzt. Zumindest unter Jude.«

Als er den Mund öffnete, um etwas zu erwidern, brachte sie ihn mit einem Kuss zum Schweigen.

»Versuch gar nicht erst, mir zu widersprechen. Um manche Menschen muss man sich mehr Sorgen machen als um andere. Wir könnten nach ihm suchen, wenn du willst. Wir können gleich jetzt in deine alte Heimatstadt fahren und rumfragen.«

Die Gefühle angesichts ihrer Großzügigkeit und ihres Verständnisses schnürten ihm die Kehle zu. »Trish.« Er umfasste ihr Gesicht und küsste sie. »Wie viele Frauen würden anbieten, eine stundenlange Autofahrt zu unternehmen und die ganze Nacht in den düsteren Ecken einer Stadt nach einem Drogensüchtigen zu suchen?«

Sie zuckte mit den Schultern. »Er ist dir wichtig.«

»Baby«, flüsterte er. »Weißt du eigentlich, wie besonders du bist?«

»Ich bin nichts Besonderes. Du bedeutest mir etwas und wenn das der Fall ist, wird einem auch das wichtig, was der andere braucht oder will.«

»Danke. Du kannst dir gar nicht vorstellen, wie viel mir das und deine Bereitschaft, die Arbeit beiseitezuschieben, um Jude zu helfen, bedeuten, aber ich habe schon Leute auf die Suche nach ihm geschickt. Und ich will dich auch nicht hängen lassen. Irgendwann werden sie ihn aufspüren und dann muss ich schnell weg, aber bis dahin sollten wir versuchen, dieses Projekt anzugehen.«

»Okay, aber nur, damit du es weißt, du stehst jetzt auch auf *meiner* Liste.«

»Was soll das heißen?« Er konnte ein Lächeln nicht unterdrücken. »Ich habe bisher auf niemandes Liste gestanden.«

»Es heißt, dass du jetzt auch jemanden hast, der auf dich aufpasst.« Sie drückte seine Hand. Ob sie sehen konnte, wie tief ihn das berührte? »Und rede dir nicht ein, dass du bei niemand auf der Liste stehst. Ich kann mir vorstellen, dass die Menschen, die auf deiner Liste stehen, dich auch auf ihrer haben. Aber du bist der Beschützer, daher bist du sehr pflegeleicht.«

»Pflegeleicht? So wurde ich noch nie beschrieben.« Er zog sie auf seinen Schoß. »Jetzt kennst du all meine schmutzigen kleinen Geheimnisse und bist nach wie vor hier. Das bedeutet wohl, dass ich es dir jetzt schulde, die Szene im Lagerhaus anzugehen.«

»Du schuldest mir gar nichts, aber vielleicht schuldest du es dir selbst.«

Dreizehn

Trish war nicht sicher, ob es richtig war, Boone dazu zu drängen, sich beim Proben der Szene im Lagerhaus mit seinen Gefühlen auseinanderzusetzen, hoffte aber, dass diese spezielle Übung helfen konnte. Obwohl die Sonne bereits untergegangen war, blieben sie auf der Veranda, denn hier draußen fühlte er sich um einiges wohler, und sie wollte, dass die Umgebung für ihn so angenehm wie möglich war. Vor allem, da keiner von ihnen wusste, womit sie rechnen sollten. Sie legte sich auf den Boden und lauschte seinen Schritten. Er schaffte es halb über die Veranda bis zu ihr und wandte sich dann einige Male ab.

Trish setzte sich auf, zog die Knie an die Brust und beobachtete, wie er wie ein eingesperrter Löwe auf und ab lief. Er hatte die Schultern bis fast zu den Ohren hochgezogen, ballte immer wieder die Hände zu Fäusten und blickte mit düsterem Gesichtsausdruck zu Boden.

»Hey«, sagte sie sanft und klopfte neben sich.

Die Tatsache, dass er auf der Veranda blieb, statt auf die Wiese zu flüchten, entging ihr nicht. Tatsächlich rang er sich sogar ein Lächeln ab und nahm neben ihr Platz.

»Wie wäre es, wenn wir einfach darüber reden?«, schlug sie vor. »Das könnte besser sein.«

Er nickte und griff nach ihrer Hand. Ob er ihr überhaupt etwas erzählen konnte? Oder würde es sich als zu schwer erweisen?

»Was fühlst du gerade?«

»Fühlen?« Er schüttelte den Kopf. »Ich weiß nicht, wie ich es beschreiben soll. Es ist keine Wut, aber es fühlt sich an, als würde sich ein Monster mit Klauen aus meiner Brust befreien.«

»Okay.« *Das ist nicht gut.* Vielleicht aber doch. »Was hältst du davon, wenn wir es herauslocken?«

Er hob eine Braue, als wäre das eine verrückte Idee.

»Ich weiß, dass es klingt, als würden wir Schwierigkeiten heraufbeschwören, aber ich denke, dass das eher der Fall wäre, wenn wir es nicht ans Licht bringen.«

»Aber wie soll ich etwas herauslassen, bei dem ich mir nicht sicher bin? Ich war nicht da, als sie die Überdosis genommen hat, und es ist ja nicht so, als wäre es meine Schuld oder die von jemand anders. Außer vielleicht die ihrer Eltern.« Wut flammte in seinen Augen auf.

»Vielleicht ist es genau das«, sagte sie eindringlich. »Könnte es sein, dass deine Gefühle eher etwas mit ihren Eltern zu tun haben? Ich möchte damit nicht deinen Schmerz darüber kleinreden, dass du deine Freundin verloren hast. Der ist sicher erdrückend. Aber in deinen Augen ist etwas aufgeblitzt, als du ihre Eltern erwähnt hast.«

»Weil ich sie gern windelweich prügeln würde.« Er ballte eine Hand zur Faust.

»Hast du jemals mit ihnen gesprochen? Sie zur Rede gestellt?«

Er schüttelte den Kopf. »Man stellt keine Versager-Eltern zur Rede, die ihre Tochter verloren haben.«

»Gutes Argument. Entschuldige.« Ein paar Minuten

schwiegen sie, jeder in seinen eigenen Gedanken verloren. Trish wollte ihn dazu bringen, über seine Gefühle zu sprechen, denn selbst das Wenige, das sie bis jetzt erfahren hatte, schien wichtig zu sein. »Ich habe eine verrückte Idee.«

»Du meinst *noch* eine verrückte Idee.« Er stieß sie mit der Schulter an.

»Es ist immer noch ein Teil der ersten Idee. Stell dir vor, ich wäre ihre Eltern, und lass einfach alles raus. Sag mir das, was du zu ihnen sagen möchtest.«

»Ich weiß nicht.«

»Warum nicht? Ich bin Schauspielerin. Ich bin schon in ganz unterschiedliche Rollen geschlüpft. Lass es einfach raus und dann sehen wir, wie du dich fühlst.« Die Vorstellung beschleunigte ihren Puls. »Ich glaube, es könnte helfen. Sieh dir doch nur mal an, wie viel entspannter du bist, seit du mir von Destiny erzählt hast. Du konntest den restlichen Text auf den Punkt rüberbringen. Es sind nur die wirklich aufwühlenden Szenen, mit denen du Probleme hast. Wo du sie halbtot auffindest.«

Boone atmete tief ein. Die Muskeln in seinem Kiefer zuckten wiederholt. Er ließ ihre Hand los und starrte so lange hinaus in die Dunkelheit, dass sie fürchtete, er würde aufgeben.

Schließlich drehte er sich wieder zu ihr und seine dunklen Augen waren voller Wärme und Qual. Es machte ihr keine Freude, ihn zu bitten, sich dieser Tortur auszusetzen, aber es schmerzte sie, dass es ihn anscheinend von innen heraus auffraß.

»Ich kann dich nicht ansehen und die Dinge sagen, die ich aussprechen will«, räumte er schließlich ein.

»Stell dir vor, ich wäre nicht ich.«

»Unmöglich.« Er küsste sie sanft. »Niemand sonst kommt an die Person heran, die du bist.«

Sie seufzte. »Du bist überhaupt nicht der Typ, für den ich dich gehalten habe.«

»Ich werte das als gutes Zeichen. Als ich gesagt habe, dass du bei den Proben zu ihr wirst, meinte ich nicht, dass ich sie tatsächlich vor mir sehe. Mich hat die Vorstellung zerrissen, dass du dich in sie verwandelst und dich in Drogen verlierst. Schon am Set in L. A. war ich zu sehr in dich verliebt, um die beiden Dinge zu trennen.«

»Du warst da schon in mich verliebt?« Sie winkte ab. »Moment. Ich darf jetzt nicht abschweifen, aber das höre ich sehr gern. Zum Glück musst du dir um mich und Drogen keine Gedanken machen. Ich kann dir versprechen, dass ich noch nie welche genommen habe und es auch nie tun werde. Aber nun, da ich von Jude und Destiny weiß, verstehe ich deinen Widerwillen.«

»Danke. Es ist ein so hilfloses Gefühl. Es heißt ja, dass man niemanden zu seinem Glück zwingen kann und so, und das stimmt. Jude hat alles. Ruhm und Geld, Freunde und Familie und trotzdem kann er den Drogen nicht widerstehen.«

»Aber du weißt, dass du das nicht kontrollieren kannst, richtig? Du kannst ihm helfen, einen Entzug zu machen, und für ihn da sein, aber nur er kann wirklich für eine Veränderung sorgen.«

Er nickte erneut. »Wie ich schon sagte. Hilflos.«

»Aber du hilfst ihm doch, indem du ihn unterstützt, selbst wenn du dich machtlos fühlst. Ich weiß nicht, was mit Destiny passiert ist, aber du hast erzählt, dass du Jude zwei Mal geholfen hast, einen Entzug zu machen, und jetzt lässt du Leute nach ihm suchen.«

»Es ist ein Kreislauf, Trish. Ein Kreislauf, der scheinbar kein Ende hat, und das ist unheimlich frustrierend.« Er stand auf und tigerte erneut umher. »Als ich dich da auf dem Boden gesehen habe und du so getan hast, als wärst du zugedröhnt, wollte ich schreien. Ich wollte dich anflehen, nicht in diese Dunkelheit zu fallen. Das ist verkorkst, ich weiß.«

Trish erhob sich und sah schweigend zu, wie Boone die Fäuste ballte und die Wut sein Gesicht verzerrte. *Gott sei Dank. Du spürst etwas. Du lässt es raus.*

»Und dann bin ich in meiner Erinnerung wieder in dem Moment, in dem ich von Destiny erfahren habe und zum Haus ihrer Eltern gefahren bin, um sie umzubringen. Aber man kann Leute nicht umbringen, nur weil sie Versager sind. Cage und Jude und meine anderen Kumpels haben mich da weggeholt – was auch gut war, denn wer weiß, was ich gesagt hätte. Ich war ein dummer Junge.«

»*Du* weißt es«, erwiderte sie sanft. »Du weißt genau, was du gesagt hättest.«

Seine Nasenflügel blähten sich und er wirbelte herum, um wieder hinaus auf die Wiese zu starren. »Sie war ihre Tochter. Wenn man Eltern wird, müssen die eigenen, selbstsüchtigen Bedürfnisse verschwinden. Alle. Man nimmt die Verantwortung für ein Kind an und dieses Kind ist von einem abhängig.«

Er lehnte sich ans Geländer und ließ den Kopf hängen. Mit den Fingern krallte er sich in das alte Holz und Trishs Herz schmerzte vor Mitgefühl. Sie wollte unbedingt zu ihm, spürte aber, dass er genau das hier jetzt brauchte. Selbst wenn es ihm nicht klar war, ließ er vermutlich endlich all das raus, was er jahrelang zurückgehalten hatte.

»Meine Eltern waren erst siebzehn, als sie mich bekommen haben. Obwohl sie selbst noch Kinder waren, wussten sie, dass wir an erster Stelle standen. Sie wussten, wie sie uns lieben und uns beibringen mussten, das Richtige zu tun – selbst wenn

Lucky mit dieser Grenze spielt, überschreitet er sie nicht. Er weiß, was richtig und falsch ist. Meine Mutter und wir alle haben ihm das gezeigt.« Er legte den Kopf schräg und hinter seinen aufgestützten Armen war nur der gequälte Ausdruck in seinen Augen zu erkennen.

»Die Sache ist, dass es vollkommen egal gewesen wäre, wenn ich etwas zu Destinys Eltern gesagt hätte. Wie hätte das etwas bewirken sollen? Sie waren Junkies. Sie wussten, dass sie Drogen nahm, und haben weder ihr Verhalten geändert noch versucht, ihr zu helfen.«

Nun ging sie zu ihm, da sie sich nicht eine Sekunde länger zurückhalten konnte, und legte einen Arm um seine Taille. »Hört sich an, als wären auch sie hilflos gewesen«, sagte sie vorsichtig. »Sie waren süchtig, und du weißt nach deiner Erfahrung mit Jude, der mehr hat, als sie wohl je hatten, dass eine Sucht nichts mit Intelligenz, Alter oder sozialem Status zu tun hat. Eine Sucht ist mächtig, und sobald sie einen im Griff hat, ist es ein Wunder, wenn man sich daraus befreien kann. Sie waren genauso machtlos wie du, nur anders. Das heißt nicht, dass sie eine Entschuldigung haben. Es heißt nur, dass sie vielleicht nicht die Mittel hatten, um irgendetwas anders zu machen.«

Sie schlüpfte unter seinem Arm hindurch und schob sich zwischen ihn und das Geländer, damit sie die Arme um ihn schlingen konnte. »Ich habe nicht auf alles eine Antwort und ich sage sehr oft *vielleicht*, aber hast du mal darüber nachgedacht, ihren Eltern zu vergeben? Es ist wirklich schwer, all diese Wut mit sich herumzutragen. Du hast gesagt, es würde sich anfühlen, als würde ein Monster in dir toben, und ich glaube, dass das stimmt. Aber du jagst den falschen Dämon.«

Vierzehn

»Wenn du mich fragst, haben wir uns eine Pause verdient.« Boone nahm die Einkäufe in die andere Hand und öffnete Trish die Beifahrertür. Drei Tage waren seit ihrem Gespräch über Destiny, ihre Eltern und dem vergangen, was sie nur noch *die Szene* nannten. Obwohl Boone nicht der Meinung war, dass er sie schon perfekt rüberbrachte, hatte er es weit geschafft. Ihre Unterhaltung hatte ihm einen neuen Blickwinkel verschafft und dadurch hatte er genug Abstand, um anders an die Szene heranzugehen.

»Machen wir das nicht schon?« Trish stieg ins Auto, während Boone die Einkäufe auf dem Rücksitz verstaute.

»Einkaufen ist keine Pause. Es ist eine Notwendigkeit, egal, wie wenig du isst.« Er setzte sich hinters Lenkrad und beugte sich über die Mittelkonsole, um sie zu küssen. Sie packte sein Shirt und Hitze breitete sich angesichts dieser besitzergreifenden Geste wie ein Flächenbrand in ihm aus. Es war wunderbar, wie sehr sie auf einer Wellenlänge waren. Ob sie nun im Schlafzimmer waren, probten oder im Garten spazieren gingen, sie spürten immer mehr die Stimmungen des anderen.

»In letzter Zeit hast du deine Gefühle wirklich super in die Szene eingebracht.« Sie legte ihre Wange an seine. »Hatten wir nicht heute Morgen schon eine Sex-Pause?«

»Und letzte Nacht.« Er knabberte an ihrem Hals und sie legte mit einem süßen, glücklichen Laut den Kopf in den Nacken.

»Gott, was machst du nur mit mir? Du hast mich unersättlich gemacht.« Sie lachte. »Als hätte ich immer Hunger, und das Einzige, was hilft, ist mehr von Boone Stryker.«

»Klingt gut.« Er küsste sie direkt unter dem Ohr und atmete ihren Duft ein. »Du riechst so gut, dass ich dich fressen könnte. Vielleicht sollten wir uns einen abgelegenen Weg suchen und wie zwei Teenager rummachen.«

Sie knabberte an seinem Ohrläppchen. »Wie ungezogen von dir.«

»So bin ich nur bei dir, meine Schöne.« Er küsste sie erneut. »Oder wir fahren zu dem Countrymusic-Festival am Fluss und machen später rum. Oder wenn wir dort sind.« Er wackelte mit den Brauen und zog den Flyer aus der Hosentasche. »Die lagen an der Kasse aus.«

Sie überflog den Zettel. »Hört sich gut an. Das Festival und der Teil mit dem Rummachen. Oh! Ich hab eine tolle Idee.«

»Deine letzte tolle Idee war, mich auszutricksen, damit ich dir Gefühle eingestehe, von denen ich nicht mal wusste.« Er zog sie für einen weiteren Kuss an sich. »Gott, ich liebe deine Küsse.« Er schob die Hände in ihre Haare und vertiefte den Kuss.

»Vergiss meine Idee«, murmelte sie. »Das hier ist besser.«

Trish hielt seinen Hals fest umschlungen, rutschte von ihrem Sitz und wölbte sich ihm entgegen. Es kostete ihn all seine Zurückhaltung, nicht zu ihr hinüberzuklettern und sie gleich hier zu nehmen. Sie stöhnte laut und begierig in den Kuss.

»Du bringst mich um«, knurrte er an ihren Lippen.

Sie zog fester an ihm und zog ihn fast von seinem Sitz. »Hör nicht auf, mich zu küssen. Wir müssen nicht weitergehen, aber küss mich«, verlangte sie atemlos.

Er warf einen Blick aus dem Fenster und war froh, dass sie am hinteren Ende des Parkplatzes standen. Dann griff er über sie hinweg, um den Sitz nach hinten zu klappen. Sie küssten sich, während er über die Mittelkonsole kletterte. Er stieß mit dem Knie gegen die Tür und sein Fuß verhakte sich zwischen dem Armaturenbrett und der Mittelkonsole, was Trish zum Kichern brachte.

»Wir hätten ein Wohnmobil mieten sollen«, sagte sie neckend, als er sich auf sie legte.

Es gelang ihnen, den Sitz vollständig nach hinten zu schieben, sodass er mehr Beinfreiheit hatte. Trish rutschte nach oben, und sobald sich ihre Körper perfekt aneinanderschmiegten, stöhnten sie beide auf. Sie küssten sich und rieben sich aneinander, bis er vor Verlangen wahnsinnig wurde. Boone schob eine Hand unter ihr Shirt und neckte ihren Nippel durch den Spitzen-BH.

»Oh Gott, ich liebe das.« Sie wölbte sich seiner Hand entgegen. »Benutz deinen Mund.«

»Du bist sündhaft.«

Erneut warf er einen Blick aus dem Fenster, vergewisserte sich, dass sie immer noch allein auf ihrer Seite des Parkplatzes waren, und hob ihr Shirt an. Anschließend zog er die Spitze ihres BHs nach unten und legte seine Lippen auf ihre Brust. Trish zappelte und wand sich und er saugte stärker an ihr.

»Oh, oh, oh!«

Es spornte ihn an, dass sie sich so in ihm verlor, dass ihr die Worte fehlten. Er drückte seine Hüften fester gegen sie und genoss selbst durch die Kleidung diese atemberaubende

Reibung. Ihr lustvolles Stöhnen und Wimmern hallte im Auto wider.

»Genau so, Baby. Komm für mich.«

Sie packte seinen Hintern und hielt ihn da fest, wo sie den Kontakt zu ihm am meisten brauchte, während er sich weiter über ihren Mund und ihre Brust hermachte. Ihr Anblick, ihr berauschendes Keuchen und die Tatsache, dass sie seinetwegen bebte, jagte Verlangen durch ihn hindurch, das sich pulsierend hinter seinem Reißverschluss ausbreitete und seine Brust schmerzen ließ. Als sie aufschrie, sich aufbäumte und zitterte, verwickelte er sie in einen weiteren verzweifelten Kuss. Sie küssten sich, bis sie vor Vergnügen seufzte.

Boone lächelte sie an. »Du bist fantastisch, meine Schöne.« Röte erblühte auf ihren Wangen. »Hey, ich meine es ernst. Du bist klug und sexy und ich vergöttere dich.«

»Ich kann nicht glauben, dass ich das gerade auf einem Parkplatz getan habe«, flüsterte sie, doch ihr Lächeln verriet ihm, wie sehr sie es genossen hatte.

»Machst du Witze? Das war so heiß, dass *ich* beinahe gekommen wäre.«

Sie verdrehte die Augen. »Beinahe ist nicht dasselbe.«

»Ist das ein Angebot? Denn ich vergrabe mich gern tief in dir und bringe dich noch mal zum Höhepunkt, bevor ich selbst die süße Erlösung spüre.«

Ihr klappte der Mund auf.

»Zu viel, hm? Entschuldige.« Er stützte sich auf die Hände, doch sie packte ihn am Kragen. Ein verschmitzter Ausdruck blitzte in ihren Augen auf.

»Hast du ein Kondom dabei?«

»Mir gefällt, worauf du hinauswillst.« Er klopfte auf seine Brieftasche. »Zufällig habe ich mich für meine sehr feurige

Freundin ausgerüstet.« Er spähte aus dem Fenster.

»Ist jemand draußen?«

»Niemand zu sehen.«

Sie zog ihn in einen feuchten und wilden Kuss. Sie versuchten nicht mal, sich zurückzuhalten, als sie einander an den Hosen zerrten und sie nach unten schoben. In Sekundenschnelle hatte er sich das Kondom übergezogen und drang vollständig in sie ein. Trish zog sich um ihn herum zusammen und er stöhnte.

»Tu das«, befahl er. »Oft.«

Ihre Körper und Lippen trafen sich. Das Geräusch von Haut auf Haut, Seufzer und Flehen – *Härter. Mehr. So gut. Da!* – hallte von den Scheiben wider. Schweiß bildete sich auf ihrer Haut und pure Leidenschaft raste durch ihre ineinander verschränkten Gliedmaßen. Trish biss ihm in die Schulter und jagte einen köstlichen Schmerz über seine Brust, während sich die Leidenschaft wie eine Flut in seinem Körper ausbreitete. Boone hob sie am Hintern nach oben, um sie tiefer und härter zu nehmen.

»Ich komme gleich«, schrie sie. »Oh Gott!«

Er vergrub das Gesicht an ihrem Hals und stöhnte ihren Namen, während er sich seinem eigenen, schwindelerregenden Höhepunkt hingab.

Anschließend stützte er sich auf den Händen ab und betrachtete die sinnliche, liebevolle Frau unter sich. Er konnte kaum glauben, dass sie den Weg zueinandergefunden hatten.

Sie legten einen Zwischenstopp am Farmhaus ein, um die

Einkäufe wegzuräumen, zu duschen und Sparky mit Liebe zu überschütten. Boone hinterließ Jude eine weitere Nachricht. Er rief seinen Bruder Lucky an, um ihn zu bitten, herauszufinden, wo Jude sich versteckte. Trish fragte erneut, ob er nach Jude suchen wollte, aber Boone erklärte ihr, dass es wie die Suche nach der Nadel im Heuhaufen wäre.

Anschließend folgten sie der Wegbeschreibung auf dem Flyer zum Fluss, an dem das Musikfestival stattfand, und parkten auf einer kleinen Fläche auf dem Hügel. Die Musik führte sie durch den Wald hinunter zum Wasser. Der Geruch nach feuchter Erde und sorglosen Sommertagen hing in der Luft. Viele Menschen hatten sich am steinigen Ufer des Flusses versammelt, hielten rote Plastikbecher in den Händen und tranken Bier aus Fässern. Zwei Bands spielten an gegenüberliegenden Enden der kleinen Lichtung abwechselnd Coversongs und eigene Lieder, die Trish bisher noch nicht gehört hatte.

Zum Glück erkannte sie niemand und sie konnten den Nachmittag genießen. Sie tanzten, mischten sich unter die Leute und warfen sich flirtende Blicke zu.

Trish fiel auf, dass zwei vollbusige junge Frauen in abgeschnittenen Jeans-Shorts und Cowgirl-Stiefeln Boone beobachteten. Eine Welle der Eifersucht erfasste sie. Wenn Fiona hier wäre, würde sie sie damit aufziehen, denn Trish war eine wunderschöne Schauspielerin. Aber es war egal, ob die Frauen, die Boone musterten, heißer waren als sie oder nicht. Eifersucht war unberechenbar. Trish hatte bisher noch niemanden genug gemocht, um überhaupt eifersüchtig zu werden, doch wenn es um Boone ging, fuhr sie unwillkürlich die Krallen aus. Es juckte ihr in den Fingern, rüberzugehen und ihn mit einer öffentlichen Liebesbekundung für sich zu beanspruchen, und sie wusste, dass ihm das gefallen würde. Ihr war aufgefallen, wie sich seine Augen verdunkelten, wenn sie die Initiative ergriff, ob im Schlafzimmer, beim Kuscheln oder einfach nur beim Händchenhalten.

Eine der hübschen Gafferinnen warf sich die Haare über die Schulter und klimperte flirtend mit den Wimpern. Boone schenkte ihr ein einstudiertes, freundliches Lächeln. Es war das komplette Gegenteil des raubtierhaften, sinnlichen Lächelns, das er Trish eine Sekunde später zuwarf. Ihr Herz geriet ein wenig aus dem Takt, als er mit langen, entschlossenen Schritten auf sie zukam. Sein Blick vermittelte eine ganz klare Botschaft: *Sie dürfen gucken, aber nur du darfst mich anfassen.* Jeder seiner Schritte steigerte ihre Sehnsucht, in seinen Armen zu liegen. Ein warmer Schauer rann ihr über den Rücken.

»Hallöchen, meine Schöne«, begrüßte er sie mit der breiten Aussprache eines Countrysängers und schlang einen Arm um ihre Taille. »Kommst du öfter her?«

»Ich bin hier noch gar nicht *gekommen*«, stichelte sie. »Aber ich hatte auf dem Parkplatz um die Ecke meinen Spaß.«

Er küsste sie neben das Ohr und flüsterte: »Du bist ein unanständiges Mädchen.«

Sie war beeindruckt, wie schnell er in den Cowboy-Modus schalten konnte, und das brachte sie auf eine weitere Idee. Seit ihrem Gespräch war es Boone viel leichter gefallen, in seine Rolle zu schlüpfen, wenn sie die für ihn schwierigen Szenen probten. Sie selbst hatte vollstes Vertrauen in seine Fähigkeiten, wusste aber, dass er nicht ganz so überzeugt war. Sie musterte ihn neugierig und dachte darüber nach, wie er seine schauspielerischen Fähigkeiten auf die nächste Stufe bringen und wirklich annehmen konnte.

»Dein unanständiges Mädchen hat eine Idee.« Sie grinste ihn an, denn sie wusste, dass er die Vorstellung hassen würde, vor Publikum zu proben, aber wie konnte er sich seine Kunst besser zu eigen machen, als einfach ins kalte Wasser zu springen?

»Wenn es so eine Idee ist wie im Auto, bin ich dabei.« Hitze breitete sich in seinen umwerfenden Augen aus.

Grübelnd sah sie sich um. Sie könnte ihn bitten, einen Dialog in ihren Rollen zu spielen, wusste aber, dass er das ablehnen würde, hauptsächlich, weil sie dabei wie eine Drogensüchtige aussehen musste. Ihr Herzschlag beschleunigte sich, während sie darüber nachdachte, einfach in ihrer Rolle auf den Boden zu fallen, damit er keine andere Wahl hatte, als einzuspringen.

Er beugte sich näher zu ihr. »Was bedeutet dieser Ausdruck in deinen Augen?«

Ich sammle den Mut, um schlagartig zu einer zugedröhnten Delia zu werden. Sie lächelte ihn unschuldig an. »Welcher Ausdruck?« Bevor er antworten konnte, fügte sie hinzu: »Tut mir leid, aber ich bin Delia.« Anmutig fiel sie zu Boden und spürte Boones eiskalte Ausstrahlung.

»Himmel, Trish«, zischte er, während sie ausdruckslos nach oben starrte. Er ging neben ihr in die Hocke. »Was soll ich denn jetzt machen?«, fragte er mit gedämpfter, verärgerter Stimme und einem Hauch von Verlegenheit.

Um nicht aus der Rolle zu fallen, vermied sie seinen Blick und wartete mit pochendem Herzen, während sie ihn innerlich anfeuerte. Leicht zitternd nahm er ihre Hand.

»Wie konntest du das tun?« Er fluchte leise. »Nach allem, was wir durchgemacht haben. Nachdem wir es so weit geschafft haben?«

Sie wollte ihm zujubeln, weil er die Emotionen so toll auf den Punkt brachte, aber er schlug sich so gut, dass sie die Sache nicht unterbrechen wollte. Reglos lag sie da, während er sie in seine Arme nahm. Ihr Kopf rollte nach hinten, doch sie erkannte gerade noch so seinen gequälten Gesichtsausdruck. Ihr Herz schmerzte beim Anblick der tiefen Emotionen. Sicher war ein Teil der Qual der Tatsache geschuldet, dass er ohne Vorwarnung in diese Situation gestoßen worden war, aber es funktionierte. Langsam bemerkten die Leute sie und versammelten sich um sie herum, während Boone sie fester an sich zog und ihren schlaffen Körper an seine Brust drückte.

»Verdammt noch mal, Baby. Stirb mir jetzt nicht weg. Wag es nicht, zu sterben!«, brachte er zwischen zusammengebissenen Zähnen hervor und jedes eindringliche Wort traf sie direkt in die Brust.

»Hey, Kumpel. Soll ich den Notruf wählen?«, fragte ein Mann.

Plötzlich machte sich Panik über die möglichen Schlagzeilen in ihr breit – *Schauspielerin Trish Ryder wird auf Flussparty ohnmächtig* – aber sie würde jetzt keinen Rückzieher machen. Nicht, wenn Boone eine so fantastische schauspielerische Leistung zeigte.

Boone legte eine Hand an ihren Hinterkopf und drückte ihr Gesicht an seine Schulter. »Nein. Ich kümmere mich um sie, danke.«

»Geht es ihr gut?«, fragte eine Frau. »Ist sie ohnmächtig geworden?«

»Sie ist … Also … Ja«, log er. »Sie ist ohnmächtig geworden, aber ich habe alles im Griff.« Er eilte den Hügel hinauf. »Verdammt, Delia, wag es nicht zu sterben.« Jedes seiner Worte war so leise, dass es Trish mit donnernder Kraft traf, für die anderen jedoch nicht zu hören war. »Wag es nicht, mir wegzusterben.« Seine Stimme brach, als er schneller wurde und zum Auto rannte.

Trish hörte, wie ihnen schnelle Schritte folgten. »Hey! Ist sie betrunken? Krank?«, rief ihnen eine Frau nach. »Ich bin Krankenschwester. Vielleicht kann ich helfen.«

»Himmel«, murmelte er.

Trish schlang die Arme um seinen Hals und bemerkte die dunkle Frustration in Boones Augen, der eine Sekunde später ein Hauch von Belustigung folgte.

»Mir geht's gut«, antwortete Trish leicht benommen. »Ich habe seit heute Morgen nichts mehr gegessen. Wie dumm von mir.« Sie schenkte der Fremden einen freundlichen Augenaufschlag und fuhr mit einer Hand durch Boones Haare. »Mein Schatz hat mir den ganzen Tag gesagt, dass ich was essen soll, aber, nun ja, wir sind frisch verheiratet und ich vergesse einfach alles außer ihm.« Sie richtete sich ein Stück auf und küsste Boones Wange.

»Bist du sicher, Liebes?«, fragte die Frau.

»Oh, ja, danke. Außerdem …« Sie senkte die Stimme zu einem Flüstern. »… bin ich schwanger. Wir haben es heute Morgen erst erfahren, deshalb war ich zu aufgeregt, um etwas zu essen.«

Boone riss die Augen noch weiter auf.

»Nicht wahr, Liebling?«, fragte Trish so süß wie möglich.

»Klar«, murmelte er und fuhr dann lauter fort. »Ja. Haben es gerade erst erfahren. Ich bringe sie direkt nach Hause. Danke, aber sie ist jetzt in guten Händen.« Er wandte sich von der Frau ab und ging schnell in Richtung Auto. »Schwanger?«, flüsterte er.

»Okay, in dem Fall alles Gute!« Die Frau rannte zum Fluss zurück und winkte dabei. »Sie ist schwanger!«

Trish brach in hysterisches Gelächter aus. »Bitte bring mich nicht um.«

»Oh, und wie ich das tun werde. Schwanger?« Er setzte sie auf der Motorhaube ab und küsste sie innig. »Schwanger?«

Erneut musste sie laut auflachen. »Immerhin hab ich gesagt, dass wir verheiratet sind, anstatt zu behaupten, du wärst mein Bruder oder so was.«

»Bruder?« Er lachte. »Du bist verrückt und penetrant und hast mich in eine wirklich schwierige Lage gebracht. Ich sollte dich hassen, aber …« Sein Blick wurde heiß. »Hast du eine Ahnung, wie sehr ich dich mag?«

Sie rutschte nach vorn, schlang die Beine um seine Taille und hielt die Hände ungefähr zwanzig Zentimeter auseinander. »Ungefähr sooooo sehr.«

»Hey! Es sind locker fünf Zentimeter mehr.« Er ließ seine Finger in ihre Haare gleiten und zog sie in einen langen, gemächlichen Kuss, der eine Ewigkeit anzudauern schien und ihnen beiden den Atem raubte.

»Mmh. Du verdienst eine Auszeichnung.«

»Für den Kuss?«

»Dafür, dass du die Szene wie ein Profi hinbekommen hast.« Sie zog ihn wieder an sich. »Jetzt küss mich noch mal, du falscher Erzeuger.«

In dem Moment, in dem sich ihre Lippen trafen, klingelte Boones Handy. Er zog es aus der Tasche und wurde leichenblass. »Es ist Jude.«

Fünfzehn

Boone stopfte seine Klamotten in einen Koffer. Er hatte Harvey und Honor bereits angerufen, um ihnen mitzuteilen, dass er von Jude gehört hatte und auf dem Weg nach Hause war, um sich mit ihm zu treffen. Außerdem hatte er seine Mutter angerufen. Sie war für seine Freunde in ihren dunkelsten Stunden der sichere Hafen gewesen, und wenn er Jude auch nur annähernd kannte, würde er jetzt, da er bereit für Hilfe war, noch vor Ende der Nacht bei seiner Mutter aufschlagen.

Er schloss den Koffer und dachte an Destiny. Hätte sie sich doch nur vor all den Jahren an seine Mutter gewandt. Aber ihr Misstrauen gegenüber Erwachsenen war stärker gewesen als ihr Verlangen, clean zu werden.

»Ich bin bereit.«

Boone wirbelte herum. Trish stand mit ihrem Koffer in der Hand in der Tür und hatte sich eine große Tasche über die Schulter geschlungen. Sein Magen verknotete sich. »Wofür?«

»Na, um dich zu begleiten, was sonst.« Sie lächelte strahlend.

Seine Erleichterung und Sorge über Judes Anruf hatten ihn so vereinnahmt, dass er gar nicht darüber nachgedacht hatte, dass Trish möglicherweise mitkommen wollte. Er stellte seinen

Koffer an die Tür und zog sie an sich. »Es tut mir leid, meine Schöne, aber du kannst nicht mitkommen.«

»Kann nicht oder du willst nicht, dass ich dich begleite?« Sie verengte die Augen und er bezweifelte nicht, dass sie die Antwort bereits kannte.

»Es ist nicht so, dass ich dich nicht bei mir haben will«, erklärte er. »Es wird nicht schön werden. Jude ist vollkommen zugedröhnt und hat sich mit Gott weiß wem in irgendeinem Loch verkrochen. Ich weiß nicht, ob er noch da ist, wenn ich komme, oder wer bei ihm ist. Ich möchte dich nicht in dieser Umgebung wissen.«

»Ich dachte mir schon, dass du das sagen wirst. Aber du hast nicht bedacht, dass ich nicht will, dass *du* dich allein in diese Situation begibst.« Sie stellte sich auf die Zehenspitzen und drückte ihm einen festen Kuss auf die Lippen. »Es gibt nichts, womit ich nicht klarkomme, und letztendlich will ich für dich da sein, nachdem du für Jude getan hast, was auch immer nötig ist. Du stehst auf meiner Liste, schon vergessen?«

Wie konnte er das vergessen? Es bedeutete ihm die Welt und er wollte so lange auf dieser Liste stehen, wie sie ihn ließ. »Das ist was anderes.«

»Nein, ist es nicht«, widersprach sie entschlossen. »Unzertrennlich wie Zwillinge, erinnerst du dich? Wohin du gehst, gehe auch ich und umgekehrt. Wir müssen nicht mehr viele Szenen proben, also können wir den Film in Nullkommanichts beenden, sobald die Crew hier ist.«

Der Film. War das alles, worum es hier ging? Schmeichelte sie sich wegen dieses Films bei ihm ein? Hatte sie es die ganze Zeit über getan? Sein Verstand stürzte sich auf diese Idee und spann sie weiter, denn warum würde ein Filmstar wie Trish sonst einen Junkie in den Gossen von New York retten wollen?

Himmel, warum würde sie sich zehn Tage in einem Farmhaus einschließen lassen? *Ich bin so ein Idiot.*

Er nahm seinen Koffer und marschierte mit Trish im Schlepptau die Treppe hinunter.

»Es wird dir keinen Oscar einbringen, wenn du mich begleitest.«

Sie stellte ihren Koffer mit einem lauten Knall am Fuß der Treppe ab. »Das war unter der Gürtellinie. Und grausam.« Die Qual in ihrer Stimme war nichts im Vergleich zu dem Kummer in ihrem Blick. »Deine Gefühle für mich werden nicht verschwinden, nur weil du wegläufst.«

Verdammt. Na schön, er war ein Idiot. Er stellte den Koffer ab und zog sie in seine Arme, erstaunt über ihr Ungestüm und seine Dummheit, auch nur darüber nachzudenken, dass ihre Gefühle nur gespielt sein könnten. Sie versuchte, ihn von sich zu stoßen, aber er hielt sie fester.

»Es tut mir so leid, Baby. Ich hab nicht nachgedacht. Oder habe zu viel nachgedacht. In meinem Kopf herrscht gerade absolutes Chaos. Alles in mir läuft auf Hochtouren, weil ich bei Jude sein will, bevor er etwas Dummes tut oder wieder abhaut.« Er sah ihr tief in die Augen und Schmerz durchbohrte sein Herz. »Erinnerst du dich, wie ich gesagt habe, dass ich es vermasseln werde?«

Ein leichtes Lächeln zeigte sich auf ihrem Gesicht, obwohl der verletzte Ausdruck in ihren Augen blieb. »Du bist ein Mistkerl, weißt du das? Wie kannst du denken, dass ich mir um einen Oscar Gedanken mache, nachdem wir uns so nahegekommen sind?«

»Weil ich ein Idiot bin.« Er drückte ihr einen Kuss auf die Stirn und hörte ein Maunzen. Sparky streckte den Kopf aus der Tasche über ihrer Schulter. »Du hast Sparky eingepackt?«

»Im Gegensatz zu dir lasse ich niemanden zurück, der mir etwas bedeutet.«

Er umarmte sie und atmete tief ein. »Du bedeutest mir sehr viel. Und er auch. Ich möchte dich nur nicht in der Nähe dieses Albtraums haben.«

»Vertrau mir, Boone. Was du wirklich nicht willst, ist, mir vorzuschreiben, was ich zu tun oder zu lassen habe. Ich bin nicht sehr liebenswert, wenn ich wütend bin.«

Er nahm ihre Hand. »Ich habe die Vermutung, dass es nichts gibt, was dich weniger liebenswert machen könnte. Bist du sicher, dass du das tun willst? Ich fahre nach New York und wenn ich Jude zu einem Entzug überreden kann, wird Harvey ihn dorthin bringen. Ich bin zu bekannt und das kann Jude nicht gebrauchen. Aber es könnte eine zermürbende Nacht mit Suchen und Auseinandersetzungen und wer weiß was noch werden.«

Erneut stellte sie sich auf die Zehenspitzen und küsste ihn. »Deshalb habe ich Jeans und Turnschuhe an. Damit ich rennen, tough aussehen und dir den Rücken stärken kann.«

Er würde ihr nicht sagen, dass eine wunderschöne, elfenhaft zarte Frau wie sie, egal wie tough, ihm an dem Ort, an den sie gingen, keinen Schutz bieten konnte. Oder dass er sie, wenn es nach ihm ging, bei seiner Mutter absetzen würde, damit sie sicher war. Doch als sie ihn mit dem Selbstbewusstsein einer dreimal so breiten und starken Person ansah, wusste er, dass er falschlag. Sie bot ihm Schutz vor sich selbst – und seiner Fähigkeit, die Leute wegzustoßen.

Es würde kein einfacher Ausflug werden, aber dank ihr an seiner Seite möglicherweise ein erträglicher. Er musste nur herausfinden, wie er sie schützen konnte.

Einige Stunden später fuhren sie über die dunklen, verlassenen Straßen der Gegend, in der er aufgewachsen war. Boone war an das unmittelbare und intensive Gefühl der Vorsicht und des Unbehagens gewohnt, das seine Haut prickeln ließ und sich zu einer Art Rüstung verhärtete, wann immer er in sein altes Viertel zurückkehrte. Aber heute Nacht war dieses Gefühl noch umfassender, weil er heute auf Trish aufpassen musste. Sie betrachtete die alten Wohngebäude, von denen eines schlimmer aussah als das andere, und zog angespannt die Schultern nach oben, während sie schützend eine Hand auf Sparky legte, der auf ihrem Schoß schlief. Die fehlenden Fenster wirkten wie schwarze Augen in verwirrten und abgewetzten Backsteingesichtern. Graffiti verunstaltete die baufälligen Gebäude. Kaputte und widerliche Möbel standen auf den rissigen und schmutzigen Gehwegen. Eine verdächtig aussehende Gruppe Jugendlicher drängte sich auf einer Treppe zusammen.

»Hier bist du aufgewachsen?«, fragte Trish ohne einen Anflug von Verurteilung in der Stimme.

»In der Nähe«, antwortete er. Sein Handy klingelte und das Foto seiner Mutter erschien auf dem Display. Er nahm den Anruf an und beobachtete, wie Trish die Straßen musterte, die mit Sicherheit das komplette Gegenteil von der Gegend waren, in der sie aufgewachsen war.

»Hi, Liebling«, begrüßte ihn seine Mutter. »Jude ist hier.«

Sorge und Erleichterung kämpften um die Vorherrschaft. »Geht's dir gut? Geht es ihm gut?« Er wandte sich an Trish und sagte »Halt dich fest«, ehe er scharf wendete und schnell zum Haus seiner Mutter fuhr.

»Es geht ihm gut«, antwortete seine Mutter. »Er ist erschöpft und hat sich in Luckys Zimmer hingelegt. Der arme Junge, er braucht Hilfe.«

»Mom, wo ist Lucky? Ist bei dir alles in Ordnung? Ich bin

in weniger als zehn Minuten da.« Es gefiel ihm nicht, dass seine Mutter mit jemandem allein war, der auf Drogen war, und obwohl er Jude vertraute, würde er sich besser fühlen, wenn Lucky auch anwesend wäre.

»Oh, Schätzchen, du weißt, dass Jude mir niemals wehtun würde. Mir geht's gut.« Sie seufzte. »Und Lucky? Ich weiß es nicht. Auf der Arbeit? Mit Freunden unterwegs? Du weißt, dass er gerade in diesem Alter ist.«

Ja, in dem selbstbezogenen, unverlässlichen Alter. Boone konnte es nicht erwarten, dass er aus dieser Phase herauswuchs. »Okay, lass Jude in Ruhe. Nur für den Fall. Ich komme, so schnell ich kann. Kannst du Harvey und Honor anrufen und ihnen sagen, dass er bei dir ist und ich sie anrufe, sobald ich mit Jude gesprochen habe?«

»Natürlich.«

»Danke. Hab dich lieb.«

Nachdem er aufgelegt hatte, begegnete er Trishs interessiertem Blick. »Jude ist bei meiner Mom.«

»Das ist gut, nicht wahr? Zumindest ist er in Sicherheit.«

Er nahm ihre Hand. »Ja, das ist gut. Er vertraut meiner Mom und das bedeutet, dass er wirklich Hilfe will. Danke, dass du mich nicht in die Wüste geschickt hast, weil ich vorhin so unüberlegt war. Ich bin froh, dass du mitgekommen bist.«

»Du bist nicht sauer, weil ich so penetrant war?«

»Nein, meine Schöne. Ich bin auf mich selbst wütend, weil ich dachte, dass ich dich von diesem Teil meines Lebens fernhalten müsste.«

Wenn Trish vor ein paar Minuten, als sie durch die gefährlich aussehenden Straßen gefahren waren, geglaubt hatte, nervös zu sein, hatte sie sich getäuscht. Die Vorstellung, Boones Mutter kennenzulernen, löste ein unangenehmes Kribbeln in ihr aus.

»Bist du sicher, dass Sparky im Auto klarkommt? Ich kann hier draußen mit ihm warten«, schlug sie vor, während sie zum Haus seiner Mutter liefen. Boone sah genauso nervös aus wie sie, aber sie wusste, dass es an seiner Sorge um Jude lag.

»Er hält das aus, bis wir Jude untergebracht haben. Dann bringen wir ihn rein.« Er stieß die Tür auf und stürmte hinein. »Mom?«

Trish musterte die gemütliche Einrichtung. Holzfußböden führten vom Flur aus in ein aufgeräumtes Wohnzimmer. Zwei rote Sofas bildeten eine kleine Ecke vor einem Fernseher und zwei Bücherregalen. An einem der beiden kleinen Fenster stand ein hölzerner Schaukelstuhl. Die bunten Deko-Kissen passten zu den hübschen Blumenvorhängen. Fotos standen auf jeder freien Fläche und schmückten die Wände. Fotos von Boone und, wie sie vermutete, seinen Geschwistern, sowie von einem jungen Pärchen, das nur Boones Eltern sein konnte. Es war erstaunlich, wie sehr Boone seinem Vater ähnelte, mit denselben tief liegenden, ausdrucksstarken Augen, dem gemeißelten Kinn und dem großen, breiten Körperbau.

»Schh. Jude ruht sich aus.« Eine große, schlanke Frau kam den Flur hinuntergeeilt. Ihre strahlend braunen Augen musterten Boone, dann schlang sie die Arme um seinen Hals. »Schatz. Ich bin froh, dass du hier bist.«

»Wie geht es ihm?« Boone spähte den Flur hinunter.

»Er ist am Ende, möchte aber Hilfe.« Seine Mutter berührte seine Wange. »Mit den Stoppeln siehst du aus wie dein Vater.« Sie drehte sich in dem Moment um, in dem Boone nach Trishs

Hand griff. Seine Mutter runzelte die Stirn, aber als ihr Blick auf ihre verschränkten Hände fiel, machte die Verwirrung einem freudigen Lächeln Platz.

»Trish, das ist meine Mom, Raine Rekyrts. Mom, das ist Trish Ryder, meine Freundin.«

»Freut mich, Sie kennenzulernen«, sagte Trish.

Raine legte sich eine Hand auf den Mund, wodurch sie ihr hübsches Lächeln verbarg, und flüsterte: »Freundin?« Voller Freude und gleichzeitig ungläubig sah sie Boone an und breitete die Arme aus, um Trish an sich zu ziehen. »Entschuldige bitte, dass ich so überrascht bin. Seit ihr angefangen habt, zusammen zu drehen, erzählt er ununterbrochen davon, wie talentiert du bist und wie sehr er sich über die Zusammenarbeit freut, aber ich hatte keine Ahnung, dass ihr zusammen seid.«

Trish genoss das unerwartete Kompliment.

»Ich hätte es dir sagen sollen, aber es war in letzter Zeit etwas hektisch.« Boone küsste Trishs Wange und deutete den Flur hinunter. »Kommt ihr zwei klar, wenn ich nach Jude sehe?«

»Natürlich. Geh.« Raine fasste Trish am Arm, als Boone im Flur verschwand. »Die Küche ist hier. Schokolade, Tee und Klatsch sind frisch vom Fass. Okay?«

Trish lachte. Die warme und offene Art seiner Mutter war ihr sofort sympathisch. »Klingt perfekt. Glauben Sie, dass es Jude gut geht?«

»Jetzt schon, wo Boone hier ist.« Raine stellte einen Teekessel auf den Herd. »Boone wird wissen, was zu tun ist.«

Wenn es um andere ging, schien er immer zu wissen, was zu tun war. Er war für jeden der Anker und Trish war froh, dass sie hier war, um dieser Anker für ihn zu sein.

Ungestellte Familienfotos und Schnappschüsse hingen in auffälligen, bunten Rahmen an der Wand. Weiße Schränke säumten zwei Wände und in einer Ecke stand ein altmodischer Holzherd neben einem gemütlich aussehenden Sessel für zwei und einer Sitzbank.

»Meine Leseecke«, erklärte Raine, während sie den Kühlschrank öffnete und ein Tablett mit köstlich aussehenden Schoko-Trüffeln herausnahm. »Boone hat mir den Herd im letzten Winter eingebaut und Cage und Mags haben mir den Lesesessel geschenkt.« Sie legte die Pralinen auf einen Teller und stellte ihn auf den runden Küchentisch. »Siehst du den Kratzer im Boden? Der verrät, dass Lucky versucht hat zu helfen.« Sie lachte und selbst ihr Lachen drückte die Liebe für ihre Kinder aus. »Er ist so klug, wenn es um Computer und Zahlen geht, aber ich glaube, Boone und Cage haben das ganze Talent in Sachen Handwerken für sich gepachtet.«

»Jede Familie hat einen Lucky. Bei uns wäre das vermutlich mein Bruder Jake. Er liebt die Natur und hat als Kind immer Schlangen, Frösche und Eidechsen mit nach Hause gebracht.« Trish verdrehte die Augen und setzte sich an den Tisch. »Aber er hasst alles, was ihn einengt. Ein bisschen wie Boone.«

»Meine Jungs sind definitiv ruhelose Seelen. Kommst du aus einer großen Familie?«

»Mhm. Ich habe fünf Brüder. Ich bin knapp außerhalb der Stadt aufgewachsen. Meine Eltern wohnen noch dort.« Sie wusste, dass sie keine Schokolade essen sollte, damit sie nicht so kurz vor dem Dreh das Risiko zuzunehmen einging, aber sie konnte nicht widerstehen. »Die sehen köstlich aus. Danke, dass Sie sie mit mir teilen.«

»Gern doch.« Raine zog sich einen Stuhl heran und nahm eine der himmlischen Pralinen. »Hmm. Mittlerweile koste ich nicht mehr viel von dem, was ich mache, aber wer kann Schokolade widerstehen? Ich koche unheimlich gern. Wenn ich nicht bei Maggie in ihrem Catering-Service arbeite oder in der Epson putze, tue ich genau das. Na ja, entweder ich koche oder lese. Oder beides. Meistens tatsächlich beides.« Sie biss von dem Trüffel ab.

»Das erklärt Boones Liebe zum Kochen.«

»Ich glaube, das hatte weniger mit mir und viel mehr mit seinem Vater zu tun. Es war ihr Ding, an den Wochenenden ein Festmahl zu kochen. Wir hatten nie viel, aber am Wochenende gab es immer ein großes Frühstück und meistens waren Boones Freunde dann bei uns.« Sie betrachtete ein Foto von einem jungen Boone und seinem Vater, das in der Nähe des Lichtschalters hing. »Das sind Boone und Jerry. Boone hat seinem Vater nach der Arbeit immer bei den nötigen Reparaturen am Haus geholfen.«

»Sie müssen ihn sehr vermissen.«

»Es vergeht kein Tag, an dem er mir nicht fehlt. Aber er ist immer noch hier, in diesen Wänden und in meinen Kindern.« Ihr Gesichtsausdruck wurde wärmer. »Boone erinnert mich an ihn. Er ist selbstbewusst und ein Beschützer. Als wäre er dafür geboren, sich um Menschen zu kümmern. So war sein Vater auch. Mein Alltagsheld. Er hat unserer älteren Nachbarin Mrs. Carther über die Straße geholfen, als er von einem betrunkenen Fahrer erfasst wurde.« Ihre Augen wurden feucht. »Aber darüber möchte ich nicht reden.«

»Das mit Ihrem Mann tut mir sehr leid. Und ich höre gern von ihm und Boone und Ihrer Familie.«

Raine verschränkte die Arme auf dem Tisch und beugte sich näher zu Trish. Ihre Haare fielen ihr über die Schultern. »Du musst selbst ein Familienmensch sein, wenn sich Boone dir gegenüber geöffnet hat. Er schützt sein Herz ebenso wie seine Freunde.« Sie drückte sich eine Hand auf die Brust und schluckte schwer. »Entschuldige. Ich hätte wissen müssen, dass ich um diese Zeit keine Schokolade mehr essen sollte. Sie macht mich jedes Mal fertig.«

»Sind Sie sicher, dass es Ihnen gut geht?«

Sie winkte ab. »Natürlich. Auf diese Weise sagt mir mein Körper, dass ich nicht so viel Süßes essen soll. Erzähl mir von deiner Familie.«

»Wir stehen uns sehr nah, aber ich bin auch sehr penetrant, was wahrscheinlich der wirkliche Grund ist, warum sich Boone mir gegenüber geöffnet hat. Irgendwie habe ich ihm keine andere Wahl gelassen.«

Seine Mutter lachte. »Du bist ganz genau das, was er braucht.«

Hoffentlich stimmte das. Mit seiner Mutter in seinem Elternhaus zu sein, gab ihr das Gefühl, als wären sie von den beängstigenden Straßen abgeschottet, durch die sie vorhin gefahren waren. Der Familiensinn und die Liebe hier waren ebenso stark und lebendig wie bei ihrer Familie. Kein Wunder, dass Boone nicht vergessen wollte, wo er herkam, und seine Mutter nicht gehen wollte.

»Ich will alles über euch beide wissen«, flüsterte Raine, als wären sie die besten Freundinnen. »Er hat noch nie eine Freundin mit nach Hause gebracht. Nicht mal als Teenager. Als die meisten Jungs ihre Freundinnen heimlich in ihre Zimmer geschleust haben, hat Boone auf Honor aufgepasst, mit Jude Musik gemacht oder dafür gesorgt, dass es mir gut geht.« Sie schüttelte den Kopf, als könnte sie kaum glauben, wie ihr Sohn seine Jugend verbracht hatte.

Die Haustür öffnete sich und ein älterer Mann mit dichten Haaren und freundlichen, dunklen Augen grüßte sie mit einem Winken und kam zu ihnen.

Raine stand auf. »Das ist Harvey Bauer, Boones Agent und ein Geschenk des Himmels für unsere Familie.«

»Hi, Raine.« Harvey umarmte sie. Dann reichte er Trish die Hand. »Trish, ich bin Harvey Bauer. Boone hat mich vor einer Weile angerufen und erzählt, dass ihr hier seid. Es freut mich, dich endlich kennenzulernen. Ich hoffe, dass er dich in diesem Farmhaus nicht in den Wahnsinn treibt.«

»Er macht mich verrückt, aber nicht im schlechten Sinn«, erwiderte sie lächelnd. »Er macht das mit der Rolle unglaublich und hat sich wirklich gewandelt.«

Harvey lächelte. »Zweifellos ist das alles dir zu verdanken. Ich weiß, dass es ihm wichtig ist, gute Arbeit zu leisten. Er respektiert dein Schauspieltalent wirklich sehr.«

Ein weiterer, unerwarteter Schatz, den Trish hegen würde.

Harvey betrachtete die Schokolade. »Wie ich sehe, warst du fleißig.«

»Bedien dich, aber erzähl Victory nicht, dass ich gesehen habe, wie du welche davon gegessen hast.« Raine sah zu Trish. »Seine Frau versucht, seinen Cholesterinspiegel zu senken, aber ich weiß, dass man sich besser nicht zwischen Harvey Bauer und Schokolade stellt.«

Ein paar Minuten später kam Boone in die Küche und entschuldigte sich, dass es so lange gedauert hatte. Harvey und er umarmten sich und unterhielten sich leise über Jude, bevor sie ihn einsammelten und ihm ins Auto halfen. Als Boone zurückkam, stellte er den Beutel mit Sparkys Sachen auf den Küchentisch und brachte das Kätzchen direkt zu Trish. Sie rieb mit der Nase über sein Fell und küsste seinen pelzigen kleinen Kopf.

»Ein Kätzchen!« Seine Mutter durchwühlte den Beutel und stellte beide Näpfe auf den Boden, ehe sie Trish das Kleine abnahm, als wäre es ein winziges Baby, und so hatte Trish die Arme frei, um Boone zu umarmen.

»Tut mir leid, dass es so lange gedauert hat, aber immerhin ist er bereit, sich Hilfe zu holen.« Er beugte sich nach unten und küsste sie. »Geht's dir gut?«

»Alles in Ordnung«, versicherte sie ihm. »Wir sind für Jude hier, also denk nicht so viel an mich. Die wichtigere Frage ist, wie geht es dir?«

Seine Lippen hoben sich zu einem nachdenklichen Lächeln. »So gut wie schon lange nicht mehr. Nicht nur, weil Jude Hilfe bekommt.« Er sah zu seiner Mutter, ehe sich der Blick seiner warmen Augen wieder auf sie richtete. »Dich hier zu sehen …«

Sie legte die Hände auf seine Brust. »Ich weiß. Es macht auch etwas mit mir. Zeit mit deiner Mom zu verbringen, Bilder von deiner Familie zu sehen und von deinem Vater zu hören. Selbst Harvey kennenzulernen, den Mann, der so viel für dich getan hat. Ich glaube, das alles lässt mich dir noch mehr verfallen.«

Das Dröhnen eines Motorrads unterbrach ihren innigen Moment.

»Lucky könnte deine Meinung darüber ändern«, sagte Boone kopfschüttelnd.

Es hörte sich an, als würde das Motorrad aufs Haus zukommen, dann verstummte es plötzlich, bevor die Hintertür aufflog und ein junger, dunkelhaariger Mann auftauchte. Er warf die Tür laut knallend hinter sich zu und rannte durch die Küche. »Ich war die ganze Nacht hier«, brüllte er und blieb darauf ruckartig neben seiner Mutter stehen. Er küsste ihre Wange und zog ein Taschenbuch aus der Innentasche seiner Lederjacke. »Hab dir was mitgebracht, Ma. Süßes Kätzchen.«

Sie schüttelte den Kopf und schenkte ihm ein warmes Lächeln. »Liebling, du bist so aufmerksam.«

Er sauste an Boone vorbei und klopfte ihm auf die Schulter. »Hey, Bruderherz.« Er sah Trish mit wackelnden Brauen an, ließ sich im Wohnzimmer aufs Sofa fallen und legte die Füße auf den Couchtisch, ohne vorher seine Stiefel auszuziehen.

»Was hast du jetzt wieder angestellt?« Boone setzte sich auf die andere Couch und zog Trish neben sich.

Es klopfte drei Mal laut an der Haustür. Sie sahen alle zur Tür hinüber und Boone fluchte leise.

Seine Mutter kam mit dem Schokoladenteller aus der Küche und sah Lucky finster an. »Eines Tages werde ich nicht hier sein, um für dich den Kopf hinzuhalten, Lucas Rekyrts.« Sie öffnete einem wütend aussehenden Polizisten die Tür.

Lucky lachte leise.

Der Gesichtsausdruck des Polizisten wurde weicher, als er ihre Mutter anlächelte. »Guten Abend, Raine. Entschuldige, dass ich dich so spät störe. Ich muss Lucky nur ein paar Fragen stellen.«

»Kein Problem, Officer Payne. Möchtest du reinkommen?« Sie winkte ihn herein und reichte ihm die Schokolade, als wäre er ein gern gesehener Gast. »Trüffel?«

»Du weißt, dass ich dazu nie Nein sagen kann.« Er nahm sich eine der Pralinen und biss ein Stück ab. »Mmh, perfekt, danke. Raine, du kennst mich schon, seit wir Kinder sind. Kannst du mich nicht Patrick nennen?«

»Nicht, wenn du in offiziellen Angelegenheiten hier bist«, erwiderte sie mit einem süßen Lächeln, das ihre Bewunderung für den attraktiven Mann in Uniform ausdrückte.

Der Officer nickte, als würde er das verstehen, und richtete seine Aufmerksamkeit auf Boone. »Ich wusste nicht, dass du in der Stadt bist.«

Boones Blick war eiskalt und galt seinem Bruder. Trish hatte den Eindruck, als würde sich so etwas nicht zum ersten Mal hier abspielen.

Boone sah den Polizisten etwas freundlicher an, obwohl sein Blick zwischen ihm und seiner Mutter hin und her huschte. »Ist nur ein Kurzbesuch.«

Der Officer nickte und betrachtete anschließend Trish neugierig. »Sind Sie nicht …?«

»Trish Ryder«, erwiderte Boone. »Trish, das ist Officer Payne. Er fährt in dieser Gegend Streife, seit ich ein Teenager war.«

Sie stand auf und schüttelte ihm die Hand. »Freut mich, Sie kennenzulernen.«

»›Raiders of the Past‹. Daher kenne ich Sie. Toller Film«, sagte Officer Payne. »Ich kann es nicht glauben. Die Jungs auf der Wache werden Augen machen.«

Trish errötete und Boone räusperte sich. »Sie ist mit mir zusammen.«

Oh, wie sie diese besitzergreifende Seite an ihm liebte.

Officer Paynes Gesichtsausdruck wurde wieder ernst. »Ja, dein Todesgriff um ihre Hand hat das deutlich gemacht.« Er zeigte auf Lucky. »Junge, wollen wir rausgehen?«

»Nicht wirklich«, antwortete Lucky.

Boone schob Luckys Füße vom Couchtisch. »Zeig etwas Respekt.«

Lucky straffte sich ein wenig. »Sie können das auch alles vor meiner Familie sagen.«

Officer Payne betrachtete Raine und knirschte einen Moment mit den Zähnen. »Es tut mir leid, Raine. Chastity ist dieses Wochenende vom College zu Hause und ich habe Lucky in ihrem Zimmer erwischt.«

»Stimmt nicht«, erwiderte Lucky gelassen.

»Lucky?« Raine hob die Brauen.

»Officer Payne, haben Sie mein Gesicht gesehen?«

»Nein«, antwortete der Officer scharf. »Ich hab deine Rückseite gesehen, als du aus ihrem Zimmerfenster gesprungen bist.«

Lucky nickte. »Also haben Sie zu keiner Zeit mein Gesicht erkannt.«

»Ich hab dich auf deinem Motorrad verfolgt.«

»Haben Sie das?«, fragte Lucky herausfordernd. »Wo ist das Motorrad?«

»Lucky …«, mischte sich Boone ein.

»Okay«, gestand Lucky. »Ich war da, aber vollständig angezogen. Ich hab ihr mit den Hausaufgaben geholfen.«

»Sie ist im dritten Jahr am College und will Ärztin werden«, stellte Officer Payne klar. »Du wechselst ständig die Jobs und gerätst dauernd in Schwierigkeiten. Erst letzten Monat hast du dich ins State-Highway-Computersystem gehackt und ›Fahrt doch mal langsamer‹ auf die elektronischen Schilder geschrieben.«

»Das konnte nie zu mir zurückverfolgt werden«, murmelte Lucky. »Ich gehe vielleicht nicht aufs College, aber ich weiß eine Menge über den menschlichen Körper.«

Officer Payne trat einen Schritt vor und Lucky sprang auf. Boone schob sich zwischen sie.

»Lucky, setz dich hin«, befahl er. »Officer Payne, ich rede mit ihm.«

Er sah an Boone vorbei zu Lucky. »Du bist ein kluger Junge, hattest aber etwas mit jeder einzelnen Frau in dieser Gegend.« Er wandte sich an Raine, die eher belustigt als wütend aussah. »Es tut mir leid, Raine, aber sie ist mein kleines Mädchen.«

Raine hob die Hände. »Sie ist auch einundzwanzig. Vielleicht solltest du sie selbst entscheiden lassen, mit wem sie ihre Zeit verbringt.«

Officer Payne öffnete den Mund, um etwas zu erwidern, doch bevor er ein weiteres Wort herausbringen konnte, reichte Raine ihm einen weiteren Trüffel. »Schon okay. Es ist dein Job, ein Dad zu sein. Und es ist mein Job, Mom zu sein.«

Boone warf Lucky einen finsteren Wir-sind-noch-nicht-fertig-Blick zu und Trishs darauffolgendes Seufzen drückte aus, wie schnell sie sich in Boone und seine Familie verliebte. Verwirrung machte sich auf Boones Gesicht breit und als seine Mutter Officer Payne zur Tür brachte, zog Trish ihren Mann in ihre Arme. »Er ist jung. Er amüsiert sich und bricht nicht das Gesetz.«

»Und diese Frau«, warf Lucky ein und lächelte dabei schalkhaft, »solltest du behalten.«

Sechzehn

Am nächsten Morgen wachte Boone mit Sparky an seiner Schulter und Trish an seiner Seite in seinem alten Kinderzimmer auf. Sein Bruder hatte vielleicht den Spitznamen, aber Boone zweifelte nicht daran, dass er der glücklichste Mann in diesem Haus war. Trish und er hatten sich lange über Jude und darüber unterhalten, wie sehr sie Boones Familie mochte. Sie hatte ihm von ihren Brüdern Duke, Cash, Gage, Blue und Jake erzählt und wie nah sie sich standen. Die Sorge auf ihrem Gesicht, als sie von ihrem Bruder Gage und dessen unerwiderter Liebe für seine Freundin Sally berichtete, war deutlich gewesen. Und als sie erzählte, dass ihr Bruder Blue einen Pavillon für Dukes Hochzeit baute, stiegen ihr Tränen in die Augen. Es war nicht zu übersehen, wie sehr sie ihre Geschwister liebte, auch wenn sie sich über ihre Überfürsorglichkeit beschwerte.

Er legte das Kätzchen neben Trish und schlüpfte aus dem Bett, um zu duschen und einen Moment allein mit Lucky zu reden und ihm etwas Verstand einzubläuen, bevor Trish und seine Mutter aufstanden. Boone schlich den Flur hinunter, um ihn zu wecken. Es gab Morgenmenschen und es gab Nachteulen. Lucky gehörte zur seltenen Gattung der »Jederzeit-Menschen«, ebenso wie ihre Schwester Maggie. Egal, ob er eine oder acht Stunden geschlafen hatte, Lucky wachte immer mit einem ansteckenden Lächeln auf dem Gesicht und scharfem Verstand auf.

Mags und Cage trafen ein, als sie gerade Frühstück machten. Mags sah ihrer Mutter so ähnlich, dass sie Schwestern sein könnten, mit langen, lockigen Haaren in so vielen verschiedenen Blond- und Brauntönen, dass es aussah, als wären sie von der Sonne, dem Mond und den Sternen geküsst worden. Cage war eher ein ruhiger, grüblerischer Typ mit ernsten Augen und kurz geschorenen Haaren. Sie lachten und zogen einander auf, wie es nur Geschwister konnten, und als ihre Mutter und Trish dazustießen, mischten sie sofort mit. Mags und Trish verstanden sich auf Anhieb. Cage beobachtete all das mit seiner typischen Ruhe. Als Boone aufstand, um etwas wegzuwerfen, folgte Cage ihm.

»Es ist also ernst, ja?«, fragte er leise.

»Ja, ich denke schon.« Boone beobachtete, wie Lucky mit Trish flirtete. Er sollte nicht eifersüchtig auf seinen jüngeren Bruder sein, konnte aber das nagende Gefühl in seinem Bauch nicht leugnen, wann immer Lucky sie charmant anlächelte. Trish nahm das gelassen hin und ihrem verschmitzten Grinsen nach zu urteilen, war sie schon darauf vorbereitet, ihn später damit aufzuziehen.

Cages Gesichtsausdruck wurde nachdenklich. »Du guckst genauso wie Dad, wenn er Mom angesehen hat. Erinnerst du dich?«

Wie könnte ich das vergessen? Die stumme Botschaft hing zwischen ihnen. Bei dem Gedanken an Cages Vergleich musste Boone gegen eine Welle aus Emotionen ankämpfen, die sich in ihm aufbaute. »Danke«, brachte er hervor.

Mags und ihre Mutter bombardierten Trish in der Zwischenzeit unter anderem mit Fragen darüber, wie es war, Schauspielerin zu sein.

»Was dachtest du wirklich über Boone, bevor ihr zusammengekommen seid?« Mags warf Boone einen neckischen Blick zu.

Er stellte sich neben Trish. »Darauf musst du nicht antworten.«

Sie legte ihre Hand auf seine. »Ich hab ihn für einen unglaublich heißen Blödmann gehalten, der sich nur für sich selbst interessiert.« Sie hob seine Hand an ihre Lippen, küsste sie, bevor er zu lange über ihre Antwort nachdenken konnte, und fügte hinzu: »Aber jetzt weiß ich, wie falsch ich lag.«

Er beugte sich hinunter und küsste sie. »Danke, meine Schöne.«

»Du hast ihn für selbstbezogen gehalten?« Cage lachte. »Boone wüsste nicht mal dann, wie er sich über andere stellen soll, wenn du ihm eine Schritt-für-Schritt-Anleitung geben würdest.«

»Er wäre zu beschäftigt damit, auf alle anderen aufzupassen, um sie zu lesen«, warf Lucky ein, ehe er aufstand, um den Tisch abzuräumen.

»Was soll's.« Boone schüttelte den Kopf.

»Hast du von Harvey gehört?«, fragte seine Mutter, als sie alle aufstanden, um Lucky zu helfen.

»Ja. Jude ist in der Entzugsklinik. Du weißt, wie es läuft – eine Woche keine Besucher, eine lange Zeit im Entzug und dann fängt der schwierige Teil an.« Boone erinnerte sich an die tiefe Verzweiflung in Judes Augen und ihre verschwurbelten Gespräche. Ein Drogensüchtiger war eine Mischung aus einem sich entschuldigenden Kind und einem wütenden Erwachsenen, kombiniert in der Form einer verwirrten und sprunghaften

Person. Boone hatte ihm wegen seines selbstzerstörerischen Verhaltens und der Sorgen, die er ihnen bereitet hatte, die Hölle heißmachen wollen, da Jude doch so viel Grund für Dankbarkeit in seinem Leben hatte. Aber er liebte Jude wie einen Bruder und egal, wie oft sein Freund rückfällig wurde, Boone würde da sein, um ihm auf die Beine zu helfen. Trishs Worte hallten in seinem Kopf wider. *Eine Sucht ist mächtig und sobald sie einen im Griff hat, ist es ein Wunder, wenn man sich daraus befreien kann. Sie waren genauso machtlos wie du, nur anders.*

Sie konnten ihm auch noch die Hölle heißmachen, wenn er clean war und das Schlimmste hinter sich hatte.

»Manche Menschen würden sagen, dass du seine Sucht mit deinem Verhalten unterstützt«, stichelte Lucky.

»Ha!« Mags und Raine schüttelten den Kopf.

»Alter, hätte ich deiner Meinung nach weggehen und Jude sagen sollen, dass er auf sich allein gestellt ist?« Boone sah Lucky finster an. »Wenn er schon zu schwach ist, um überhaupt gegen die Sucht anzukämpfen, wie soll es dann helfen, wenn er damit allein ist?«

»Ich weiß nicht, aber wie soll er lernen, damit umzugehen, wenn du ihn jedes Mal aufhebst, sobald er fällt?« Lucky zuckte mit den Schultern und widmete sich wieder dem Abwasch.

»Sitzt da nicht jemand mit Steinen im Glashaus oder wie auch immer das Sprichwort heißt, Lucas?«, fragte ihre Mutter.

»Ich nehme keine Drogen«, witzelte Lucky.

»Nein, aber Boone und ich räumen ständig hinter dir auf.« Sie zwinkerte Boone zu.

Lucky drehte sich frech grinsend um und in seinen Augen schimmerte die Überheblichkeit eines unbesiegbaren Achtzehnjährigen. »Ihr würdet euch ohne mich doch schrecklich langweilen.«

Trish stellte lachend eine Saftflasche in den Kühlschrank.

»Warum lachst du?«, fragte Lucky.

»Weil du so aufgeblasen bist.« Trish verschränkte die Arme und hielt seinem Blick stand.

Boone beobachtete das Ganze amüsiert. Sein Bruder hatte keine Ahnung, mit wem er sich anlegte.

Cage trat neben ihn. »Das wird gut.«

Mags beugte sich zu Boone und flüsterte: »Ich liebe sie!«

Ja, ich glaube auch, dass ich in diese Richtung steuere.

»Du bist hier gestern Abend reinmarschiert und wusstest, dass es die Pläne deiner Mutter für ihren Abend vollkommen über den Haufen werfen wird«, sagte Trish zu Lucky. »Warum hast du dich nicht woanders versteckt?«

»Weil das mein Haus ist.« Lucky grinste.

»Stimmt. Aber es ist auch das Zuhause deiner Mutter. Bist du nicht hergekommen, weil du wusstest, dass sie dir den Rücken freihalten würde? Weil dieses Haus und deine Mom dein Sicherheitsnetz sind? Ich will nicht rummeckern. Du bist wirklich witzig und offensichtlich klug und nach allem, was ich gesehen habe, ein liebevoller Mensch. Aber komm schon. Du musst zugeben, dass du hergekommen bist, weil du wusstest, dass deine Mom für dich eintreten würde.«

Sie wandte sich an Raine. »Nichts für ungut. Ich fand den gestrigen Abend großartig. Dieser Polizist hätte das mit seiner Tochter und nicht mit euch klären müssen, aber ich versuche hier, ihm etwas zu verdeutlichen.«

»Tob dich aus«, erwiderte Raine mit einem belustigten – oder vielleicht sogar beeindruckten – Lächeln.

»Danke«, sagte Trish. »Lucky, wenn du meinst, dass Boone Judes Sucht mit seinem Verhalten unterstützt, betrachte es doch mal anders. Er versorgt Jude nicht mit Drogen, sondern lässt alles stehen und liegen, was er gerade tut, um Jude dabei zu helfen, gegen die Sucht zu kämpfen. Jude kann sich glücklich schätzen, ihn zu haben.« Sie nahm Boones Hand. »Hoffentlich ist Jude eines Tages stark genug, um zu erkennen, dass er nicht auf Drogen zurückgreifen muss, um diese Leere in sich zu füllen.«

Lucky starrte sie lange an und sah dann zu Boone. »Mann, warum hast du dir keine schüchterne Frau suchen können?«

Darüber mussten alle lachen.

»Du glaubst, sie wäre streng mit dir?«, neckte Boone ihn. Er zog Trish an sich und spürte dabei den warmherzigen Zuspruch seiner Mutter.

»Tut mir leid«, sagte Trish. »Ich kann etwas herrisch sein, aber ich habe sehr großen Respekt für Boone. Es gibt nicht viele Männer wie ihn und du könntest ein oder zwei Dinge von ihm lernen.«

»Danke, Baby. Das bedeutet mir viel, weil ich das von meinem Vater gelernt habe und gern glauben möchte, dass ich ihn stolz mache.« Boone neigte sich zu einem weiteren Kuss zu ihr.

»Boone«, sagte seine Mutter sanft. Die tiefen Emotionen in ihren Augen zusammen mit ihrem warmen Lächeln und dem bekräftigenden Nicken brachten eine weitere Welle aus Gefühlen mit sich.

Er räusperte sich, um trotz der Gefühle, die ihm die Kehle zuschnürten, zu antworten. »Ich glaube, Jude erkennt das so langsam. Als er dieses Mal den Drang hatte, sich das Kokain nicht nur durch die Nase zu ziehen, sondern es auch zu rauchen, hat er mich angerufen, anstatt sich zuzudröhnen. Das ist ein Fortschritt.«

Er sah Trish in die Augen und Worte tanzten durch seinen Kopf. *Ein Songtext.* Adrenalin schoss in seine Adern, als sich die

Worte in seinem Kopf ordneten. Jude war nicht der Einzige, der Fortschritte machte, und er wusste, dass er seine der Frau in seinen Armen zu verdanken hatte.

Er schnappte sich eine Serviette und einen Stift und ließ die Worte fließen.

»Was ist das?«, fragte Trish.

»Ein Song«, erwiderte er kryptisch und schrieb so schnell er konnte, um mit seinen Gedanken mitzuhalten. »Ein Song, Baby. Ein richtiger Song.«

Eine Weile später hatten Mags und Trish Handynummern ausgetauscht, und sie sammelten Sparkys Sachen ein, verabschiedeten sich und machten sich auf den Weg. Boone hatte das Gefühl, eine ganze Woche zu Hause gewesen zu sein. Er vermisste seine Familie und war froh, dass sie Trish kennengelernt hatten. Vor der Abfahrt hatte Mags ihm noch gesagt, dass er ein Idiot wäre, wenn er es vermasselte. Seine Mutter bat ihn, sich keine Sorgen um Lucky zu machen. Sie war sicher, dass er sich zusammenreißen würde, und fand, dass Boone lieber an sich selbst denken sollte. Das konnte er nicht sehr gut. Er griff über die Mittelkonsole und drückte Trishs Hand. Sie war gut darin, sich um andere und sich selbst zu kümmern. Nicht nur Lucky konnte ein oder zwei Dinge von jemand anderem lernen.

»Danke, dass ich dich begleiten durfte.« Trish lächelte ihn liebevoll an.

»Meine Schöne, ich bin machtlos dagegen, dir etwas abzuschlagen und es auch so zu meinen.«

»Das werde ich im Schlafzimmer definitiv zu meinem Vorteil nutzen.«

»Ich kann es nicht erwarten.«

»Es tut mir leid, dass ich Lucky gegenüber so aggressiv war. Ich mag ihn wirklich. Er erinnert mich an meinen Bruder Jake.

Er ist genauso dreist, und ich kann mir gut vorstellen, dass er als Teenager auch mal aus dem Fenster des einen oder anderen Mädchens gesprungen ist.«

»Was ist mit dir?«, fragte Boone. »Wie warst du als Teenager?«

»Ich habe fünf ältere Brüder. Was denkst du denn, wie ich war?«

Er zog sie für einen schnellen Kuss zu sich herüber.

»Wie die Frau, die sich durch einen Haufen Groupies gekämpft hat, um mir die Hölle heißzumachen? Ich würde meine beste Gitarre darauf verwetten, dass du unheimlich gerissen warst, und hätte dich damals sehr gern gekannt. Du hättest meine Tage um einiges heller gemacht.«

»Das denkst du nicht wirklich.« Sie strich mit den Fingern über seinen Nacken. »Du denkst, dass ich deine Nächte um einiges heißer gemacht hätte. Deine Mom hat mir erzählt, dass du nie Mädchen in dein Zimmer geschmuggelt hast, aber ich wette, dass du es versucht hättest, wenn wir uns damals gekannt hätten.«

»Und hättest du es zugelassen?«

»Wahrscheinlich nicht. Ich mag dich zu sehr und meine Brüder hätten dich umgebracht.« Grinsend fügte sie hinzu: »Ich hätte mir einen Ort ausgesucht, an dem sie nie nachgesehen hätten.«

Ihre Zweisamkeit endete drei Tage später, als die Crew frühmorgens auftauchte und mit den Vorbereitungen für den Dreh begann. Produktionsassistenten, Ausrüstungstechniker,

Bühnenbildner, Visagisten und verschiedene andere Crew-Mitglieder und Mitarbeiter trampelten über das Gelände, was den armen Sparky in Boones Schlafzimmer scheuchte, wo er sich in seinem Gitarrenkoffer versteckte. Das schöne natürliche Licht wurde von erdrückenden Filmscheinwerfern ersetzt, die das Farmhaus so aufheizten, dass es sich wie ein Gewächshaus anfühlte. Auf der Veranda hatten sie sich Abend für Abend näher kennengelernt und ihre Streitereien in aufrichtige Geständnisse verwandelt. Hier waren aus ihren ersten Küssen wundervolle Nächte voller Leidenschaft geworden. Dieser Ort und alles, was dort passiert war, hatte ihnen den Weg geebnet, um ihre Herzen füreinander zu öffnen. Und nun wurde ausgerechnet dieser himmlische Ort von viel zu vielen Menschen bevölkert. Auf einmal fühlte sich die Veranda klein und unzureichend an. Stimmen schallten von einem Ende des Gartens zum anderen, von der Veranda bis zur Küche, und hallten wie unsichtbare Eindringlinge von den Wänden wider.

Trish betrat die Küche, in der die Crew gerade ihre und Boones Habseligkeiten auf der Anrichte neu ordnete. Gestern Abend hatte Boone ein paar Blumen am Waldrand gepflückt und hübsch in einem Glas arrangiert. Das Glas stand nun leer neben der Spüle und ein Hauch von Schwermut erfasste Trish. Sie schoben den Tisch, auf dem sie beide sich geliebt hatten, an die Wand. Es fühlte sich beengend an – und sie wusste, dass Boone dieses Gefühl hasste. Sie unterdrückte den Drang, die Crew aufzuhalten. Es fühlte sich an, als würden alle in ihre Privatsphäre eindringen, obwohl das hier nicht ihr Haus war. Aber es fühlte sich so an. Überall hatten sie ihre Spuren hinterlassen: im Garten, wo sie einander das erste Mal in die Arme gefallen waren; auf der Veranda, wo sie gestritten und geprobt hatten und sich mit jeder Minute mehr ineinander verliebt hatten; die kleine Stelle am Fuß der Treppe, wo sie sich vor ihrer Abreise nach New York hitzig unterhalten hatten; auf der Couch im Wohnzimmer, auf die sie sich während des Gewitters fallen lassen und die Vertiefungen und Erhebungen ihrer Körper kennengelernt hatten. Der einzige Raum, den sie unberührt gelassen hatten, war Boones Schlafzimmer, weil dort Sparkys Reich war.

Normalerweise blühte Trish vor Vorfreude auf den Dreh auf, aber nun fühlte sich alles anders und falsch an, und sie wünschte sich, dass sie sich dem Kätzchen anschließen und sich verstecken könnte.

»Wie lief es mit dem mürrischen Sexgott-Schrägstrich-Rocker?«, fragte Zoe, eine der Setassistentinnen, sie im Vorbeigehen. »Habt ihr Fortschritte gemacht oder bestand eure Kommunikation hauptsächlich aus mürrischem Brummen und Augenverdrehen?«

»Er war toll«, antwortete Trish gedankenverloren. Wo war Boone eigentlich? Es war schon Nachmittag und sie hatte ihn seit heute Morgen nicht mehr gesehen, als er Harvey und seine Mutter angerufen hatte, um sich nach Jude und Lucky zu erkundigen. Seitdem hatte jeder etwas von ihnen gewollt. Die Szenen wurden besprochen, kleine Veränderungen am Drehbuch durchgegangen und schließlich hatten sie sich mit Chuck getroffen und ihm versichert, dass sie bereit für den Dreh waren.

»*Toll* im Sinne von, du bringst Chuck um, weil er dich zu zehn Tagen mit einem feiernden Aufreißer verdonnert hat?«, fragte Zoe. »Oder *toll* im Sinne von, du denkst, dass Boone seinen Beitrag leisten kann?«

Sie hatte vergessen, wie weit sie in der vergangenen Woche von neugierigen Blicken entfernt gewesen waren. Nicht nur, dass niemand außer Boones Familie und Fiona – vor zwei

Tagen hatte sie sie schließlich eingeweiht – von ihrer Beziehung wusste. Niemand hatte auch nur die leiseste Ahnung, dass sein Ruf eine von Boone und seinem PR-Team fein abgestimmte Mischung aus Lügen und Ablenkungsmanövern war, um sein Rocker-Image zu unterstreichen und die Privatsphäre seiner Familie zu schützen.

»Oh nein.« Zoe seufzte und zog aufgrund von Trishs Schweigen offensichtlich die falschen Schlüsse. »War er etwa ein Mistkerl?«

»Er ist kein Mistkerl.« Wut kroch in ihr hoch. Sie wollte das ganz klar machen und der Crew zeigen, dass sein Ruf nur eine Farce war. Aber das konnte sie nicht. Sie hatte kein Recht dazu, sein sorgfältig konstruiertes Bild zu zerstören.

»Ich muss gestehen«, flüsterte Zoe verschwörerisch, »dass einige von uns gewettet haben, dass er versucht, mit dir zu schlafen, und du ihm daraufhin den Kopf wäschst.«

Wer schließt denn Wetten auf das Liebesleben anderer Leute ab? Okay, sie und Fiona würden das tun. Und Shea. *Shea!* Sie musste ihrer PR-Agentin von ihrem neuen Beziehungsstatus erzählen, obwohl sie ziemlich sicher war, dass Fiona das schon übernommen hatte. Immerhin waren sie Schwestern. Nicht, dass Trish vorhatte, offiziell zu verkünden, dass Boone und sie zusammen waren, aber da sie nun wieder wie eine Schauspielerin und nicht wie eine verliebte Frau dachte, wusste sie, dass sie sich so weit wie möglich absichern musste. Wer wusste schon, mit welchen Medienreaktionen sie aufgrund von Boones nicht gerade strahlender Reputation und ihrem Ruf als anständiges Mädchen rechnen mussten.

»Aber ich hab mich für dich eingesetzt«, versicherte Zoe ihr. »Keine Sorge. Ich weiß, dass du hohe Ansprüche hast.«

Hohe Ansprüche? Sie wollte ihr sagen, dass Boone allen Ansprüchen gerecht werden würde und treuer und einfühlsamer war als jeder andere Mann, den sie kennengelernt hatte. Doch in dem Fall würde sie Fragen zu seiner Vergangenheit beantworten müssen – Klatschtanten wollten immer mehr, und sie hatte keine Lust, ihre Beziehung mit Boone in den nächsten Wochen verteidigen zu müssen. Es war besser, vornehm zu schweigen und gar nichts zu sagen. Aber die Antwort brannte unter ihrer Haut und schien sich mit Klauen und Zähnen befreien zu wollen. Sie ballte die Hände zu Fäusten und konzentrierte all ihre Frustration darauf, anstatt den Mund aufzumachen. Denn wenn sie das tat, gäbe es kein Zurück mehr. Jeder Promi hatte Erfahrung damit, wie die Presse alles verdrehen und falsch auslegen konnte, was zu monatelanger Spekulation und einem zerstörten Ruf führen konnte. Boone brauchte sein Rocker-Image und sie würde das respektieren, auch wenn es sie umbrachte.

»Na ja.« Zoe hielt inne, als würde sie darauf warten, dass Trish die Stille füllte. »Ich gehe besser zurück nach draußen, bevor jemand nach mir ruft.«

Trish war zu sehr in ihren eigenen Gedanken versunken, um zu antworten. Allerdings hatte sie nicht viel Zeit, vor sich hin zu brodeln, denn sie wurde in die Maske gerufen, um sich auf die erste Szene des Tages vorzubereiten.

Der Vorgarten war zu einem Meer aus Wohnwagen und Zelten geworden. Faszinierend, wie schnell sich eine friedliche Umgebung in eine vollkommen andere Welt verwandeln konnte. Bühnenbildner standen mit dicken, bunten Filzstiften vor großen Staffeleien und unterhielten sich über die Übergänge. Die Regiestühle und Tische voller Snacks und Getränke waren in einem abgeschirmten Zelt aufgestellt worden, in dem Frauen und Männer über ihre Headsets kommunizierten und sich ab und zu einen Happen in den Mund schoben. Sie entdeckte Boone, der mit dem Handy am Ohr über die Wiese lief. Ihr Puls beschleunigte sich und irgendwie schien sich gleichzeitig ihr Herzschlag zu verlangsamen. Sein Anblick brachte Ruhe in den chaotischen Sturm, der um sie herum tobte. Er hatte den Blick gesenkt. Sein Gesicht glich einer Maske aus Anspannung und Konzentration. Er hob einen Arm und rieb sich den Nacken, sodass seine farbenfrohen Tattoos sichtbar wurden. Sie warf dem Mann, der sie bei jeder Gelegenheit herausforderte und sie mit seiner Liebenswürdigkeit und Hingabe zu seiner Familie und seinen Freunden überrascht hatte, einen langen Blick zu. Dem Mann, der ihr Herz vollständig erobert hatte. Sie erinnerte sich an den Abend, an dem sie ihn mit Honor gesehen hatte, und ihr wurde klar, wie schnell und leichtfertig sie ihn falsch eingeschätzt hatte. Wie leicht es für andere war, seinen Ruf als Wahrheit zu akzeptieren.

Wie sollte sie sich in diesem neuen Terrain ihrer Beziehung zurechtfinden? Sie war immer so selbstsicher gewesen. Überzeugt, dass sie mit allem umgehen konnte. Aber nach dem, was Zoe gesagt hatte, war sie nicht mehr so sicher. Sie war es nicht gewohnt, sich auf die Zunge beißen zu müssen, doch als sie den Mann betrachtete, der in den Tiefen ihrer Seele Wurzeln geschlagen hatte, konnte sie sich nicht vorstellen, irgendetwas zu tun, was die sichere Blase in Gefahr brachte, die er für sich selbst und seine Familie geschaffen hatte.

Boone Stryker war vielleicht ihre persönliche Ruhe inmitten eines Sturms, aber für alle anderen außer seiner Familie und seinen engsten Freunden *war* er der Sturm.

Siebzehn

Die Sonne wanderte in Richtung Horizont und es wurde langsam kühl. Sie drehten seit dem späten Nachmittag, und Chuck trieb sie zu einem halsbrecherischen Tempo an, um die Zeit aufzuholen, die sie Boone gegeben hatten, damit er endlich den Hintern hochbekam und schauspielern lernte. Boone übernahm die Verantwortung für diese Verzögerung, doch das dämpfte nicht seine Frustration darüber, dass es sich anfühlte, als wären Geier in ihr gemütliches Nest eingedrungen und hätten es in Fetzen gerissen.

Aufgrund des engeren Zeitfensters tat nicmand etwas in normalem Tempo oder ließ sich sogar Zeit. Alle hetzten, hasteten und rannten, was die Luft um sie herum vor Anspannung und Aufregung summen ließ. Es war ebenso nervenaufreibend wie belebend und Boone zehrte davon wie von seinem Publikum auf Konzerten. Jede Sekunde schien intensiver zu sein als die letzte, jede Szene war wichtiger. Es waren genau dieser Rausch und die Zeit und Aufmerksamkeit, die Trish investiert hatte, um ihm dabei zu helfen, seine Geister zu besiegen und sein Herz zu öffnen, die es ihm jetzt erlaubten, endlich eine Verbindung zu seinem Charakter zu finden. Er konnte *spüren*, wie Rick Champion in ihm atmete. Die Wut und Freude, die Verzweiflung und der Adrenalinrausch gehörten zu Rick und wenn er mit Trish drehte, war Rick bei ihnen. Boone sah nicht länger Trish, sondern Delia. Alles fügte sich zusammen, wie sie es sich erhofft hatten, und laut Chuck kam seine Darstellung wunderbar auf Film herüber.

Trish hatte wieder die professionelle Schauspielerin in sich wachgerufen und war in ihren Einzelszenen einfach großartig. Voller Ehrfurcht beobachtete er ihre Verwandlung von der spaßliebenden Frau, die am Fluss eine Schwangerschaft vorgetäuscht hatte, zur gebrochenen und verletzlichen Delia. Ihre Intensität und die Liebe für ihre Kunst waren nur ein paar der Dinge, die Boones Aufmerksamkeit erregt hatten, als sie das erste Mal zusammengearbeitet hatten. Er hatte nicht weniger als eine herausragende Leistung von ihr erwartet. Aber irgendetwas hatte sich verändert. In ihren gemeinsamen Szenen schien die tiefe Verbindung zwischen ihnen zu verschwinden – von ihrer Seite aus. Er fühlte sich ausgeschlossen, als hätte sie Angst, die Gefühle zu zeigen, die sie einst so fließend dargestellt hatte. Es war beinahe, als hätte ihre Beziehung eine Grenze geschaffen, die sie beim Dreh nicht überschreiten wollte. Das war das vollkommene Gegenteil von dem, was bei ihm passiert war. Es fühlte sich an, als wäre die reale Welt mit ihrer Entwicklung als Paar kollidiert und hätte einen Teil von ihr gestohlen. Und das beunruhigte ihn sehr. Nicht nur wegen dem, was es für ihre Beziehung bedeuten könnte, sondern weil es ihre schauspielerischen Fähigkeiten einschränkte.

Nach ihrer gemeinsamen Woche hätte die Chemie zwischen ihnen eigentlich explosiv sein müssen, vor allem, da sie seit dem Eintreffen der Crew keine Minute allein miteinander gehabt hatten. Bestimmt konnten alle erkennen, dass er sie beobachtete und auf die Chance wartete, mit ihr allein zu sein. Sie war angespannt und er wollte unbedingt mit ihr reden und herausfinden, was er tun konnte, um ihr dabei zu helfen, ihre Zurückhaltung abzuschütteln. Es war auch nicht hilfreich, dass einige Crewmitglieder spekulierten, ob Trish und er miteinander geschlafen hatten. Er selbst war geschickt darin, solchen Unsinn zu ignorieren, fragte sich jedoch, ob Trish den geflüsterten Klatsch gehört hatte und das Teil des Problems war.

Er atmete tief ein, denn er hatte es satt, auf den richtigen Zeitpunkt zu warten, um sich einen Moment allein mit ihr zu stehlen. Sie unterhielt sich in der Nähe der Veranda mit Jared und Kate von der Crew. Noch nie zuvor hatte er sich so heftig nach einem einzigen Moment mit jemandem gesehnt. Außer vielleicht mit seinem Vater, wie ihm unerwartet klar wurde. Er würde alles geben, um nur einen weiteren Augenblick mit ihm zu verbringen. Um ihm zu sagen, wie sehr er ihn vermisste und liebte. Um sein tiefes Lachen zu hören und seine freundlichen Augen zu sehen, wenn er eine Lebensweisheit zum Besten gab oder Boone beibrachte, den Filter im Boiler zu überprüfen oder das Öl im Wagen zu wechseln. Oh, er vermisste ihn so.

Wenn er Trish ansah, verspürte er dieselbe zerreißende Sehnsucht. Er sollte in fünf Minuten drehen, doch alles, was er wollte, war eine Minute mit Trish. Nur einen Moment, damit sie wusste, dass sie in dem, was sie gerade durchmachte, nicht allein war. Er ging den Hügel hinauf. Er hatte sich geschworen, dieses Mal alles richtig zu machen, pünktlich zu sein, dort aufzutauchen, wo er erwartet wurde, und in jeder Szene sein Bestes zu geben, damit er Trishs harte Arbeit nicht untergrub. Doch jetzt brauchte sie *ihn*, seine Unterstützung, seine Liebe und seine Aufmerksamkeit. Die Maske konnte warten.

Trish sah in dem zarten blauen Kleid und den Cowgirl-Stiefeln umwerfend aus. Er wollte sie in die Arme schließen, ihre süßen Lippen kosten und spüren, wie sie sich an ihn schmiegte. Wie sie sich auf die Gewissheit und Stärke ihrer Partnerschaft und das Wissen verließ, dass sie gemeinsam alles überstehen konnten.

Jared verengte neugierig die Augen, doch Boone schenkte ihm keine Beachtung und legte Trish eine Hand auf den Rücken.

»Hey«, begrüßte sie ihn mit einem aufgewühlten Lächeln, das ihn mitten ins Herz traf.

»Hi. Tut mir leid, wenn ich störe. Können wir kurz reden? Ich muss gleich in die Maske. Es geht schnell.«

»Entschuldigt ihr uns kurz?«, fragte Trish die anderen.

Jared und Kate tauschten einen leicht missbilligenden Blick. Boone würde keine Zeit an die Frage verschwenden, was das bedeuten sollte. Er führte Trish ein Stück zur Seite, damit sie unter vier Augen reden konnten.

»Was ist los?«, fragte sie und sah zurück zu Jared und Kate. »Sie bereiten gerade alles für die Szene vor, in der ich ausraste.«

»Das ist eine deiner besten. Du wirst das toll machen. Ich wollte einfach nur sichergehen, dass bei dir alles in Ordnung ist.«

»Du weißt doch, wie das ist, wenn man den Rhythmus wiederfinden muss.« Erneut sah sie zu den anderen. »Es ist komisch, mit dir zusammenzuarbeiten, wo wir uns jetzt so nahestehen. Findest du nicht?«

Und da war sie, die große, unausgesprochene Sache zwischen ihnen. Ihre Sorgen waren seine Schuld.

»Für mich ist es tausend Mal besser«, erwiderte er ehrlich. »Aber ich hab gesehen, dass Chuck nach der letzten Szene mit dir gesprochen hat. Hast du unseretwegen Schwierigkeiten, in deine Rolle zu schlüpfen? Oder liegt es an mir?«

»Es liegt nicht an dir. Ich weiß nicht, was der Grund ist. Vielleicht bilde ich mir das alles nur ein. Hast du seltsame Blicke von der Crew abbekommen? Ich glaube, dass sie über uns tratschen und weiß nicht warum. Wir halten ja am Set nicht gerade Händchen.«

»Die Crew interessiert mich überhaupt nicht. Ich will nur dich nicht enttäuschen. Das ist *dein* Film, meine Schöne, und wenn ich dich durcheinanderbringe, sag mir, was ich dagegen tun kann.«

Sie seufzte laut und lächelte ihn dann an. Es wirkte bekümmert, war aber trotzdem ein Lächeln. Jared räusperte sich und warf, offensichtlich genervt von der Unterbrechung, einen Blick auf die Uhr.

»Nichts. Es liegt nicht an dir. Du glänzt in all deinen Szenen.« Trish ging nervös einen Schritt zurück und deutete mit dem Daumen über die Schulter. »Ich sollte besser …«

»Okay. Wir reden später.« Er beugte sich vor, um sie kurz zu küssen, und ging darauf in Richtung Maske.

»Was war *das*?« Jareds Stimme klang in seinen Ohren wie Fingernägel, die auf einer Tafel kratzten.

Er hätte sie nicht küssen sollen. Sie war zurückgewichen. War das kein Zeichen gewesen, sie nicht zu küssen? Hatte er auch hier Mist gebaut? Der Gedanke machte ihn noch wütender. Er hatte nicht vor, ihre Beziehung zu verbergen, aber Trish würde das sicher niemals tun. Die ganze Anspannung verdrehte ihm sicherlich nur den Kopf.

Nachdem er eine halbe Stunde in der Maske verbracht und zwei weitere ziemlich intensive Einzelszenen gedreht hatte, saß er für heute Abend hoffentlich das letzte Mal im Make-up-Trailer. Er brauchte eine Pause von den seltsamen Blicken und dem Geflüster, das er zu ignorieren versuchte, seit er Trish geküsst hatte. *Sie haben miteinander geschlafen. Trish würde das niemals tun. Hast du die Klatschblätter nicht gelesen? Er schläft mit jeder. Wer könnte ihn abweisen? Ich hab gesehen, wie sie sich geküsst haben.* Es fühlte sich an, als hätte er die letzten Stunden in der Mädchen-Umkleide einer Highschool verbracht.

»Sind wir fertig?« Boone versuchte, von dem Stuhl aufzustehen, um den zwei Maskenbildner herumwuselten.

»Nein«, erwiderten sie synchron.

Er sah zu April auf, einer zierlichen Blondine, die den Make-up-Pinsel mit der Intensität eines Picasso schwenkte. »Also«, sagte sie und lächelte neckisch. »Du und Trish, hm?«

Er würde den Tratsch nicht noch befeuern. Erneut versuchte er aufzustehen, doch Ronnie, dessen Haut so sehr glänzte, dass er aussah, als wäre er poliert worden, schürzte die Lippen, wedelte mit einem Barttrimmer herum und drückte Boone wieder auf den Stuhl.

»Mr. Stryker«, mahnte er ihn scharf. »Wir würden alle gern Feierabend machen. Erlauben Sie?«

»Nicht wirklich.«

»Zwei Minuten«, versicherte ihm April. »Deine Fans erwarten ein gewisses Aussehen von dir. Wir wollen sie nicht enttäuschen.«

»Meine Fans lieben mich auch ohne Make-up im Gesicht oder akkurat gestutzten Bart.« Boone atmete geräuschvoll aus. Er machte sich zu große Sorgen um Trish, um stillzusitzen.

»Du wirst lernen, es zu lieben.« April neigte seinen Kopf nach hinten und verteilte mehr Make-up um seine Augen, während Ronnie den Trimmer an sein Kinn hielt.

»Nein, werde ich nicht.«

Ronnie lachte leise. »Mr. Stryker wird das nie genießen. Er ist zu wild und hart für Make-up.«

Wenn du das sagst.

Er hatte diese ganze Sache satt und war kurz davor, die Beherrschung zu verlieren, als Trish und Jared hereinkamen. Trish musterte sie müde und die neugierigen Blicke schienen sie zu reizen, aber sie hielt das Kinn hoch und lächelte Boone an.

»Chuck hat den Drehort und die Beleuchtung der nächsten Szene geändert«, verkündete Jared mit einer gewissen Dringlichkeit. »Er will sofort mit April und Ronnie sprechen.«

»Eine Sekunde.« April fuhr mit dem Pinsel unter Boones Kinn entlang, dann trat sie zurück und hob die Hände. »Okay. Fass dein Gesicht nicht an.« Sie wandte sich an Trish. »Hey, Freundin. Setz dich. Wir sind gleich zurück.«

April und Ronnie folgten Jared aus dem Trailer. Zum ersten Mal heute war er allein mit Trish, und hatte endlich das Gefühl, wieder atmen zu können.

»Kannst du es genauso wenig wie ich erwarten, dass die Crew verschwindet?« Er beugte sich zu ihr und zog sie in einen Kuss, doch sie versteifte sich in seinen Armen. »Was ist los?«

»Alle reden über uns.« Sie atmete langgezogen aus. Das war ein klarer Hinweis darauf, wie lange sie sich schon den Kopf darüber zerbrach.

Boone hatte auch genug von den Kommentaren und den Seitenblicken, aber er verstand nicht, warum sie das davon abhielt, ihn zu küssen. »Na und? Lass sie reden. Wieso ist das wichtig?«

»Ich war bisher nicht in dieser Lage«, erwiderte sie schnell und in einem gedämpften Flüsterton. »Du hast einen Ruf als Partytyp und Aufreißer, und jedes Mal, wenn ich eine dumme Bemerkung darüber höre, wie unglaublich es ist, dass ich mit dir zusammen bin, will ich dich verteidigen – und mich selbst. Ich weiß, dass du nicht so bist, aber ich kann nicht anders. Ich will ihnen sagen, dass sie falschliegen, und ihnen erklären, wie du wirklich bist. Aber das kann ich nicht, weil du so hart daran gearbeitet hast, diesen Ruf zu erwerben und auch zu halten.«

»Baby, ich muss nicht verteidigt werden und es ist mir auch vollkommen egal, was irgendjemand hier denkt – bis auf dich und Chuck. Wir sind nur ein paar Wochen hier. Vielleicht sogar weniger, wenn Chuck in diesem Tempo weitermacht.«

»Aber ich weiß nicht, wie ich reagieren soll. Ich hatte noch nie mit Gerüchten über einen schlechten Ruf oder Affären mit Filmpartnern zu kämpfen.« Sie klammerte sich so heftig an die Armlehne, dass ihre Knöchel weiß hervortraten.

Er legte seine Hand auf ihre und schlug einen sanfteren Tonfall an. »Du musst nicht dagegen ankämpfen. Lass es einfach an dir abprallen.«

»Ich kann nichts vortäuschen!«, erwiderte sie laut, ehe sie zur Tür blickte und die Stimme senkte. »Ich musste mich noch nie mit so etwas auseinandersetzen. Ich gehe normalerweise nicht mit Filmpartnern aus und weiß nicht, wie ich das handhaben soll. Das wirft mich total aus der Bahn.«

Bei dem, was er zwischen den Zeilen las, verkrampfte sich sein Magen. »Was willst du tun? Sollen wir es beenden? Möchtest du, dass ich eine umfassende Erklärung über meine Vergangenheit abgebe? Sag mir, was du brauchst, und wir finden eine Lösung.«

Sie verdrehte die Augen und stöhnte. »Nein. Das will ich nicht. Ich bin einfach … Es fühlt sich an, als würde ich jeden Moment die Fassung verlieren. Ich bin so frustriert. Jedes Mal, wenn ich mich umdrehe, fragt sich jemand leise oder ganz unverhohlen, wie wir zusammengekommen sind oder was ich mit dir will. Was ist mit *meinem* Ruf?«

»Lass uns tief durchatmen und darüber nachdenken. Du

bist gestresst, Baby. Das ist verständlich. Wir haben in der letzten Woche so viel durchgemacht und dieser Film ist unglaublich wichtig für deine Karriere. Ich glaube, dass du dir zu sehr den Kopf darüber zerbrichst. Sie tratschen. Niemand hier interessiert sich wirklich dafür, was wir tun oder mit wem wir schlafen. Ihnen ist der Film wichtig.«

»Das ist meine Karriere, Boone. Mein Lebensinhalt. Ich will mich nicht in irgendeinem Klatschblatt rechtfertigen müssen.«

»Meinst du nicht, dass das etwas weit hergeholt ist? Wir sind hier in Hurricane, West Virginia. Wir waren in der Stadt. Du hast gesehen, wie unbekannt wir hier sind.«

»Ich weiß nur, dass ich bald explodiere. Ich habe hart dafür gearbeitet, mich als seriöse Schauspielerin zu beweisen, und plötzlich lassen alle da draußen – all diese Menschen, die mich als Profi kennen – diese Spitzen los, als wäre ich Lindsay Lohan.«

»Niemand hält dich für Lindsay Lohan. Das ist lächerlich. Ich denke wirklich, dass du so tun solltest, als würdest du es nicht hören, bis es vorbei ist. Du weißt, wie ich wirklich bin, und das ist alles, was zählt. Es ist ja nicht so, als würden wir am Set rummachen oder ihnen unsere Beziehung unter die Nase reiben.«

Ronnie und April kamen zurück in den Trailer und Trish entzog ihm ihre Hand, was ihn unglaublich ärgerte.

»Wir müssen sie ihnen nicht unter die Nase reiben. Der eine Kuss hat gereicht«, flüsterte sie. »Ich kann mich nicht verstellen.«

»Dich zu verstellen ist dein Job«, erinnerte er sie ruhiger, als er eigentlich war.

Am Set war es still, nur der Wind glitt flüsternd durch das hohe Gras, in dem sich Trish drehte wie ein Kind, das über eine Wiese tanzte. Allerdings war sie kein Kind und der Klatsch und Boones Worte machten sie so sauer, dass sie sich nicht konzentrieren konnte. *Dich zu verstellen ist dein Job.* Sein Tonfall und Gesichtsausdruck waren kalt geworden, als die anderen den Trailer betreten hatten, und die eiskalte Spitze hatte sie getroffen. Jared war der Schlimmste von allen. Er musste nicht mal etwas sagen. Allein die Art, wie er sie und Boone ansah, weckte in ihr den Wunsch, ihm ihr Knie in den Schritt zu rammen. Das war bereits der vierte Versuch einer Szene, die sie im Schlaf beherrschen sollte.

Die Crew war erschöpft und wollte nur nach Hause. Anspannung knisterte in der Luft, ebenso dunkel und allgegenwärtig wie der Nachthimmel. Wie sollte sie die vom Crack völlig überdrehte Delia spielen, wenn sie nur weglaufen, heulen, schreien und der Crew sagen wollte, dass sie sie mal konnten? Wie sollte sie den Schein aufrechterhalten, geistig völlig weggedröhnt zu sein, wenn ihre Gedanken überpräsent waren? Alle kannten sie als erstklassige Schauspielerin, die nichts zwischen sich und ihre Darbietung kommen ließ, und jetzt hatte sie nicht nur ihre eigene Regel gebrochen und mit einem Filmpartner geschlafen, sondern ausgerechnet mit dem Filmpartner, dessen Image das komplette Gegenteil von ihrem eigenen war. Und schlimmer noch, sie hatte nicht nur mit ihm geschlafen. Sie verliebte sich in ihn.

Sie fiel zu Boden, als der Kamerakran über ihr auftauchte, und zwang sich, den ausdruckslosen Blick aufzusetzen, den sie perfektioniert hatte.

Hatte sie einen Fehler gemacht? Hatte sie sich wie so viele Schauspieler, wenn sie einen emotional aufwühlenden Film drehten, von einer Fantasie mitreißen lassen? In ihrem Herzen wusste sie, dass das nicht der Fall war, aber Boone wollte, dass sie so tat? Wie sollte sie so tun, als würde sie die verurteilenden Blicke und Kommentare nicht wahrnehmen? Er errichtete mit der gleichen Leichtigkeit Mauern um sich herum, mit der sie normalerweise in ihre Rollen schlüpfte. Er tat so, als würde es ihn nicht interessieren, was irgendjemand von seinem Ruf hielt. Aber das tat es! So sehr, dass er sein Bild in der Öffentlichkeit sorgfältig und bewusst manipuliert und vorausschauend aufgebaut hatte. Hatte ihr Ruf nicht dieselbe Aufmerksamkeit verdient? War er nicht ebenso wichtig? Verdiente sie es nicht, dass er die Sache in die Hand nahm und diesen voreingenommenen Leuten sagte, wie falsch sie lagen? Dass sie sich nicht in einen Mistkerl mit unzähligen Frauengeschichten verliebt hatte?

Sie lag im hohen Gras und versuchte, den direkten Blick in die Kamera zu vermeiden und weiterhin ausdruckslos vor sich hin zu starren, während sie sich an die Nacht des Gewitters erinnerte. Augenblicke dieses Abends blitzten in ihrem Geist auf. Wie in einem schlechten Cocktail vermischten sich in ihr Erinnerungen an die Leidenschaft, die sie überwältigt hatte, mit den Gerüchten, die sie gehört hatte. Sie musste diese Szene durchstehen und dann vom Set verschwinden, bevor sie noch ein weiteres Gerücht hörte. Sie musste einen klaren Kopf bekommen, bevor sie mit Boone sprach.

Sie musste hier weg, bevor sie in Tränen ausbrach.

Achtzehn

»Ich kann immer noch nicht glauben, dass sie sich dazu herabgelassen hat«, flüsterte jemand hinter Boone. »Ist doch klar, dass er Trish nur benutzt.«

Boone schloss die Augen, ballte die Hände zu Fäusten und unterdrückte den Drang, herumzuwirbeln und diesen neugierigen, voreingenommenen Mistkerl in die Schranken zu weisen. Aber das würde nur die Szene ruinieren, mit der Trish ohnehin schon Probleme hatte, ganz zu schweigen davon, dass es für weitere Gerüchte sorgen würde, anstatt sie zu ersticken. Aber das hielt das Feuer in ihm nicht davon ab, in seinen Venen zu brennen.

Als Chuck »Schnitt« rief, öffnete Boone die Augen. Er war sicher, dass ihm Rauch aus den Ohren quoll, und drehte sich abrupt um, doch wer auch immer hinter ihm gestanden hatte, war nicht mehr da. *Feigling.* Er betrachtete die dunklen Wiesen. Sein Puls beschleunigte sich, während die Crew die Zelte schloss und die Ausrüstung verstaute, aber er hatte die Stimme der Person hinter sich nicht erkannt und es war ja auch nicht so, als würde sie ein blinkendes Licht um den Hals tragen. Er hatte keine Ahnung, was er gesagt oder getan hätte, aber es hätte schon eine Armee gebraucht, um ihn von einem Tobsuchtsanfall abzuhalten.

Entschlossen, Trish von hier wegzuschaffen, bevor sie noch mehr von diesem Unsinn hörte, drehte er sich wieder zum Set. Sie war bereits weg.

Er stürmte davon und machte sich auf die Suche nach ihr. Wie konnte an einem Tag so viel schieflaufen? *Sie* war die Schauspielerin. Das war *ihr* Bereich, der Ort, an dem sie respektiert und geschätzt wurde, und er hatte es unwissentlich verbockt.

Er marschierte über die Wiese, wobei er an all das dachte, was Trish für ihn getan hatte, und er wollte verdammt sein, wenn er sie enttäuschte.

»Hey, tolle Arbeit heute«, lobte ihn jemand aus der Crew, als er die Veranda betrat.

»Danke«, erwiderte er auf dem Weg ins Haus, denn seine ganze Aufmerksamkeit richtete sich nur auf zwei Dinge – die Gefühle, die ihn überrollten, und die Suche nach der Frau, die dafür verantwortlich war.

Zwei Stufen auf einmal nehmend, rannte er die Treppe hinauf und blieb vor Trishs Schlafzimmertür stehen. *Trishs Tür.* Das war ein seltsamer Gedanke, wenn man bedachte, dass sie sich praktisch seit ihrer Anreise ein Bett teilten. Er hörte die Dusche und ging den Flur hinunter, um ihrem Beispiel zu folgen. In seinem Zimmer angekommen, schenkte er Sparky ein wenig Aufmerksamkeit. Nicht nur ihr Leben, sondern auch das von Sparky war von der Crew auf den Kopf gestellt worden. Boone duschte schnell und zog sich anschließend an, ehe er sich das Kätzchen und seinen Gitarrenkoffer schnappte und Trish suchte. Ihre Dusche war immer noch zu hören, also hinterließ er einen Zettel für sie auf dem Bett und ging nach draußen.

Er genoss die Abwesenheit der Leute, die jeden seiner

Schritte beobachtet hatten. Die Crew hatte die Ausrüstung auf der Veranda gestapelt und obwohl es unmöglich war, fühlte es sich an, als würde ihm das die Luft zum Atmen nehmen. In Gedanken über den Tag verloren, lief er in Richtung Wiese – und ging auch dann noch weiter, als er den Rand des hohen Grases erreicht hatte. Gereizt über das, was er gehört hatte, und wütend auf sich selbst, weil er von Trish erwartete, diese schrecklichen Bemerkungen einfach zu ignorieren, lief er immer weiter, bis er Gras entdeckte, das nicht niedergetrampelt worden war und wo die Klatschmäuler nicht die Luft verpestet hatten. Er ging weiter, bis sich der Schraubstock um seine Lunge löste und er sie mit kühler Nachtluft füllen konnte. Er stellte seinen Gitarrenkoffer ab und stellte fest, dass er Sparky nach wie vor im Arm hielt. Er küsste seinen flauschigen Kopf. Wahrscheinlich brauchte er die Freiheit genauso sehr wie Boone.

»Aber bleib bei mir, Kumpel.« Er öffnete den Gitarrenkoffer und setzte das Kätzchen in den Deckel. Anschließend zog er sein Shirt aus, nahm die Gitarre heraus, platzierte das Shirt an ihrer Stelle und setzte Sparky darauf. Wie aufs Stichwort rollte er sich zusammen, leckte sich über die Pfoten und rieb dann damit über sein Ohr. Offenbar brauchte er auch eine Dusche.

Boone sah zu Trishs Zimmer hinauf. Das Licht war eingeschaltet und das Fenster geöffnet. Ging es ihr gut? War sie wütend? Aufgewühlt? Gab sie sich selbst die Schuld, obwohl er sie verdiente? Er überlegte, ob er wieder zu ihr gehen sollte, aber vielleicht brauchte sie auch etwas Abstand – von ihm. Obwohl ihm dieser Gedanke wehtat, hatte er ihre Lage schwieriger gemacht und war es ihr schuldig, ihr Zeit und Raum zu geben. Also wandte er sich vom Haus ab und blickte hinaus in die Dunkelheit. Ohne nachzudenken spielten seine Finger eines seiner Lieder, aber die Melodie rieb wie Sandpapier über seine

Nerven. Er wollte sich so weit wie möglich von sich selbst entfernen.

Trish stand so lange unter der Dusche, dass ihre Haut schrumpelig wurde. Seit ihren Anfängen als Schauspielerin hatte sie keinen so harten Tag mehr erlebt und selbst dann war der Stress ganz anders gewesen. Damals hatte sie sich Sorgen um ihr Können gemacht, denn darüber hatte sie die Kontrolle. Der heutige Tag war ein kompliziertes Chaos aus Emotionen und Sorgen gewesen, und die Gerüchte am Set hatten nur dafür gesorgt, dass sie sich noch mehr hinterfragte. Sie hatte immer geglaubt, ihre Gefühle unter Kontrolle zu haben, aber heute hatte sie gelernt, dass das nicht annähernd der Fall war. Zumindest nicht, wenn es um Boone ging. Sie zog sich eine Jeans und ein Top an und setzte sich auf die Bettkante, um seine Nachricht zu lesen.

Meine Schöne – Brauchte Luft. Draußen. Komm zu mir? B.

Sie strich mit dem Finger über die Buchstaben. In der zehnten Klasse war sie von Handschriften fasziniert gewesen und hatte viel darüber gelesen, was die Schrift über eine Person aussagte. Boones Handschrift war kraftvoll und ohne Schnörkel, mit großen Abständen zwischen den Wörtern. Diese Schrift passte perfekt zu Boone. Er nahm die Dinge ernst. Er war loyal und lief nicht vor seinen Verpflichtungen davon – so viel wusste sie –, obwohl er ihre Sorgen um ihren Ruf nicht ernst zu nehmen schien. Das gab ihr zu denken, aber darüber hatte sie sich während ihrer viel zu langen Dusche schon genug den Kopf zerbrochen. Sie konnte nicht mehr darüber brüten. Sie wusste nicht mal, ob sie in dieser Hinsicht im Recht war. Also schob sie die Gedanken beiseite, betrachtete die großen Abstände zwischen seinen Wörtern und rief sich in Erinnerung, was das bedeutete. Er ließ sich nicht gern einengen. Sie lächelte. *Brauchte Luft. Draußen.* Der gerade Strich des *D* bedeutete, dass er eigenverantwortlich und unabhängig war. Der Grundschwung seiner Handschrift war ungleichmäßig, was auf Ruhelosigkeit und ein launisches Wesen hindeutete. Das war der Boone, den sie zu Beginn der Dreharbeiten kennengelernt hatte, obwohl er in den vergangenen zehn Tagen weitaus weniger ruhelos gewesen war. Ob ihn dieser Tag auch so ausgelaugt hatte?

Was sie an dieser kryptischen Nachricht am meisten verwirrte, war die Größe der Buchstaben. Normalerweise deutete das auf ein Aufmerksamkeitsbedürfnis hin, konnte aber auch heißen, dass er Bewegungsfreiheit brauchte. Boone verlangte nur selten nach Aufmerksamkeit und in seiner Nachricht bat er darum, dass sie zu ihm kam, was im Widerspruch zu der Vorstellung stand, dass er Freiraum brauchte. Auch das entlockte ihr ein Lächeln. *Du spielst definitiv nach deinen eigenen Regeln, Boone Stryker.*

Sie legte die Nachricht aufs Bett, zog sich einen Kapuzenpullover über, schlüpfte in ihre Sandalen und machte sich auf die Suche nach dem Mann, auf den sie auch beim besten Willen einfach nicht wütend bleiben konnte.

Der Himmel war tintenschwarz und nur wenige Sterne und der blaugraue Mond erhellten die Wiesen und Felder am hintersten Ende des Grundstücks. Das Zirpen der Grillen vermischte sich mit dem Quaken der Frösche und schuf eine Kakofonie verschiedener Melodien, die vom leisen Klang von Boones Gitarre untermalt wurde. Sie blieb im hohen Gras stehen und lauschte angestrengter. Der Mond leuchtete hinter Boone und er wirkte wie ein Engel in der Nacht, als er sich erhob. Die Melodie von Journeys »Don't Stop Believing« drang an ihre Ohren. Dann begann er zu singen und sie legte sich eine Hand aufs Herz und lachte und weinte gleichzeitig, als er jeden der hohen Töne perfekt traf.

Sobald das Lied zu Ende war, stimmte er nahtlos »Any Way You Want It« von Journey an und lockte sie zu sich wie eine Motte zum Licht. Sie rannte wie ein verliebter Teenager auf ihn zu und tanzte im Mondlicht, hob die Hände über den Kopf, warf ihre Haare herum, wiegte die Hüften und sang jedes Wort mit ihm. Zum ersten Mal, seit die Crew hier eingetroffen war, fühlte sie sich frei und lebendig. Als sich der Song dem Ende neigte, wartete sie nicht darauf, bis er die letzte Note gesungen hatte. Sie schlang die Arme um seinen Hals und küsste ihn innig, leidenschaftlich, mit all den Gefühlen, die sie gezwungenermaßen am Set hatte verstecken müssen, und all der Liebe, die sich in ihrem Herz angesammelt hatte.

»Es tut mir so leid«, keuchte sie. »Ich war ein Miststück und das hast du nicht verdient. Du hattest recht. Ich sollte den Klatsch einfach an mir abprallen lassen. Ich war nicht sicher, wie ich auf diese Kommentare reagieren sollte, und gar nichts zu tun hat mich innerlich aufgefressen. Aber ich habe sehr lange geduscht und über alles nachgedacht – dieses seltsame Gefühl, dass die Crew plötzlich in unser Leben platzt, und wie es sich anfühlt, es nicht von den Dächern rufen zu können, dass du nicht der Mann bist, für den dich alle halten. Was ich übrigens nicht tun will. Ich will nur etwas verdeutlichen.« Sie redete so schnell, dass sie die Worte nicht aufhalten konnte. »Aber mir ist endlich klar geworden, was wirklich wichtig ist. Dein Image schützt deine Familie und ist wichtig für den Erfolg deiner

Band. Es ist egal, was der Rest der Welt von dir oder uns denkt. Es ist mir egal, wenn ich in den Klatschblättern lande oder was irgendjemand sagt. Ich …«

Er brachte sie mit einem weiteren, liebevollen Kuss zum Schweigen und als sie sich schließlich voneinander lösten, umfasste er ihr Gesicht mit beiden Händen und sah ihr tief in die Augen. In diesem Moment spürte sie, wie sie von seiner Liebe umschlossen wurde.

»Du bist mir wichtiger, als es mein Ruf je sein wird«, erklärte er mit einer solchen Überzeugung, dass sie beinahe greifbar war. »Es war idiotisch von mir, auch nur vorzuschlagen, dass du das alles an dir abprallen lässt. Du hast hart gearbeitet, Baby. Ich will mich nicht zwischen dich und deine Karriere stellen, und ich weiß, wie viel alle von dir halten. Mich eingeschlossen. Ich bringe das wieder in Ordnung. Ich verspreche dir, dass ich es in Ordnung bringe.«

»Nein, Boone. Darum musst du dich nicht kümmern«, erwiderte sie eindringlich. »Ich muss mich erwachsen verhalten und es einfach durchstehen. Ich schaffe das.«

»Oh, wie passend.« Ein verspielter Ausdruck trat in seine Augen. »Ich hatte gehofft, dass wir später erwachsene Dinge tun können.«

»Das werden wir sehen.« Sie tippte mit dem Finger auf seine Brust.

Er nahm ihre Hand und ließ sich mit ihr ins Gras sinken.

»Der Tag heute hat sich wie ein ganzer Monat angefühlt«, sagte er und sprach damit ihre Gedanken aus. »Von dem Moment an, in dem die Crew eingetroffen ist, ist unsere Welt irgendwie in Schieflage geraten. Ich hatte dich ganz für mich und das war unglaublich. Nicht eine Sekunde mit dir allein zu sein war die Hölle, vor allem, da du Schwierigkeiten hattest.

Aber schlimmer noch war, dass es sich angefühlt hat, als würde unsere Verbindung, unsere Beziehung, durch den Dreck gezogen werden. Ich bin es gewohnt, den Klatsch zu ignorieren, den der Promistatus nun mal mit sich bringt, aber als ich heute diese Bemerkungen über dich gehört habe und dass ich dich nur benutze …« Er biss die Zähne zusammen und wandte wütend den Blick ab. »Ich hätte jemanden umbringen können. Niemand spricht hintenrum über mein Lieblingsmädchen.« Er küsste sie sanft und dieser innige Kosename schnürte ihr das Herz zusammen. »Ich biege das wieder hin.«

Es war wundervoll, dass er sie beschützen wollte, aber sie musste lernen, allein damit fertigzuwerden. »Boone, das musst du nicht. Hast du nicht gehört, was ich gesagt habe?«

»Doch, natürlich.« Er umfasste ihr Gesicht und strich sanft mit dem Daumen über ihre Wange. »Aber dieses Mal musst du mir vertrauen. Du stehst auf meiner Liste, schon vergessen? Ganz oben. Das bedeutet, dass ich mich um dich kümmere.«

»So gern ich das auch höre, ich bin keine Jungfrau in Nöten.«

»Du hast recht. Du bist meine Freundin, was bedeutet, dass ich dich beschützen und den Höhlenmenschen raushängen lassen darf, wenn es um andere Leute geht.«

Sie verdrehte die Augen. Er war einfach brutal ehrlich. Wie sollte sie ihm das verweigern, was er am besten konnte? »Bitte versprich mir, dass du niemanden wütend machst und nichts Dummes tust. Ich glaube wirklich, dass wir es gelassen angehen und unsere Beziehung nicht vor allen zur Schau stellen sollten.«

»Ich werde kein Höhlenmensch sein müssen. Versprochen.« Er küsste sie erneut. »Aber du solltest mir besser erklären, was du dir unter *nicht zur Schau stellen* vorstellst.«

»Ich weiß nicht. Heute haben wir es nicht getan. Wir sollten in der Öffentlichkeit wohl einfach nicht zu viel Zuneigung zeigen. Du weißt, was ich meine. Ob es uns gefällt oder nicht, das ist unser Arbeitsplatz, deshalb müssen wir ein gewisses Maß an Professionalität zeigen.«

Er ließ sich das durch den Kopf gehen. Die Vorstellung, seine Gefühle zurückzuhalten, gefiel ihm nicht, aber sie hatte recht. Dies hier war ihr Arbeitsplatz und wichtiger noch, ihre Karriere. Der wollte er nicht noch mehr schaden, als er es bereits getan hatte.

»Okay, das können wir versuchen. Aber glaub bloß nicht, dass ich nicht mitgekriegt habe, wie du mich beschützt hast, indem du ihnen die Wahrheit über meinen Ruf verschwiegen hast. Das weiß ich zu schätzen. Aber wenn wir uns am Set benehmen müssen, möchte ich, dass du von jetzt an etwas sagst, um dich selbst zu schützen, falls du das Gefühl hast, es ist nötig. Ich komme mit den Konsequenzen klar. *Du* bist mir wichtig und ich möchte dir nie, niemals Kummer bereiten, okay?«

»Auf keinen Fall. Ich werde dich nicht den Wölfen zum Fraß vorwerfen, nur um mich zu retten.«

»Trish«, warnte er.

»Das kann ich nicht, Boone. Genauso, wie du nie etwas sagen könntest, von dem du weißt, dass es meiner Karriere schaden würde.«

»Aber es hat dich zerrissen und das ist nicht gut für dich oder deine Karriere.«

Sie schnaubte. »Tja, ich werde es nicht tun.«

»In dem Fall werde ich keines deiner Lieblingslieder mehr spielen«, erwiderte er herausfordernd.

»Das ist nicht fair«, beschwerte sie sich. »Obwohl ich überrascht war, dass du Songs spielst, über die du dich lustig gemacht hast.«

»Ich habe deine Lieder gespielt, weil ich mich sehr weit von dir entfernt gefühlt habe und dir näher sein wollte. Ich habe versucht, dir Freiraum zu lassen, und dachte mir, dass du schon rauskommen würdest, wenn du möchtest. Und wenn nicht, würdest du dich wenigstens nicht von dem Kerl erdrückt fühlen, der deine Welt ins Chaos stürzt.«

»Meine Welt in Chaos stürzt? Ist es das, was du dachtest?« *Habe ich dir dieses Gefühl gegeben?*

Er zuckte mit den Schultern. »Wie sollte ich denn nicht? Bevor du mit mir zusammen warst, hat niemand Unsinn über dich erzählt, und dann habe ich auch noch diesen lächerlichen Kommentar abgegeben, dass du das alles ignorieren sollst. Und unsere Szenen? Du kanntest deinen Text in- und auswendig und im Schlaf, hattest heute aber mit einigen Stellen Schwierigkeiten. Das musste meine Schuld sein.«

»Das stimmt nicht.« Sie schluckte, denn sie wusste, dass das auch nicht ganz der Wahrheit entsprach. »Okay, der Teil, dass niemand am Set über mich geredet hat, stimmt vielleicht, aber meine Schwierigkeiten mit den Szenen lagen nicht an dir.« Sie nahm seine Hände in ihre. »Ich wollte *alles* spüren. Meine Gefühle für dich, Delias Angst am Höhepunkt der Ereignisse, die Ricks Leben verändern, ihre Traurigkeit darüber, ihn zu enttäuschen. Ihre Hilflosigkeit und die Betäubung durch die Drogen, wodurch sie kaum mehr präsent ist. Aber ich habe es nicht geschafft, weil sich alles um mich herum falsch angefühlt hat. Du hast gesagt, dass unsere Welt in Schieflage geraten ist, als die Crew ankam, und du hattest recht. In meinem Kopf und in meinem Herzen gehört dieser Ort uns, und plötzlich sind nicht nur Lärm, Licht und Leute eingedrungen, sondern einige dieser Leute haben auch noch Dinge gesagt, die mir nicht gefallen haben. Ich wollte sie alle vom Grundstück werfen.«

»Aber sie haben diese Dinge meinetwegen gesagt, Baby. Verstehst du das nicht? Egal, wie du es drehst und wendest, es liegt an mir.«

Sie schüttelte den Kopf und setzte sich auf seinen Schoß. »Sie tun es unseretwegen, aber das ist gerade nicht wichtig. Es ist völlig egal, ob sie über uns, meine schauspielerischen Fähigkeiten oder meine Haare reden. Die Sache ist, dass ich es nicht gewohnt bin, mir von anderen Menschen irgendetwas gefallen zu lassen, aber ich habe aus den Augen verloren, wo das aufhört. Ich habe die Grenzen zwischen Realität und Fiktion verschwimmen lassen. Dieses Haus gehört nicht uns. Diese Leute waren nicht unsere Gäste. Wir leben auf einem Filmset. Egal, wie sehr es sich nach unserer Zuflucht anfühlt, wenn wir allein hier sind – das ist es nicht. Das habe ich aus den Augen verloren. Ebenso, wie unwichtig ihre Worte sein sollten. Ich habe mich davon beeinflussen lassen und konnte mich nicht konzentrieren. Das ist mein Problem. Ich wollte dir oder ihnen die Schuld geben. Aber komm schon, Boone. Das kann ich genauso wenig tun, wie du auf der Konzertbühne deinen Text vergessen und mir dafür die Schuld geben könntest.«

Er zuckte zusammen. »Das wäre blöd.«

»Ja! Ganz genau. Ich habe es an mich herangelassen, obwohl ich es nicht hätte tun sollen. Ich bin Schauspielerin – und es ist mein Job, Gefühle vorzutäuschen. Ich war stinksauer, als du das gesagt hast, aber es stimmt. Wenn ich ans Set komme, gebe ich vor, jemand anderes zu sein. Das heißt nicht, dass es keine wichtige Arbeit ist. Und der heutige Tag hat mich daran erinnert, wie schwer das Schauspielern ist, weil ich es plötzlich nicht mehr gut genug konnte, um der Rolle gerecht zu werden.«

»Trish …«

»Schh. Lass mich bitte ausreden. Ich bin nicht so tough, wie ich vorgebe. Und ich bin ganz ehrlich auch nicht so tough, wie ich gedacht habe. Wie sich herausstellt, steckt in mir mehr von einer verletzlichen Frau, als ich zugeben möchte.«

Lachend schlang er die Arme fester um ihre Taille. »Ich mag diese Frau in dir sehr. Tough, verletzlich, wach, schlafend. Alles an dir.«

Für einen Kerl, der so hart wirkte, war er wirklich ein großer Softie, wenn es um sie ging, und das liebte sie ebenso sehr an ihm wie den knallharten Alpha-Rocker.

»Danke. Ich wurde noch nie so auf die Probe gestellt. Das ist neu und beängstigend. Aber mir ist klar geworden, dass ich diese mädchenhafte Seite an mir mag, weil ich in vielerlei Hinsicht befürchtet habe, nicht feminin genug zu sein. Der heutige Tag war also eine Übung in Sachen Wachstum und Bescheidenheit.« Sie legte die Arme um seinen Hals. »Du siehst also, Mr. Stryker, der Klatsch über dich war nur der Weg zu dem eigentlichen Chaos in meinem Kopf. Aber morgen werde ich sie alle umhauen.«

»Das ist mein Mädchen.« Er umarmte sie und es war genau das, was sie brauchte. Gehalten und nicht verurteilt zu werden, nicht vor jemand anderem beschützt, sondern einfach nur von Boone gehalten zu werden.

»Tust du mir einen Gefallen?«, fragte er.

»Natürlich.«

»Tanzt du mit mir?«

Sie runzelte die Stirn. »Wir haben keine Musik.«

»Ich werde für dich singen, aber ich muss dich in meinen Armen spüren. Ich hatte heute selbst eine Erleuchtung.« Er hob sie von seinem Schoß und stand auf, ehe er sie wieder an sich zog. »Den ganzen Tag habe ich Rick gespürt, genau wie du es vorhergesagt hast. Und jetzt verstehe ich auch den Nervenkitzel. Ich verstehe, wie du so tief in die Rollen eintauchen kannst, dass sie sich real anfühlen. Nicht, dass ich auch nur ein Hundertstel deines Könnens hätte, aber ich verstehe das Süchtigmachende daran, dieses allumfassende Gefühl, von jemand anderem besessen zu sein.«

Er wiegte sich mit ihr in einem langsamen Tanz. Sie folgte seiner Führung und fühlte sich sicher, geliebt und im Hier und Jetzt. Vollkommen in diesem Moment.

»So fürchterlich der Tag heute auch war, ist mir klar geworden, wie viel du mir bedeutest, Trish. Wenn du leidest, leide ich auch. Wenn du lächelst, spüre ich es in meinem Herzen. Ich verfalle dir mit Haut und Haaren und möchte nicht, dass das hier, dass *wir* jemals enden.«

Es fiel ihr schwer, zu lächeln und nicht zu weinen. »Das möchte ich auch«, brachte sie hervor, ehe sie beide schwiegen.

Zum Klang der Natur und seines gleichmäßigen Herzschlags fielen all die durcheinandergebrachten Teile ihres Lebens an ihren Platz. Und als er »Can't Fight This Feeling« von REO Speedwagon anstimmte, verschmolz ihre Liebe für ihn all diese Teile wieder zu einem Ganzen.

Boone betrachtete sie mit einem Ausmaß an Liebe, das sie nie für möglich gehalten hätte. Während er davon sang, nicht gegen seine Gefühle ankämpfen oder sich daran erinnern zu können, warum er sich überhaupt gegen sie wehrte, darüber, sein Schiff an Land zu bringen und die Ruder wegzuwerfen, spürte sie, wie ihr Tränen über die Wangen liefen. Er sprach nicht aus, dass er sie liebte, sagte ihr aber etwas ebenso Bedeutsames, und sie wollte jedes Wort einfangen und für immer konservieren. Wollte das Lied, seine Stimme und die Art, wie er sie ansah, festhalten, damit sie immer und immer wieder zu diesem Augenblick zurückkehren konnte. Seine Stimme legte sich um sie, brachte sie einander näher und verband sie miteinander, damit nichts, nicht einmal ein Gerücht, zwischen sie kommen konnte.

Neunzehn

Am nächsten Morgen, bevor die Sonne aufging oder die Crew eintraf, als die taufrische Luft durch das offene Fenster wehte und das Haus sie mit Gelassenheit erfüllte, lag Boone wach. Er dachte an Trish und ihre Selbstlosigkeit. Er dachte an Jude und seine wiederholten Aufenthalte in Entzugskliniken, und er dachte an Lucky und was für ein Vorbild er für ihn abgab. Nacheinander ging er die Menschen durch, denen er nahestand, und fragte sich immer mehr, warum er zugestimmt hatte, seinen vorgetäuschten Ruf weiter aufrechtzuerhalten. Er hatte dem Rat von PR-Agenten und Marketing-Menschen vertraut und geglaubt, das Image des knallharten Rockers wäre für seine Karriere notwendig – und vielleicht war es das auch gewesen. Seine Musik war düster und entsprang der Welt, in der er aufgewachsen war. Das Einzige, was seine Musik davor bewahrte, zu sehr in die Dunkelheit zu fallen, war die Liebe, in die seine Familie ihn gehüllt hatte. Sie war eine unausweichliche Kraft und ein mächtiger Ausgleich zu der Umgebung seiner Jugend. Zum Glück transportierte er auch das in seiner Musik und milderte damit selbst die trostlosesten Texte. Nun fragte er sich allerdings, ob sein Ruf den Menschen, die er liebte, eher geschadet als geholfen hatte. Hätte seine Karriere darunter gelitten, wenn er den Medien gezeigt hätte, wer er wirklich war, nachdem er mit dem Trinken und den Affären aufgehört hatte? Wäre die Band langsam in Bedeutungslosigkeit versunken? Stand seine Karriere wirklich auf so schwachen Beinen? War seine Musik denn nicht der treibende Faktor seines Erfolgs?

Er drehte sich auf die Seite. Sparky gähnte, streckte sich neben seinem Kissen und hüpfte auf den Boden.

»Entschuldige, Kumpel«, flüsterte er und betrachtete dann Trish, die friedlich neben ihm schlief. Sie war seine ganze Welt geworden. Sie akzeptierte ihn trotz seines Rufs und hatte ihn gestern beschützt. Genau wie sie es gegenüber Chuck getan hatte, bevor sie hierhergekommen waren. Das Wissen, dass sie für ihn einstehen würde, fühlte sich seltsam an. Er sah sich selbst nicht als Mann, der beschützt werden musste. Aber alles, was Trish tat, tat sie aus vollem Herzen, und selbst wenn er nicht glaubte, beschützt werden zu müssen, liebte er sie noch mehr dafür. Sie fürchtete sich nicht davor, aufzustehen und sie selbst zu sein. Er musterte ihre nackten Kurven. *Nicht im Bett und auch nicht im Leben.* Das konnten nicht viele Menschen.

Mich eingeschlossen.

Trish öffnete flatternd die Augen und ein verschlafenes Lächeln breitete sich langsam auf ihren Lippen aus.

»Hi, Baby«, flüsterte er und küsste ihre Wange.

Ihr Blick aus dem Fenster wurde von Dunkelheit begrüßt.

»Es ist früh.« Bei ihrem Anblick wurde sein Körper von Liebe erfüllt. »Ich konnte nicht schlafen. Also hab ich einfach nur dagelegen und über dich und uns nachgedacht. Ich möchte offen mit dir zusammenleben und ein Teil davon – ein großer Teil – besteht darin, dich zu beschützen. Von heute an gibt es keine PR-Tricks mehr. Keine Spielchen.«

»Oh Boone«, seufzte sie. »So sehr ich das auch zu schätzen

weiß, das kannst du nicht tun. Was ist mit deiner Band und deiner Familie?«

»Baby, sieh dir Jude an. Er ist wieder im Entzug. Mein Ruf hält diesen Lebensstil aufrecht und das kann nicht hilfreich sein. Ohne es zu merken, habe ich die Botschaft vermittelt, dass wir Partygänger sein müssen, um erfolgreich zu sein. Mit achtzehn habe ich das vielleicht geglaubt, aber jetzt nicht mehr. Es ist eine andere Welt als damals, aber noch wichtiger ist, dass ich ein anderer Mensch bin. Ich werde mit der Band und meiner Familie reden. Diese Karte spielen wir in den Medien ohnehin nur ein paar Mal im Jahr aus. Wir haben uns diese Täuschung vor Jahren ausgedacht und ich habe keinen weiteren Gedanken daran verschwendet. Aber da du jetzt in meinem Leben bist, will ich der beste Mann sein, der ich sein kann.«

Er küsste ihre Wange. Ihm war klar, dass er das Richtige tat. »Das ist die richtige Entscheidung, Trish. Ich weiß es einfach. Und was meine Familie angeht ... Ich habe viel über Lucky nachgedacht. Er ist zwölf Jahre jünger als ich und in einer ganz anderen Welt aufgewachsen. Cage und ich haben dafür gesorgt, dass er und Mom und Mags versorgt sind und die Dinge haben, die sie brauchen, aber bis jetzt habe ich mir nie Sorgen darüber gemacht, was sie von meinem Bild in der Öffentlichkeit halten. Genauer genommen, wie es Luckys Entscheidungen beeinflussen könnte. Er ist zu klug, um Drogen zu nehmen, aber er ist auch zu klug, um sein Leben mit einem bedeutungslosen Job nach dem anderen zu verschwenden. Mein Vater würde wollen, dass er seine Nische findet. Ich muss ihn davon überzeugen, aufs College zu gehen, oder zumindest jemanden finden, der seine Computer- und Hacker-Fähigkeiten in die richtige Bahn lenkt. Mein Kumpel, Carson Bad, lebt in New York City und hat eine hochkarätige Sicherheitsfirma. Er hat verschiedene Jobs für mich erledigt und ich weiß, dass er Lucky bereitwillig unter seine Fittiche nehmen würde. Ich bin einfach monatelang planlos von einer Sache zur nächsten gerannt und habe mir nicht die Zeit genommen, ihn zu kontaktieren. Das wird sich jetzt ändern.«

»Ich kenne Carson«, erwiderte sie. »Na ja, ich kenne seinen Bruder Dylan besser als ihn. Ihm gehört die NightCaps-Bar. Meine Brüder und ich sind oft dort, wenn ich in der Stadt bin. Da habe ich Carson ein oder zwei Mal getroffen.«

»Du siehst besorgt aus. Bitte sag mir nicht, dass du was mit Carson hattest und jetzt nicht weißt, wie du es mir sagen sollst.«

Sie lachte. »Nein, das ist es nicht. Ich mache mir Sorgen um deine Mom.«

»Meine Mom? Baby, ich würde nie etwas tun, was ihr schadet. Sieh dir Jagger, Bowie und die anderen Legenden des Rock 'n' Roll an. Die haben ihre Familien auch ohne Ablenkungsmanöver aus den Medien rausgehalten. Wenn es sein muss, stelle ich zusätzliche Sicherheitskräfte ein, aber das wird nicht so schlimm, wie wir denken.«

»Ich weiß nicht. Das ganze Leben dieser Typen war ein Ablenkungsmanöver. Und deine Mom scheint ihr Leben so zu lieben, wie es ist.« Sie streichelte seine Wange und er lehnte sich in die Berührung und genoss ihre mühelose und aufrichtige Unterstützung.

»Ich weiß. Ich rede mit ihr, bevor ich irgendetwas unternehme, aber es ist nicht mein Ruf, der sie schützt, sondern die Täuschungsmanöver meines Teams, die die Aufmerksamkeit von ihrem Wohnort ablenken, wenn ich sie besuche. Sie werden sich einfach etwas anderes einfallen lassen müssen. Wir finden schon eine Lösung. Ich werde sie ohnehin in den nächsten paar Wochen nicht besuchen. Aber von jetzt an wird es keine Party-

Bilder von mir in der Presse geben, es sei denn, ich feiere mit dir. Ich möchte nicht, dass deine Integrität angegriffen wird.«

»Ich möchte Danke sagen, aber das scheint irgendwie nicht zu reichen, bei den ganzen Gedanken, die du dir darüber machst.« Ihre Augen verdunkelten sich verführerisch.

»Mmh.« Er knabberte an ihrer Schulter. »Woran hast du denn gedacht?«

»Ich kann nicht glauben, dass ich das tun werde, aber …« Sie drückte ihn auf den Rücken und legte sich auf ihn, sodass ihre Beine zwischen seine rutschten. »Wir kommen später zu deinem Mund auf mir zurück.«

Sie verschloss seine Lippen mit ihren, und er sog die Süße des Kusses in sich auf und schlang die Arme um sie. Die Weichheit ihres Körpers schmiegte sich wunderbar an seine feste Gestalt. Er drückte sich ihr entgegen und sie löste ihre vollen Lippen aus ihrem Kuss.

»Geh nicht«, flüsterte er.

»Ich verspreche dir, dass dir gefallen wird, wo ich hin will.«

Langsam glitt sie an seinem Körper hinab und verteilte Küsse über seine Brust Richtung Süden. Ihre Finger tanzten über seine Nippel und jagten heiße Schauer durch ihn hindurch. Anschließend folgte sie ihnen mit der Zunge und leckte und saugte, bis er vor Verlangen stöhnte. Ihr heißer, feuchter Mund zog eine brennende Spur über seine Bauchmuskeln, leckte und reizte jeden einzelnen davon, bis er beinahe wahnsinnig wurde, und fuhr die Flammen-Tattoos darauf nach. Boone schob die Hände in ihre Haare und kämpfte gegen den Drang an, sie tiefer zu führen, denn ihr zufriedenes Stöhnen verriet ihm, dass sie jede Sekunde dieser süßen Tortur genoss.

Er positionierte sich etwas anders und legte den Kopf aufs Kissen, damit er besser beobachten konnte, wie sie ihn mit

Mund und Händen verwöhnte. »Baby, dein Mund sollte patentiert werden.«

Kichernd rutschte sie tiefer und ihr heißer Atem strich über seine Länge. Ohne den Blick von ihm zu nehmen, umschloss sie seine Härte mit den Fingern und küsste die Spitze. Boone sehnte sich so verzweifelt nach ihren sinnlichen Lippen, dass ihm dieser einfache Kuss den Verstand raubte. Ihre Lippen waren warm und ihre Hände weich, doch ihr Griff war fest, und als sie ihre Zunge kreisend über seine Spitze tanzen ließ, fluchte er unterdrückt angesichts dieses wunderschönen Anblicks. Trish lächelte verschmitzt und leckte einmal vollständig über seine Länge, wobei ihre Hand der Spur ihres Mundes folgte.

»Himmel, Baby«, zischte er.

Sie nahm ihn in den Mund und das pure Vergnügen, die Aufmerksamkeit der Frau zu bekommen, die er liebte, entlockte ihm ein Stöhnen. Erst saugte sie hart und schnell, dann quälend langsam. Ihm schwirrte der Kopf, sein Körper summte und Hitze sammelte sich an seinem Steiß. Er war nah dran, so nah dran.

»Meine Schöne, ich brauche dich ganz und gar.« Er griff gleichzeitig nach ihr und einem Kondom aus dem Nachttisch.

Sie half ihm, es überzuziehen, ehe sie sich rittlings auf ihn setzte und ihn in ihrer engen Hitze aufnahm.

»Boone«, flüsterte sie, spreizte die Finger auf seiner Brust und bewegte sich auf ihm.

Es war ein erlesenes Gefühl, sie um sich zu spüren und zu beobachten, wie ihre Haare in ihr vor Lust verzerrtes Gesicht fielen. Trish hatte die Augen geschlossen und ihre Lippen, glänzend und geschwollen, waren leicht geöffnet. Er packte ihre Hüften und kam ihr mit jedem Stoß entgegen. Aber er war zu weit weg. Er wollte sie ganz einnehmen, jeden ihrer Herzschläge spüren und jeden Atemzug kosten. Also setzte er sich auf, legte sich ihre Beine um die Taille und verwickelte sie in einen langen, hungrigen Kuss. Sie grub die Nägel in seine Arme und stöhnte ungezügelt auf. Er liebte es, sich ganz und gar mit ihr verbunden zu fühlen und das Pulsieren und Beben ihres Körpers zu spüren. Ihre Vereinigung riss sie so sehr mit, dass sie den Kopf in den Nacken legte und seinen Namen schrie. Er küsste sie erneut, schluckte ihre ekstatischen Schreie und ergab sich seinem eigenen, intensiven Höhepunkt.

Trish legte schwer atmend die Stirn an seine Schulter. »Wie machen wir es?«

»Ich dachte, wir hätten es schon ziemlich gut gemacht.« Er küsste ihre Wange und sie lachte.

»Zum Teil war es gestern so schwer, weil ich mich jedes Mal zurückhalten musste, wenn ich dich gesehen habe, und ich weiß, dass es dir genauso ging«, gestand sie. »Ich konnte spüren, wie sehr du mich berühren wolltest, wann immer wir einander nah waren. Denkst du, wir stehen diese Woche durch?«

»Wir können alles überstehen. Und ich glaube, dass ich dir ein kleines Vergnügen schulde.« Er rollte sie unter sich, entledigte sich des Kondoms und glitt an ihrem Körper hinab.

»Was? Nein, du musst nicht ... Oh. *Oh je.*« Er leckte über ihre süßeste Stelle und sie krallte sich in die Laken. »Wenn jeder Morgen so abläuft, glaube ich dir vielleicht.«

In der folgenden Woche konzentrierten Boone und Trish sich auf den Dreh und versuchten, nicht auf die ewig brodelnde Gerüchteküche zu reagieren. Nach ihrer Unterhaltung war es

Trish gelungen, das Geflüster genügend auszublenden, um wieder in ihrer Darstellung zu glänzen, aber es war nicht leicht gewesen. Allerdings rief sie jetzt Fiona an, anstatt sich bei Boone darüber auszulassen.

»Ist dir schon mal aufgefallen, dass Geflüster sich um die süßesten, heißesten und bedeutungsvollsten, aber auch die verletzendsten Dinge drehen kann?« Trish drückte sich das Handy ans Ohr und betrachtete sich im Spiegel. Es war sechs Uhr abends und Chuck hatte ein besonderes Essen für die Darsteller und die Crew organisiert. Es war ihm ein persönliches Anliegen, alle in die Restaurants der kleinen Orte einzuladen, in denen er seine Filme drehte. Das war seine Art, sich bei den Gemeinden dafür zu bedanken, dass sie sie ertrugen. Leider war das auch seine Art, die Werbetrommel zu rühren, worauf sich Trish nicht freute, vor allem angesichts der geschäftigen Gerüchteküche.

»Klar. Wenn du mal darüber nachdenkst, ist das bei vielen Dingen so. Blicken.« Fiona seufzte. »Ich liebe es, wenn Jake mich von der anderen Seite des Raumes aus ansieht, und da ist dieser Moment, in dem nichts anderes existiert und mein Herz vor Vorfreude rast.«

Trish setzte sich lächelnd aufs Bett und streichelte Sparky. »Das liebe ich auch. Boone hat die gefühlvollsten Augen. Ich verliebe mich ernsthaft in ihn, Fi, und zu hören, was die Leute über ihn erzählen, tut weh.«

»Es tut mir leid, dass du das durchmachen musst. Soll ich mir ein paar Tage freinehmen und dich besuchen kommen? Du musst dich vielleicht professionell verhalten, aber sie haben keine Ahnung, wer ich bin. Ich kann die fiesen Kommentare sofort zurückgeben. Und dann verrate ich Boone all deine Geheimnisse und bin das fünfte Rad, wenn die Crew abends verschwindet und nur ihr zwei zurückbleibt.«

»Du kuschelst dich zwischen uns ins Bett«, zog Trish sie auf.

»Ich hab gehört, dass duschen zu dritt jetzt in ist.«

»Ich vermisse dich, Fi. Danke, dass ich Dampf ablassen durfte. Ich fühle mich immer besser, wenn ich mit dir gesprochen habe, aber ich werde dich niemals mit meinem Mann duschen lassen.«

Fiona lachte. »Keine Sorge. Jake ist mehr, als einer Frau im Leben gestattet sein sollte. Aber ich freue mich für dich. Hättest du gedacht, dass sich dein Schwarm in Mr. Wunderbar verwandelt?«

Es klopfte an der Tür und Boone streckte den Kopf herein. *Darf ich reinkommen?*, fragte er stumm.

Sie winkte ihn herein. »Fi, ich muss los. Der heißeste Mann des Planeten ist gerade in mein Schlafzimmer gekommen. Vielleicht kommen wir zu spät zum Essen. Hab dich lieb.«

Sie legte das Handy aufs Bett und stand dann auf, wobei sie diesen Moment der Anziehung spürte, bei dem das Herz wie wild in der Brust schlug, von dem Fiona und sie gerade gesprochen hatten. War es möglich, dass Klamotten eine Person noch heißer machten? Beim Anblick von Boones frisch rasiertem Gesicht, dem weißen Hemd und der dunklen Anzughose wurde ihr Mund ganz trocken. Der würzige Duft seines Parfums stieg ihr in die Nase, als er ihre Hand nahm, und sie packte ihn mit beiden Händen.

»Mein Gott, Baby. Du bist umwerfend. Muss ich dich heute Abend wirklich mit den anderen teilen?« Er beugte sich nach unten und küsste ihre Wange. »Und du riechst fantastisch.«

»Dasselbe habe ich gerade über dich gedacht. Eine Presse-veranstaltung muss wirklich nicht sein, aber ich möchte nicht eine Sekunde darauf verzichten, dich so zu sehen.«

Er schlang die Arme um ihre Taille und zog sie an seinen harten Körper – und es waren nur ein paar heiße Küsse nötig, um ihn noch härter zu machen.

»Wir müssen nicht ausgehen, um uns schick zu machen«, murmelte er an ihrem Hals. »Falls du mal Lust auf ein Rollenspiel hast, bin ich dabei. Mir würde da spontan das klassische französische Zimmermädchen einfallen.«

Sie legte den Kopf in den Nacken und genoss das Gefühl seiner vollen Lippen auf ihrem Hals. »Oh, das könnte lustig werden! Ein Feuerwehrmann?«

»Sicher, wenn du nur die Stiefel trägst.« Er küsste sie erneut. »Cowboy?«

Er verteilte federleichte Küsse auf ihrem tiefen Ausschnitt. »Mm-hm, alles, was du willst, Baby.«

»Bauarbeiter? Rettungsschwimmer? Boxer?«

»Ja, ja, und auf gar keinen Fall.«

Sie lachte laut auf und er sah sie mit dieser Mischung aus Stirnrunzeln und Lächeln an, die ihn so viel heißer machte. Sie umfasste seine Wangen. »Ein Wrestler?«

Er warf sie aufs Bett und kitzelte ihre Seiten, woraufhin sie vor Entzücken kreischte.

»Keine Boxer?« Lachend kitzelte er sie heftiger, während sie vergeblich versuchte, seinem unaufhaltsamen Angriff zu entkommen.

»Stopp! Stopp! Mein Kleid! Okay! Keine Boxer!« Sie schnappte zwischen ihren Lachkrämpfen nach Luft.

Er ließ von ihr ab und sie versuchte, wieder zu Atem zu kommen. »Du provozierst mich wirklich.«

»Ich kann nicht anders. Es macht Spaß, dich zu necken.« Lächelnd ließ sie sich nach hinten fallen und legte einen Arm über ihren Bauch.

Er sank neben sie und atmete ebenso schwer. »Du bist ein böses, böses Mädchen.«

»Darf ich dich wenigstens Cage nennen?« Sie quietschte, als er sie mit seinen großen Händen festhielt und die Kitzelfolter von vorn begann.

Die Main Street war vollgeparkt und eine Traube Fans winkte vor dem Restaurant in der Hoffnung auf Autogramme kreischend mit Zetteln und CDs. Chuck stand am Eingang und unterhielt sich gemeinsam mit einigen anderen Mitwirkenden mit einem Reporter. Muskulöse Sicherheitsleute standen vor der begeisterten Menge Wache.

»Das ist nicht die verschlafene kleine Stadt, in der wir untergekommen sind, oder?«, fragte Boone in der Sicherheit des Autos. Er konnte den Unterschied, den ein paar Anrufe gemacht hatten, kaum fassen.

»Chuck wollte Presse«, erinnerte Trish ihn.

Blitzlicht explodierte wie ein Feuerwerk, als Boone und Trish ausstiegen.

»Boone! Trish! Hier drüben!«, rief eine blonde Reporterin, woraufhin sich einige der anderen Journalisten um sie versammelten, Fotos machten und sie mit Fragen bombardierten.

Boone ließ seine Hand auf Trishs Rücken liegen und hielt die Menge mit Adleraugen im Blick. Er wollte Trish in seine Arme ziehen und sie von den lüsternen Blicken und den grapschenden Typen abschirmen, die sich gegen die Samtseile drängten, die die Menge zurückhalten sollten. Aber sie hatten sich darauf geeinigt, ihre Beziehung nicht zur Schau zu stellen, was bedeutete, dass er überhaupt nichts tun konnte, außer ihnen einige böse Blicke zuzuwerfen und angemessen nah bei ihr zu bleiben. Nachdem sie sich tagelang mit Gerüchten hatten herumschlagen müssen, hatte er die feine Grenze, die sie zwischen ihrem Berufs- und Privatleben gezogen hatten, ziemlich satt. Jared raubte ihm den letzten Nerv mit seinen Andeutungen, die ihre Beziehung ganz sicher untergraben sollten. Aber Boone respektierte Trish zu sehr, um ohne ihre Zustimmung eine Stellungnahme abzugeben.

»Boone! Wie gefällt dir die Schauspielerei?«, fragte ihn ein Reporter mit lichter werdenden Haaren.

Boone setzte ein Lächeln auf und schlüpfte in seine Rolle als Rockstar. »Es ist mega, Mann. Auf jeden Fall schwierig, aber es ist auch großartig, mit der umwerfenden und talentierten Trish Ryder zusammenzuarbeiten.«

Trish schenkte ihm ein warmes Lächeln, als sie, umgeben von eifrigen Fans und den Medienleuten, einen Schritt nach vorn trat.

»Trish, wie ist die Arbeit mit Boone?«, fragte der Reporter.

»Unglaublich. Er ist sehr intuitiv und kreativ.« Voller Anmut und Professionalität stellte sie sich der Situation und Boone konnte den Blick nicht von ihr wenden. »Ich kann es kaum erwarten, dass die Fans Ricks und Delias Geschichte sehen. Boone erweckt sie wirklich zum Leben.«

Im Auto hatte sie ihm gebeichtet, wie nervös sie war, beeindruckte ihn aber jetzt damit, dass sie nicht ins Stocken kam. Mit erhobenem Kopf hielt sie perfekten Blickkontakt und ihre Worte zupften an seinem Herzen.

Eine Reporterin hielt Trish ein Mikro vor die Nase. »Was kommt für dich als Nächstes?«

Sie lächelte strahlend. »Das weiß ich noch nicht. Vielleicht nehme ich mir vor dem nächsten Film eine kleine Auszeit, um mich zu erholen. Besuche Familie und Freunde.«

Die Fans brachten ihre Bestürzung zum Ausdruck, doch Boone konnte nur daran denken, dass er es nicht erwarten konnte, diese Zeit mit ihr zu verbringen.

Trish lachte und wandte sich an die Menge: »Okay, vielleicht nur eine Woche!«

Die Fans jubelten.

»Und du, Boone? Was kommt als Nächstes? Wann findet die nächste Strykeforce-Tour statt?«

Trish sah ihn mit ihren wunderschönen Augen fragend an. Er hatte mit der Band darüber gesprochen, nächstes Jahr auf Tour zu gehen, was monatelange Vorbereitungen bedeuten würde. Damals war seine Entscheidung von vielen Faktoren abhängig gewesen, nicht zuletzt Judes Sucht. Nun wurde ihm klar, dass seine Entscheidung am stärksten von seiner Beziehung zu Trish, ihrer beider Terminpläne und wie sie als Paar leben wollten, beeinflusst werden würde.

Er drückte seine Hand fester auf Trishs Rücken und hoffte, dass sie die stumme Bitte um ihre Meinung verstanden hatte. »Wir kündigen sie an, sobald wir einen festen Termin haben.«

Sie beantworteten einige weitere Fragen und gaben Autogramme. Die aufgeregten Fans kamen immer näher und streckten die Arme über die Samtseile, wodurch sie Trish und Boone trennten. Die bulligen Sicherheitsleute beobachteten das Ganze und schoben, wenn nötig, eine Hand zwischen Trish und die Fans. Auch Boone versuchte, sie im Auge zu behalten, aber in der Hektik und bei all dem Gekreische, den wedelnden Händen und der nach vorn drängenden Menge erhaschte er nur kurze Blicke auf sie. Eine junge Frau riss ihre Bluse auf und schob ihre in Spitze gehüllten Brüste nach vorn. Boone war völlige Nacktheit gewohnt, aber sie trug zumindest einen BH. Er unterschrieb auf ihrer Brust, wurde jedoch von einer Welle aus Schuldgefühlen erfasst. Als er sich umdrehte, sah er noch, wie Trish die Augen verdrehte, bevor sie im Restaurant verschwand.

Er nickte den Sicherheitsleuten zu, um ihnen zu signalisieren, dass er fertig war, und folgte ihr hinein. Das Restaurant strahlte mit den Holzwänden und den Kronleuchtern mit künstlichen Kerzen einen rustikalen Charme aus. Der Duft von Frittiertem, gegrilltem Steak und Behaglichkeit hing in der Luft und das war Boone allemal lieber als der versnobte Geruch von überteuerten Restaurants, in denen der Gast nicht für gutes Essen zahlte, sondern eher dafür, Platz einzunehmen. Das war der Junge aus der Bronx in ihm. Jeder, der Geld hatte, konnte sich einen Platz leisten, aber es war große Sorgfalt nötig, um eine Mahlzeit zu kochen, die wie bei seiner Mutter schmeckte.

»Alles in Ordnung?«, flüsterte er Trish ins Ohr.

»Natürlich, aber wir sollten uns mal darüber unterhalten, Körperteile zu signieren.« Sie verschränkte ihre Finger mit seinen, was ihn gleichzeitig überraschte und freute, wenn man bedachte, dass sie ihre Beziehung eigentlich nicht zeigen wollten. »Ich glaube, dass meine ausreichen dürften.«

Er war froh, dass sie mit ihrer Eifersucht ebenso würdevoll umging wie mit den Medien, und setzte das auf die lange Liste der Dinge, die er an ihr liebte.

»Einverstanden. Es tut mir leid. Ich habe nur meine Rolle gespielt.« Er erinnerte sich an die Bar und Trishs eifersüchtige Reaktion, als er das Shirt der Kellnerin unterschrieben hatte. Damals war alles anders gewesen. *Jetzt sind wir ein Paar.*

Die Hostess tauchte auf und Trish ließ seine Hand los. Ihm wurde der Magen schwer und er fühlte sich wie ein kleiner

Junge, der seinen Baseball verloren hatte. Während sie der Hostess in den privaten Essbereich folgten, schenkte ihm Trish das warme, verführerische Lächeln, das sie nur für ihn reservierte, und flüsterte: »Du kannst es später wiedergutmachen.« Damit linderte sie den Stich etwas, den es ihm versetzt hatte, als sie seine Hand losgelassen hatte.

Das Essen war noch besser, als der Duft versprochen hatte. Die Gespräche waren locker und drehten sich hauptsächlich um den Film. Abgesehen von ein paar Seitenblicken behielten die Klatschtanten der Crew ihre Bemerkungen klugerweise für sich. Boone saß neben Trish und hielt unter dem Tisch ihre Hand. Er wollte einen Arm um sie legen, aber alles lief so glatt, dass er jetzt nicht für Unruhe sorgen wollte.

Nach dem Essen gönnten sie sich noch ein paar Drinks, verteilten sich in dem kleinen Essbereich und unterhielten sich entspannt.

Chuck hob sein Glas und räusperte sich aufmerksamkeitsheischend und die Gespräche verstummten. »Ich würde diesen Moment gern nutzen, um mich bei jedem Einzelnen von euch zu bedanken. Es kostet viel Aufwand, einen Film zu drehen, und ich könnte mit unserem Fortschritt bis jetzt nicht zufriedener sein.«

Er sah zu Trish und Boone und Boone drückte Trishs Hand. Er war so stolz auf sie. Sie hatte das Unbehagen und den Frust über den Klatsch hinter sich gelassen und ihre schauspielerischen Leistungen waren besser als zuvor. Ihre Darstellung von Delia war so glaubwürdig, dass er langsam nervös wegen der zentralen Lagerhausszene wurde. Jetzt wollte er es noch weniger als je zuvor für sie vermasseln.

»Trish, Boone«, fuhr Chuck fort und lächelte schief. »Zehn Tage in Hurricane, West Virginia, haben Wunder bewirkt. Jetzt denke ich darüber nach, alle meine Hauptdarsteller vor dem Dreh zusammen wegzuschicken.«

Anerkennendes Lachen ertönte. Boone versuchte, das gedämpfte Flüstern zu ignorieren, das daraufhin folgte, doch als Jared schnaubte, konnte Boone nicht widerstehen, ihm einen sehr deutlichen Blick zuzuwerfen: *Vorsicht, Blödmann.*

Chuck hob sein Glas höher und sagte: »Bringen wir Rick und Delia zu den Oscars!«

Alle jubelten.

Boone stieß mit Trish an und sagte nur für sie: »Den hast du in der Tasche, meine Schöne.«

Einen Augenblick später stieß Chuck zu ihnen. »Boone, hättest du was dagegen, wenn ich deine Hauptdarstellerin einen Moment entführe?«

»Ganz und gar nicht und danke für das Kompliment eben.«

Chuck klopfte ihm auf die Schulter. »Ihr beide habt es verdient.« Er führte Trish in eine ruhige Ecke des Raumes.

Jared schob sich mit einem Drink in der Hand und einem herausfordernden Funkeln in den Augen neben Boone. »Sie hat für die meisten ihrer Darstellungen einen Oscar verdient.«

»Stimmt.« Boone bemühte sich, ihm keinen kalten Blick zuzuwerfen, fürchtete aber, dass es ihm nicht gelang.

»Ich habe schon einige Male mit Trish zusammengearbeitet und sie hatte noch nie solche Probleme wie letztens.« Jared nippte an seinem Drink und betrachtete Boone überheblich. »Man kann nur vermuten, dass die Zeit allein mit dir ihr eher geschadet als geholfen hat.«

Um diesem Mistkerl nicht zu sagen, wohin er sich seine Meinung schieben konnte, klammerte Boone sich fest an sein Glas. »Ist das so?«

Jared zuckte mit den Schultern. »Was soll ich sagen? Es

macht mich fertig, eine so schöne Frau wie Trish mit jemandem zu sehen, der emotional so schlecht aufgestellt ist wie du.«

Boone trat näher an ihn heran. Seine Stimme war gefährlich ruhig und sein Blick tödlich. »Glaubst du etwa alles, was du liest?«

»Ich bin ihr Freund. Ich passe nur auf sie auf.« Er betrachtete Trish. »Sie ist ein heißer Feger. Sie verdient etwas Besseres.«

Boone stellte seinen Drink ab, um einen Moment Zeit zu schinden, damit er den Drang unter Kontrolle bringen konnte, dieses Schwein gegen die Wand zu werfen. Er überbrückte den Abstand zwischen ihnen und Jared trat einen Schritt zurück. Boone erfreute sich unheimlich daran, dass sich sein Grinsen in Angst verwandelte.

»Tja, Hübscher. Offensichtlich bist du ein genauso schlechter Freund wie Menschenkenner. Freunde ziehen hinter ihrem Rücken nicht übereinander her und bezeichnen sich auch nicht als ›heißer Feger‹.« Er trat noch näher an ihn heran, sodass sich ihre Oberkörper leicht berührten. »Ein echter Freund würde wissen, dass Trish weitaus mehr als nur ein heißer Feger ist. Man muss kein Genie sein, um zu sehen, dass sie klug und stark ist und mehr Talent und gute Manieren in ihrem kleinen Finger hat, als du je besitzen wirst. Und du bist definitiv nicht Manns genug, um zu beurteilen, womit ich klarkomme und möglicherweise nicht klarkomme.«

Er tätschelte Jareds Wange und lächelte, doch sein stählerner Blick ließ keine Missverständnisse aufkommen. »Du hörst augenblicklich mit diesem Scheiß auf. Und ich versichere dir, ich bin definitiv gut genug aufgestellt, um mit so hübschen Kerlen wie dir klarzukommen.«

Er drehte sich um und stellte fest, dass es im Raum totenstill geworden war. Alle Blicke richteten sich auf ihn.

Zwanzig

Der Raum fühlte sich immer erdrückender an. Chuck hatte ihr gerade erzählt, wie stolz er auf sie war und wie dankbar, dass sie zugestimmt hatte, Boone zu helfen. Seiner Meinung nach hatte sich Boones Leistung vollkommen gewandelt und er sich als so talentiert und fähig erwiesen, wie Trish angedeutet hatte. *Ignoriere den Unsinn am Set. Wenn du glücklich bist, ist das alles, was zählt, und es ist offensichtlich, dass ihr zwei eine tiefe Verbindung habt, die über das Schauspiel hinausgeht,* waren seine abschließenden Worte gewesen.

Was dachte Chuck jetzt? Sie hatte nur das Ende von Boones Worten an Jared mitbekommen, den ungläubigen Blicken der anderen nach zu urteilen, war sie damit aber nicht die Einzige. *Du hörst augenblicklich mit diesem Scheiß auf. Und ich versichere dir, ich bin definitiv gut genug aufgestellt, um mit so hübschen Kerlen wie dir klarzukommen.* Grundgütiger, sie hatte noch nie etwas Heißeres gesehen als Boone, der gelassen und bestimmt für sie eintrat. Obwohl sie sicher war, dass er die Situation schlimmer gemacht hatte, war sie unglaublich stolz auf ihn und verliebte sich noch mehr.

Boone legte ihr einen Arm um die Schultern und schenkte ihr ein Lächeln, das ebenso erleichtert wie selbstbewusst war.

»Nun.« Er seufzte und wandte sich an die gaffende Menge. »Das kam unerwartet.«

»Was ist gerade passiert?«, flüsterte Trish und lächelte dabei gespielt.

Sein Blick glitt durch den Raum, ehe er sie entschuldigend ansah.

»Tut mir leid, meine Schöne. Ich glaube, ich hatte erwähnt, dass ich nicht gut darin bin, anderen etwas vorzutäuschen, aber möglicherweise habe ich dir verschwiegen, dass ich auch nicht sehr gut darin bin, eine direkte Konfrontation in Bezug auf uns zu ignorieren.« Er betrachtete die anderen und lächelte stolz. »Ihr habt richtig gehört, Leute. Trish und ich sind ein Paar und wir haben genug von der Gerüchteküche, falls ihr also etwas über meine Vergangenheit oder darüber zu sagen habt, dass Trish mit jemandem zusammen ist, der ihrer nicht würdig ist, kommt ihr von jetzt an bitte direkt zu mir.«

Oh mein Gott.

Er marschierte durch den Raum zu Chuck und zog Trish mit sich.

»Chuck, es tut mir leid, dass ich diese tolle Veranstaltung gestört habe, aber ein Mann kann nur gewisse Dinge hinnehmen, bevor er für die Frau einstehen muss, die ihm etwas bedeutet. Ich versichere dir, dass meine Beziehung zu Trish die Dreharbeiten nicht behindern wird.«

Atme. Atme. Atme.

»Mach dir keine Sorgen um mich. Das passiert ständig.« Chuck trank aus und stellte sein Glas auf den Tisch. »Ich frage mich nur, warum du so lange gebraucht hast.«

Trish atmete vor lauter Erleichterung geräuschvoll aus. Die anderen zerstreuten sich langsam wieder und ein weiterer Teil ihrer Anspannung löste sich auf.

»Diese Leute brauchen etwas, über das sie reden können.« Chuck lächelte Trish an. »Aber du bist es nicht gewohnt, dabei im Zentrum zu stehen, nicht wahr?«

»Ganz und gar nicht. Es tut mir leid, Chuck. Wir wollten keine Schwierigkeiten verursachen.«

»Wie schon gesagt, ich habe kein Problem mit euch. Ihr seid am Set ein unheimlich gutes Team. Macht so weiter und alles wird gut.«

Boone senkte die Stimme und sagte: »Ich bin nicht so schlimm, wie ich in der Presse dargestellt werde.«

Chuck lachte. »Das sind die meisten Leute nicht.« Er sah sich um. »Einige dieser Leute hier würden an Einhörner glauben, wenn sie in einem Klatschblatt vorkämen.«

Als Chuck ging, schlang Boone die Arme um Trishs Taille und lehnte seine Stirn an ihre. »Entschuldige, Baby«, flüsterte er. »Ich weiß, dass wir vorsichtig sein wollten, aber wie sich herausstellt, bin ich nicht so stark, wie ich dachte.«

Sie schmolz in seinen Armen dahin und hatte das Gefühl, als wäre ihr die Last der ganzen Welt von den Schultern genommen worden. »Du bist zehn Mal stärker. Das Mädchen in mir liebt, was du getan hast.«

Er hob eine Braue. »Wirklich?«

»Es war heiß.« Sie biss sich auf die Unterlippe und lächelte ihn an.

»Was hältst du davon, wenn wir von hier verschwinden und einen Spaziergang machen?«

»Einen Spaziergang? Was ist mit der Presse?«

»Gibt es eine bessere Möglichkeit als etwas Presse, um alle wieder in die Spur zu bringen?«

»Dir ist schon klar, dass wir morgen in jedem Magazin auftauchen werden.«

»Wäre es dir lieber, wenn es nicht so wäre? Mir ist es egal. Wir können zum Haus zurückfahren und über die Wiesen schlendern, wenn du das möchtest. Ich dachte bloß, dass es schön sein könnte, einfach ein oder zwei Stunden wie ein annähernd normales Paar miteinander zu verbringen.«

Das wollte sie mehr, als ihr klar gewesen war. »Ich habe Shea, meiner PR-Agentin, noch nicht von uns erzählt. Ich sollte ihr schreiben. Willst du dein PR-Team nicht vorwarnen?«

Boone führte sie von den anderen weg, damit sie etwas mehr Privatsphäre hatten.

»Ich werde mein Image nicht mehr manipulieren. Aber schreib ihr ruhig. Wir haben genügend Zeit.« Er nahm ihr Handy aus seiner Tasche.

Nervosität breitete sich in ihrem Bauch aus. Sie sollte Shea kontaktieren, aber was sagte das über sie aus? Würde das nicht die klare Botschaft senden, dass es ihr wichtiger war, was die Leute über Boone dachten, als was sie von ihm hielt?

»Nein«, erwiderte sie. »Lass uns einfach wir selbst sein und sehen, was passiert.«

Er runzelte die Stirn. »Bist du sicher? Wenn der Klatsch am Set ein Vorgeschmack war, werden die Medien etwas Ähnliches anzetteln. Shea könnte dich vor einem Teil davon beschützen oder ist zumindest auf Schadensbegrenzung vorbereitet.«

»Du hast recht. Sie hat eine Vorwarnung verdient. Ich schreibe ihr, damit sie weiß, womit sie rechnen muss, werde sie aber nicht bitten, eine Stellungnahme zu verfassen. Ich möchte, dass die von mir kommt. Und Boone, ich möchte, dass du weißt, nichts ist mir wichtiger als das, was wir übereinander denken. Sicher weißt du das, aber ich wollte es noch einmal aussprechen, damit du keine Zweifel hast.«

»Ich weiß. Mach dir keine Sorgen um mich. Alles, was ich

wissen muss, lese ich in deinen wunderschönen Augen.« Er gab ihr einen einfachen Kuss und reichte ihr das Handy.

Sie schickte Shea schnell eine Nachricht und setzte in letzter Sekunde auch ihren Agenten auf die Empfängerliste.

Wahrscheinlich hast du schon von Fi gehört, dass ich mit Boone Stryker zusammen bin. Er ist nicht so, wie die Presse ihn darstellt, also dreh nicht durch. Aber wir werden gleich von den Klatschseiten erwischt werden und ich wollte dich nicht im Dunkeln lassen. Bitte veröffentliche keine Stellungnahme ohne mein Einverständnis. Danke!

Boone streckte die Hand nach ihrem Handy aus und sie zögerte. »Das klingt jetzt bestimmt komisch, aber hättest du was dagegen, wenn ich auch meiner Familie schreibe?«

Ein warmes Lächeln breitete sich auf seinem Gesicht aus. »Baby, sie sind wichtiger als alle anderen.«

»Danke.« Sie sah sich um und wurde von Traurigkeit erfasst. »Es ist schade, dass so viele Menschen nicht wissen, wir großartig du bist.«

»Wichtig ist nur, dass du und deine Familie es wissen«, versicherte er ihr.

Gott, ich liebe dich. Sie schluckte das Geständnis hinunter und schrieb ihrer Familie in ihrem Gruppenchat eine ähnliche Nachricht wie Shea. Aber das Geständnis lag ihr weiter auf der Zunge.

Ich wollte euch Bescheid sagen, dass ich mit Boone Stryker zusammen bin. Er ist nicht so, wie die Presse ihn darstellt, also macht euch keine Sorgen. Wahrscheinlich tauchen wir morgen in der Klatschpresse auf und ich wollte euch nicht im Dunkeln lassen. Ich verspreche, dass ihr ihn lieben werdet! Hab euch alle lieb!

Anschließend schaltete sie ihr Handy aus und gab es Boone zurück.

Er betrachtete das dunkle Display. »Sicher, dass du es nach diesen Nachrichten ausschalten willst?«

»Genau *deswegen* tue ich es.«

Sie verabschiedeten sich von allen.

»Ihr seid ein wirklich süßes Paar«, sagte Zoe zu ihnen. »Meine Fragen nach unserer Ankunft tun mir leid, Trish.« Sie sah zu Boone auf. »Es war nichts Persönliches. Ich habe oft mit Trish zusammengearbeitet und ihre Filmpartner haben ständig versucht, ihre Aufmerksamkeit auf sich zu lenken. Also musst du entweder ein Monster in der Hose haben oder wirklich ein ganz besonderer Typ sein.«

»Zoe!« Trish klappte der Mund auf.

Boone und Zoe mussten lachen.

»Ich mach nur Spaß.« Zoe schob sich die blonden Haare über die Schulter. »Wenn das alles wäre, an dem du interessiert bist, hättest du Vin Diesels Angebot angenommen.«

Trish schüttelte den Kopf und richtete sich an Boone. »Es gab kein Angebot. Nur einen kleinen Flirt.«

Er lachte. »Ich mach mir keine Sorgen, Baby. Du bist mit mir zusammen, nicht mit ihm.«

»Ich freue mich für euch«, fügte Zoe hinzu. »Und die Hälfte der Leute, die sich hier den Mund zerreißen, wollen Trish schützen. Die anderen lieben einfach Klatsch. Schon bald seid ihr wieder Schnee von gestern.«

Trish umarmte sie. »Danke, Zoe.«

»Ja, danke. Ich weiß deine Unterstützung zu schätzen.« Boone senkte die Stimme und fügte hinzu: »Und nur fürs Protokoll, also die Gerüchteküche, Vin Diesel kann mir nicht das Wasser reichen.«

»Oh mein Gott. Das ist so typisch Mann.« Trish zog ihn weg und war überrascht, als er Jared die Hand reichte.

»Sehen wir uns morgen am Set?«, fragte Boone unerwartet freundlich lächelnd.

Jared nickte knapp und schüttelte ihm die Hand.

»Was hat Jared überhaupt zu dir gesagt?«, fragte sie auf dem Weg zum Ausgang.

Boones Kiefermuskeln spannten sich an. »Nichts von Bedeutung.«

»Offensichtlich war es etwas Unverschämtes. Warum warst du also gerade so nett zu ihm?« Sie winkte einem kleinen Mädchen, das sie beobachtete. Boone winkte ebenfalls, was ihr Herz noch ein wenig mehr dahinschmelzen ließ.

»Der Typ ist ein Idiot, aber das heißt nicht, dass ich einer sein muss. Ich habe ihm den Kopf gewaschen. Das reicht.« Er küsste ihre Wange, während er die Tür öffnete, und das Blitzlicht der Kameras erhellte die Nacht.

Boone hielt sie fest an seiner Seite, als sie im Blitzlichtgewitter standen und mit Fragen überschüttet wurden.

»Seid ihr zusammen?«, fragte ein Reporter.

»Ja«, antwortete Boone mit einem stolzen Lächeln, das Trishs Herz rasen ließ.

»Wie lange läuft das schon?«, wollte ein anderer wissen.

»Lange genug, um zu wissen, dass es etwas Ernstes ist«, erwiderte Boone geschmeidig.

»Boone, bedeutet das, dass du nicht mehr zu haben bist?«

Er sah Trish tief in die Augen. »Absolut.«

»Trish, wirst du die Schauspielerei aufgeben und die Band auf Tour begleiten?«

»Habt ihr Pläne für weitere gemeinsame Filme?«

Zwischen den grellen Blitzen, den unzähligen Fragen und Boones geflüstertem »Siehst du, meine Schöne, wir schaffen das« brachte Trish keine einzige Antwort zustande. Zum Glück kümmerte sich Boone für sie beide darum, während sie sich durch die Menge schoben.

»Sie würde ihre Fans niemals so im Stich lassen«, versicherte Boone ihnen. »Und wir müssen erst mal unseren ersten Film schaffen, bevor wir darüber nachdenken können, weitere zu drehen. Aber ich würde gern bei jeder Art von Projekt mit Trish zusammenarbeiten.«

»Trish, warum Boone?«, fragte eine Reporterin.

Boone hob die Brauen und überließ ihr die Bühne. Sie nahm seinen liebevollen Blick wahr und ihr Herz hämmerte. Sie wollte sich über ihre Antwort nicht den Kopf zerbrechen und auch nicht die professionellste oder passendste Antwort geben. Sie wollte der Welt sagen, was sie wirklich über ihren Mann dachte.

»Weil er der gütigste, aufrichtigste, treueste und hingebungsvollste Mann ist, den ich je kennengelernt habe.« Sie schlang die Arme um seinen Nacken und küsste ihn vor etwa einem halben Dutzend Kameras. Und als er sie nach hinten beugte, wie auf dem berühmten Victory-Day-Foto auf dem Times Square, klammerte sie sich an ihn.

Ein Gefühl von Freiheit und Stolz erfüllte Boone, als sie Autogramme gaben und sich dabei immer wieder anlächelten. Trishs Augen strahlten vor Glück. Wer hätte gedacht, dass eine solche Kleinigkeit, wie zuzugeben, dass man in einer Beziehung war, zwei Menschen so glücklich machen konnte?

Er nahm Trishs Hand und richtete sich an die Menge: »Vielen, vielen Dank für eure Unterstützung, aber wenn ihr nichts dagegen habt, würde ich jetzt gern einen Spaziergang mit meiner umwerfenden Freundin machen.«

Sie schlenderten die Straße hinunter und wurden zum Glück nur von dankbaren Rufen und niemandem sonst verfolgt. Schließlich verstummte der Lärm der Fans und wurde von dem Geräusch der ruhigen Schritte zweier Liebenden auf dem Gehweg ersetzt.

»Und so fängt es an«, sagte Trish, legte einen Arm um seine Taille und schmiegte sich enger an ihn. »Morgen könnte es interessant werden.« Neugierig sah sie zu ihm auf. »Was ist das Schlimmste, was passieren kann?«

»Hm … In ungefähr fünfzehn Minuten werden die Websites explodieren und die Gerüchte verbreiten sich dann schneller als Unkraut. Morgen früh werden wir auf den Titelblättern der Klatschmagazine sein und in Promi-Sendungen im Fernsehen besprochen werden. Die Schlagzeilen werden fragen, was die berühmte, talentierte Trish Ryder mit dem braven Image wohl mit dem Frauenhelden und Bad Boy Boone Stryker will. Unsere PR-Teams werden nicht wissen, wie ihnen geschieht, und am Set werden alle Jared und mich beobachten, um herauszufinden, ob wir ausflippen.« Er legte den Kopf schräg. »Stimmt das ungefähr?«

»Du hast den besten Teil ausgelassen. Morgen früh werden wir nebeneinander aufwachen und bis wir unsere Handys einschalten oder die Crew ankommt, werden wir in dieser glücklichen kleinen Blase sein.«

»Du hast recht. Das ist der beste Teil.« Er deutete auf die malerische Straße, in der kein Haus dem anderen glich. »Und in diesem Moment sind wir in dieser Kleinstadt und genießen einen Abendspaziergang. Ohne Kameras, ohne Fans oder die Crew oder irgendjemanden, der uns beobachtet. Ich wünsche mir mehr als alles andere, dass wir einfach eine Weile *wir* sein können, ohne uns darüber Gedanken zu machen, was morgen passiert.«

»Das finde ich toll.«

Sie kamen am Main Street Music vorbei. Wie viele andere Geschäfte in dieser Straße sah der Laden eher wie ein Wohnhaus aus. Die untere Hälfte bestand aus braunen Ziegelsteinen und hatte große Fenster, während die obere Hälfte weiß verkleidet war und einen knappen Meter über die Ladenfront herausragte, wodurch ein ganz natürlicher Schutz vor den Elementen entstand.

»Das erinnert mich an den Musikladen zu Hause. Wollen wir uns einen Moment setzen?« Die Erinnerung an die Zeit, in der er mit seinen Freunden vor dem örtlichen Musikladen gesessen hatte, brachte ihn zum Lächeln. »Wir haben auf der Treppe gesessen und Gitarre gespielt, und die Leute sind stehen geblieben, um uns zuzuhören. Es war schön.«

»Vermisst du manchmal das Unkomplizierte daran, kein Star zu sein?«

»Ja. Ständig. Aber ich achte nicht wirklich auf den Mist, den der Ruhm mit sich bringt, deshalb stört er mich wahrscheinlich nicht so sehr wie andere Leute.« Er legte einen Arm um ihre Schultern und drückte ihr einen Kuss auf den Kopf. »Obwohl, das stimmt nicht. Jetzt, da wir zusammen sind, stört es mich gewaltig. Aber davor?« Er zuckte mit den Schultern.

»Wenn ich meine Eltern besuche, genieße ich es, einfach Trish zu sein. Größtenteils lebe ich mein Leben so, wie ich es will, und mache mir keine Gedanken über meinen Kleidungsstil, wie du an meinem Flughafen-Outfit gesehen hast. Aber es ist einfach wundervoll, meine Heimatstadt zu besuchen und zu wissen, dass die Menschen, die mich als Trish, die kleine

Schwester der Ryder-Jungs, kannten, nicht erwarten, dass ich jemand anders bin.«

»Heimatstädte sind der große Ausgleich. Man entwickelt leicht ein aufgeblasenes Ego, wenn man von Leuten, die Geld an einem verdienen und einem die ganze Zeit Honig um den Bart schmieren, und von Fans umgeben ist, die einen um den Ruhm und die Person beneiden, für die sie einen halten.«

Seine Gedanken schlugen die vertrauten Wege ein, als er an sein Zuhause dachte – Familie, Freunde, Harvey, Epson und dann schloss sich der Kreis bei seinem Vater. »Als Kind habe ich meinen Vater begleitet, wenn er Dinge repariert hat. Er war Mechaniker und konnte im Grunde alles wieder ganz machen. Wir haben den Heizkessel repariert oder eine undichte Stelle an der Spüle gerichtet, und ich habe versucht, mir einzuprägen, was er gemacht hat, und gleichzeitig seinen Geschichten zu lauschen. Ich höre noch immer seine Stimme und sehe, wie er rücklings unter dem Waschbecken im Badezimmer liegt. In seine Stimme wollte man sich förmlich einkuscheln: ruhig, gleichmäßig, mit einem leicht rauen Unterton. Gott, Baby. Ich vermisse ihn wirklich.«

Trish legte den Kopf auf seine Schulter und hielt seine Hand. Es war wunderbar, dass sie wusste, wann sie nachhaken und wann sie einfach nur stumm für ihn da sein musste.

»Er hat immer gesagt, dass man an einem sonnigen Tag mit Leichtigkeit wie ein Diamant wirken kann, was wirklich zählt, ist aber, wie man sich an den dunkelsten Tagen verhält.«

»In dieser Aussage steckt so viel Wahrheit, nicht wahr?«, fragte Trish.

»Ja. Ich wünschte so sehr, dass er dich kennenlernen könnte.« Er küsste ihre Schläfe und schloss die Augen, während er eine stumme Botschaft an seinen Vater schickte. *Ich vermisse dich, Dad, und hoffe, dass ich dich stolz mache.*

Er öffnete die Augen und atmete tief ein. »Wenn daran die wahre innere Haltung einer Person gemessen wird, verdienen meine Eltern die höchste Auszeichnung. Ihr Leben war nicht einfach. Sie wurden praktisch von ihren Familien verstoßen, als meine Mom schwanger wurde, aber sie haben einander nicht aufgegeben. Sie haben es allein geschafft. Ich hoffe, dass ich auch nur ein halb so toller Mann geworden bin, wie mein Vater es war.«

Trishs Gesichtsausdruck wurde ernst. »Du bist so viel mehr als das.«

Die Ladentür öffnete sich und sie drehten sich um. Ein Mann mit langen braunen Haaren schloss die Tür hinter sich ab. Er trug Cargo-Shorts, aber kein Shirt und hatte eine Gitarre auf dem Rücken. Er drehte sich um und runzelte die Stirn.

»Oh, hey. Was geht?« Der Typ nahm die Gitarre ab und setzte sich freundlich lächelnd neben Boone. Seine dunkle Bräune kam sicher nicht von der Arbeit in einem Musikladen. »Ich bin Carey. Ich helfe meinem Kumpel diese Woche im Laden.«

Bevor Boone etwas erwidern konnte, stutzte Carey. »Boone Stryker. Wahnsinn, Mann. Ich hab gehört, dass du in der Stadt bist.« Er sah an Boone vorbei zu Trish. »Und du bist die Schauspielerin. Wow, heute ist echt mein Glücksabend.«

»Trish Ryder. Freut mich«, erwiderte Trish freundlich. »Ich hoffe, es stört dich nicht, dass wir hier sitzen.«

»Nein, Babe, alles cool.« Carey spielte etwas auf seiner Gitarre. »Ich bin es nicht gewohnt, dass alles so früh schließt. Es ist schön, mit jemandem rumhängen zu können.«

Boone lauschte ihm einen Moment und es juckte ihn in den Fingern, ebenfalls etwas zu spielen. »Du bist gut. Bist du in einer Band?«

»Nein. Aber meine Kumpels zu Hause haben eine Band, und ich spiele mit ihnen, wenn sie proben.« Er reichte Boone die Gitarre. »Lust auf eine Jam-Session?« Er deutete mit dem Daumen über die Schulter und stand auf. »Ich hole noch eine Gitarre.«

»Na los«, drängte ihn Trish. »Das wird lustig.«

»Klar.« Boone nahm die Gitarre entgegen. »Danke.«

»Cool.« Carey holte eine weitere Gitarre aus dem Laden und nahm wieder neben Boone Platz.

»Wo wohnst du denn eigentlich?«, fragte Trish.

»Am Cape Cod«, antwortete er. »Der Laden hier gehört meinem Kumpel Drake Savage. Er und ein paar andere Freunde haben ein Resort an der Bucht in Wellfleet gekauft. Drake ist gerade dort, um zu renovieren und einen weiteren Laden zu eröffnen, deshalb bin ich hier, bis der Manager aus dem Urlaub zurück ist.«

»Mein Bruder Blue wohnt am Cape Cod«, sagte Trish. »Blue Ryder. Vielleicht kennst du ihn?«

»Wahnsinn!« Carey lachte. »Jeder kennt Blue. Du kennst doch sicher Leanna Bray? Äh, jetzt Remington. Sie hat Kurt Remington, den Schriftsteller, geheiratet. Mann, ich liebe seine Thriller. Leanna ist eine gute Freundin von mir. Wir haben beide jeden Sommer einen Stand auf dem Wellfleet Flohmarkt.«

»Komm, Baby, lass uns die Plätze tauschen.« Boone setzte sich auf die andere Seite, damit sie sich mit Carey über ihre gemeinsamen Freunde unterhalten konnte.

Boone spielte währenddessen leise Gitarre. Nicht zum ersten Mal sah er Trishs Liebe zu ihren Brüdern in dem Strahlen in ihren Augen und dem freudigen Tonfall ihrer Stimme, wenn sie über sie sprach. Carey spielte zwischendurch selbst immer mal wieder und als sich ganz natürlich eine Pause im Gespräch bildete, spielten sie beide zusammen. Lange blieben sie dort sitzen und bevor sie zurück zum Farmhaus fuhren, tauschten sie Nummern aus und versprachen einander, sich bald am Cape Cod wiederzutreffen.

Später an diesem Abend lagen Boone und Trish mit Sparky zwischen ihnen im Bett.

»Ich glaube nicht, dass ich dich schon mal so entspannt gesehen habe wie heute mit Carey«, sagte Trish und lächelte schläfrig.

Boone küsste Sparkys Bäuchlein und schob ihn neben die Kissen, ehe er Trish an sich zog. »Das hatte sicher etwas mit seiner lockeren Art zu tun, aber um ehrlich zu sein, lag es auch an der Tatsache, dass ich nicht mehr das Gefühl habe, wir müssten uns verstecken. Und ich muss zugeben, dass es sich gut angefühlt hat, Jared die Meinung zu geigen und nicht mehr so zu tun, als würden wir den Klatsch nicht hören. Ich bin kein Kind, Trish. Ich bin ein dreißigjähriger Mann, der keine Zeit für diesen Unsinn hat. Aber ich mache mir Sorgen, wie die Konsequenzen für dich aussehen werden. Deshalb sollst du wissen, dass ich für dich da bin. Du kannst dich auf mich verlassen. Ich will alles. Das Lachen, die Tränen, den Frust. Was auch immer du fühlst, ich will es wissen, damit ich es mit dir genießen oder dir dabei helfen kann. Und was meine Vergangenheit angeht, werde ich die so angehen, wie wir beide es für richtig halten.«

Sie küsste ihn und seufzte schließlich. »Ich hab dich zurückgehalten, nicht wahr?«

»Mich zurückgehalten? Du hast mich befreit.«

»Nein, ich meinte, dass ich dich davon abgehalten habe, der knallharte Freund zu sein, der du sein willst.« Ein verschmitztes

Funkeln trat in ihre Augen.

»Vielleicht ein bisschen, aber ich verstehe es. Am Arbeitsplatz gibt es nun mal ein bestimmtes angemessenes Verhalten. Und dann gibt es Hornochsen wie Jared, bei denen man eine Weile auf ›angemessen‹ verzichten muss.« Er küsste ihre Nasenspitze. »Aber ich habe nicht den ganzen Höhlenmenschen auf ihn losgelassen. Ich habe mich ziemlich zurückgehalten.«

»Und warst sehr heiß. Vergiss das nicht.« Sie rutschte noch näher an ihn heran, sodass sich ihre Körper aneinanderschmiegten. Ihr Atem glitt hauchzart über seine Lippen. »Ich glaube nicht, dass wir auf Bemerkungen über deine Vergangenheit eingehen müssen. Wir sollten unsere Beziehung einfach für sich selbst sprechen lassen.«

Boone rollte sich auf sie und knabberte an ihrer Unterlippe. »Und was, denkst du, werden sie sehen?«

»Etwas Wunderschönes und Umwerfendes, das mit allem fertig wird, was sich ihm in den Weg stellt.«

»Das hoffe ich doch, Baby, denn ich kann mir nicht vorstellen, dich nicht an meiner Seite zu haben.« Er ließ seine Lippen über ihre gleiten. »Oder in meinem Bett.« Er verschränkte ihre Hände und legte sie über ihren Kopf. »Ich verfalle dir heftig, Trish. Spürst du es? Spürst du, wie viel ich für dich empfinde? Spürst du es, wie mein Herz verrücktspielt, wenn wir zusammen sind? Spürst du, wie viel du bereits von mir besitzt?«

»Ja«, hauchte sie, als käme ihr ein Geheimnis über die Lippen, und er versiegelte dieses Geheimnis mit einem Kuss.

Einundzwanzig

Trish wachte um fünf Uhr morgens in einem leeren Bett auf und ihr stieg der köstliche Duft von Zimt und Kaffee in die Nase. Sie schlüpfte in ein T-Shirt und ging dann die Treppe hinunter. Boone saß mit dem Handy am Ohr in der Küche und drückte das Kätzchen an seine nackte Brust. Auf dem Tisch stand ein Teller mit Zimtschnecken, die noch dampften. Bei dem Anblick lief Trish das Wasser im Mund zusammen. Sie zählte die Tage, bis sie endlich wieder etwas Richtiges essen konnte.

Boone lächelte und sagte stumm *Mags*, ehe er sich aufs Bein klopfte, damit sie sich setzte.

Sie liebte es, dass er sie immer in seiner Nähe haben wollte. Also ging sie um den Tisch herum und wackelte mit den Brauen, als sie feststellte, dass er nur seine Unterwäsche trug. Sie nahm ihm das Kätzchen ab und er zog sie verschmitzt grinsend auf seinen Schoß.

»Ich hab vor einer Stunde mit Benny und Harvey gesprochen«, sagte er ins Handy. »Sein betreuendes Team in der Entzugsklinik will, dass ich warte, bevor ich persönlich mit Jude rede, deshalb werde ich ihn besuchen, wenn die Dreharbeiten abgeschlossen sind.« Er lächelte und sagte zu Trish: »Mags lässt grüßen, und sie meint, dass sie dir heute Morgen um drei auch eine Nachricht geschrieben hat.« Boone zeigte auf ihr Handy, das sie gestern Abend auf der Arbeitsplatte abgelegt hatte.

»Hi Mags«, rief sie so laut, dass seine Schwester sie hören konnte. Dann stand sie auf und schaltete ihr Handy ein. Die Nachrichten strömten so schnell herein, dass es auch ein Vibrator auf Speed hätte sein können. Während sich Boone von Mags verabschiedete, scrollte Trish durch die Nachrichten und fragte sich, ob alle Menschen auf dieser Welt die ganze Nacht wach blieben, um Online-Klatsch zu lesen.

Sie nahm sich eine Zimtschnecke und Boone legte lachend sein Handy weg.

»So schlimm?« Er zog sie wieder auf seinen Schoß und küsste sie.

»Es ist fünf Uhr morgens, du hast gebacken, und ich habe ungefähr zwanzig Nachrichten von meiner Familie. Um *fünf Uhr morgens*!« Sie biss in die Zimtschnecke und schloss die Augen. »Mmh. Das ist wie ein Orgasmus für meine Geschmacksnerven.«

Leise lachend küsste er sie. »Mmh. Du bist wie ein Orgasmus für meine Geschmacksnerven.«

Sie legte das köstliche Gebäck auf den Teller zurück und wischte sich die Hände an einer Serviette ab. »Warst du zu nervös, um zu schlafen?«

»Nur unruhig. Ich wollte mit Benny und Harvey sprechen, damit sie vorgewarnt sind und wissen, was sich in Bezug auf die Öffentlichkeitsarbeit verändert. Ich habe ein paar E-Mails von meinem PR-Agenten bekommen und ihn angewiesen, keine Stellungnahme zu veröffentlichen, wie wir es besprochen haben. Und Mags meinte, dass sie die ganze Nacht an neuen Rezepten gearbeitet und ein kurzes Video von uns auf einem Unterhaltungssender gesehen hat. Laut ihr sahen wir zuckersüß und glücklich aus.«

»Wir sind zuckersüß und glücklich.« Sie küsste ihn erneut. Da vibrierte ihr Handy und sie seufzte. »Wenn ich pünktlich am Set sein will, sollte ich besser anfangen, diese Nachrichten zu beantworten.«

Sie setzte sich auf einen eigenen Stuhl und Boone schob ihr den Teller vor die Nase.

»Danke, aber ich kann die nicht aufessen. Die Dreharbeiten dauern nur noch ein paar Tage. Ich darf weiterhin nicht zunehmen.«

Sein Blick wurde ernst. »Ich mache mir Sorgen um dich. Letzte Nacht hast du kaum etwas gegessen. Darf ich dir wenigstens ein Omelett aus Eiweiß machen?«

»Ja, danke. Es ist schön, dass du dir Sorgen um mich machst, aber ich esse nur vorübergehend nichts. Sobald wir fertig sind, werde ich mir einen saftigen Cheeseburger gönnen. Ich hab dir doch erzählt, dass ich gern esse.« Sie beugte sich vor, küsste ihn noch einmal und wollte ihn eigentlich wieder und wieder und wieder küssen, aber ihr Handy vibrierte erneut und erinnerte sie daran, wie viel sie zu tun hatte. »Vielleicht magst du mich nicht mehr so sehr, wenn ich fünf Kilo schwerer bin.«

»Baby, ich würde dich mögen, egal wie kurvig oder schlank du wärst. Ich fühle mich zu deiner Person hingezogen. Dein Aussehen hat mich zwar angelockt, aber du – deine Großzügigkeit, deine Stärke, deine Intelligenz – haben mich schließlich an den Haken bekommen.« Er ließ seine Lippen über ihre gleiten und flüsterte: »Oh, und der großartige Sex ist auch nicht zu verachten.«

Lachend schlug sie ihm auf den Arm.

»Aber mal im Ernst, ich hoffe, du weißt, dass ich immer

noch auf dich stehen würde, wenn wir nie wieder Sex hätten und du fünfzig Kilo zunimmst.« Er stand auf, um ihr Omelett zu machen.

»Ich nicht. Ich würde dich vor die Tür setzen«, stichelte sie. »Also mach am besten mit dem weiter, was auch immer nötig ist, um deinen heißen Körper zu behalten.«

»Eine Menge Sex, meine Schöne. Eine Menge Sex.«

Sie lachte.

Trish beantwortete beim Essen einige ihrer Nachrichten. Fiona hatte ihr einen High-Five-Emoji und eine Botschaft von Jake geschickt, dass er froh war, Boone nicht umbringen zu müssen, denn er mochte seine Musik. Shea war mit ihrer Entscheidung einverstanden, nicht auf Kommentare zu antworten, und war ein wenig eifersüchtig, weil Boone heiß *und* talentiert war. Sie war sogar der Meinung, dass Boones raueres Image der Öffentlichkeit einen Denkanstoß geben könnte, dass Trish möglicherweise gar nicht so brav und anständig war, wie alle dachten. Darin sahen sie beide einen Vorteil, denn das war sie keineswegs, auch wenn sie darauf achtete, mit wem sie ausging.

Anschließend duschte sie und zog sich an, bevor sie sich um die Nachrichten von ihrer Familie kümmerte. Als sie die Treppe hinunterkam, saß Boone im Wohnzimmer und spielte Gitarre. Was für ein Anblick. Er hielt die Gitarre so natürlich, als wäre sie ein Teil seiner selbst. *Wie wenn er mich hält. So fühle ich mich dann auch.* Nach ein paar Tönen kritzelte er etwas in sein Notizbuch.

Sie machte mit ihrem Handy ein Foto, damit sie ihn immer bei sich hatte. Sie wusste, dass sie hier am Set das häusliche Idyll nur spielten, und bei der Vorstellung, in ihr reales Leben zurückkehren zu müssen, zog sich ihr Herz zusammen. Ihr wurde klar, dass sie nicht mal wusste, wo Boone lebte oder wie sein Terminplan für Proben mit der Band aussah. Wie oft reiste er? Wie sah sein echtes Leben aus?

Boone blickte von seinem Notizbuch auf und entdeckte sie. »Hey, meine Schöne. Wir haben nur noch ein paar Minuten, bevor die Crew eintrifft.« Er klopfte auf das Polster neben sich.

»Ein paar Minuten? Ich muss meine Familie anrufen.« Hastig lief sie die restlichen Stufen hinunter und setzte sich neben ihn. »Gruppenanruf, wir kommen.«

»Okay«, erwiderte er interessiert.

»Boone, ich habe mittlerweile zweiundzwanzig Nachrichten von ihnen. Fünf Brüder und meine Eltern. Du hast keine Ahnung, wie das ist. Manchmal glaube ich, Duke vergisst einfach, dass ich erwachsen bin. Er meint es gut, aber er macht sich Sorgen.«

Boone legte eine Hand in ihren Nacken und zog sie an sich. Ihr Körper wurde warm, als sie sich an ihn schmiegte. Das Gefühl war ihr so vertraut geworden, dass sie es schon erwartete. Verständnis und Mitgefühl zeigten sich in seinen Augen.

»Und es gefällt dir, Baby. So sollte es auch sein. Es wäre schlimmer, wenn es ihnen egal wäre.«

Ich liebe dich lag ihr auf der Zunge, aber er hatte es noch nicht gesagt, und da sie noch so viel übereinander erfahren mussten, drängte sie die Worte zurück.

Er küsste sie zärtlich und weckte in ihr den Wunsch, einfach die Türen zu verschließen und sich den ganzen Nachmittag zu verkriechen. Sie wollte einfach hier auf der Couch sitzen und ihm beim Spielen zuhören, während seine gefühlvolle Stimme die Tiefen ihrer Seele erreichte. Sie stellte sich vor, sich mit einem Buch an ihn zu kuscheln und zu lesen. Es fühlte sich wie eine Ewigkeit an, seit sie das letzte Mal einen Roman von

Kristan Higgins oder Diane Chamberlain gelesen hatte. Ihr Handy vibrierte und riss sie aus ihren Tagträumen – und diesen erregenden Küssen.

Sie zeigte Boone Dukes Namen auf dem Display und schickte eine Gruppennachricht an ihre Brüder und Eltern. *Ich hab's eilig. Skype für alle? Schreibt nur, wenn ihr keine Zeit habt. Ich logge mich jetzt ein.* Sie holte ihren Laptop von oben und setzte sich dann wieder neben Boone.

»Du machst das hier? Willst du keine Privatsphäre?« Er stand auf, doch sie zog ihn wieder nach unten.

»Ich mache das hier, weil ich keine Privatsphäre will. Könntest du bleiben? Bitte?«

»Klar, aber als jemand, der selbst eine Schwester hat, kann ich dir versprechen, dass deine Brüder in meiner Anwesenheit wahrscheinlich nicht das sagen werden, was sie loswerden wollen.«

»Vertrau mir, sie werden sich nicht zurückhalten. Außerdem bin ich stolz darauf, deine Freundin zu sein. Ich habe nichts zu verbergen.« Sie meldete sich bei Skype an und kuschelte sich an Boone, um ihre Nervosität zu verbergen. Sie fürchtete sich nicht vor dem, was ihre Brüder über Boone denken könnten, aber das letzte Mal hatte sie auf der Highschool allen gleichzeitig einen Freund vorgestellt und das war nicht ihre Entscheidung gewesen. Sie hatte den Fehler gemacht, Jake den Namen des Jungen zu verraten, mit dem sie zusammen war, und an diesem Wochenende waren all ihre Brüder im Haus ihrer Eltern aufgetaucht und hatten verlangt, ihn kennenzulernen. Die Beziehung hatte besagtes Wochenende nicht überstanden. Aber jetzt war sie erwachsen – und extrem beschäftigt und hatte keine andere Wahl, als sich ihnen allen auf einmal zu stellen. Die Crew konnte jede Minute da sein und wenn sie ihre Brüder nach all den Nachrichten hängen ließ, führte das nur zu weiteren Nachrichten und langwierigen Erklärungen.

Ihre Eltern tauchten auf dem Bildschirm auf. Sie saßen am Küchentisch. Ihr Vater hatte den Arm auf die Rückenlehne des Stuhls ihrer Mutter gelegt.

»Hi, meine Kleine«, begrüßte ihre Mom sie und lächelte herzlich. Sie hatte dieselben sandfarbenen Haare wie Cash und Gage. Dukes waren ähnlich, allerdings ein wenig dunkler.

»Hi, Mom. Dad.« Ihre Eltern trugen beide eine Brille. Die ihrer Mutter war bernsteinfarben und die ihres Vaters hatte ein Drahtgestell. Dieser Hipster-Trend ließ sie beide jünger wirken.

»Hi, Mäuschen«, sagte ihr Vater. Er war groß und breitschultrig und seine dunklen Haare waren grau meliert. Sein grauer Unterlippenbart gab ihm ein jugendliches Aussehen. Wenn sie im selben Raum wären, hätte er Trish jetzt fest und innig umarmt.

»Mäuschen«, flüsterte Boone.

Bevor irgendjemand noch etwas sagen konnte, tauchten die attraktiven Gesichter ihrer Brüder kurz nacheinander auf dem Bildschirm auf.

»Hey, Schwesterherz«, begrüßte Duke sie mit ernster Miene und ihr Herz raste noch schneller.

»Trish, wie läuft's?« Jake wurde immer wieder unscharf. »Kannst du mich sehen? Ich bin auf einem Berg.«

»Ja«, antwortete Trish. »Du wackelst etwas, aber ich sehe dich. Bist du auf einer Rettungsmission?«

»Nein. Nur wandern«, antwortete Jake.

»Nur fürs Protokoll«, sagte Blue und deutete mit dem Finger in die Kamera. »Boone, ich hätte dich lieber leibhaftig kennengelernt.« Ihre Brüder hatten alle den Körperbau ihres Vaters geerbt, aber Blue hatte auch dieselbe dunkle Haarfarbe.

»Ich hab ihn noch nicht mal vorgestellt.« Trish lehnte sich zur Seite, um Boone mehr Platz zu machen. »Boone, das ist meine Familie.« Sie zeigte auf den jeweiligen Bruder, den sie vorstellte. »Duke.« Duke nickte. »Gage.«

»Hey, Schwesterherz. Hi, Boone«, erwiderte Gage. »Freut mich, dich kennenzulernen. Ignorier Dukes bösen Blick.«

»Ich gucke nicht böse«, widersprach Duke.

Cash lachte. »Alter, und wie. Boone, ich bin Cash. Ich würde dir auch lieber die Hand schütteln.«

»Hoffentlich können wir das bald nachholen«, erwiderte Boone.

»Mom, Dad, das ist Boone.« Trish lächelte breit. »Boone, Andrea und Ned, meine großartigen Eltern.«

»Tut mir leid, dass wir nicht da sind, um dich angemessen zu begrüßen«, sagte Andrea. »Aber es ist eine Freude, dich kennenzulernen.«

Ihr Vater winkte. »Freut mich auch, Junge.«

Trish ging das Herz auf.

Das Geräusch von Autotüren machte sie auf die Ankunft der Crew aufmerksam. »Ich muss mich beeilen. Die Crew kommt gerade an, aber ich wollte euch Boone vorstellen.« Sie lehnte sich zurück und deutete auf Boone, der lächelnd winkte. »Und euch sagen, dass ihr euch keine Sorgen um das machen müsst, was die Presse über seine Vergangenheit behauptet. Er ist nicht der Typ, für den ihn alle halten.«

»Was für ein Typ bist du denn, Boone?«, wollte Duke wissen.

Boone lächelte Trish ungezwungen an, als wäre das die einfachste Frage, die er je gehört hatte. »Ein Typ, der eure Schwester anbetet.« Er wandte sich wieder an ihre Familie und fügte hinzu: »Und ein Typ, der seiner Familie ebenfalls sehr nahesteht.«

»Mhm«, antwortete Duke skeptisch. »Und jetzt, wo du mit Trish zusammen bist, gibt es auch keine anderen Frauen mehr?«

»Duke!«, schimpfte Trish in dem Moment, in dem seine Verlobte Gabriella über Dukes Schulter spähte.

»Hallo, alle zusammen. Boone, ich bin Gabriella. Bitte verzeih meinem überfürsorglichen Verlobten. Er hat gut reden.«

»Ernsthaft«, warf Jake ein und sein Gesicht hüpfte auf dem Bildschirm auf und ab. »Wen interessiert es, wie er vor Trish war? Es ist ganz einfach. Wenn du Trish wehtust, tun wir dir weh.«

»Jungs«, mahnte Ned mit strenger Stimme.

»Schon in Ordnung«, versicherte Boone ihm. »Ich habe auch eine Schwester. Ich verstehe das. Ich habe nicht vor, Trish wehzutun.«

Mehrere Crew-Mitglieder kamen herein und brachten eine Menge Lärm mit sich.

»Wir müssen los. Die Crew ist da.« Trish stand auf und hob den Laptop vom Tisch.

»Warte, Trish«, unterbrach Blue sie. »Wie lange bist du noch in West Virginia?«

»Zwei Wochen«, antworteten Duke und sie gleichzeitig.

»Woher weißt du das?«, fragte Trish.

Dukes gerissenes Grinsen war Antwort genug. Ihr ältester Bruder hatte überall Verbindungen in der Branche. Wahrscheinlich hatte er zu Boone schon eine vollständige Hintergrundprüfung durchführen lassen.

»Duke, ernsthaft?« Sie schüttelte den Kopf.

Ihre Mutter lachte. »Oh, Liebling, er macht sich Sorgen um dich.«

»Boone? Chuck sucht dich.« Zoes Stimme war schon zu

hören, bevor sie ins Zimmer kam. Sie hatte sich die blonden Haare zu einem unordentlichen Dutt gesteckt und sprach in ihr Headset. »Hab ihn. Wir kommen.«

»Schätze, das ist mein Stichwort. Hat mich gefreut, euch alle kennenzulernen«, sagte Boone zu ihrer Familie. »Wenn wir mit den Dreharbeiten fertig sind, sollten wir zusammen essen gehen oder so was.«

»Ich freue mich darauf«, antwortete ihre Mutter aufrichtig.

»Danke, dass du dir die Zeit genommen hast, uns kennen-zulernen, Boone«, fügte ihr Vater hinzu. »Viel Glück mit dem Film. Trish, wir müssen jetzt gehen, Liebling. Wir sind in zehn Minuten mit den Wilkinsons zum Frühstück verabredet.«

»Okay, hab euch lieb«, verabschiedete sie sich von ihren Eltern.

»Wir sehen uns später.« Boone küsste sie schnell auf die Wange und folgte Zoe nach draußen.

Trish trug den Laptop nach oben. »Tut mir leid, Jungs, aber ich muss auch los.«

»Warte, Trish. Wie ernst ist diese Sache?«, fragte Cash.

So ernst, dass ich dir für den Erste-Hilfe-Kasten danken sollte. Wenn sie ihnen die Wahrheit sagte, würden sie nur noch mehr Fragen stellen. »Ich weiß es nicht. Ziemlich ernst.« Sie stellte den Laptop aufs Bett und schlüpfte in ihre Sandalen.

»Warum der Typ?«, wollte Duke wissen. »Du kannst jeden haben. Warum willst du den einen mit der schwierigen Vergangenheit?«

»Tut mir leid, Trish, aber ich muss ihm zustimmen«, sagte Cash. »Wieso denkst du, dass er dich anders behandeln wird als eine der anderen Frauen, mit denen er zusammen war?«

»Ihr habt ihn noch nicht mal persönlich getroffen«, warf Gage ein.

»Er hat recht«, fügte Blue hinzu.

Sie hörte, wie die Haustür geöffnet wurde und Schritte auf dem Holzfußboden erklangen.

»Trish, sie wollen dich in der Maske sehen«, rief Zoe von unten herauf.

Sie beugte sich vor, um ihre Brüder zu betrachten. Jake verschwand weiterhin ständig aus dem Bild, Gage und Blue blickten auf etwas hinter der Kamera und Cash und Duke beobachteten sie mit Argusaugen.

»Trish? Du musst vor der Maske noch in die Garderobe«, rief eine männliche Stimme.

»Tut mir leid, ich bin spät dran. Ich habe gerade keine Zeit für diese Fragen. Hab euch lieb, aber ich muss jetzt los.« Sie loggte sich aus, bevor ihre Brüder widersprechen konnten, und fühlte sich schuldig, weil sie sie so abgewürgt hatte, war aber gleichzeitig auch erleichtert. Als sie die Treppe hinuntereilte, fragte sie sich, ob sie nach all den Jahren so konditioniert war, dass sie die Schuldgefühle gegenüber ihren Brüdern nicht mehr so stark empfand wie früher.

Zweiundzwanzig

Die nächsten Tage vergingen in einem ununterbrochenen Strom von Dreharbeiten und Meetings, die bis zum Abend andauerten. Chuck trieb sie zu einem halsbrecherischen Tempo an und es zahlte sich aus. Sie hatten zwei volle Tage aus ihrem Drehplan herausgeholt. Er hatte alle mit der Ankündigung schockiert, dass sie die Lagerhausszene hier im Farmhaus aufnehmen würden, da Boones und Trishs Verbindung vor der Kamera so stark war, dass er das Risiko vermeiden wollte, sie zu verlieren, indem sie durchs halbe Land zu einem anderen Drehort flogen. Und Boone musste zustimmen, dass sich der Dreh mit Trish hier mit jeder Minute natürlicher anfühlte.

Boone saß neben Trish in der Maske, während Ronnie und April ihren Zauber wirkten.

»Ich hab doch gesagt, dass du dich daran gewöhnst«, sagte April und strich mit einem Make-up-Pinsel über Boones Stirn.

»Es ist ja nicht so, als hätte ich eine Wahl.« Er zwinkerte Trish zu und griff nach ihrer Hand. »Noch drei Tage für dich.«

»Ich kann nicht glauben, dass heute dein letzter Drehtag ist. Du warst großartig, Boone. Bist du bereit für diese Szene?« Trish sah nach vorn, während Ronnie ihre Haare aussehen ließ, als hätte sie eine Woche in der Gosse geschlafen. April hatte schon fantastische Arbeit geleistet und Trishs Haut wirkte grau und schmutzig. Sie trug das erforderliche gelbe Kleid und trotz des Drecks sah sie umwerfend aus.

April zog sich lächelnd zurück. »Selbst wenn er nicht bereit ist, sieht er zumindest heiß aus.«

»Dank dir, April. Danke, dass du mich gut aussehen lässt und es mit einem Typen aushältst, der nicht auf Make-up steht.« Er wandte sich an Trish, aus deren Haaren das Zeug, das sie benutzten, um sie fettig aussehen zu lassen, geradezu tropfte. »Wenn Ronnie aufhören könnte, meine Freundin aussehen zu lassen, als hätte sie sich die Haare mit Babyöl gewaschen, wäre alles gut.«

Er küsste Trishs Handrücken und April seufzte hingerissen.

»Musst du nicht noch jemand anderen quälen?«, zog er sie auf.

»Warum sollte ich das tun, wenn es doch so viel Spaß macht, dich zu quälen?« April legte den Pinsel weg und lehnte sich an den Tisch. »Außerdem ist es viel lustiger, mit dir zu arbeiten, als mit Jared den Zeitplan durchzugehen. Ich war echt froh, dass du ihm mal die Meinung gesagt hast. Er nervt mich.«

Boone versuchte, das Gespräch von Jared wegzulenken. Er würde sich nicht in Tratsch über einen Typen verwickeln lassen, dessen größte Fehler ein aufgeblasenes Ego und zu viele Hornochsen-Gene waren. »Um deine Frage zu beantworten«, meinte er zu Trish. »Ich bin bereit, meine Schöne. Dank dir. Total nervös, aber bereit.«

Die Tür des Trailers öffnete sich und Zoe streckte den Kopf herein. »Wir sind in fünf Minuten so weit.«

»Okay, *meine Schöne*«, sagte Ronnie zu Trish und zwinkerte ihr zu. »Nur du kannst Schmutz und Dreck so gut aussehen lassen.« Er trat einen Schritt zurück, damit Trish aufstehen konnte. »Was auch immer du tust, fass es nicht an.«

»Danke, Ronnie.« Gemeinsam verließen sie und Boone den Trailer, vor dem Zoe auf sie wartete.

»Oh, gut«, sagte sie. »Boone, wenn du das perfekt hinbekommst, gebe ich dir eine Million Dollar.«

»Ich gebe mein Bestes«, versicherte er ihr und wandte sich an Trish. »Hast du das gehört? Eine schnelle Million, wenn ich es schaffe.«

»Ich sollte wohl eher sagen, wenn du es in weniger als fünf Takes schaffst, denn ich habe heute Abend nämlich ein Date«, erklärte Zoe. »Wenn du also fünfzig Takes brauchst, lastet die Schuld, mein Date mit einem heißen Typen vom Land ruiniert zu haben, auf dir.«

»Wow, das ist eine Menge Druck.«

»Oh nein. Nicht so viel Druck, wie das da mit sich bringen wird.« Trish deutete auf die Einfahrt, in der Duke, Cash und Gage gerade aus einem SUV stiegen. »Was zum Teufel machen die hier?«

Boone war zugleich belustigt und beeindruckt vom Anblick ihrer drei überraschend großen Brüder, die wie eine Reihe Soldaten Schulter an Schulter standen. Wahrscheinlich glaubten sie, ihm Angst machen zu können, aber sie hatten eher einen gegenteiligen Effekt auf ihn. Es war toll zu wissen, dass Trish ihnen wichtig genug war, um sich einzumischen, egal, ob sie nun erwachsen war oder nicht. Ohne diesen Männern je die Hand geschüttelt zu haben, hatte er bereits eine Menge Respekt vor ihnen.

Zoe strich ihr Shirt glatt und straffte die Schultern. »Was hab ich gesagt? Vergiss es, Boone. Lass dir so viel Zeit, wie du brauchst. Ich hatte keine Ahnung, dass Trishs Brüder kommen würden. Gage ist doch noch Single, oder?«

»Ja, aber nicht wirklich. Er ist einfach zu stur, um etwas dagegen zu unternehmen.«

»Schade. Okay, mein Date steht wieder«, sagte Zoe. »Beeilt euch, sonst brülle ich wieder nach euch.«

Trish sah Boone an. »Bereit, ausgefragt zu werden?«

»Warum nicht?« Er folgte ihr durch den Garten.

Duke half einer großen, dunkelhaarigen Frau aus dem Wagen und Boone stellte fest, dass es Gabriella war, die er beim Skypen kennengelernt hatte. Cash bot währenddessen einer anderen Frau seinen Arm an und ihr Babybauch verriet, dass es seine Frau Siena sein musste. Siena nahm Gabriellas Hand und die beiden liefen eilig den Hügel zu ihnen hinauf. Trish sah Boone mit großen Augen aufgeregt an.

»Geh«, erwiderte er lachend.

»Danke!« Mit ausgebreiteten Armen rannte sie den Hügel hinab und schrie: »Nicht umarmen! Ich war schon in der Maske! Nicht umarmen!«

Mags würde diese Mädels lieben. Als Boone letztens mit ihr telefoniert hatte, hatte Mags davon geschwärmt, wie sehr sie Trish mochte. Seit ihrem Besuch schrieben sich die beiden gelegentlich, und Mags hatte Boone anvertraut, dass sie sich schon immer gefragt hatte, wie es wohl wäre, eine Schwester zu haben. Trish war die erste Frau, bei der sie dieses Verwandtschaftsgefühl hatte. Nicht, dass er die Zustimmung seiner Familie brauchte, um sich zu verlieben, aber diese Worte von seiner Schwester zu hören, bestätigte noch einmal, wie richtig es war, mit Trish zusammen zu sein.

Die Frauen hüpften nur wenige Zentimeter voneinander entfernt auf den Zehenspitzen auf und ab. Ihre Begeisterung und die Willenskraft, die ganz klar nötig war, um nicht nachzugeben und einander doch zu umarmen, ließen die Luft geradezu flimmern.

Boone winkte ihnen zu und ging weiter den Hügel hinab, um sich dem Schiedsgericht zu stellen.

»Duke war fest entschlossen, hier rauszukommen und Boone persönlich kennenzulernen«, erklärte Gabriella kopfschüttelnd. Sie war groß und ihr olivfarbener Teint ließ sie selbst im Winter aussehen, als käme sie direkt aus der Sonne. In ihrem Strandkleid und den Sandalen wirkte sie eher wie ein Mädchen vom College als wie eine Anwältin für Familienrecht. »Blue und Jake haben versucht, es ihm auszureden, aber du kennst ihn ja. Selbst wenn du fünfzig bist, wird er in dir noch seine kleine Schwester sehen.«

»Er kann manchmal echt nervig sein.« So verärgert Trish auch darüber war, dass ihre Brüder unangekündigt in ihr Leben platzten, konnte sie nicht leugnen, dass die kleine Schwester in ihr ihren Beschützerinstinkt im Stillen sehr genoss.

Sie lächelte Siena und Gabriella an. »Immerhin seid ihr hier, um mir zur Seite zu stehen.«

»Du hast doch nicht gedacht, wir lassen zu, dass du dich ihnen ohne uns stellen musst, oder?«, fragte Siena. Sie legte eine Hand auf ihren Babybauch. »Lizzie war traurig, dass sie und Blue es nicht schaffen konnten, aber Blue steckt bis zum Hals in Renovierungsarbeiten für ein Großprojekt. Aber du weißt ja, wie Blue ist. Duke tut das, was er sich in den Kopf gesetzt hat, und Blue möchte Boone bestimmt lieber unter weniger stressigen Umständen kennenlernen.«

»Duke kann sich auf eine Überraschung gefasst machen«,

erwiderte Trish scharf. »Es sind mehr als drei von ihnen nötig, um meinen Mann einzuschüchtern.«

Gabriella und Siena rissen die Augen auf und wiederholten gleichzeitig: »Mein Mann?«

»Ich wollte schon so lange hören, dass du das mal sagst!«, freute sich Siena, während sie gemeinsam den Hügel hinab zu den anderen gingen. »Es muss was Ernstes sein.«

Trish verlangsamte ihr Tempo und senkte die Stimme. »Ist es. Ich meine, zumindest glaube ich das.«

»Du glaubst?«, fragte Gabriella.

»Ich meine, ich weiß es, aber wir haben noch nicht über die Zukunft oder so gesprochen.« Sie atmete tief ein. »Okay, Mädels. Jetzt geht's los. Wer ist der größte Macho von ihnen?«

Sie lächelten einander an und antworteten synchron: »Meiner.«

Boone stand mit dem Rücken zu ihnen vor ihren Brüdern. Er hatte die Arme verschränkt und die Beine hüftbreit auseinandergestellt. Selbst von hinten konnte Trish erkennen, dass es eine abwehrende Haltung war. Duke schob lässig eine Hand in die Tasche seiner dunklen Anzughose. Sein Gesichtsausdruck war beinahe unleserlich, doch in seinen Augen schimmerte ein Funke von Anerkennung und Respekt. Der war so winzig, dass sie ihn möglicherweise übersehen hätte, wenn sie nicht seine sehr aufmerksame Schwester gewesen wäre. Boone war es sicher entgangen. Cash hatte eine ähnliche Haltung wie Boone eingenommen, die Arme verschränkt und die Beine fest auf den Boden gepflanzt. *Ich bin Mann, hör mich knurren.* Innerlich musste sie über ihren albernen Auftritt kichern. Zum Glück stand Gage, der duldsamste und vernünftigste ihrer Brüder, zwischen ihnen. Er trug Cargo-Shorts und ein T-Shirt, auf dem der Name des Jugendzentrums aufgedruckt war, in dem er als

Sportdirektor arbeitete: »No Limitz«. Sein ungezwungenes Lächeln bildete einen scharfen Kontrast zu den ernsten Gesichtsausdrücken der anderen beiden. Trotz ihrer Angeberei, dem Aufplustern und dem Getue liebte sie sie.

Aber jetzt war nicht die Zeit für die kleine Schwester in ihr. Sie schob die liebevollen Gefühle beiseite und lauschte, doch entweder waren die Männer verstummt, als sie sie gesehen hatten, oder führten eine Art Blickduell. Bei dem Gedanken lief ihr ein Schauer über den Rücken.

Sie stellte sich zwischen sie und Boone und sah jeden ihrer Brüder einzeln an. »Ich würde euch ja umarmen, aber das würde dieses Verhalten nur ermutigen. Außerdem war ich schon in der Maske, also kann ich nicht.« Sie sah Duke finster an, aber kämpfte gleichzeitig gegen ein Lächeln. »Du bist der lächerlichste Bruder aller Zeiten.« Diese Halbwahrheit brachte sie schließlich zum Schmunzeln, ebenso wie Duke. »Und Cash?« Sie warf die Hand nach oben. »Ernsthaft?«

»Ich verstehe nicht, warum du denkst, dass ich *nicht* hier sein würde?«, fragte Cash.

Siena und Gabriella gesellten sich zu ihren Männern und legten ihnen jeweils fest und doch sanft eine Hand auf den Arm. Trishs Herz zog sich zusammen. Sie wusste, dass Siena und Gabriella das für sie taten und ihre Brüder stumm daran erinnerten, dass es in dieser Unterhaltung nicht nur darum ging, den Wert des Mannes zu ermitteln, in den sich Trish verliebte. Ihre Berührung war eine Erinnerung daran, dass Trish erwachsen war und ihr Herz schenken konnte, wem immer sie wollte, ganz wie es ihnen egal war, was jemand über die Frauen sagte, in die sie sich verliebt hatten. *Als hätte ich irgendeine Kontrolle über mein Herz. Es gehört Boone, egal, was ihr denkt.*

Siena warf Cash einen finsteren Blick zu und sein Ausdruck

wurde sanfter.

Gage lachte.

Trish verdrehte die Augen über Cash, stemmte die Hände in die Hüften und stellte sich vor Gage. »Und du bist hier, um den Frieden zu wahren, richtig? Du bist den ganzen Weg aus Colorado gekommen?«

Er zuckte mit den Schultern. »Irgendjemand muss die Zügel halten.« Er beugte sich vor und hauchte ihr einen Kuss auf die Wange. »Du bist meine Schwester. Natürlich bin ich hier.«

»Danke, Gage.« Sie warf Duke noch einen finsteren Blick zu und trat dann an Boones Seite, dessen Gesichtsausdruck eine Mischung aus Belustigung und Ernsthaftigkeit zeigte. Wie machte er das bloß?

»Klär mich auf. Was für alberne Sachen wurden schon gesagt?«, fragte sie Boone, doch bevor er antworten konnte, wandte sie sich an ihre Brüder. »Das ist der absolut schlechteste Zeitpunkt für euren Neandertaleralauftritt. Wir müssen gleich Boones härteste Szene drehen.«

»Das Timing tut mir leid«, erwiderte Duke ruhig. »Wir haben seit heute Morgen versucht, dich zu erreichen, als wir endlich einen Termin miteinander koordiniert hatten.«

»Das stimmt«, fügte Gabriella hinzu. »Wir haben dich ununterbrochen angerufen.«

»Boone! Trish! Zwei Minuten«, rief Zoe vom Hügel aus.

Boone reckte den Daumen nach oben und legte unterstützend eine Hand auf Trishs Rücken.

»Wir drehen seit sieben Uhr morgens.« Trish zeigte auf ihre fettigen Haare. »Es tut mir leid, aber ich sehe erst auf mein Handy, wenn wir Feierabend machen.«

»Richtig«, sagte Duke und rieb sich das Kinn. »Entschuldige, den Teil haben wir nicht gut durchdacht. Wir wollten euch wirklich nur zum Essen ausführen und Boone kennenlernen.«

Ja, klar. Wenn du mit kennenlernen *meinst, dass ihr ihn ausfragt, bis ihr alles über ihn wisst, bis hin zu seinem Geburtsgewicht und seiner Blutgruppe.* Entschuldigend und neugierig zugleich sah sie Boone an. Die Einladung zum Essen würde sie ihm überlassen.

»Klingt gut.« Boone lächelte ihre Brüder an, was Trish beeindruckte, denn sie wäre vielleicht nicht so gelassen gewesen, wenn sie an seiner Stelle gewesen wäre.

»Hört zu«, fuhr Boone fort. »Wir alle wissen, dass ihr hergekommen seid, um mich abzuchecken. Und nach dem, was ich über dich weiß, Duke, hast du das wahrscheinlich schon getan.«

Gage vertuschte sein Lachen mit einem Husten.

»Ich habe nichts zu verbergen. Ihr könnt mich alles fragen, nachdem wir diese Szene gedreht haben.« Boone warf Trish einen selbstbewussten, warmen Blick zu. »Aber im Moment steht der Oscar eurer Schwester auf dem Spiel.« Er ließ seinen Blick wieder zu Duke und dann langsam zu den anderen wandern. »Und nichts ist es wert, das zu ruinieren.« Er verschränkte ihre Finger ineinander und küsste trotz des Make-ups ihren Handrücken. »Sie verdient mehr als einen Oscar. Sie verdient es, dass man ihr die Welt zu Füßen legt.«

»Boone«, hauchte sie, gerührt von seinen süßen Worten.

Duke runzelte die Stirn, als würde er gerade jedes einzelne Wort analysieren und entscheiden, ob er ihm glauben wollte. Gage nickte und lächelte Trish an. Sie wusste, dass Gage Boones Liebe spürte und seine Antwort bereits hatte. Cashs Gesichtsausdruck lag irgendwo zwischen Dukes Skepsis und Gages Akzeptanz. Gabriella und Siena seufzten hingerissen, als wäre all das der Stoff, aus dem Träume gemacht waren. Ebenso, wie Trish es innerlich tat.

Dreiundzwanzig

Trish und Boone gingen den Hügel hinauf. Das Set war am Waldrand am hinteren Ende des Grundstücks aufgebaut worden. Sie hatten alte Kisten, kaputte Flaschen und andere Requisiten mitgebracht und die Wiese in eine Müllhalde verwandelt. Am Ende würden sie andere Szenen hineinschneiden, um den Eindruck zu erwecken, als würden sie sich, wie anfangs geplant, neben der verlassenen Lagerhalle befinden. April und Ronnie warteten bei den Regiestühlen auf sie, um letzte Hand anzulegen. Kameraleute und Crew liefen übers Set und bereiteten sich auf Boones schwierigste Szene vor. Trish hörte ihre Brüder reden, als sie ihnen folgten. Gabriella und Siena lachten über etwas. Sie stellte sich vor, dass ihre Brüder wie Sicherheitsleute wirkten, und war froh, dass die Mädels mitgekommen waren. Allen Muskeln zum Trotz waren ihre Brüder totale Softies, wenn es um die Frauen ging, die sie liebten, und sie wusste, dass das später beim Essen die Anspannung verringern würde.

Ihre Brüder meinten es gut, aber sie war nervös wegen Boones´ Darstellung und nicht wegen dieses Familiendramas. Das übte nur zusätzlichen Druck auf eine ohnehin schon stressige Situation aus.

»Geht's dir gut?« Sie musterte seinen ernsten Gesichtsausdruck und ihr Magen verknotete sich. »Das alles tut mir so leid.«

»Deine Brüder tun das Richtige«, erwiderte er, ohne sie anzusehen. »Sie lieben dich.«

»Aber du wirkst angespannt. Soll ich sie bitten zu gehen und versprechen, dass wir uns später mit ihnen treffen? Ich bin sicher, dass sie nichts dagegen haben. Ob du es glaubst oder nicht, sie verstehen, wie schwierig das wird.«

Er blieb außer Hörweite der Crew stehen, damit sie nicht belauscht werden konnten, aber ihre Familie war dicht hinter ihnen und hielt ein paar Meter entfernt an. Ob Boone Privatsphäre wollte, um ihr das mitzuteilen, was auch immer er zu sagen hatte? Sie sah ihn fragend an. Boone warf Duke einen kurzen Blick zu und dieser wandte sich lächelnd ab und gab ihnen so einen Hauch von Zweisamkeit. Gage nickte wissend, nahm Cash beim Arm und drehte ihn um. Gabriella und Siena lenkten sofort die Aufmerksamkeit ihrer Männer auf sich, wie es nur die besten Freundinnen konnten.

»Baby«, begann Boone sanft. »Ich glaube nicht, dass ich jemals schon so nervös war, und das hat nichts mit deiner Familie zu tun. Ich bin froh, dass sie hier sind. Du bist ihnen so wichtig, dass ich es von hier aus spüren kann. Ich bin nervös, weil du so hart mit mir daran gearbeitet hast, meine Schauspielkünste zu verbessern, und ich dich nicht enttäuschen will.«

Sie schob die Finger in seine Gürtelschlaufen. »Du könntest mich niemals enttäuschen. Selbst wenn zig Takes nötig sind.«

»Aber das hier ist deine Chance und du hast hart dafür gekämpft.« Die Aufrichtigkeit in seiner Stimme stahl sich direkt in ihr Herz.

»Genau wie du«, erinnerte sie ihn. »Wenn es im Leben eine

Sache gibt, die ich von meinen Eltern …« Sie betrachtete Duke, der die Arme um Gabriella geschlungen hatte, Cash, der Siena etwas ins Ohr flüsterte, und Gage, der wahrscheinlich gerade Sally schrieb, weil sie ständig in seinen Gedanken präsent war. »… und meiner Familie gelernt habe, dann, dass solche Dinge wie Auszeichnungen etwas fürs Ego sind. Mein Ego muss nicht gestreichelt werden, aber bei meinem Herz ist das eine ganz andere Sache. Zu wissen, dass du alles für diesen Film gibst, dass ich dir wichtig bin, das ist *alles*.« Sie stellte sich auf die Zehenspitzen und küsste ihn. »Die besten Dinge im Leben sind keine Dinge, Boone. Sie sind Momente wie dieser und der von vorhin, als du gesagt hast, dass ich es verdiene, die Welt zu Füßen gelegt zu bekommen – was nicht der Fall ist, aber die Empfindung dahinter hat mir wahnsinnig viel bedeutet. Selbst wenn ich nie einen Oscar bekomme, hat uns dieser Film zusammengebracht. Das sind die Dinge, die wichtig sind.«

»Leute!«, unterbrach Zoe sie und marschierte mit einem Klemmbrett in der Hand und ernstem Gesichtsausdruck auf sie zu. »Chuck ist gestresst und wenn Chuck gestresst ist, sind wir alle gestresst. Können wir bitte anfangen?«

»Entschuldige!« Trish lächelte Boone an. »Du wirst das toll machen.«

Fünf Minuten später lag Trish zwischen dem Abfall auf dem Boden und starrte ausdruckslos in den klaren, blauen Himmel. Kameras fuhren über sie hinweg, aber ihr Blick blieb leer und abwesend. Ihre Brüder und die Mädels hatten sie schon bei der Arbeit gesehen, aber das minderte nicht den Stolz, den sie fühlte, weil sie hier waren. Es war egal, dass sie in dieser Szene nur zugedröhnt sein und keine großen Emotionen zeigen musste. Es erforderte unheimliches Talent, so weggetreten zu wirken und leblos zu bleiben, wenn Boone sie schließlich hochhob und davontrug.

Sie dachte an Boone und all die anderen Dinge, die in seinem Leben vor sich gingen – Jude im Entzug, seine Sorge um Lucky, die Bekanntmachung ihrer Beziehung in der Presse, seine Konfrontation mit Jared, das Auftauchen ihrer Brüder, die bevorstehende Szene. Trotz all dem lag seine ganze Aufmerksamkeit auf Trish und darauf, wie seine Leistung ihre Chance auf den ganz großen Erfolg beeinflussen könnte. Wenn das ihren Brüdern nicht alles sagte, fragte sie sich, ob etwas es überhaupt konnte.

Vor jedem Auftritt mit der Band ordnete Boone seine Gedanken, indem er im Geiste alle Schritte durchging, die erforderlich gewesen waren, um diesen Grad von Erfolg zu erreichen. Das ließ ihn die Chancen, die er erhalten hatte, noch mehr schätzen, und es motivierte ihn, seinen Fans die bestmögliche Show zu bieten. Während er sich nun am Set auf seine entscheidende Darstellung vorbereitete, versuchte er seine flatternden Nerven mit derselben Taktik zu beruhigen. Aber die waren noch überlasteter als je zuvor. Und was die Sache noch schlimmer machte: Er wusste nicht genau, warum er mit jeder Szene an Selbstvertrauen gewonnen, aber jetzt plötzlich den Eindruck hatte, als würde er in Treibsand stehen.

In wenigen Sekunden würde der Dreh starten und alle Blicke lägen auf ihm. Er konnte das schaffen. Er hatte die ganze Woche problemlos geschauspielert. Bald würde er Trish leblos vor sich liegen sehen. Seine Brust schnürte sich zusammen, aber nicht so wie vor ihrer gemeinsamen Aufarbeitung seiner

Vergangenheit. Dieses erstickende Gefühl hatte nichts damit zu tun, dass er von seinen Gefühlen Abstand nahm, sondern wie tief er für sie empfand.

Ihre Brüder und deren Partnerinnen sahen mit gebannter Vorfreude aus der Entfernung zu. Dieser Film hatte das Potenzial, Trishs Karriere in neue Höhen zu katapultieren, und trotz ihrer Worte wusste er, wie wichtig ihr dieser Film war. Das musste der Grund dafür sein, dass er das Gefühl hatte, ihm würde der Text entgleiten, und er musste dieses Wissen als Motivation nutzen, um sich zusammenzureißen. *Schnell.*

»Ton an«, rief der erste Regieassistent.

Am Set wurde es still.

Tief einatmen. Eins. Zwei. Drei.

»Ton läuft«, erwiderte der Tonassistent laut.

Ich schaffe das. Für Trish kann ich alles schaffen.

Er lauschte den weiteren Regieanweisungen.

»Kamera an.«

»Kamera läuft. Los geht's.«

Ein Assistent stellte sich vor die Kameras, rief die Szene aus und ließ die Klappe zuschnappen. Boones Puls schoss in die Höhe und er betrachtete das zugemüllte Gras, ehe er sich schließlich gestattete, Trish anzusehen, die mit leerem Blick in den Himmel starrte. Nadeleinstiche zogen sich über ihre Arme und ihre Finger zeigten schlaff nach oben. Dunkle Ringe lagen unter ihren wunderschönen Augen. Ihr zerknittertes Kleid war an ihren mit Prellungen übersäten Oberschenkeln nach oben gerutscht. Das Make-up war so echt, dass er jede Prellung, jede Narbe, jede schlechte Entscheidung spüren konnte. Er durchlebte nicht länger Erinnerungen an seine Vergangenheit oder die Wut auf Destinys Eltern. Nein, diese Emotionen waren hervorgezerrt und entblößt worden und er hatte im Geiste genau das getan, was Trish vorgeschlagen hatte. Er hatte Destinys Eltern ihre Schwäche und ihr Versagen verziehen. All das hatte er hinter sich gelassen und wurde dadurch von neuen, noch stärkeren Gefühlen niedergedrückt: einer erschütternden überwältigenden Liebe für die Frau, die dort auf dem Boden lag.

»Set«, rief jemand.

Das war es.

Chuck brüllte: »Action«, und Boone stockte der Atem.

Er kannte diese Szene in- und auswendig. Hock dich neben sie und sag: »Was soll ich deiner Meinung nach jetzt tun?« Aber die Worte waren vollkommen falsch. In einem solchen Moment würde er niemals an sich selbst denken.

Angst und ein Gefühl von Dringlichkeit trieben ihn über die Wiese. Er sank neben Trish auf die Knie. »Delia! Delia. Delia.« Trish und Delia waren wie Geister ineinander verwoben, verschwammen ineinander und nährten sich mit jedem wilden Schlag seines Herzens von seiner Angst, seiner Wut und seiner Verwirrung. Seine Knie gruben sich in die Erde, als er sich zitternd über sie beugte und ihm Tränen in den Augen brannten. Sein Text wurde von Trishs Duft davongespült, dem Duft der Frau, die er liebte und die dem Tode so nahe war.

»Baby! Nein, Baby. Nein!« Er zog das Handy von der Requisite aus der Tasche, das er eigentlich erst am Ende der Szene benutzen sollte, und wählte instinktiv den Notruf. Dann klemmte er es sich zwischen Schulter und Kinn, drückte Trishs schlaffen Körper an sich und gab dem nicht existenten Rettungsdienst die fiktive Adresse durch. Anschließend erhob er sich mit Trishs leblosem Körper im Arm und das Handy fiel zu Boden.

Er drehte ihr Gesicht zu sich und sprach mit zusammengebissenen Zähnen. »Stirb mir nicht weg, Baby. Wag es ja nicht.« Tränen strömten über seine Wangen und fielen auf ihre Haut. »Ich liebe dich, Baby. Du bist der Grund, warum ich hier bin. Der Grund, warum ich atme.«

Sein Blick huschte übers Set, während er von einer Welle aus Emotionen erfasst wurde. Alles verschwamm ineinander. »Atme weiter. Atme, Baby, atme.« Er sah ins Nichts und schrie: »Wo bleibt der verfluchte Krankenwagen?«

Ihm schlug das Herz bis zum Hals und er richtete das Gesicht gen Himmel. »Nimm mich!«, schrie er zwischen seinen Schluchzern. »Bitte! Nimm mich.«

Trishs Arme fielen schlaff zu Boden. Ihr Kopf rollte auf seinen Arm und er drückte sie an seine Brust. In der Ferne erklangen Sirenen.

Er ging einen Schritt und seine Knie wurden schwach. Er stolperte und taumelte, während er versuchte, trotz der tief sitzenden Angst, die ihn erfasste, festen Halt zu finden. Erneut sackte er auf die Knie und hielt sie beschützend an seiner Brust, während sich die Sirenen näherten.

»Alles wird gut, Baby. Du bist so gut und klug und wunderschön und ich liebe dich. Ich liebe dich so sehr. Gib nicht auf. Wag es ja nicht, aufzugeben, Baby.«

Sirenen schrillten und er ließ sich auf die Fersen sinken, während die Sanitäter zu ihnen rannten. Doch er hielt sie zu fest und konnte nicht loslassen. Einer der Sanitäter legte ihm eine Hand auf die Schulter, doch Boone sah nur Trishs glasige Augen, die ins Nichts starrten.

»Wir kümmern uns um sie. Sir, lassen Sie los. Wir kümmern uns um sie.«

Er spürte, wie ihr Gewicht aus seinen Armen verschwand und hektische Aktivität ausbrach, aber Boone war wie im Nebel, gefangen zwischen Realität und Geschichte. Nur am Rande nahm er Bewegungen und Stimmen wahr, war jedoch wie erstarrt. Stille breitete sich auf der Wiese aus und er kämpfte gegen das Adrenalin an, das durch seine Adern schoss.

Boone drehte sich langsam nach links, als sich schwere Schritte näherten, und sein Verstand kehrte nach und nach in die Gegenwart zurück. Verschwommene Gesichter rückten in den Fokus. Trish stand mit offenem Mund neben Duke. Boone spürte, wie sich alle Blicke am Set voller Entsetzen und Sorge in ihn bohrten. Panik ergriff ihn und trieb ihn auf die Füße. Er taumelte erneut und versuchte, zu sich zu kommen, während ihn der Schrecken des Moments wie ein gewaltiger Sturm erfasste. Er hatte es fürstlich vermasselt. Er hatte unbewusst improvisiert.

Chucks laute, wütende Schritte näherten sich ihm düster und mächtig wie ein Todesurteil. Mit angespanntem Kiefer und verengten Augen sagte er: »Das ist ein Chuck-Russell-Film. Wir improvisieren nicht.«

Die Stille erstickte ihn beinahe, während er hervorwürgte: »Ja, Sir.«

Chuck sah sich vor Wut kochend am Set um. »Improvisieren wir?«

Nein, Sir, erklang es wie im Chor, und Chuck richtete seine Aufmerksamkeit abermals auf Boone. »Weißt du, warum wir nicht improvisieren?«

»Weil du das Drehbuch eben deshalb gekauft hast, weil es so geschrieben wurde. Es tut mir leid. Ich habe einfach …« *Meinen Verstand verloren?* Das hatte er. Er hatte den Bezug zur Realität verloren. »Es tut mir aufrichtig leid. Nächstes Mal mache ich es richtig.«

Chuck kam näher und strahlte nichts als Anspannung aus.

»Es wird kein nächstes Mal geben.«

Lautes Keuchen hallte um sie herum wider.

Boone sah ruckartig zu Trish. Sie hatte sich eine Hand auf den Mund gelegt und Angst schimmerte in ihren aufgerissenen Augen. *Es tut mir leid*, sagte er stumm, während sein Herz in eine Million Stücke zersprang.

»Weil es absolut perfekt war«, fügte Chuck hinzu und klopfte Boone auf den Rücken, womit er ihn aus dem Gleichgewicht brachte. Das endlose Schweigen der Crew hielt an.

»W…« Boone schüttelte den Kopf. Er hatte sich sicher verhört. »Was?«

Chuck lachte donnernd. »Wir improvisieren nicht. Wir werden niemals wieder improvisieren. Aber wir behalten diese Szene. Das war herausragend! Du bist ein echter Glückspilz.«

Schlagartig machte sich Erleichterung um sie herum breit, gefolgt von Beifall und Jubel, während Boone noch versuchte, Chucks Worte zu verstehen. Und dann schlang Trish die Arme um ihn und die Crew und ihre Familie klopften ihm auf den Rücken, überschütteten ihn mit Komplimenten und umarmten ihn.

Das Wissen, dass er ihr nichts zerstört hatte, fügte die zerbrochenen Teile seines Herzens wieder zusammen. »Das lag alles nur an dir, Baby«, sagte er zu Trish. *Mein ›Ich liebe dich‹ war ernst gemeint.* »Du hast Besitz von mir ergriffen, und ich hoffe, dass du mich niemals loslässt.«

Vierundzwanzig

Trish und Boone vibrierten aufgrund von Boones unglaublicher Darstellung immer noch vor Begeisterung, als sie sich mit Duke, Gabriella, Cash, Siena und Gage im Greenhouse of Teays Valley Bistro einen Tisch suchten. Das sehr eigen wirkende Restaurant war der perfekte Hintergrund für ein Abendessen, das intensiv zu werden versprach. Dunkle Holzregale voller Gourmetsoßen, Marmeladen, Konfitüren, Marinaden und Salsas säumten die roten Wände. Auf Tischen wurden unzählige dekorative Vasen, Bücher, T-Shirts und Flip-Flops zum Verkauf angeboten. Im hinteren Teil des Restaurants standen einige glänzende schwarze Grills, die ebenfalls verkäuflich waren. Am Empfang hatte man ihnen erzählt, dass die Besitzer an den Wochenenden Grill-Kurse anboten und vor ein paar Jahren angefangen hatten, auf Kundenwunsch hin auch Grills zu verkaufen.

Die anfängliche Spannung, die Trish gespürt hatte, als ihre Brüder angekommen waren, hatte sich größtenteils aufgelöst, doch ein Hauch von Unsicherheit blieb. Sie fühlte sich wieder wie ein Teenager und fürchtete, dass ihre Brüder Boone vertreiben könnten. Ihr war klar, dass dieser Gedanke albern war. Alles, was Boone sagte, die Art, wie er sie ansah und berührte, versicherte ihr, dass sich nichts und niemand zwischen sie stellen konnte.

Sie saßen an einem der vielen runden, aber unterschiedlich großen Tische. Auch die Stühle passten nicht zusammen. Auf jedem Tisch lag eine glänzend grüne Tischdecke, die denselben Farbton hatte wie der Filz auf einem Billardtisch. Das Restaurant strahlte eine gemütliche, heimelige Atmosphäre aus und es roch nach Gewürzen und gegrilltem Fleisch. Boone legte seinen Arm über ihre Stuhllehne und Trish lehnte sich instinktiv zu ihm.

»Hier riecht es so gut. Das erinnert mich an zu Hause«, sagte Gabriella.

Duke schob eine Hand unter Gabriellas dunkle Haare und um ihre Schulter, damit er sie an sich ziehen konnte. »Gabriella ist auf Elpitha, einer Insel vor der Ostküste, in einer großen Familie aufgewachsen, wo alles mit Liebe gekocht wird. Richtig, Babe?«

»Mit Liebe gekocht, mit Liebe serviert, mit Liebe gegessen.« Gabriella richtete sich an Boone. »Mein Vater ist Grieche und meine Mutter kommt aus den Südstaaten, also …«

»Kling wundervoll«, erwiderte Boone mit einem ungezwungenen Lächeln.

»Trish hat erzählt, dass deine Familie in New York lebt«, sagte Cash. »Wohnst du auch da oder bist du in L. A.?«

»Ich habe ein Haus in L. A., betrachte aber die Bronx als mein Zuhause.«

»Cool«, erwiderte Cash. »Und du bleibst hier, bis Trish mit den Dreharbeiten fertig ist?«

»Das ist der Plan.«

»Aber er kann morgen ausschlafen«, erinnerte Trish ihn. »Ich muss in aller Herrgottsfrühe aufstehen. Mein Drehtag beginnt um halb fünf und geht ohne Pause bis sechzehn oder siebzehn Uhr. Übermorgen geht es auch wieder um halb fünf los, aber ich habe den Nachmittag frei und drehe dann noch mal bei Sonnenuntergang. Der Zeitplan ist so komisch, weil Delias Charakter eine Nachteule ist.«

»Zumindest werdet ihr zusammen sein«, sagte Siena. »Das ist alles, was zählt.«

»Erinnert ihr euch noch, dass Mom immer gesagt hat, zwischen Mitternacht und fünf Uhr morgens kann nichts Gutes passieren?«, fragte Gage und setzte damit eine Runde »Wisst ihr noch …« in Gang.

Trish und Boone sahen sich erhitzt an. *Mom lag so falsch.* Jedes Mal, wenn er sie ansah, hatte sie das Gefühl, in Flammen aufzugehen. Sie war überrascht, dass sie bisher keine ihrer Schwägerinnen darauf angesprochen hatte.

Ein fröhlich aussehender Mann mit einer Drahtgestellbrille, dichten, grau melierten Haaren und einem einladenden Lächeln trat an den Tisch. »Howdy, Leute. Willkommen im Greenhouse. Ich bin Eric, der Besitzer, und werde heute Abend euer Kellner sein.«

»Das nenn ich mal Service«, lobte Cash.

»Bei Millie Sipher steigt heute Abend eine Scheunenfete, und was wäre ich denn für ein Chef, wenn ich meinen Leuten für diesen Spaß nicht freigebe?« Eric erwähnte Millie Sipher mit einer solchen Selbstverständlichkeit, als wüssten sie, wer sie war, und das machte ihn noch charmanter.

»Also das klingt jetzt wirklich nach zu Hause«, sagte Gabriella. »Ich komme von Elpitha Island, und wir haben gerade darüber gesprochen, dass es hier so gut riecht und mich an zu Hause erinnert. Mein Bruder hat dort ein Restaurant und tut dasselbe für seine Angestellten. Man trifft nur selten einen

Geschäftsinhaber, dem die Mitarbeiter genauso wichtig sind wie ihr Geschäft.«

»In Hurricane kommt die Familie immer an erster Stelle«, erklärte Eric. »Meine Frau und ich waren vor ungefähr zehn Jahren auf Elpitha. Hübsche kleine Insel. Ich werde meinen Bruder Joe, unseren Chefkoch, bitten, dir etwas Besonderes zu machen. Galaktoboureko?«

Gabriella riss die Augen auf. »Das hatte ich seit Monaten nicht.« Sie sah sich am Tisch um und erklärte: »Das ist griechische Crème Brûlée in Blätterteig und einfach zum Sterben.« Sie stand auf und umarmte Eric. »Danke! Ich würde sofort in die Küche gehen und deinen Bruder umarmen, aber ich fürchte, dass er mich dann für verrückt hält.«

Alle lachten, als sie sich wieder setzte.

»Danke. Du hast meiner Verlobten gerade den Abend gerettet. Wenn du das nächste Mal mit deiner Frau übers Wochenende wegfahren willst, könnt ihr in einem meiner Resorts unterkommen.« Duke reichte Eric eine Visitenkarte aus seiner Brieftasche. »Such dir auf der Website einen Ort aus und sag dort einfach, dass Duke und Gabriella euch schicken.«

»Danke, Duke«, sagte Eric. »Meine Frau wird begeistert sein. Aber weißt du, es ist nur ein Dessert und dein Angebot ist so viel größer. Ihr alle könnt hier kostenlos essen. Jedes Mal, wenn ihr herkommt.«

»Das muss nicht sein. Es ist uns ein Vergnügen«, versicherte Duke ihm.

Trish wünschte, Duke hätte Boone auch so großzügig aufgenommen wie diesen Fremden, aber sie wusste, dass seine Schroffheit nicht wirklich speziell mit Boone zu tun hatte. Er beschützte sie, seine nicht mehr so kleine Schwester.

»Wohnst du schon dein ganzes Leben hier?«, fragte Trish.

»Grundgütiger, nein«, antwortete Eric lachend. »Wir sind typische West-Virginia-Bewohner. Mit fünfundzwanzig kann man es nicht mehr erwarten, von hier wegzukommen. Wir sind nach Süden gezogen und haben uns in Florida niedergelassen, um das *schöne Leben* zu genießen. Wie die meisten Leute aus dieser Gegend konnten wir es kaum mehr erwarten, hierher zurückzukehren, sobald wir alt genug waren, um die ersten grauen Haare zu bekommen.« Er senkte die Stimme, als würde er ein Geheimnis weitergeben. »Im Alter wird man wirklich weise. Wie sich herausgestellt hat, hatten wir das schöne Leben direkt vor unserer Nase.«

Sie unterhielten sich noch eine Weile. Dann nahm Eric ihre Getränkebestellung auf und brachte alles an den Tisch.

Dukes Blick fiel auf Boones Limo. »Du trinkst nicht?«

Die neugierige Frage ihres Bruders ließ Trishs Nerven flattern. *Und los geht's …*

»Nur selten«, antwortete Boone.

Duke und Cash sahen sich neugierig an. Offensichtlich hatten sie von Boones Ruf gehört.

»Wir haben meinen Vater durch einen alkoholisierten Fahrer verloren, als ich noch ein Kind war«, erklärte Boone mit ernster Miene. »Es ist nicht so, dass ich nicht trinke. Ich genehmige mir hier und da schon mal was, aber wenn ich ausgehe, begnüge ich mich meistens mit Limo oder Wasser.«

»Mein Beileid«, sagte Duke aufrichtig. »Das muss sehr schwierig für dich und deine Familie gewesen sein.«

Trish war überrascht, dass Duke das nicht bereits über Boone wusste. Offensichtlich hatte er nicht so tief in seiner Vergangenheit nachgeforscht, wie sie gedacht hatte. Das freute sie, weil es bedeuten musste, dass er sich zumindest ein klein wenig zurückhielt. Ob sie seinen Überraschungsbesuch falsch eingeschätzt hatte? Vielleicht war er wirklich nur hier, um Boone besser kennenzulernen, und hatte einfach seine überfürsorgliche, alles hinterfragende Seite nach wie vor nicht ganz abgelegt.

Man konnte ja hoffen.

»Das war es. Ist es noch«, räumte Boone ein. »Ich bin nicht sicher, ob man je wirklich darüber hinwegkommt, ein Elternteil zu verlieren, egal, wie alt man zu dem Zeitpunkt ist.«

»Wie wahr.« Gage trank einen Schluck von seinem Bier. »Meine enge Freundin Sally hat ihren Mann verloren, als ihr Sohn ein Teenager war. Es ist schon einige Jahre her und den beiden geht es gut, aber manchmal kommt der Schmerz wieder an die Oberfläche.«

Trish tätschelte ihrem Bruder den Arm. Sie hatte das Gefühl, dass er ihr gerade einen kurzen Blick darauf erlaubt hatte, warum Sally und Gage nach all den Jahren der Anziehung immer noch nicht zusammen waren.

Gage lächelte. »Und dann sind da die Momente, in denen Sally strahlt, weil sie sich an etwas Schönes erinnert und ihre ganze Welt dadurch heller wirkt. Ist das für dich auch so, Boone?«

»Jap«, antwortete Boone gelassen. »So viele Dinge können eine Erinnerung wecken und wenn es passiert, fühlt es sich an, als würde man in nachtschwärzester Dunkelheit Achterbahn fahren. Man weiß nie, womit man rechnen muss.«

»Vielleicht warst du heute deshalb bei der letzten Szene so gut«, warf Siena ein. »Du hast jemanden verloren, den du geliebt hast, deshalb ist all das erneut auf dich eingeprasselt, als du Trish gesehen hast. Bei meiner Arbeit als Model muss ich auch auf Erinnerungen oder Bilder zurückgreifen, um in die richtige Gedankenwelt einzutauchen. Wobei das natürlich davon abhängt, für welchen Kunden ich es tue.«

Boone betrachtete Trish. »Ich hatte heute Nachmittag keine Wahl. Als ich Trish dort habe liegen sehen, kamen die Worte einfach.«

»Du warst völlig in deinem Element«, sagte Trish sanft.

»Ich bin es immer noch.« Er beugte sich vor und küsste sie.

Trish spürte, wie ihre Wangen heiß wurden, und Duke räusperte sich.

Boone richtete seinen Blick auf ihn. »Tut mir leid, Duke, aber ich werde mich nicht dafür entschuldigen, deine Schwester zu küssen.«

Duke lachte. »Nein, aber ich entschuldige mich dafür, etwas schroff rübergekommen zu sein. Hör zu, Boone, ich werde nicht um den heißen Brei herumreden. Legen wir alle Karten offen auf den Tisch.«

»Das ist so albern, Duke«, schimpfte Trish. »Als du Gabby mit nach Hause gebracht hast und Cash Siena kennengelernt und Blue sich in Lizzie verliebt hat, musste sich keine von ihnen so einer Befragung aussetzen. Wir haben sie einfach geliebt, weil ihr es auch tut. Warum könnt ihr mir nicht denselben Gefallen erweisen?«

Dukes Gesichtsausdruck wurde noch ernster und Schweigen breitete sich aus.

Gage beugte sich zu ihr und flüsterte: »Ich glaube, du hast während unseres Skype-Gesprächs vergessen zu erwähnen, dass du ihn liebst.«

»Was?« Sie sah sich um. Gabriella und Siena guckten sie mit großen Augen und strahlenden Gesichtern an. Boone wirkte vollkommen geschockt. »*Omeingott.* Ich hab gesagt, dass ich dich liebe. Oh mein Gott. Es ist einfach rausgerutscht.«

Ein Lächeln erschien langsam auf seinen sinnlichen Lippen

und brachte seine Augen zum Strahlen. Trish biss sich auf die Unterlippe, um nicht zu lachen, zu weinen, ihn zu küssen … Siena und Gabriella flüsterten miteinander, aber sie war zu nervös, um sich auf etwas anderes als den Mann zu konzentrieren, der seine Hand in ihren Nacken legte und sie näher zog. Er roch nach Liebe und Lust und allem Guten auf dieser Welt und sah sie an, als hätte sie ihm gerade gesagt, dass er einen Preis gewonnen hatte.

»Baby.« Sein warmer Atem strich über ihre Lippen. »Ich vergöttere dich. Ich habe versucht, mich zurückzuhalten und dir nicht zu sagen, dass ich dich liebe, aber es hat mich umgebracht. Die Worte beim Dreh waren für dich bestimmt. Ich liebe dich, meine Schöne. Ich liebe dich so sehr, dass es wehtut.«

Er presste seine Lippen auf ihre und Gabriella und Siena seufzten.

Boone umfasste ihr Gesicht und sah ihr tief in die Augen. Er war alles, was sie sah; alles, was sie roch; alles, was sie hörte. Er war alles, was sie brauchte.

Duke war aufgestanden und legte eine Hand auf Boones Schulter, woraufhin sie sich beide umdrehten.

Ihr Bruder lächelte und Boone stand ebenfalls auf, während Duke erklärte: »Sie wird immer meine kleine Schwester sein. Du erinnerst dich an das, was Jake beim Skypen zu dir gesagt hat? Das erklärt im Grunde alles.«

Sie lachten alle und Duke zog Boone in eine Umarmung. Trishs Kehle wurde eng.

»Ich bin nicht der, für den die Presse mich hält«, versicherte Boone ihm.

Duke nahm Trishs Hand und half ihr auf die Füße. »Auch das wäre egal«, sagte er zu Boone. »Solange du bei unserer Schwester nicht so bist.« Er lächelte Trish an. »Kannst du mir meine Aufdringlichkeit verzeihen? Du hast recht, Schwesterherz. Ich habe kein Recht, deine Entscheidungen infrage zu stellen, und es tut mir leid. Von jetzt an werde ich erst nachdenken, bevor ich handle.«

»Danke.« Trish genoss die herzliche Umarmung. »Aber wir beide wissen, dass du das nicht tun wirst.«

Daraufhin mussten alle erneut lachen und die Stimmung wurde unbeschwerter. Der Rest des Abends war locker und witzig, genauso, wie Trish es von ihrer Familie gewohnt war. Sie und Boone hielten Händchen und küssten sich immer wieder. Gabriella und die anderen genossen ihr Spezialdessert. Duke zog Trish damit auf, dass sie nichts aß. *Warte nur, bis die Dreharbeiten abgeschlossen sind, Boone. Versteck beim Essen deine Finger, sie verschlingt nämlich genauso viel wie wir.* Sie erzählte ihnen von Boones extravaganter Frühstückskocherei und neckte ihn damit, dass sie Wege finden musste, um ihn nervös zu machen, damit sie sie einmal die Woche genießen konnte.

Da Boones Arbeit am Set erledigt war und Trish noch drei Drehtage vor sich hatte, entschloss sich ihre Familie, über Nacht zu bleiben und Boone morgen Gesellschaft zu leisten, während sie arbeitete. Es erfüllte sie mit Freude, dass Duke Boone willkommen hieß und auch die anderen ihn so mühelos akzeptierten. Als es Zeit war, getrennte Wege zu gehen, fühlte es sich an, als würden sie Boone schon ewig kennen.

»Danke, dass du es mit Duke ausgehalten hast. Er meint es gut, auch wenn er eben ... *Duke* ist«, sagte sie, als sie vor dem Farmhaus hielten.

»Er ist cool. Hör auf, dir so viele Gedanken zu machen. Du solltest Mags mal fragen, was ich ihren Freunden in der Vergangenheit zugemutet habe.«

»Du kannst unmöglich so aggressiv gewesen sein wie Duke.

Was denkst du denn, wo ich das herhabe?«

»Oh Mann«, erwiderte er lachend. »Ich wusste, dass ich vergessen habe, mich bei ihm für etwas zu bedanken.«

»Boone, es tut mir leid, dass ich mit meinen Gefühlen so herausgeplatzt bin.« Sie hatte darüber nachgedacht, dass sie die Worte ohne Vorwarnung herausposaunt hatte. Sie fühlten sich ganz und gar richtig an und sie bereute es nicht, ihm ihre Liebe gestanden zu haben, aber sie hatte Angst, dass er sich dadurch unter Druck gesetzt gefühlt hatte. »Ich wollte dich nicht in Verlegenheit bringen.«

Er stellte den Motor ab, beugte sich zu ihr hinüber, hielt ihr Kinn mit Daumen und Zeigefinger fest und küsste sie. »Ich liebe dich, Baby. Ich wollte es dir in den letzten Tagen schon so oft sagen, aber ich habe mich so heftig und schnell in dich verliebt, dass ich befürchtet habe, ich könnte dich damit verschrecken. Ich will in Verlegenheit gebracht werden, solange du dabei an meiner Seite bist.«

Fünfundzwanzig

Trish schaltete den Wecker auf ihrem Handy aus. Kein normaler Mensch stand um Viertel vor vier auf. Gähnend drehte sie sich auf die Seite und tastete nach Boone. Als sie feststellte, dass das Bett leer war, öffnete sie die Augen und lauschte, ob sie ihn im Badezimmer hören konnte, aber die einzigen Geräusche waren Sparkys Schnurren, die Grillen draußen und eine sanfte Brise, die durch das offene Fenster wehte.

Sie setzte sich auf und lauschte konzentriert, aber im Haus war es still. Sie zog sich Boones Shirt von gestern Abend über und suchte in seinem Zimmer nach ihm. Doch auch hier war er nicht und so huschte sie nach unten. Hoffentlich zerbrach er sich nicht über ihr Geständnis von letzter Nacht den Kopf. Aber die Küche war leer. Panik breitete sich in ihr aus. Sie sah durch die Hintertür hinaus in die Dunkelheit. Vielleicht saß er auf der Veranda. Doch der Anblick der leeren Veranda sorgte dafür, dass ihr der Magen in die Kniekehlen rutschte. Mit rasendem Puls ging sie zur Haustür und ermahnte sich, ruhig zu bleiben.

Die Tür war verschlossen. Sie öffnete sie und betrachtete die Trailer und Zelte und die leere Einfahrt. Eine Gänsehaut breitete sich auf ihren Armen und Beinen aus. Angestrengt zerbrach sie sich den Kopf. Hatte er erwähnt, dass er irgendwohin musste? Sie erinnerte sich, dass er eines Morgens Kondome gekauft hatte, während sie noch geschlafen hatte, also ging sie nach oben, um zu duschen. Wahrscheinlich hatte er einfach nicht schlafen können und war einkaufen gegangen.

Um vier Uhr morgens.

Es war möglich.

Oder?

Sie schaltete das Licht im Schlafzimmer ein und entdeckte eine Nachricht auf dem Nachttisch. Sie schnappte sich den Zettel und las ihn. Zwei Mal.

Meine Schöne, hatte einen Notfall. Wusste, dass du drehen musst. Ich melde mich. In Liebe, B.

Was zum Kuckuck?

»Ernsthaft? Du hättest mich nicht wecken können?«, schimpfte sie in den leeren Raum und checkte die Nachrichten auf ihrem Handy. Keine von Boone, dafür aber welche von Fiona, Shea und Siena. Sie rief Boone an, wobei sie so angestrengt atmete, dass es sich anfühlte, als würde sie explodieren. Was für ein Notfall? Sofort musste sie an Jude und Lucky denken, aber das hätte er in seiner Nachricht doch sicher erwähnt, oder? Der Anruf landete auf der Mailbox. *Super.*

»Hey, ich bin's. Wo bist du? Was ist passiert? Ich liebe dich und hoffe, dass alles gut ist. Ruf mich an.«

Es war fast vier und die Crew würde bald hier sein. Trish duschte schnell und zog sich an, ehe sie noch einmal versuchte, ihn zu erreichen. Allerdings landete sie wieder auf der Mailbox.

Die Haustür öffnete sich und sie rannte zur Treppe. »Boone?«

Zoe sah zu ihr auf. »Hast du deinen Freund verloren?«

Sie verdrehte die Augen und versuchte, ihren Frust und die

Sorge zu verbergen. »Nein. Er musste sich um etwas kümmern. Ich komme gleich runter.«

»Beeil dich lieber. Du weißt, wie Chuck ist, wenn er das perfekte Licht einfangen will«, rief Zoe ihr nach.

Ja. Erzähl mir was, was ich noch nicht weiß. Normalerweise nahm sie ihr Handy nicht mit ans Set, aber heute wäre höhere Gewalt nötig, um sie davon abzuhalten. Sie schaltete es auf stumm und warf nach jeder Szene einen Blick darauf. Ihre Sorge um Boone war so heftig, dass sie sich kaum konzentrieren konnte, doch glücklicherweise übernahmen ihre einstudierten Schauspielfähigkeiten die Führung.

Ihre Brüder und die Mädels kamen gegen neun vorbei und sie erinnerte sich daran, dass sie den Tag mit Boone verbringen wollten. Sobald die Szene abgeschlossen war, fragte sie Duke, ob einer von ihnen etwas von Boone gehört hatte.

»Nein. Warum?«, fragte Duke.

»Er war weg, als ich aufgewacht bin. Er hat mir eine Nachricht hinterlassen, dass es einen Notfall gab, um den er sich kümmern muss, aber ich habe nichts von ihm gehört.« Jared kam in ihre Richtung und sie zuckte zusammen. Er war der letzte Mensch, mit dem sie gerade reden wollte.

»Trish«, sagte Jared mit einem Hauch von Überheblichkeit.

»Hey, Jared.« *Bitte geh weg.* Siena musste ihr Unbehagen gespürt haben, denn sie stellte sich an ihre Seite und ganz instinktiv versammelte sich ihre Familie um sie.

»Boone hat sich also bei der ersten Gelegenheit aus dem Staub gemacht, hm?« Jared sah auf sein Handy. »Tut mir leid, dass er dich so reingelegt hat.«

»Hey«, sagte Duke und trat zwischen sie. »Was ist dein Problem?«

Jared hob die Hände in einer Geste der Kapitulation. »Ich

hab kein Problem, aber deine Schwester vielleicht.«

Er hielt Trish das Handy vor die Nase und zeigte ihr ein Foto von Boone, der eine umwerfende Brünette im Arm hatte. Unter dem Bild auf der Website von Perez Hilton stand: *Stryker hat das Schauspielern wohl satt.* Trish blieb das Herz stehen.

»Das bedeutet überhaupt nichts«, widersprach Siena und legte einen Arm um Trish. »Das weißt du, oder? Ich habe gesehen, wie er dich gestern angesehen hat. Diese Fotos können unmöglich echt sein. Vertrau mir, wenn jemand weiß, wie man gefälschte Bilder erkennt, dann ich.«

»Die Presse wird jetzt, wo bekannt ist, dass ihr zusammen seid, versuchen, euch auseinanderzubringen«, fügte Cash hinzu. »Das haben wir schon bei Sienas Freunden erlebt.«

Duke riss Jared das Handy aus der Hand und ignorierte seine Proteste. Er überflog den Artikel und drückte Jared das Handy schließlich gegen die Brust. »Das ist Schwachsinn. Verschwinde von hier.«

Gage führte Trish am Arm weg. Beunruhigende Gedanken rasten ihr durch den Kopf. Sie glaubte nicht, dass Boone mit einer anderen zusammen war, aber das hielt die Eifersucht nicht davon ab, ihr Herz zu durchbohren.

»Trish, was zum Teufel war das?«, wollte Duke wütend wissen.

»Jared ist ein Blödmann. Seit Drehbeginn hat er Unsinn über Boone und mich erzählt und der hat ihm den Kopf gewaschen. Boone benutzt die Presse als Ablenkung. Aber er hat gesagt, dass er damit durch ist. Ihr dürft niemandem etwas davon erzählen. Es ist wichtig, um seine Familie aus dem Fokus der Öffentlichkeit fernzuhalten.«

»Dann wird es genau das sein. Eine Ablenkung«, sagte Gabriella.

»Er ist sicher bei Jude oder seiner Mutter. Oder vielleicht bei seinem Bruder Lucky.« Ihre Gedanken rasten und die Worte purzelten förmlich aus ihr heraus. »Falls ja, braucht er mich.« Sie scrollte auf der Suche nach Maggies Nummer durch ihre Kontakte.

»Trish«, sagte Duke sanft. »Hätte er dir nicht gesagt, wenn es ein Notfall in der Familie wäre?«

»Du kennst Boone nicht. Er ist es gewohnt, sich um alles allein zu kümmern. Als ein Freund in Schwierigkeiten war, hat er nicht mal darüber gesprochen. Er hat einfach seine Sachen gepackt und wollte losfahren.« Sie erinnerte sich an seine Überraschung darüber, dass sie ihn begleiten wollte. »Seine Nachricht«, murmelte sie gedankenverloren. »Sie ist kryptisch, aber für Boone ist das eine große Sache, auch wenn sie für uns unbedeutend wirkt. Er hält nicht inne, wenn seine Freunde Probleme haben. Er geht.«

»Okay, das verstehe ich.« Duke zog sein Handy heraus.

»Wen rufst du an?«, fragte Trish und hielt sich bereits ihr Handy für das Gespräch mit Maggie ans Ohr.

»Meine Assistentin. Sie soll alle Krankenhäuser im Umkreis der Bronx anrufen, um herauszufinden, ob er dort ist.«

»Rekyrts. Das ist der Nachname seiner Mutter.« Maggie nahm ab und Trish hob einen Finger in Dukes Richtung. »Mags? Hier ist Trish. Hast du von Boone gehört?«

»Ja, er ist hier bei uns im Krankenhaus.«

Trish klammerte sich an Dukes Arm. »Was ist passiert?«

»Unsere Mom hatte wieder Schmerzen in der Brust«, erklärte Maggie. »Sie wurde mitten in der Nacht hergebracht. Hat er dir nichts erzählt? Er meinte, dass er dir eine Nachricht hinterlassen hat. Wir dürfen im Krankenhaus keine Handys benutzen. Ich bin überrascht, dass du mich erwischt hast. Ich bin nur kurz rausgegangen, um in der Schule Bescheid zu sagen, dass sie heute Abend nicht zum Saubermachen kommt. Boone und unsere Brüder sind gerade bei ihr.« Sie nannte Trish den Namen des Krankenhauses und klang dabei genauso aufgewühlt, wie Trish es erwartet hatte.

»Danke, Mags. Er hat mir eine Nachricht hinterlassen, aber nicht gesagt, wo er ist. Tut mir leid, dass ich dich belästigt habe. Bitte richte deiner Mom Grüße von mir aus.« Sie legte auf. »Ich muss mit Chuck sprechen. Duke, wie schnell kannst du mich nach New York bringen?«

»Schneller als mit dem Auto, so viel ist sicher. Ich organisiere einen Flug.« Er telefonierte bereits, als sie den Hügel hinaufging.

»Was können wir tun?«, fragte Gabriella.

»Könnt ihr Sparky, unser Kätzchen, holen? Er ist oben im Schlafzimmer. Und könnt ihr die Mädels bitten, mir ein paar Klamotten zusammenzupacken? Bitte? Ich muss Chuck sagen, dass ich wegmuss.« *Und es wird ihm nicht gefallen.*

Ohne auf eine Antwort zu warten, rannte sie über die Wiese zu Chuck. Ihr Herz schlug wie wild. Was hatte Boone sich dabei gedacht? Er hätte es ihr sagen müssen. Er musste sich nicht um alles allein kümmern. Was war mit ihm los? Sie hatte keine Ahnung, wie lange sie weg sein würde. Sie hätte Maggie nach weiteren Einzelheiten fragen sollen, war aber zu sehr darauf fokussiert gewesen, zu ihm zu kommen, um klar zu denken.

Ungeduldig wartete sie darauf, dass Chuck sein Gespräch mit dem Kameramann beendete. Sie hoffte, dass es Raine gut ging.

»Chuck«, sagte sie, sobald der Kameramann ging. Sie trat so nah an ihn heran, dass er einen Schritt zurückmachte. Da sie aber nicht wollte, dass irgendjemand lauschte, folgte sie ihm.

»Chuck, ich würde dich nie darum bitten, wenn es nicht sein müsste, aber ich muss gehen.«

»Gehen?« Er verzog das Gesicht.

»Ja. Boones Mutter ist im Krankenhaus und ich muss bei ihm sein. Es tut mir leid. Ich weiß nicht, was los ist oder wie lange ich weg sein werde, aber er sollte das nicht allein durchmachen. Ich muss da sein. Ich …«

»Hey. Ganz langsam.« Chucks Gesichtsausdruck wurde mitfühlend, so wie damals der ihres Vaters, als sie dreizehn gewesen war und er ihr berichtet hatte, dass ihr Hund gestorben war. »Den Teil mit Boone verstehe ich, aber du weißt, dass Jared Bilder herumzeigt, auf denen er mit irgendeiner Frau in L. A. zu sehen ist. Die Darsteller sind total aufgebracht, weil er dir wehgetan hat. Du kannst mir ruhig sagen, falls das der Fall ist.«

»Oh mein Gott! Ernsthaft?« Wütend warf sie die Hände in die Luft. Boones Mutter war im Krankenhaus und alle dachten, er wäre bei einer anderen Frau?

»Diese Fotos sind …« Sie hielt inne, bevor sie noch etwas anderes sagen konnte, und atmete tief ein, um sich unter Kontrolle zu bekommen. »Es tut mir leid, Chuck. Das hast du nicht verdient. Ich muss bei ihm sein. Darf ich bitte gehen? Ich werde besonders hart arbeiten, wenn ich zurückkomme. Ich zahle sogar für alles, wenn du willst. Ist mir egal.« Mit gesenkter Stimme fügte sie hinzu: »Ich werde alles tun. Ich muss einfach bei ihm sein.«

Chuck machte eine ernste Miene. »Du bist bereit, für Boone Stryker das Risiko einzugehen, das Set zu verlassen?«

Sie schluckte schwer. Ihr war bewusst, dass es sie ihre Chance kosten könnte, je wieder mit Chuck zu arbeiten, aber das Beste in ihrem Leben brauchte sie. Deshalb fiel ihr die Antwort leicht.

»Ja.«

»Du hast dich wirklich in ihn verliebt, nicht wahr?«

Lächelnd zuckte sie mit den Schultern. »Wie hätte ich es nicht tun können?«

»Ich bin seit fünfundzwanzig Jahren verheiratet. Ob du es glaubst oder nicht, ich verstehe es. Deine Prioritäten sind genau richtig. Du solltest bei ihm sein, wenn er dich braucht.« Dann sah er sie etwas strenger und eindringlicher an. »Und du glaubst wirklich, dass er da ist?«

»Chuck!«, fuhr sie ihn an. »Ich würde mein Leben darauf verwetten und du weißt, dass ich es aus tiefstem Herzen glaube, wenn ich bereit bin, meine Karriere für ihn aufs Spiel zu setzen.«

»Okay. Du kannst gehen.«

Sie schlang die Arme um seinen Hals. »Danke. Vielen, vielen Dank!«

»Ein Tag, Trish. Mehr kann ich dir nicht geben. Morgen früh um sechs laufen die Kameras.«

»Sechs Uhr. Versprochen. Ich werde da sein.« Sie wandte sich zum Gehen, doch da kam ihr ein schrecklicher Gedanke und sie drehte sich wieder um. »Warte. Chuck, ich weiß nicht, in welcher Verfassung seine Mutter ist. Was, wenn …?« Bei der Vorstellung, dass Raine etwas Schlimmes passierte, bildete sich ein Kloß in ihrer Kehle.

»Trish, geh. Ich bin Regisseur, kein Monster. Benutz deinen gesunden Menschenverstand und halt mich auf dem Laufenden.«

Sie betrachtete ihn einen Augenblick und versuchte zu entscheiden, wie sie ihm mitteilen sollte, was gesagt werden musste. Dann senkte sie erneut die Stimme. »Er hat jahrelang daran gearbeitet, die Presse von seiner Familie fernzuhalten. Gibt es eine Möglichkeit, dich davon zu überzeugen, die Gerüchte über Boone und diese Fotos nicht zu widerlegen? Der Crew nicht zu sagen, wohin ich gehe? Ich weiß, dass das viel verlangt ist.«

Er presste die Lippen zusammen, aber dann wurde sein Blick sanfter. »Schätzchen, ich bin schon lange genug in Hollywood, um zu wissen, dass so was notwendig ist. Ich stehe hinter dir. Sorg nur dafür, dass es umgekehrt genauso ist. Dieser Film hat die Chance, Berge zu versetzen.«

»Ich verspreche es.«

Hastig eilte sie ins Haus, schrubbte sich das Make-up ab und zog sich schneller als je zuvor in ihrem Leben um, ehe sie wieder nach draußen rannte, wo Duke auf sie wartete. Alle anderen saßen bereits im Auto.

»Alles klar?«, fragte Duke. »Das Flugzeug ist bereit. Die Mädels haben deine Klamotten und das Kätzchen. Du hast ein Kätzchen?«

»Ja.« Sie atmete tief ein und lächelte. »*Wir* haben ein Kätzchen. Boone und ich. Wir haben ihn auf einem Parkplatz gefunden.« Tränen stiegen ihr in die Augen. »Duke, ich weiß, dass es in vielerlei Hinsicht so aussieht, als wäre er nicht der Richtige für mich, aber das ist er. Ich weiß, dass die Heimlichtuerei und die Fotos den Anschein erwecken, ich wäre naiv, aber das bin ich nicht. Er ist genauso richtig für mich wie Gabriella für dich. Und ich habe seine Mom kennengelernt. Sie ist großartig. Wenn ihr etwas passiert …«

Duke zog sie in seine starken Arme und hielt sie fest. »Schh, es ist okay, Süße. Wir bringen dich so schnell wie möglich hin. Und was Boone betrifft, mach dir keine Sorgen. Ich wusste es von der Sekunde an, als wir uns persönlich gesehen haben. Das Erste, was er zu uns gesagt hat, war, dass er sich über unseren

Besuch freut. Er meinte, dass er sich besser fühlt, weil deine Familie dich so sehr liebt, dass wir dich vor alles andere stellen, und nach unserem gemeinsamen Essen war nicht zu übersehen, wie wichtig du ihm bist.«

Trish lehnte sich zurück und sah ihren Bruder an. »Das hat er zu dir gesagt?«

»Ja. Und jetzt bringen wir dich zu ihm.«

Sechsundzwanzig

»Es muss sich etwas ändern«, sagte Boone leise, aber streng zu Lucky. »Mom kann sich den zusätzlichen Stress und die ständigen Sorgen darüber, in welche Schwierigkeiten du als Nächstes gerätst, nicht leisten.« Er saß mit seinen Geschwistern im Wartezimmer des Krankenhauses, während ihre Mutter sich weiteren Tests unterzog, um herauszufinden, was die Schmerzen in ihrer Brust verursachte.

»Ich bin ja nicht gerade ein Krimineller«, fauchte Lucky. Er fuhr sich mit einer Hand durch die dichten, dunklen Haare und verschränkte die Arme.

»Das hat auch niemand behauptet«, sagte Cage. »Hör zu, Boone hat Recht, was Moms Stress angeht. Lucky, sie macht sich Sorgen, weil du ständig kommst und gehst, von einem Job zum nächsten tingelst und immer wieder das Gesetz umgehst. Wir alle machen uns Sorgen.«

»Ich hab meinen Kumpel Carson Bad angerufen«, sagte Boone zu Lucky. »Das ist der mit der Top-Sicherheitsfirma. Er würde sich gern mit dir darüber unterhalten, wie du deine Computerkenntnisse sinnvoll nutzen könntest, und er ist genauso brillant wie du. Er wird dafür sorgen, dass dir niemals langweilig wird. Es besteht sogar die Möglichkeit, dass du dir deine verrückten Arbeitszeiten so legen kannst, wie du willst, weil die Hälfte der IT-Leute nachts arbeitet.«

Lucky verdrehte die Augen.

»Wenn du wirklich nicht aufs College willst«, fügte Cage hinzu, »dann denk wenigstens über ein Gespräch mit Carson nach. Besorg dir einen Job, der dich weiterbringt. Such dir eine eigene Wohnung.«

»Werd endlich erwachsen«, warf Mags ein. »Mein Gott. Wir klingen wie Mom und Dad. Erinnert ihr euch, wie Dad immer gesagt hat: ›Ihr seid keine kleinen Kinder mehr. Benehmt euch eurem Alter entsprechend‹, als wir Kinder waren und Blödsinn gemacht haben?«

»Ja.« Die Erinnerung brachte Boone zum Lächeln. »Und wir haben uns totgelacht, weil wir eben noch Kinder waren.«

»Meistens hat Mom auch mitgelacht und dann konnte Dad auch nicht anders und hat uns Pappnasen genannt«, fügte Cage lächelnd hinzu.

Schweigen breitete sich aus, während sie sich in ihren Erinnerungen verloren.

Lucky seufzte. »Seht ihr? Ihr hattet Glück. Ihr hattet nur zwei Elternteile. Ich habe vier.«

Boone legte seinem jüngsten Bruder einen Arm um die Schultern. »Kumpel, wenn ich irgendeine Möglichkeit hätte, Dad zurückzubringen, würden wir dich sofort in Ruhe lassen. Du hast definitiv etwas verpasst, weil er einfach unglaublich war. Aber da er nicht mehr hier ist und wir dich lieben, auch wenn du eine besserwisserische, Grenzen austestende Nervensäge bist, hast du uns am Hals, bis du deinen Weg gefunden hast.«

»Sieh es als unsere Art an, dir zu helfen, Dad stolz zu machen«, schlug Cage vor.

»Genau das ist es ja«, sagte Lucky. »Ich denke, dass Dad stolz auf mich wäre. Ich will nicht ausziehen. Mom braucht mich. Ihr seid da, wenn ich in Schwierigkeiten stecke, Mom eure Hilfe braucht oder ihr kurz zu Besuch kommt. Aber ich bin da, wenn sie um drei Uhr morgens aufsteht, weil sie nicht schlafen kann. Oder wenn sie die Briefe von Dad liest, die sie in ihrem Schuhkarton aufbewahrt, und weint.«

»Sie liest sie immer noch?«, fragte Cage und warf Boone einen besorgten Blick zu.

»Ich leugne ja gar nicht das, was ihr gesagt habt«, erklärte Lucky, »aber ich mache ihr Leben nicht nur stressiger. Ich kümmer mich darum, dass sie ihre Lieblingsbücher hat. Manchmal gehen wir zusammen essen, und ich bin immer da, wenn sie über Dad reden will, weil sie das braucht. Sie muss wissen, dass sie über ihn sprechen kann, ohne alle traurig zu machen.«

»Er hat recht«, stimmte Mags leise zu. »Sie achtet sehr genau darauf, wie oft sie mit mir über ihn spricht.«

Boone musste zugeben, dass es ihm auch aufgefallen war, aber es war ein zweischneidiges Schwert, wenn Lucky weiter bei ihr wohnte. Er konnte seinem Bruder nicht vorwerfen, dass er sich wie ein Achtzehnjähriger verhielt. Gott allein wusste, dass der Rest von ihnen nach dem Verlust ihres Vaters schnell hatte erwachsen werden müssen. Er musste einen Weg finden, sowohl die Gesundheit seiner Mutter zu schützen als auch Lucky die Freiheit zu ermöglichen, die ein Achtzehnjähriger brauchte, um erwachsen zu werden und Verantwortung zu übernehmen.

»Lucky, du bist nicht für Mom verantwortlich. Bleibst du nur bei ihr, weil sie dich braucht? Willst du deine eigene Wohnung? Wenn ja, müssen wir daran arbeiten, damit du ein richtiges Leben haben und Pflichten übernehmen kannst, die für jemanden in deinem Alter angemessener sind. Wenn Mom uns öfter braucht, dann werden wir da sein. Ich stelle sicher, dass ich öfter vorbeikomme.«

»Ich sehe sie ständig, weil wir zusammen arbeiten, also bin ich sicher oft genug da«, meinte Mags.

»Ich werde mich mehr bemühen«, versprach Cage. »In letzter Zeit musste ich viel Energie in die Publicity für meine Kämpfe stecken, aber das ist keine Ausrede. Ich werde meinen Beitrag leisten.«

»Hört ihr euch überhaupt zu?« Luckys Gesichtsausdruck wurde ernst. »Ich bin nicht für Mom verantwortlich, aber derjenige, der ihr Stress macht? Will ich meine eigene Wohnung? Ihr seid alle sofort bereit, alles stehen und liegen zu lassen, um mir zu helfen *und* dafür zu sorgen, dass es ihr gut geht. Das ist großartig. Ernsthaft, ich beschwere mich nicht darüber, wie sehr ihr uns liebt, aber ihr versteht absolut nicht, worum es hier geht.«

»Was meinst du?«, fragte Boone.

»Sie ist einsam«, erwiderte Lucky. »Sie ist eine siebenundvierzig Jahre alte Frau. Das verstehst du bestimmt. Sie ist zwar unsere Mom, aber auch eine Frau. Ihre Bedürfnisse werden nicht befriedigt und damit meine ich nicht nur Sex. Sie braucht erwachsene Gesellschaft. Einen Mann, der ihr sagt, wie wunderschön sie ist, der mit ihr ausgeht und ihr das Gefühl gibt, etwas Besonderes zu sein, wie es keiner von uns tun kann oder sollte.«

Lucky schüttelte den Kopf und sah Boone mitfühlend an. In diesem Moment sah er ihrem Vater so ähnlich, dass Boone ein Schauer über den Rücken lief.

»Boone, du bist ein wunderbarer Beschützer und fliegst nach Hause, um alles zu richten, sobald es Schwierigkeiten gibt.

Mags, du bist mehr für sie da, als dir wahrscheinlich bewusst ist. Und Cage? Du und Mom, ihr habt diese unglaubliche Verbindung bei allem, was Dad betrifft. Aber sie braucht mehr. Ihr habt gesehen, wie Officer Payne sie angesehen hat und wie sie darauf reagiert hat. Das war keine einmalige Sache, Boone. Er hat sie schon mehrfach um ein Date gebeten, und ich habe sie gefragt, warum sie nicht mit ihm ausgeht. Sie hat tausend Ausreden, aber ich glaube, sie macht sich Sorgen, ob es für euch in Ordnung wäre.«

»Was?« Boone konnte nicht sagen, ob er aufgebracht war, weil sie so etwas dachte oder weil er tatsächlich nicht damit einverstanden war.

»Lucky hat recht«, sagte Cage. »Es ist schon ganz schön her, dass wir Dad verloren haben. Wir haben sie auf Trab gehalten, als wir jünger waren, aber sie verdient mehr. Sie verdient ein erfülltes Leben, und wenn sie glaubt, dass wir sie zurückhalten, sollten wir ihr sagen, dass es für uns in Ordnung ist.«

Boone rieb sich mit beiden Händen übers Gesicht und versuchte, den kindischen Schmerz angesichts der Vorstellung, dass sich die Stellung seines Vaters in ihrem Leben nach all diesen Jahren veränderte, zu überwinden. »Können wir uns bitte um ein Problem nach dem anderen kümmern? Sorgen wir erst mal dafür, dass sie gesund ist, bevor wir sie verheiraten.«

»Niemand verheiratet sie, aber sie hat es verdient, glücklich zu sein«, sagte Mags. »Und wenn ich jetzt so darüber nachdenke, gibt es bei den Partys, für die wir das Catering machen, immer Männer, die Interesse an Mom zeigen. Ich dachte, sie würde sie abweisen, weil sie am Arbeiten ist. Aber ich denke, Lucky sieht etwas, was ich nicht sehen wollte.«

Sie legte die Hand auf Boones Schulter. »Es wird Dad nicht zurückbringen, wenn Mom allein bleibt. Sie verdient es, geliebt zu werden, oder nicht?«

Boone erinnerte sich an all die Gefühle in Bezug auf Destiny, die er unterdrückt hatte, und fragte sich, ob seine Mutter sich in einer ähnlichen und doch anderen Hölle eingeschlossen hatte. Er hatte Destinys Eltern vergeben müssen, selbst wenn es nur in seinem Kopf war. Was, wenn seine Mutter seine – ihre – Vergebung in anderer Hinsicht brauchte, um weitermachen zu können?

»Ja«, antwortete er leise. »Sie verdient von allem das Beste. Wenn sie jemanden daten will, sollten wir sie wissen lassen, dass wir hinter ihr stehen.«

»Boone?«

Trishs Stimme ließ ihn herumwirbeln. »Baby? Duke? Was macht ihr hier? Du solltest doch beim Dreh sein.«

»Beim Dreh?« Trish verzog ungläubig das Gesicht. »Während deine Mom im Krankenhaus ist? Wie geht es ihr?«

»Sie haben keine Herzprobleme festgestellt, deshalb führen sie weitere Tests durch. Sie vermuten, dass es ein Magen-Darm-Problem sein könnte. Ich kann nicht glauben, dass du hier bist.«

»Gott sei Dank ist es nicht ihr Herz.« Sie schlang die Arme um ihn. »Der Dreh steht erst an dritter Stelle auf meiner Liste. Du kommst zuerst, dann meine Familie und engsten Freunde und erst dann die Arbeit.« Sie lehnte sich zurück und sah ihm in die Augen. »Warum hast du mich nicht geweckt?«

»Du musstest um halb fünf am Set sein und ich habe um halb drei den Anruf erhalten und bin direkt zum Flughafen gefahren. Ich hatte keine Ahnung, was Sache ist, und wollte dich nicht damit stressen, bevor ich alles unter Kontrolle habe.«

Sie machte ein finsteres Gesicht. »Dein Stress ist mein Stress. Warum hast du in deiner Nachricht nicht geschrieben, wohin du gehst? Ich wusste nicht, ob Jude, Lucky, oder deiner

Mom etwas passiert ist …«

»Es tut mir leid. Dieser Film ist deine große Chance und ich wollte dich nicht beunruhigen, bis wir wissen, ob es überhaupt einen Grund dazu gibt. Ich habe die Uhr im Blick behalten. Ich hätte dich um siebzehn Uhr direkt nach Drehschluss angerufen.«

Sie schlug mehrmals mit ihrer Stirn gegen seine Brust und sah ihn dann mit einem warmen und liebevollen Blick an. »Du wolltest mich nicht beunruhigen? Wenn du beunruhigt bist, will ich bei dir sein. So läuft das in einer Beziehung. Deinetwegen habe ich mir nur noch mehr Sorgen gemacht und Jared zeigt allen Fotos von dir und irgendeiner Frau.«

»Was?« Seine Brust zog sich zusammen.

Duke trat näher. »Sie hat recht. Ich habe die Bilder gesehen.«

»Boone, hast du Tripp gesagt, dass er die Krankenhaus-Regel streichen soll?«, fragte Cage.

»Oh, Mist. Nein. Das habe ich vergessen. Als Lucky vor ein paar Jahren der Blinddarm entfernt wurde, und ich eine Tour unterbrechen und herfliegen musste, haben wir ein System mit dem Krankenhaus vereinbart. Sollte eines meiner Familienmitglieder eingeliefert werden, informieren sie Tripp, meinen PR-Agenten. Daraufhin veröffentlicht Tripp Bilder von mir, die mich irgendwo, aber nicht hier zeigen. Ich habe vergessen, es ihm zu sagen. Es tut mir leid, Trish.«

Lächelnd schüttelte sie den Kopf. »Tja, mir dieses Mal nicht. Es hat mir klargemacht, dass ich Mags anrufen sollte.«

»Oh-oh.« Maggie zuckte zusammen. »Möglicherweise habe ich vergessen, dir zu erzählen, dass sie angerufen hat. Entschuldige, Boone.«

»Keine Sorge«, versicherte er seiner Schwester, ehe er sich an

Trish wandte. »Es tut mir leid, meine Schöne. Sobald wir hier raus sind, rufe ich Tripp an.«

Cage reichte Duke die Hand und zog ihn in eine kurze Umarmung. »Hi. Ich bin Cage, Boones Bruder. Er ist gerade etwas zu abgelenkt, um uns anständig einander vorzustellen.«

»Duke, Trishs Bruder. Schön, dich kennenzulernen.«

Lucky umarmte Duke ebenfalls. »Ich bin Lucky, der andere Bruder.«

»Freut mich auch, Lucky. Wir müssen für unsere Familien bald ein Treffen organisieren.«

Mags nahm Trish in die Arme. »Ich bin so froh, dass du hier bist. Es tut mir leid, dass ich vergessen habe, ihm von deinem Anruf zu erzählen.«

Boone ging bei all dieser Liebe um ihn herum das Herz auf. Er hätte sich nie vorstellen können, jemanden in ihren inneren Kreis hineinzulassen, aber Trish und Duke und der Rest ihrer Familie fühlten sich bereits wie ein Teil seiner eigenen an.

»Schon okay. Ich bin einfach erleichtert, dass ich dich erwischt habe.« Trish stellte Duke Maggie vor. »Duke hat ein Flugzeug gechartert, damit wir schnell herkommen können. Meine Familie war mit mir in West Virginia. Der Rest ist nach Hause zurückgekehrt und Siena und Cash passen auf Sparky auf, aber ich habe Duke gebeten, mich zu begleiten. Ich hoffe, du hast nichts dagegen.«

»Deine Familie ist immer willkommen«, erwiderte Boone.

Cage breitete die Arme aus und zog Trish an sich. »Schön, dich wiederzusehen. Du wirst für immer als die Frau bekannt sein, die meinen knallharten Bruder weich gemacht hat.«

»Hey, an mir ist gar nichts weich«, widersprach Boone und zog Trish erneut an sich. »Es tut mir wirklich leid, dass ich dir nicht früher Bescheid gesagt habe, aber ich wollte mich nicht in deinen Drehtag drängen.«

»Ich verstehe, dass du mich beschützen wolltest.« Sie nahm Dukes Hand und zog ihn neben Boone, ehe sie beide liebevoll ansah. »Es gibt Zeiten, in denen ich beschützt werden muss, und Zeiten, in denen es sich für mich als Frau schön anfühlt, beschützt zu werden. Aber es muss sich etwas ändern. Duke, wenn du angerufen und mit mir gesprochen hättest, bevor du aufgetaucht bist, wäre ich weniger verärgert gewesen, egal, ob du Boone überprüfen wolltest oder nicht. Okay?«

»Verstanden. Ich habe meine Lektion gelernt.« Duke lächelte und fügte hinzu: »Von jetzt an sollte ich auf meine zukünftige Frau hören. Sie hat mir dasselbe gesagt.«

»Siehst du? Noch ein Grund, warum ich Gabby liebe.« Trish richtete ihre Aufmerksamkeit und ihren betörenden Blick auf Boone.

Alles in ihm wurde weich, aber das würde er Cage gegenüber nicht zugeben, der sie zusammen mit Mags und Lucky ehrfürchtig ansah.

»Und du.« Sie packte ihn am Kragen und verzog die Lippen zu einem süßen, liebevollen Lächeln. »Du, mein knallharter Rocker, musst begreifen, dass es mir ernst ist, wenn ich sage, dass ich dich liebe und du ganz oben auf meiner Liste stehst.«

Ihre Miene wurde ernst, doch als sie weitersprach, war die Liebe trotz ihrer Bemühung um einen entschlossenen Tonfall laut und deutlich herauszuhören. »Ich weiß, dass du mich beschützen willst, aber du bist nicht mehr allein, und wenn du in einer Beziehung bist, kannst du nicht alle Entscheidungen treffen. Es gibt keine Wahl zwischen Familie und Arbeit und wenn deine Familie in einer Krise steckt, werde ich für dich da sein. Diese Entscheidung treffe ich. Ohne Frage.«

»Okay, meine Schöne.« Boone warf Duke einen Blick zu.

»Wenn ich das richtig sehe, muss ich mich bei dir für ihre Aufdringlichkeit bedanken.«

Duke zuckte mit den Schultern. »Ich werde gar nicht versuchen, es zu leugnen.«

Trish legte eine Hand auf seine Wange und lenkte seine Aufmerksamkeit zurück auf sie. »Nun, was deine kryptischen Nachrichten angeht ...«

Später an diesem Abend, nachdem Duke gegangen und Raine aus dem Krankenhaus entlassen worden war, versuchten sie, sich ein wenig zu entspannen, bevor Trish das Kätzchen bei Cash und Siena in der Stadt abholen und ins Flugzeug zurück nach West Virginia steigen musste. Raines Tests hatten eine schwere Speiseröhrenentzündung zum Vorschein gebracht, die von Sodbrennen verursacht worden war. Der Arzt versicherte ihnen, dass sie durch eine angemessene Ernährung und Medikamente wieder gesund werden würde.

»Speiseröhrenentzündung«, sagte Raine zum dritten Mal in der letzten Stunde. »Ich komme immer noch nicht darüber hinweg, wie das solche Schmerzen verursachen kann. Ich dachte wirklich, ich hätte einen Herzinfarkt. Ich habe ein furchtbar schlechtes Gewissen, weil ich Trishs Dreh unterbrochen habe und du dein Radio-Interview verpasst hast, Cage.«

»Sei nicht albern«, widersprach Trish. »Ich freue mich einfach, dass es dir gut geht.«

»Du hast mir einen Gefallen getan.« Cage stand auf und umarmte Raine. »Ich hasse Radio-Interviews.«

Boone kam aus der Küche und setzte sich neben Trish.

»Mom, ich habe dir deine Medikamente und die Anweisungen vom Arzt auf die Anrichte gelegt. Ich hab dir auch ein paar Artikel über Speiseröhrenentzündung ausgedruckt und ein paar Webseiten mit Rezepten gespeichert, die gegen Sodbrennen helfen könnten.«

»Danke, Boone.« Raine betrachtete ihre Kinder nacheinander. »Was verheimlicht ihr mir?«

Boone und seine Geschwister tauschten einen Blick, den Trish nicht deuten konnte.

»Boone hat mir die Nummer eines Typen für einen Computerjob gegeben«, erklärte Lucky. »Ich werde ihn morgen anrufen.«

»Wirklich?« Raine riss entzückt die Augen auf. »Das ist wundervoll.«

»Ja, ich schätze, es ist an der Zeit.« Lucky sah zu Boone, der zustimmend lächelte.

»Und ich werde dir ganz viele tolle Gerichte gegen Sodbrennen kochen und einfrieren«, versprach Mags. »Ich hab mir morgen freigenommen, damit ich deinen Kühlschrank von all den Schoko-Trüffeln befreien kann, die du gehortet hast.«

Es klopfte an der Tür und Boone stand auf und öffnete sie. Officer Payne stand in Jeans, einem blütenweißen Hemd und mit einem Blumenstrauß in der Hand auf der Treppe.

»Officer Payne«, begrüßte Boone ihn weitaus freundlicher als beim letzten Mal. »Schön, Sie zu sehen.«

»Hi. Ich hab gehört, dass deine Mom im Krankenhaus war, und dachte, dass ich mal vorbeikomme und nach ihr sehe.« Lächelnd trat er ein und sein Blick wanderte sofort zu Raine.

»Patrick«, sagte sie ein wenig atemlos.

Trish kannte diesen Blick. Raine sah Patrick so an, wie Trish Boone anfangs betrachtet hatte.

»Hi, Raine.« Er kniete sich neben die Couch, auf der sie saß und reichte ihr die Blumen. »Die hab ich dir mitgebracht. Geht es dir gut?«

»Ja. Sie sind wunderschön. Woher wusstest du, dass ich im Krankenhaus bin?«, fragte sie.

»Oh. Ich …« Patrick sah zu Boone, und Trish hätte schwören können, dass Boone den Kopf schüttelte. »Ich hab den Notruf über den Polizeifunk gehört, hatte aber Dienst und konnte bis jetzt nicht weg.«

»Wirklich nett, dass Sie vorbeikommen.« Boone trat hinter Cage und Lucky, berührte sie jeweils unauffällig an der Schulter und deutete mit dem Kopf auf die Tür. Sie alle murmelten plötzlich etwas davon, irgendwohin zu müssen.

»Wir sollten besser Sparky abholen und zum Flughafen fahren«, sagte Boone zu Trish.

Sie wollte schon protestieren, erkannte aber sehr schnell, dass Boone diese ganze Sache geplant hatte. »Du hast das für sie getan?«, flüsterte sie und stand auf.

Er nahm sie in die Arme und schmiegte seine Wange an ihre. Sein heißer Atem jagte Schauer über ihren Rücken. »Meine kluge Freundin hat mir beigebracht, dass wir keine Zukunft haben können, wenn wir uns nicht erst von der Vergangenheit verabschieden.«

Liebe erfüllte ihr Herz. Aber sie kannte ihren Mann auch gut genug, um zu wissen, wie schwer das für ihn sein musste. »Bist du sicher, dass du gehen willst? Wenn du noch für deine Mom da sein willst, kann ich auch allein zurückfliegen, und wir treffen uns dann nach dem Dreh in L. A.«

Sein Gesichtsausdruck wurde warm, während er seine Mutter betrachtete, die sich leise mit Patrick unterhielt. Trotz der gerade überstandenen Tortur strahlte Raine. Patrick drehte sich um und zwinkerte Boone zu und die beiden Männer wechselten einen dankbaren Blick.

Boone wandte sich wieder an sie. »Ich glaube, sie ist in guten Händen. Außerdem, da wir gerade von L. A. sprechen. Ich habe überlegt, dass du bei mir einziehen solltest.«

Trish blieb die Stimme im Hals stecken und sie wurde von Liebe erfasst. »Ich sollte … Oh Gott, Boone? Meinst du das ernst?«

»Ich hab dir doch gesagt, dass ich nichts vortäuschen kann.« Er hob eine Braue.

Er sah so frech und sexy und verliebt aus, dass sie sich in seine Arme werfen und ihn stundenlang küssen wollte. »Das mag ich auch wahnsinnig gerne an dir, aber ich weiß nicht mal, wo du wohnst. Ich war noch nie bei dir. Ich weiß nicht mal, wie dein Leben abseits des Sets aussieht.«

»Dann sollte ich bei dir einziehen«, beschloss er lässig. »Weil es mir egal ist, wo du wohnst. Ich würde mit dir in einem Schuppen hausen. Und was mein Leben angeht, es wird genau so sein, wie *wir* es wollen. Wenn wir auf Tour gehen wollen, gehen wir auf Tour. Wenn wir zusammen sein wollen, wenn du drehst, werden wir das tun. Wenn wir alles aufgeben und zwei Jahre lang um die Welt reisen wollen, bin ich dabei.«

»Boone.« Ihr strömte die Luft aus der Lunge.

»Baby, wir leben schon seit Wochen zusammen. Du weißt, wie ich bin, und das ist alles, was zählt. Oder ist das zu schnell und zu viel? *Tss.* Ich hab doch gesagt, dass ich es vermasseln werde.«

Cage schob sich mit einem frechen Lachen an ihnen vorbei. »Darin ist er wirklich gut.«

»Er hat es nicht vermasselt«, sagte sie zu Cage.

»Hey, das ist außerdem mein Part«, schimpfte Lucky. »Er ist

der Überfürsorgliche.«

»Ihr seid beide Deppen«, zog Mags sie auf.

Trish lächelte Boone an. »Ich hab eine verrückte Idee.«

»Als du das letzte Mal eine verrückte Idee hattest, hast du auf einer Party am Fluss eine Ohnmacht vorgetäuscht und Fremden erzählt, du wärst schwanger.«

»Echt?« Mags horchte auf. »Das will ich hören.«

»Warte kurz. Ich glaube, wir verhandeln gerade«, bat Boone.

»Wie wäre es, wenn wir nach den Dreharbeiten etwas Zeit bei dir verbringen«, schlug Trish vor. »Anschließend wohnen wir eine Zeit bei mir und entscheiden dann, wo wir unser Zuhause haben wollen.«

»Zuhause?« Boone drückte sie an sich. Seine Augen strahlten voller Liebe und sein Herz schlug fest an ihrem eigenen. »Zuhause ist dort, wo du bist, meine Schöne.«

»Ihr zieht zusammen?«, fragte Mags so laut, dass alle es hören konnten.

Raine quietschte. »Wirklich? Oh mein Gott. Ich wusste es in der Sekunde, als ich gesehen habe, wie ihr euch anseht!«

»Wer ist jetzt penetrant?« Trish pikste Boone in die Rippen. »Was, wenn ich Nein sage?«

»Du hast noch nicht Ja gesagt«, flüsterte er.

»Ja, du alberner Kerl.«

Boone nahm sie in die Arme und wirbelte sie herum. »Ich wohne, wo immer du willst. Bei dir. Bei mir. Egal wo.«

»Normalerweise teile ich meine Zeit zwischen New York und L. A. auf.«

»Dann mache ich das auch«, bot er an.

»Ich habe Tausende von Schuhen und zwei begehbare Kleiderschränke.«

»Du kannst meinen Schrank haben.«

»Ich esse wie ein Fass ohne Boden. Wir reden hier von sehr teuren Einkäufen«, neckte sie ihn. »Riesigen. Gewaltigen.«

»Wie gut, dass ich gern koche.«

»Was hältst du von Hochzeiten?«, fragte sie.

»Na ja, wir sind ja schon schwanger.« Er rief über die Schulter zu seiner Familie: »Ist nur ein Witz zwischen uns. Wir sind nicht wirklich schwanger.«

»Nicht unsere! Begleite mich zu Dukes und Gabbys Hochzeit.«

Sein Gesichtsausdruck wurde wieder ernst. »Ich musste dich bitten, bei mir einzuziehen, damit du mich einlädst?«

»Nein! Es ist mir nur gerade wieder eingefallen. Ich hatte so viel um die Ohren, dass ich es vergessen habe.«

»In dem Fall fühle ich mich geehrt«, erwiderte er breit grinsend. Er hielt sie weiterhin ein paar Zentimeter über dem Boden. »Und nur fürs Protokoll, ich liebe Hochzeiten. Ich glaube an Hochzeiten. Eines Tages will ich eine Hochzeit. Unsere Hochzeit.«

Er küsste sie und während sie von seiner Familie mit Begeisterung überschüttet wurden, verliebte sie sich noch mehr in ihn.

»Es ist mir auch egal, wo wir wohnen«, sagte Trish, als er sie auf dem Boden absetzte. »Ich wollte nur nicht leicht zu haben wirken.«

»Baby.« Er lachte. »Das ist eine Sache, die ich dir nie vorwerfen werde, versprochen.«

Weiße Lichterketten zogen sich von einem Ende der Klippe zum anderen, funkelten wie ein Baldachin aus Diamanten am Nachthimmel und erhellten Dukes und Gabriellas Hochzeitsempfang. Die beiden waren über einen von Windlichtern gesäumten Pfad geschritten und hatten sich ihr Eheversprechen in einem wunderschönen Pavillon gegeben, den Blue allein für diesen besonderen Moment gebaut hatte. Die gesamte Zeremonie hatte sich magisch angefühlt und dieser Zauber lebte im Empfang weiter.

Dutzende runde Tische mit weißen Tischdecken und bunten Blumengestecken standen im Garten verteilt. Riesige Blumenvasen waren um die großen Büffettische aufgestellt und um die Tanzfläche herum, auf der Duke und Gabriella aneinandergeschmiegt tanzten. So glücklich hatte Trish sie noch nie gesehen. Duke sah in seinem dunkelgrauen Smoking und mit seiner frisch Angetrauten in den Armen sehr attraktiv aus. Gabriellas Mutter und ihre Tanten hatten ihr das perfekte Insel-Hochzeitskleid geschneidert. Das rückenfreie Kleid aus Satin und Spitze hatte Spaghetti-Träger, eine erste Lage aus knielangem Satin und eine zweite Schicht aus Chiffon, die bis zu den Knöcheln fiel. Dadurch hatte es den Glamour eines Abendkleides, ohne dass Gabriella von zu vielen Schichten eingeengt wurde. Hinter ihnen hingen unzählige Lampen von einem dekorativen Rahmen und wiegten sich wie ein Wasserfall in der Brise, die über die Klippe hereinwehte. Am hinteren Ende des Geländes stand ein Leuchtturm Wache. Sein Licht schimmerte auf dem tintenschwarzen Wasser wie ein glänzender Teppich, der nach Elpitha Island führte. Duke hatte für diese Hochzeit keine Mühen gescheut und Trish hatte noch nie etwas so Schönes gesehen.

Auf dem Wasser, in der Nähe des Stegs, lagen zwei Boote, die schon seit Stunden dort herumdümpelten, und die Schuldgefühle lasteten schwer auf ihr. Die Oscar-Gerüchte über ihre Darstellung hatten dafür gesorgt, dass Boone und sie wochenlang von der Presse und den Paparazzi verfolgt worden waren. In letzter Zeit war ihr klar geworden, dass sich ihre Prioritäten verschoben hatten. Sie hatten gemeinsam Zeit in ihren jeweiligen Häusern verbracht und schließlich entschieden, beide zu verkaufen und sich zusammen etwas zu suchen – weiter weg von den Massen. Sie hatten das Haus in Hurricane unter Boones richtigem Namen gekauft und lebten dort, um dem verrückten Trubel von Hollywood zu entkommen. Die Menschen vor Ort hatten sich zusammengetan und halfen ihnen, ganz unbemerkt dort zu wohnen, indem sie keinen großen Aufriss darum machten, wenn sie in der Öffentlichkeit waren. Zum Glück war in West Virginia nicht genug los, um des Medienrummels von Los Angeles würdig zu sein. Allerdings hatten sie die Sicherheitsmaßnahmen für die Hochzeit verstärken müssen, damit die Presse nicht auf die Insel kam.

Trish betrachtete Cashs und Sienas Baby, die kleine Charlotte Rose – Coco –, in ihren Armen, küsste ihre Stirn und atmete ihren süßen Babyduft ein. Auf der anderen Seite des

Rasens hielt Lizzie Cocos Zwillingsbruder, Seth Samuel, benannt nach dem Mann, den Cash in einem Feuer nicht hatte retten können. Die beiden waren erst zwei Monate alt und ähnelten ihren Eltern bereits so sehr, dass ihr Bruder und ihre Schwägerin sich auf Ärger einstellen konnten, sobald die beiden Teenager waren. Außerdem waren sie auch unheimlich neugierige Babys. Wenn sie nebeneinander lagen, klammerte sich Seth an Coco, als würde er sie beschützen wollen. *Schon jetzt durch und durch ein Ryder.*

»Ich weiß nicht, was die Presse an Boone und mir so toll findet, wenn es doch viel interessantere Dinge gibt, denen man Beachtung schenken könnte. Wie zum Beispiel dir und deinem zuckersüßen Bruder«, sagte sie zu Coco. »Die Presse ist so albern.«

»Du hast dieses süße kleine Ding den ganzen Abend für dich gehabt«, sagte ihre Mutter und streckte die Hände nach Coco aus.

Trish wandte sich lächelnd ab. »Ich gebe sie dir in einer Minute.« Sie küsste das Baby erneut. »Nicht wahr, Coco? Tante Trish braucht nur noch eine Sekunde mit dir, bevor Grandma dich in Beschlag nimmt.«

»Ein Baby nicht hergeben zu wollen, ist das erste Anzeichen dafür, selbst eins zu wollen«, erklärte ihre Mutter.

»Ich weiß«, gestand Trish. »Meine Eierstöcke spielen schon den ganzen Abend verrückt.« Sie und Boone hatten darüber gesprochen, dass sie sich eine große Familie wünschten, und wenn sie Coco so hielt, wollte sie gleich anfangen. Die atemberaubende Hochzeit hatte auch ihr Herz berührt.

Ihr Blick wanderte zu Boone, der bei ihrem Vater, Gage, Sally, Blue und Lizzie stand. Boone blickte auf und ertappte sie beim Starren.

Heirate mich, sagte er stumm.

Ihr blieb beinahe das Herz stehen. Sicher hatte sie das falsch verstanden. Sie blinzelte ein paar Mal und sah dann wieder zu ihm.

Er lächelte. *Ich liebe dich.*

Oh Gott. Sie verlor den Verstand. Ihr Kopf spielte ihr Streiche. Das musste an der Hochzeit liegen. Manchmal fragte sie sich, ob ihr Herz unter dem puren Gewicht der Liebe, die sie für ihn empfand, einfach aufgeben würde. Konnten Herzen für immer so intensiv lieben?

Ihr Blick wanderte zu Gage und Sally. Sie waren immer zusammen und Gages Liebe für sie war greifbar. Alles an Sally drückte ihre Gefühle für Gage aus, aber selbst jetzt war da diese unsichtbare Grenze zwischen ihnen. Ein winziges Stück Abstand, das sie voneinander trennte. Ob Sallys Liebe für ihren verstorbenen Mann diesen Raum ausfüllte? Einerseits hoffte sie, dass das nicht der Fall war, denn die Vorstellung, dass Gages Liebe für immer unerwidert bleiben würde, war zu schmerzhaft. Andererseits wusste sie, wie tief Boone in ihrem Herzen verwurzelt war, und konnte sich nicht vorstellen, jemals einen anderen Mann zu lieben.

»Sie kommen rüber.« Ihre Mutter deutete mit dem Kopf auf Boone und die anderen. »Vielleicht solltest du mir jetzt das Baby geben.«

»Warum ist das ein Grund, das Baby abzugeben?« Trish küsste Coco noch einmal und legte sie ihrer Mutter in die Arme. Dann blickte sie zu Boone, dessen Blick fest auf sie gerichtet war und die vertrauten Funken in ihr auslöste.

»Ich mache dir nur die Arme frei, damit du Boone halten kannst«, erklärte ihre Mutter zwinkernd. »Oh, gut, da kommen auch Duke und Gabby. Wenn wir Jake davon abhalten könnten, Addy mit begehrlichen Blicken zu verschlingen, könnten wir mit der ganzen Familie anstoßen.« Addy war Gabriellas beste Freundin und arbeitete zusammen mit ihr in der Kanzlei.

»Sie spielen schon den ganzen Abend Katz und Maus«, erwiderte Trish, denn sie musste sich von ihren verrückten Gedanken ablenken. »Was denkst du, läuft da? Normalerweise ist Jake nicht so zurückhaltend.« Addy und Jake hatten sich kennengelernt, als Gabriella und Duke zusammengekommen waren, und die Verbindung zwischen ihnen war sengend heiß, aber soweit Trish wusste, hatten sie nie etwas miteinander gehabt.

»Ist das nicht offensichtlich?«, fragte ihre Mutter, als die anderen zu ihnen stießen. »Er *mag* endlich jemanden.«

»Wer ist er?«, wollte Blue wissen. Er hielt Lizzies Hand.

»Jake«, antwortete Trish. Boone stellte sich an ihre Seite und schlang einen Arm um ihre Taille.

Er legte seine Lippen direkt neben ihr Ohr und flüsterte: »Sei für immer mein.«

Bevor sie irgendetwas erwidern konnte, küsste er sie erneut und fügte hinzu: »Ich liebe dich.«

»Redet ihr über Jake und Addy?«, fragte ihr Vater.

Hatte sie Boone richtig verstanden? Vage nahm sie die Unterhaltung um sich herum wahr. Sie drehte sich zu ihm um und er zuckte mit den Schultern.

»Boone?«, flüsterte sie, was ihr ein breites Grinsen einbrachte.

»Jake hat den ganzen Abend mit ihr geflirtet«, erzählte Lizzie gerade. »Habt ihr ihn gesehen, als Gabriellas Brüder mit ihr getanzt haben?«

»Ich schon«, sagte Sally. »Er sah aus, als würde er gleich

explodieren.«

»Jake kann etwas besitzergreifend sein.« Ihre Mutter schob das Baby in ihren Armen höher.

»Jake?« Siena lachte. »Alle Ryder-Männer sind besitzergreifend!«

Boone küsste Trish und flüsterte: »Ich liebe es, wenn du besitzergreifend bist. Heirate mich.«

Ruckartig sah sie ihn an und er zuckte erneut mit den Schultern. »Was?«, hauchte sie, doch er lächelte nur und küsste sie erneut.

»Wenn er Addy mag, hat er Pech gehabt«, erklärte Gabriella. »Sie nimmt sich ein paar Wochen frei, um in den Bergen wandern zu gehen. Ich schwöre euch, sie ist so entschlossen, ihre Unabhängigkeit zu beweisen, dass sie nicht aufhören wird, bis sie alles erobert hat, was es zu erobern gibt.« Addy war die Tochter eines weltberühmten Mode-Designers. Nach dem College-Abschluss hatte sie sich von ihrer Familie gelöst, um der Fuchtel ihres Vaters zu entkommen und sich zu beweisen, dass sie es allein schaffen konnte.

»Ich bin sicher, dass Jake sich gern von ihr erobern lassen würde«, warf Duke ein.

Gabriella sah ihn finster an. »Du redest hier von meiner besten Freundin.«

»Entschuldige, Babe.« Duke küsste sie und flüsterte ihr etwas ins Ohr, woraufhin sie errötete.

»Wie wirst du ohne sie in der Kanzlei klarkommen?«, fragte Gage.

Gabriella und Duke lächelten sich an. »Eigentlich«, sagte Duke, »hatten wir gehofft, sofort eine Familie zu gründen, und Gabriella will ihre Arbeit in der Kanzlei reduzieren, um sich um unsere Babys zu kümmern.«

»Wirklich?« Trish umarmte Gabriella. »Ich kann es nicht erwarten, noch mehr Nichten und Neffen zu bekommen!«

Boone legte von hinten die Arme um sie und flüsterte: »Bekomm meine Babys.«

Trish stand stocksteif da, denn dieses Mal war sie sich sicher, ihn richtig verstanden zu haben – und wurde mit jeder Sekunde aufgeregter.

»Coco und Seth brauchen Spielgefährten«, sagte Siena.

»Ich kann nicht glauben, dass mein Baby schon auf dem College ist«, sagte Sally. »Die Zeit vergeht so schnell. Ich hätte so gern noch ein Baby gehabt.« Ihr Blick wanderte zu Gage und er hob die Brauen, als hätten sie diese Unterhaltung bereits geführt.

»Blue und ich wollen eine große Familie«, verkündete Lizzie.

»Auf jeden Fall.« Blue zog sie an sich.

»Genau wie wir«, flüsterte Boone Trish ins Ohr. Sie drehte sich um und sah in seine dunklen Augen.

»Was machst du da?«, flüsterte sie.

»Ich schicke dir unterschwellige Botschaften«, antwortete er.

»Also, Blue«, fragte Gage. »Wann findet die Hochzeit statt?«

Trish wusste nicht, ob Blue ihm antwortete oder nicht. Sie konnte sich nur auf ihren rasenden Herzschlag konzentrieren. Sie konnte sich nur auf den wunderschönen Mann konzentrieren, der vor ihr auf die Knie sank, mit einer Hand ihre umfasste und in der anderen einen Diamantring hielt.

»Meine Schöne«, begann er und ihre Augen brannten. »Du hast mich zu einem besseren Mann gemacht und mir beigebracht, wie man vergibt und weitermacht.«

Heiße Tränen liefen ihr über die Wangen.

»Ich möchte jeden Tag mit dir in meinen Armen aufwachen

und kreative, penetrante Babys großziehen. Oder nerdige Babys. Oder Was-auch-immer-sie-werden-wollen-Babys, und ihnen zeigen, wie unglaublich das Leben sein kann.«

Ein Schluchzen brach aus ihr heraus und sie legte sich zitternd eine Hand vor den Mund. Boone stand auf und nahm diese Hand in seine.

»In meinem Kopf und in meinem Herzen gehörst du bereits mir, aber ich möchte sehen, wie du zum Altar schreitest und meine Frau wirst. Und mehr als alles andere auf dieser Welt möchte ich dein Mann werden. Baby, ich werde dich stolz und glücklich machen. Und ich verspreche dir, dass ich unseren Kindern der beste Vater sein werde. Ich hatte ein gutes Vorbild.« Seine Augen wurden feucht, als er einen Schritt auf sie zuging und fragte: »Willst du mich heiraten, meine Schöne?«

Sie nickte und er schob ihr den wunderschönen Verlobungsring an ihren zitternden Finger. »Ja. Ja, Boone. Ich will deine Frau werden. Mehr, als ich meinen nächsten Atemzug will.« Sie schmolz in seine Arme – und in seinen Kuss. Beifall und Glückwünsche ertönten um sie herum, aber sie lösten sich nicht voneinander. Sie hoffte, dass sie nie aufhören würden, sich zu küssen.

»Danke, Baby«, murmelte er an ihren Lippen.

Sie blinzelte die Tränen weg und lächelte den Mann an, den sie vergötterte.

»Ich habe eine verrückte Idee.«

Lachend drückte er sie fest an sich. »Oh, Baby. Deshalb liebe ich dich so sehr. Gott, wie ich dich liebe.« Er küsste sie erneut. »Erzähl mir von deiner verrückten Idee.«

»Lass uns direkt hier auf dieser wunderschönen Insel heiraten. Diese Woche. Alles ist bereits vorbereitet und wir können deine Familie hierherholen. Ich will nicht warten.«

»Schon geplant. Ich wusste, dass mein Lieblingsmädchen eine verrückte Idee haben würde. Eine Stunde, nachdem ich bei deinem Vater um deine Hand angehalten habe, habe ich deine Brüder angerufen. Anscheinend kennt Duke dich ziemlich gut und hat deine Antwort vorhergesehen. Genau wie ich. Glücklicherweise teilen er und Gabby ihre Hochzeitswoche gern mit uns. Meine Familie wird in zwei Tagen hier sein. Du hast also achtundvierzig Stunden, um ein Kleid zu finden.«

»Du hast bei meinem Dad um meine Hand angehalten? Duke wusste, dass ich eine Hochzeit hier wollen würde?« Sie brach in Tränen aus und bebte am ganzen Körper, wurde dann jedoch von zu vielen liebevollen Menschen umarmt, um noch lange zittern zu können.

Mehr von den Ryders?

Verlieb dich mit Addy und Jake!

Eins

Addison Dahl lehnte an der Bar. Nirgendwo waren Hochzeiten so schön wie auf Elpitha Island vor der Küste von South Carolina. Paare tanzten unter den funkelnden Lichterketten, Kinder rannten lachend über die Wiese und malten mit ihren Wunderkerzen Muster in den Nachthimmel. Vor dieser Kulisse mit Blick aufs Meer, den Geräuschen der Insel in der Luft und einem Leuchtturm im Hintergrund, heiratete Addys beste Freundin Gabriella ihre große Liebe Duke Ryder. Für Addison war es ein bittersüßer Abend. Sie arbeitete inzwischen seit einigen Jahren als Anwaltsassistentin für Gabriella und nun wollte ihre Freundin eine Familie gründen und ihre Arbeitszeit reduzieren. In ein paar Tagen würde das frisch verheiratete Paar in die Flitterwochen aufbrechen und Addy machte sich auf zu einem Selbstfindungstrip in die Einsamkeit der Berge von Upstate New York. Wie würde sich ihr Leben wohl verändern, wenn sie beide wieder zurück waren?

»Sie sehen glücklich aus, nicht wahr?«, sagte Dukes jüngere Schwester Trish, als sie sich zu ihr an die Bar gesellte. Die Brise wehte ihr eine dunkle Haarsträhne ins Gesicht, die sie sich rasch hinters Ohr schob. Sie platzte selbst fast vor Freude, seit Boone Stryker ihr vorhin einen Antrag gemacht hatte. Der Rockstar hatte sie nicht nur mit einem Ring überrascht, sondern auch mit einer Hochzeit, die schon übermorgen hier auf der Insel stattfinden sollte.

»Glückselig«, stimmte Addy ihrer Freundin zu. Duke war Investor und leitete ein ganz besonderes Bauprojekt auf Elphita, mit dem er Gabriellas Träume für ihre Heimat wahr machte. Addy freute sich für ihre Freundin, aber sie selbst tickte ganz anders. Als Tochter eines weltberühmten Modedesigners brauchte und wollte sie keinen Mann, der sich um sie kümmerte. Das hatte sie alles schon durch. Sie war fast dreißig und bezweifelte, je einen Mann kennenzulernen, der stark, klug und leidenschaftlich genug war, um ihr nicht schon in der ersten Woche langweilig zu werden – vom Rest ihres Lebens mal ganz abgesehen. Bis jetzt waren Addys Gefühle für Männer nicht über das rein Körperliche hinausgegangen, und mittlerweile akzeptierte sie, dass sie wohl einfach so gestrickt war. Was sie offensichtlich erheblich von den bis über beide Ohren verliebten Frauen unterschied, in deren Gesellschaft sie sich gerade befand.

»Ich bin so froh, dass Boone hier heiraten will«, sagte Trish verträumt. »Ich kann mir keinen romantischeren Ort vorstellen.«

Elpitha war tatsächlich der Inbegriff von Romantik, aber Addy lief das Leben auf der winzigen Insel zu langsam, und das Internet arbeitete noch schleppender. Andere suchten Entspannung, Addy dagegen bevorzugte Spannung und Nervenkitzel, und genau das liebte sie am meisten an New York City.

»Apropos Romantik«, fuhr Trish verschwörerisch fort. »Jake schaut dir schon den ganzen Abend hinterher.«

Addy zwang sich, nicht zu Trishs älterem, arrogantem und unglaublich heißem Bruder mit der viel zu großen Klappe zu hinüberschauen, der die Hauptrolle in jeder ihrer Fantasien spielte, seit sie ihn vor ein paar Monaten kennengelernt hatte. Sie musste ihn sich wirklich ein für alle Mal aus dem Kopf schlagen, weil er darin immer mehr Chaos anrichtete. Es war auch nicht hilfreich, dass er sie jedes Mal mit anmachte, wenn sie sich über den Weg liefen. Da Addy mit Gabriella, Duke und einigen seiner Geschwister – was fast jedes Mal Jake mit einschloss – alle zwei Wochen essen oder etwas trinken ging, passierte das sehr oft. Hoffentlich würden zehn Tage in den Bergen reichen, um den sexy Playboy aus ihren Gedanken zu verbannen.

»Oh!«, rief Trish. »Mein *Verlobter* und meine Mom sind endlich fertig mit tanzen.« Sie senkte die Stimme ein wenig. »Ich muss es ständig sagen. *Mein Verlobter.* Wir reden später weiter. Ich muss zu ihm, bevor ihn mir eine von Gabriellas hübschen Cousinen wegschnappt.«

Beschwingt schlenderte Trish über die Rasenfläche und ließ Addy mit ihren Grübeleien allein. Eine kühle Brise wehte über die Klippe und schob den Saum ihres königsblauen Kleids über ihre Oberschenkel nach oben. Sie spürte die Hitze von Jakes Blick auf sich, bevor sie registrierte, dass der Kerl auf sie zukam. Seine Haltung, der Ausdruck in seinen dunklen Augen und der männlich-selbstbewusste Gang ließen kaum Zweifel daran, dass ihr eine neue Runde zweideutiger Anspielungen bevorstand. Addy tat so, als würde sie seinen heißen Blick nicht bemerken, der ihr normalerweise mehr als stabiles Nervenkostüm regelmäßig gefährdete, und suchte nach einer Ablenkung. Hätte sie doch nur ihr Handy dabei, dann könnte sie wenigstens durch Tumblr scrollen. Sie hatte mehr als nur ein paar Nächte mit den Fotos halb nackter – *okay, und vielleicht auch ein paar ganz nackter* – verbracht, um sich von ihm abzulenken.

Jake bewegte sich wie ein Löwe, geschmeidig und kraftvoll, und er schien die aufgeregten Stimmen und das Gelächter um sich herum gar nicht zu bemerken, so zielgerichtet, wie er sich an seine Beute anpirschte. Von einem Mann gejagt zu werden, der aussah, als könnte er mit nur einer Hand ein Raubtier bezwingen, war ein gefährlich aufregendes Gefühl. Und *gejagt* war das einzige Wort, mit dem sich sein grenzwertig besitzergreifendes Verhalten beschreiben ließ. Addy wollte natürlich nicht, dass er diese Grenze überschritt.

Das stimmt nicht ganz.

Körperlich dürfte es zwischen ihnen schon werden, aber als Besitz ergriffen zu werden war keine Option. Schon seit Monaten spielten sie dieses verführerische Spielchen, was ihr ausreichend Zeit gegeben hatte, ihren Gefühle auf den Grund zu gehen. Oder besser gesagt: ihren *Impulsen.* Addy hatte keine Gefühle für Männer. Aber sie konnte nicht leugnen, dass sie inzwischen mehr in Jake sah als einen harten Typ, der es schaffte, ihr mit einem Blick die Knie weich werden zu lassen. Mittlerweile bewunderte sie, wie er seine Geschwister beschützte, immer für die Partnerinnen seiner Brüder da war und die Erfolge von anderen Leuten feierte – unabhängig von ihrem Geschlecht. Addy arbeitete überwiegend mit Männern, die zu sehr mit sich selbst beschäftigt waren, um über den eigenen Tellerrand hinauszusehen. Außerdem war sie mit einem Vater aufgewachsen, in dessen Welt das Bedürfnis von Frauen nach eigenen Entscheidungen schlicht nicht vorgesehen war, ganz zu schweigen davon, dass sie irgendetwas Bedeutsames erreichen zu wollen.

Unwillkürlich verglich sie ihren aalglatten Vater, der still und leise alles für sie und ihre Mutter regelte, bevor bei ihnen auch nur der Gedanke daran aufkam, mit Jake, der sich wie ein Elefant im Porzellanladen benahm, dabei aber nicht herablassend rüberkam. Sie bewunderte seine aufrichtige Wertschätzung für Schönheit und Verstand ebenso so sehr wie seine schweigsameren Phasen und sein männliches Auftreten. Liebend gern würde sie herausfinden, ob er sich im Bett genauso ranging wie beim Flirten. Er hatte Ecken und Kanten, die ihm eine gewisse Unnachgiebigkeit verliehen. Zeigte sich dann doch mal ein Lächeln auf seinen wie gemeißelt wirkenden Zügen, warf es Addy aus der Bahn. Es wirkte wie eine verführerische Einladung, die sie nur zu gern annehmen würde, wenn sie dabei nicht solche Angst hätte.

Der herbe Duft von Jakes Rasierwasser stieg ihr in die Nase und vertrieb das Aroma von gegrilltem Fleisch und den Beilagen, die Gabriellas Familie den ganzen Tag lang vorbereitet hatte. Jake stütze sich mit einem Ellbogen neben ihr auf die Bar, wobei sein muskulöser Unterarm ihren streifte und ihr einen wohligen Schauer über den Rücken rieseln ließ.

Wem wollte sie denn etwas vormachen? Es war unmöglich, sich von der größten Ablenkung überhaupt abzulenken.

»Ich glaube, es sind noch ein paar Männer übrig, mit denen du noch nicht getanzt hast.«

Natürlich musste Jake sie sofort wieder provozieren.

»Das muss ich dringend ändern. Gabs Bruder Niko sieht heute ziemlich heiß aus.« Niko war der Inbegriff eines griechischen Frauenschwarms. Groß, dunkel, gut aussehend und genauso wenig berührungsscheu wie der Rest von Gabriellas herzlicher, liebevoller Familie. Außerdem flirtete er schamlos.

Jake knirschte sichtbar mit den Zähnen und sein finsterer Blick sorgte dafür, dass sie keinen Muskel mehr rühren konnte.

»Ich hab dich heute noch gar nicht tanzen sehen. Was ist denn los? Stehst du nicht auf sexy Inselfrauen? Kein Problem, ich bin mir ziemlich sicher, dass der Kerl an dem Baum da hinten sich auch über deine Aufmerksamkeit freuen würde.« Sie liebte es, den Löwen zu triezen, auch wenn sie ihm nicht zu nahekommen wollte. Ihr Puls raste, und es juckte ihr in den Fingern, ihn am Kragen zu packen und an sich zu ziehen. Seine Küsse würden unglaublich heiß sein. Gerade deswegen bemühte sie sich, den Blick nicht tiefer wandern zu lassen, hatte aber keine Chance gegen die verlockende Wölbung in seiner Hose. Die Wölbung, die noch ausgeprägter wurde, wenn sie aufeinandertrafen. Und sie genoss es, diese Wirkung auf ihn zu haben.

Er beugte sich vor und sein warmer Atem strich über ihre Wange. »Ich tanze nicht gern, aber wenn du mich weiter so ansiehst, bekommst du gleich mehr, als du eigentlich willst.«

Seine Augen waren pechschwarz geworden, und sie schluckte angestrengt den lustvollen Laut hinunter, der ihrer Kehle entkommen wollte. Normalerweise hatte Addy die Kontrolle über jede Interaktion, behauptete sich in jeder Situation und nahm sich bei Männern, was sie wollte. Zumindest bis König Sexy auf der Bildfläche aufgetaucht war. Jake brachte sie definitiv aus der Fassung. In letzter Zeit ertappte sie sich immer öfter bei der Frage, ob sie nicht vielleicht doch Gefühle und nicht nur Impulse verspürte. Genau das hielt sie davon ab, nach dem Flirten einen Schritt weiterzugehen. Und die Tatsache, dass er der Schwager ihrer besten Freundin war. Aber sie wollte diese Grenze so gerne überschreiten. Es war viel zu lange her, seit sie mit einem Mann geschlafen hatte. Dank Jake. Jedes Mal, wenn sie kurz davor war, ihre Bedürfnisse zu befriedigen, das Gewicht eines Manns auf sich zu spüren und sich im Rausch der Leidenschaft zu verlieren, tauchte Jake in ihren Gedanken auf, lenkte sie ab und zerstörte den Moment. Sie sabotierte sich mit ihren eigenen Fantasien selbst.

Um wieder die Oberhand zu gewinnen und zu beweisen, dass er sie nicht aus dem Konzept brachte, musterte sie seine Brust eingehend. »Ich warte noch auf den Mann, der auch nur annähernd das ist, was ich *eigentlich* will, geschweige denn mehr.«

Seine Mundwinkel zuckten, als würde er ein Lächeln unterdrücken, doch dann arbeiteten nur seine Kiefermuskeln unter den dunklen Bartstoppeln angespannt. Gerade, als er den Blick abwandte, kam Niko mit einem freundlichen, einladenden Lächeln auf sie zu und sofort biss er die Zähne noch stärker zusammen.

Niko nickte Jake zu und hielt Addy eine Hand hin. »Was wäre ich denn für ein Bruder, wenn ich nicht mit der wunderschönen besten Freundin meiner Schwester tanzen würde? Darf ich bitten?«

»Liebend gern.« Addy ergriff seine Hand und freute sich diebisch über Jakes Anspannung. Er hatte sie noch kein einziges Mal zum Tanzen aufgefordert, lud sie jedoch ständig in sein Bett ein.

Ende des Auszugs

Wenn Ihnen die Vorschau gefallen hat, können Sie *Von der Liebe gerettet* gleich bei Ihrem Online-Buchhändler bestellen!

Bereit für die nächste Rockstar-Liebesgeschichte?

Was passiert, wenn ein Rockstar ohne jeden Wunsch, sesshaft zu werden, plötzlich von seiner Teenager-Tochter erfährt, sein Manager ihn betrügt und die Frau, die seine Tour-Kostüme entwerfen soll, vor Wut schnaubend bei ihm auftaucht? Es wird scharfzüngig, emotional und sinnlich, wenn Jillian und Johnny ein Abenteuer erleben, das wahrscheinlich größer ist als sie beide.

Bestellen Sie *Eine unerwartete Liebe* bei Ihrem Online-Buchhändler.

Sie ist die einzige Frau, die er je geliebt hat, und die einzige, die er nie haben konnte …

Sie waren drei beste Freunde. Daredevils – waghalsige Draufgänger für immer. Bis etwas schief ging und einer dabei umkam. Jahre später ist Dare Whiskey fest entschlossen, der einzigen Frau, die er je geliebt hat, zu beweisen, dass manche Wagnisse das Risiko wert sind.

Bestellen Sie *Immer Ärger mit Whiskey* bei Ihrem Online-Buchhändler.

Neu bei »Love in Bloom – Herzen im Aufbruch«?

Ich hoffe, Ihnen hat es genauso viel Vergnügen bereitet, die Ryders kennenzulernen, wie mir, über sie zu schreiben. Falls dieser Band Ihr erstes Buch aus der Reihe »Love in Bloom – Herzen im Aufbruch« ist, warten noch jede Menge Geschichten über unsere sexy, selbstbewussten und loyalen Heldinnen und Helden auf Sie.

Die Ryders ist nur eine der Serien aus meiner großen Sammlung von Liebesromanen mit Tiefgang, Humor und Happy-End-Garantie. In allen Büchern finden Sie eine abgeschlossene Geschichte, die auch für sich allein gelesen werden kann. Figuren aus den einzelnen Serien und Büchern der weitverzweigten »Love in Bloom – Herzen im Aufbruch«-Familien tauchen immer wieder auch in den anderen Bänden auf. So verpassen Sie nie eine Verlobung, eine Hochzeit oder eine Geburt. Wenn Sie mögen, lernen Sie doch auch die anderen Serien der Reihe kennen! Eine vollständige Liste aller auf Deutsch erschienenen und geplanten Bücher gibt es am Ende des Buches und unter dem folgenden Link finden Sie weitere Informationen:

www.MelissaFoster.com/Herzen-im-Aufbruch

Danksagung

Es hat mir riesigen Spaß gemacht, über Trish und Boone zu schreiben und dabei so viel über Hurricane in West Virginia zu erfahren. Ich habe mir allerdings bei der Stadt, den Menschen, Main Street Music und dem Restaurant Greenhouse of Teays Valley künstlerische Freiheiten erlaubt. Mein großer Dank gilt Erich Reckard, dem Besitzer des Greenhouse of Teays Valley, und seinem Bruder Joe, dem Chefkoch, dass ich sie in unsere fiktionale Welt holen durfte.

Mehrere Figuren aus diesem Roman kommen auch in anderen Geschichten des großen »Love in Bloom – Herzen im Aufbruch«-Universums vor. Über Drake Savage und Carey gibt es in meiner *Bayside Summers*-Reihe mehr zu erfahren. Die Ryders tauchen das erste Mal in der Remington-Reihe auf (Cash Ryder und Siena Remington in *Herzen in Flammen*, und Blue Ryder in *Liebe zwischen den Zeilen*). In der Serie *Seaside Summers* spielen sie immer wieder eine Rolle. Mehr Informationen gibt es auf meiner Website:
www.MelissaFoster.com/Herzen-im-Aufbruch

Ein besonderer Dank gilt meiner Freundin und superfantastischem Fanclubmitglied Alexis Bruce und meinen Freundinnen Nina Lane und Clare Ayala. Danke, dass ihr so kurzfristig mit mir Ideen gesammelt habt. Wer noch nicht im Fanclub dabei ist, ist sehr herzlich eingeladen:
www.Facebook.com/groups/MelissaFosterFans

Die beste Möglichkeit, immer auf dem Laufenden zu bleiben, ist, meinen Newsletter zu abonnieren:
www.MelissaFoster.com/Newsletter_German

Folgen Sie mir auch auf Facebook! Es macht so viel Spaß, über unsere liebenswerten Helden und frechen Heldinnen zu plaudern, und ich halte dort meine Fans über die Welt unserer fiktionalen Freunde immer auf dem Laufenden:
www.Facebook.com/MelissaFosterAuthor

Vielen Dank an mein großartiges Redaktionsteam: Kristen Weber, Penina Lopez, Jenna Bagnini, Juliette Hill, Marlene Engel, Lynn Mullan sowie auf deutscher Seite: Anne Sommerfeld, Annika Bührmann, Stephanie Schottenhamel und Judith Zimmer. Und zu guter Letzt wie immer Danke an meine Familie ihre Geduld, ihre Unterstützung und ihre Inspiration.

Die Bradens (Peaceful Harbor)

Geheilte Herzen
Voller Einsatz für die Liebe
Liebe gegen den Strom
Vereinte Herzen
Melodie der Liebe
Sieg für die Liebe
Endlich Liebe – ein Braden-Flirt

Die Bradens & Montgomerys (Pleasant Hill – Oak Falls)

Von der Liebe umarmt
Alles für die Liebe
Pfade der Liebe
Wilde Herzen
Schenk mir dein Herz
Der Liebe auf der Spur
Verrückt nach Liebe
Liebe süß und sündig
Und dann kam die Liebe
Eine unerwartete Liebe
Verliebt in Mr. Bad

Die Remingtons

Spiel der Herzen
Im Dschungel der Liebe
Herzen in Flammen
Herzen im Schnee
Liebe zwischen den Zeilen
Von der Liebe berührt

Seaside Summers

Träume in Seaside
Herzen in Seaside
Hoffnung in Seaside
Geheimnisse in Seaside
Nächte in Seaside
Herzklopfen in Seaside
Sehnsucht in Seaside
Geflüster in Seaside
Sternenhimmel über Seaside

Die Ryders

Von der Liebe bestimmt
Von der Liebe erobert
Von der Liebe verführt
Von der Liebe gerettet
Von der Liebe gefunden

Die Whiskeys: Dark Knights aus Peaceful Harbor

Tru Blue – Im Herzen stark
Truly, Madly, Whiskey – Für immer und ganz
Driving Whiskey Wild – Herz über Kopf
Wicked Whiskey Love – Ganz und gar Liebe
Mad About Moon – Verrückt nach dir
Taming My Whiskey – Im Herzen wild
The Gritty Truth – Kein Blick zurück
In For A Penny – Süßes Glück
Running on Diesel – Harte Zeiten für die Liebe

Die Whiskeys: Dark Knights von der Redemption Ranch

Immer Ärger mit Whiskey
Um Whiskeys willen

…

Entdecken Sie Melissa Fosters Bücher auch auf:
www.MelissaFoster.com/Herzen-im-Aufbruch

www.ingramcontent.com/pod-product-compliance
Lightning Source LLC
Chambersburg PA
CBHW031310210726

48287CB00005B/1493